西南邊

馮良 著

目錄

黑彝白彝

1. 遭遇仗打完，清點傷員，曲尼阿果自報她也受傷了。小組長沙馬依葛餞她，腦殼開花還是屁股掛彩了？她輕吸氣，似在負痛，管自道，左腳板上扎了好幾根刺，刺果樹上的，帶著倒鉤。女隊員們嫌她一貫小題大做，各自忙去。她的好朋友俞秀摸出藏在身邊的繡花針，讓她自己挑，一邊怪她不聽勸，打光腳板打出禍害來。

說「仗」都抬舉對手，不過十數個蠻勇的黑彝奴隸主，趁三五九團，以及曲尼阿果所在的民主改革工作隊、基幹隊等正在一條峽谷裡埋鍋造飯準備宿營的當口，打了幾十發子彈，扔了十幾枚手榴彈，不等三五九團全線壓上，丟下傷的死的，一溜煙都逃了。

部隊也不去追，天晚夜黑，極易被諳熟環境、慣跑山路的黑彝奴隸主冷槍點殺。他們互不統屬，能支配的只有自家兄弟和白彝百姓，友軍至多包括姻親，上下三代，能有多少？兵力如此，技戰術未必高深，擅長的不過單兵獨鬥，偷襲也算。來得快去得快，風一般就刮過了。這回也不例外，但特別，竟然有手榴彈。

手榴彈炸開，死的人和馬兒沒有幾個幾匹，傷的也多是失措崴腳斷腿破頭臉的，可炸中，火星濺上去引燃的糧食、醫療用品、帳篷、樹木騰升的濃煙、火光，再有人馬的騰挪、驚叫，把這條小小

的峽谷憋得要爆炸。

偷襲者握有手榴彈，完全在部隊的料想以外，也在防備以外。圍剿他們一年，他們又沒有補給，用鴉片交換武器的各節鏈條——鴉片的種植、販賣、運輸，武器的挑選、購買、輸入，隨著涼山的解放，政府的經營，已被連根剷除，積存在他們手上的槍支彈藥，所剩無多，哪來的手榴彈？

答案現成，不是某某區公所或彈藥車彈藥庫，就是某幾個武裝人員走在不見天日的密林裡或峽谷中被打劫了。平叛越往後，起事的黑彝奴隸主的火力偶一壯大，都離不開打劫奏效。這回是一輛熄火的彈藥車，為此還損失了三位押運的士兵。

涼山解放六七年以來，自稱「諾蘇」的彝人，不論彝話叫「諾」的黑彝，還是叫「曲諾」的白彝，彝人社會土司以外數一數二兩個等級為數不少的奴隸主，一直在區縣地區政府充任一官半職，光拿錢不幹活。地裡的莊稼、山上的牛羊自有家養的奴隸——鍋庄娃子和安家娃子，幫他們忙乎。打來打去幾輩子也打不分明的冤家，不管是當地的漢人豪強、劉文輝的邊軍、蔣介石的國軍，還是自己的族人，土司和各個家支，都不再打，漢人豪強邊軍國軍都被解放軍收拾了，冤仇不解的家支頭人也被涼山以外的新漢人，政府的男女幹部，東勸西勸，邀來一張桌子邊吃肉邊一支碗裡喝酒了。經常參加觀禮團致敬團，汽車火車甚至飛機轉一大圈，北京上海廣州，大半個國家都跑到了。

以前，金沙江以北就不辨東南西北，族人之外，只認得眼前專挑平壩子住的漢人，關係卻好一陣歹一陣，好時，也為在各人的地盤上行走方便，互相認作乾親；壞時，管他乾親濕親，拿起槍舉起棍棒刀就開打。這下舉目一看國家這個地方硬是大得邊都望不見，漢人也多，螞蟻子一樣。還熱得連身子都給汗漚餿了，蚊子也專吸他們的血，圖新鮮。但好看的好吃的，眼睛看花腮幫子嚼酸，又有禮物好拿，聽陪同者也是彝人講東道西，多少明白原來我們彝人住

在高山上挨凍少吃穿，進個城門洞要受盤剝，大事小情都得有人質，如尼黑土司那樣名氣震天的人也挨了千刀剮，原來也是大漢族主義的繼承人國民黨反動派在搞鬼在作怪。現在把他們趕到一個叫臺灣的海島上去了，我們彝人不用躲不用藏，好得很！回到涼山，上主席臺去談感受做匯報，先還氣昂昂的，往臺下一瞅，黑壓壓的人啊，又都仰臉熱辣辣地盯著自己，不免心驚肉跳、臉紅脖粗，打小練就，只宜在曠野、山間，在敵陣前、在百姓娃子中縱橫捭闔的辯才即刻失效，到了嘴邊的彝話都忘乾淨，用剛學會的漢話喊：毛主席萬萬歲朱德總司令千千歲蔣介石兩三歲。

他們性情含蓄，喜怒不形於色，好像怕授人以柄。無論走到哪裡，都有男女幹部爭相來握他們的手。這種新禮節搞得他們緊張不堪，手心汗濕。和女人以手相握，豈止緊張，簡直羞死人。女幹部是女人又不是，這樣一想心情稍放鬆。最要命的是大會小會，車行途中也得學習文件、交流思想。彝話漢話，好不容易搞明白思想原來是腦殼裡想的東西。有人抵觸：未必我放一個屁也要拿出來講啊！話傳開去，轉眼就有幹部找他談話，膝蓋抵膝蓋，頭碰頭，親熱，嚴厲，讓他悶出一身汗。

越往後，悶汗的事情越多，尤其家務事，男女幹部也來管。對他們對他們的娃子同樣殷勤周到，送穿的吃的用的，即便一根繡花針，也有娃子的一份。見面笑嘻嘻，挽臂扣手，多憐惜。歡喜得那些賤東西髒傢伙滋生妄想，想翻天，想和自己的主子平起平坐，個別賊膽子大，乾脆偷跑出去找政府安排學習安排工作，地撂荒，牛羊沒人放養，直掉膘。

幹部也安撫他們，有時還把逃到自己那裡的娃子送回來。

更多的時候，幹部們會勸他們，說某某娃子好年輕好聰明，不如把他送到成都的民族幹部學校學習吧；某某娃子槍法好準，不如讓他去基幹隊吧；某某女娃子嗓音好甜美，不如放她去文工隊唱歌吧。這樣說那樣說，當真走了不少。沒有走成的，內心波瀾泛起，

叉著雙手，磨洋工。罵不聽，打呢，敢拿眼珠子瞪你。

　　幹部們連秋收的糧食怎麼分配也干涉，說這家那家的娃子，春天都沒到口糧就沒了，應該給足他們一年哪怕半年的吧！過年豬啊羊的，光給娃子下水、蹄蹄吃，畢竟一年到頭都是人家在放養！衣裳也是，爛得來背脊屁股大暴露，披氈披風盡是洞洞眼眼，漁網一樣，你們戴金掛銀，心安啊！言辭漸轉激烈：如果不是娃子種田收糧食、餵豬放羊、紡線擀氈，用自己的血汗養活你們，你們早就餓死凍死了！天地良心，你們應該把多吃多占的土地、森林、牛羊分給娃子。大家都是父母生的，富的窮的，全憑愛憐著養大。套用你們的說法，難道你們的腦殼比他們的就大嗎！你們哪裡來的限制人家娶妻嫁女、吃飯睡覺、出行的權力，把人家當作牲口來出售，稍有違拗，就罵人家是會說話的畜生，忍受不了你們加給的痛苦逃跑的話，抓回來就割筋斷腿。人類發展到今天，幾千上萬年，自由、解放，是最基本的幸福條件，你們這些奴隸主居然還在奴役驅使比你們勢單力孤的同類，罪不可赦，必須發動奴隸娃子起來打倒你們，搞民主改革！話到最後，嘴唇抖索，渾身亂顫，憤怒得暈頭轉向。

　　奴隸主張著嘴巴，眨著眼睛，有的真糊塗，有的是裝的，都聲稱聽不懂幹部在說啥，又為啥氣得發抖！堅持那些多出來的土地、森林、牛羊是他們祖祖輩輩掙回來的，靠的是真本事，哪能說分就分。要分他們財產的那些傢伙懶饞髒笨，盡是賤骨頭，從今往後可能要用一把木勺舀酸菜洋芋湯湯喝，抓一個木盆裡的坨坨肉吃，還可能娶他們的女兒，把清清白白的血攪渾，這不是要他們的命嗎！手上有槍，這個山頭那個山頭的奴隸主便拉起自家的百姓，兄弟夥招呼兩聲，乒乒砰砰，向政府開火，反了。

　　死腦筋，以為不管何時只要他們振臂一呼，四面山上家屬的百姓，白彝們，就會自備槍支彈藥，有馬兒的，騎上，跟著他們衝鋒陷陣。結果，稀稀拉拉，還都是頭髮斑白的。年輕人，算上黑彝自己的子弟，五六年裡，不斷出外，遠到北京，近到成都的民族培訓

班學習去了。學成歸來，多在地區縣裡區上工作。就地參加解放軍、參加工作的也不在少數。

此番偷襲解放軍的別說白彝百姓，連白彝奴隸主也沒有。白彝奴隸主歷來人數有限，身分比黑彝低，即便蓄養的奴隸、占有的地盤超過黑彝。

2. 夜半女隊員們回到行軍帳篷，聽見曲尼阿果哼哼唧唧地在呻吟，俞秀喚她又無應答，一通打掃戰場下來，都累癱了，納頭一覺太陽出山，峽谷晶亮。

挨到午後，曲尼阿果腳板上的刺沒挑出兩根來，創孔四五處，腳也腫了，眼淚婆娑，間或咿唔哭泣，讓輪換替她挑刺的女隊員既喪氣又可憐她，一時無措。

沙馬依葛到底是小組長，腦筋靈活，說不如找軍醫幫忙，他們「連嵌在傷員胸膛腦蓋骨的彈頭彈片都取得出來，肉裡的一根小刺兒閉著眼睛就能挑出來！」叫上曲尼阿果的好朋友俞秀，陪一蹦三跳還踮腳的曲尼阿果去團衛生隊。

女隊員駐紮在半山腰，起伏的坡嶺，谷底一股清流的兩邊，清一色的男人。太陽當空，遠近山上的樹木花草、巨石巉岩烏麻一片；女隊員的頭皮、臉龐被烤得熱辣辣的，溝底、緣山再蒸騰而來、帶著各種植物芳香的潮氣，汗沁出來，膩的。

三個年輕的女隊員順坡而下，身體晃蕩在沒有帽徽領章、寬大的黃布軍衣裡，脊背直溜，各有兩條長辮子兀自晃悠，嫋嫋婷婷的小模樣在滿目皆是的男人堆裡夠惹火的。正好小戰放鬆，三五九團的各位指戰員有的是閒心情來打量、議論三位女隊員。

三五九團的戰鬥人員分為兩部分，第一部分是正兒八經的軍人，解放軍，涼山平叛後從成都派來的援手，皮膚都比較白，涼山上的大太陽烤了他們快一年，也沒太黑。他們中個子高的來自北方的山西、陝西、河北，矮的都是成都壩子、雲貴高原人氏。所以高

大，源於世代以麵食為主，四川兵奚落他們放的都是麵屁。可憐啊，自從來了涼山，他們遇到的漢人三頓不吃大米飯就腰杆痛；碰到的彝人，吃的不是蕎麵揉的饃饃，就是燕麥粉做的炒麵，洋芋更是家常便飯，哪裡來麥香味十足又筋道的麵片麵條，有也是酸嘰嘰、黑而黏手的饅頭。他們多在平原上長大，一天到黑在山上追逐、打擊叛亂的奴隸主，石頭、樹茬沒幾天就把他們的膠鞋底子、幫子磨爛了，鞋尖也踢得露出襪子、腳拇指，衣服更被橫生的樹枝椏掛得七零八落，氣得他們嗷嗷吼。革命成功，進軍西藏、抗美援朝的任務免去，本來在芙蓉城裡享清福，有老婆在鄉下的，不嫌棄，接來；嫌棄的，離了，另娶城裡的女學生。哪知道平地起驚雷，荒山野嶺上幾個黑不溜秋的傢伙在新社會活得不耐煩，打起旗子，鬧騰。以前他們根本不知道中國還有一個地方住著彝人，這下卻跑來開戰。

眼看著三個姑娘由遠及近地走來，走過他們身邊，心頭嘴巴發癢的不少，但三大紀律八項注意特別有一條「不許調戲婦女」在約束他們；大會小會，都是尊重少數民族維護民族團結的條規在教育他們！只互相打賭她們是彝胞還是漢胞，這個彝胞那個漢胞。到底來涼山已有時日，眼光老到，比較一致的看法：高的兩個彝胞無疑，矮的一個漢胞。並非個子，皮膚的黑白嗎？眼睛的大小嗎？鼻子的高低嗎？或者男女都裹一種叫「擦爾瓦」的毛織披風，就是走路胳臂也緊貼著身體的兩側往裡掩，上身保持不動？反正，彝姑娘沒有漢姑娘細緻、白皙，一個個，眼梢挑起來，下巴頦翹著，多傲慢，簡直不敢和她們搭腔。

尋三個姑娘開心的，多是戰鬥人員的第二部分，基幹隊那些像軍人又不像的傢伙。

基幹隊員起的作用比工作隊的大，既能承擔工作隊的任務，為正規軍當嚮導，做翻譯，深入彝寨做群眾的工作，宣傳民主改革是為了讓彝人徹底砸碎奴隸制的鐵鎖鏈，和全中國人民一起走社會主義的康莊大道，從此過上政治平等、經濟富裕的生活；又能衝鋒陷

陣，還熟悉地形村情，知曉對手的七寸在哪裡。

解放軍剛進涼山時，假如誰告訴基幹隊的年輕人，有一天他們會拿起武器和黑彝奴隸主開仗，打死他們都不會相信。就是「叛匪」一詞他們生平也是第一次聽說。這是漢語詞，他們感到生疏並不奇怪。一直以來政府都很擔待黑彝奴隸主，怎麼可能成為敵人，需要討伐！再則，那些人雖然成了叛匪，但程度不同或者名義上還是他們的主子，作為白彝百姓，他們應該為主子助陣，而不是掉轉槍口去打主子。

比較一般黑彝，他們在順應時勢、待人接物方面開通，不失機巧，轉圜自如，土司的地盤、黑彝的地盤都有他們的身影，土司黑彝鬧得不可開交時也是他們居中周旋，勢力因此壯大，尤其在土司的地盤上。土司式微，不在黑彝的強悍，而在清朝以降，皇帝老兒不歡喜他們了。眼下，在他們看來，黑彝是在自掘墳墓，人民政府當他們座上賓關照六七年，不過讓他們放下臭架子，善待百姓和家裡家外的奴隸娃子，分點多吃多占的土地山林牛羊給百姓給奴隸娃子，就和政府翻臉了！

白彝百姓在民改中多劃為半奴隸，和奴隸同屬被剝削階級，而黑彝奴隸主是剝削階級，分屬兩個陣營。這對普通白彝家庭的家長來說，最現實的是家裡的土地森林牛羊不用交出來，還能再分得一份兒。而他們的子弟，年輕的基幹隊員最愛槍。

3. 對於他們正在交戰的對手，這位基幹隊員經常極羨慕地說：「羅洪拉竹那把勃朗寧小得能藏在手心裡！」

那位搶過話頭：「左輪槍，阿侯木呷那把，瓦亮瓦亮，人影影都照得見！」

再一位撇嘴：「勃朗寧、左輪都是娃娃要的玩意兒，瓦渣家的那杆連發步槍比機關槍還凶，噠噠……」作勢就來通模擬掃射。

基幹隊員還是一副老百姓的裝束，褲腳寬得一丈不止，蓬鬆地

堆在腳背上，燈籠似的；袖子窄得籠在胳膊上，線都快崩開。衣裳原來的黑色、藍色，即便在秋天清亮的太陽光下也模糊難辨，舊的髒的，連領邊襟邊袖口褲腿繡的紅花綠線也灰成一片。頭頂是一綹關乎主人魂氣、誰也不能觸碰的髮絲——「天菩薩」。一個個要不挎桿槍，要不把槍管杵在地上，搭兩條胳膊在槍托上，歪七八扭，吊兒郎當，哪有翻身得解放的昂揚樣兒，舌頭嘴巴卻滑溜，揚聲問曲尼阿果：

「瘸著跛著，咋搞的，是不是昨天那一仗挨哪家不懂規矩的傢伙的槍子兒了？」

「看清楚那個不懂規矩、開槍敢打女人的傢伙沒有，看清楚就告訴我們，你曲尼家兒子小沒關係，我們幫你出氣！」

「成都半年，學會漢姑娘的耍法了，跳房呢？」

又有人逗她：「曲尼家的丫頭阿果啊，前些天我在西昌街上望見你家表哥了，身邊跟著一個好白淨的漢丫頭。他不要你了嗎？你兩個打的可是娃娃親哦！」

曲尼阿果不正眼瞧他們，更不和他們搭腔，心裡罵他們賤東西臭傢伙，剛吃幾天大米飯，洋芋屎蕎子屎沒拉乾淨，尾巴就翹上天了。哼，不要說以往，一年前，他們名分上的主子，那些叛亂的黑彝奴隸主起事前，他們哪一個敢這麼和同是黑彝的曲尼家的女兒扯淡，哪怕斜一眼曲尼家的女兒！曲尼拉博家的兒子雖然孤，年齡小，曲尼家支裡姻親裡卻有的是年齡大本事大的兒子。都用不上堂哥表哥，曲尼阿果的爹，驍勇善射，講義氣的曲尼拉博，看不把他們的舌頭割了、眼珠子剜了、腿打斷！

可表哥咋回事，兩個月前就聽說他跟緊急調來平叛的解放軍回了涼山，至今沒見他的影子，哪怕去看舅舅！

眼看曲尼阿果不理不睬，基幹隊的幾個饒舌鬼又去纏她身邊的白彝姑娘沙馬依葛。他們不會去招惹漢姑娘俞秀，社會風氣再變，這個規矩他們還是懂的。

他們喊沙馬依葛過去，她的男人想會會她。她訂的也是娃娃親。

沙馬依葛的「男人」確實在現場，羞得臉通紅，抬不起頭。他哪裡配得上高高大大、眉眼舒朗的沙馬依葛，個子矮，眉眼小，鼻梁塌塌。

沙馬依葛倒大方，她讓那些開她玩笑的傢伙等著，等她過去撕爛他們的嘴巴，看他們還敢亂說不？他們馬上嚷嚷著讓她「現在就來撕，哪個怕哪個」。沙馬依葛講價錢說，要是他們不難為她，等明天部隊到瀘沽鎮後，她打酒給他們喝。那些饞酒的傢伙齊齊地喊道：

「那麼我們就等起囉！」

「等吧！」沙馬依葛笑呵呵地回應，掉頭讓俞秀賣她的酒便宜點。

俞秀老實人，左右一顧盼，不能做主：「那要問我家爹。」

娃娃親

1. 俞秀家所在的瀘沽鎮，住的都是身穿青布大褂頭頂白布纏頭的漢人，臉盤圓，膚色白，人精明，手也巧，釀的雜糧酒辣辣的甜；用油辣子花椒麵蔥花拌的涼粉涼麵豬耳朵，豔紅綴綠，味道直沁心脾；香腸臘肉火腿更是名響川省。世面安穩時，四山上的彝男子不分白天黑夜，都耗在街邊喝雜糧酒；姑娘們也總找機會下到鎮裡買碗涼粉涼麵哄嘴巴。

曲尼阿果到瀘沽趕過幾回場，跟著爹爹。有回正趕上官兵追殺一個據說搶人的彝人嫌犯，雞飛狗跳，連涼粉都沒吃上一碗，就被爹爹拽進乾爹家躲了起來。她們三姊妹還分別在西昌、甘相營各有不同的乾爹乾媽。反過來，她爹爹媽媽也是漢人兒女的乾爹乾媽。這種乾親在涼山很普遍，彝漢兩邊的人圖的是在對方的地盤上行走安穩。

她家本沒有放她出來工作的打算，她媽媽最瞧不上女兵女幹部，說她們一身男人的裝扮，隨便和男人嬉笑、動手腳，不曉得羞恥，唱啊跳的，瘋子一樣。

她也不像二姐想出來。她二姐曲尼阿呷嗓子甜，一唱歌，鳥兒都跟著嘰啾，性情活潑，女兵女幹部都想當，離家天遠地遠也不懼，

但家裡死活不同意。反而她，先是爹爹後來媽媽也來動員。

最直接的理由是她表哥。

她長大後要嫁的表哥先死媽後死爹，蕭條得只他一根獨苗苗。他的乾爹，漢人金司令南山來和他舅舅曲尼拉博商量，其實是打招呼，這一帶彝漢人等都以金司令的馬首是瞻：你家外甥讓我送去西昌讀書吧，學好漢文，再到成都上武備學堂，到時候文武雙全，還怕古侯家不風光再來。他是在把古侯家的繼承人當人質。那年，她表哥十三歲。

西昌四年間，表哥常回來，每次都來看舅舅。送去成都後，再聽不到他的消息，就是成都也是五六年前的舊聞。

七年八年下來，表哥恐怕彝話都忘記了吧，哪能記得家鄉的景象和親人的面貌！

讓她爹媽擔心的不單表哥本人，更擔心女兒和他產生距離，起碼見識不如他，再萬一他身野心野，生起貳意，不要自己的女兒就丟臉了！

她想一想也沒有辦法再賴在家裡，快十八歲了，便哭哭啼啼地和一幫少男少女沿著山路徒步到雅安，第一次坐上汽車第一次到成都，進了西南民族幹部學校。還是哭，勸不住。後來都說不管她，看她眼淚流乾還哭不哭。結果眼淚沒有乾，哭的次數也沒減少。不完全是想家想爹媽，是在開會發言、上課提問，都應付不下來的時候。

在成都不到一年，黑彝奴隸主叛亂，平叛需要翻譯、嚮導，就不分先後，把他們派了回來。一路耳聞叛亂的近情遠況，怕爹爹也裹進去，心驚不已。同路的人哪裡知道她也是有心人，對她想什麼做什麼，都不很認真。

這次也如此。眾人聽說她嫌膠鞋捂腳捂得又燙又出臭汗不肯穿，偏要打光腳板，終於扎了數根必須軍醫才能拔出來的刺，都笑笑拉倒，嘴碎的至多說：「哦，曲尼拉博的么女兒，嬌生慣養啊！」

到了團衛生隊，要在五頂帳篷裡外找到軍醫或衛生員並不容易。眼見處，不是傷員，就是來看望傷員的人。傷員都很安靜，眼神呆滯，盯著一個地方不錯位置。數來看傷員的傢伙最活泛，來往穿梭，大呼小叫。彝民連和工作隊的既看戰友，也看對手，後者中有他們某位或某幾位的朋友、親戚，幾個月前他們還在一起喝酒、一同去打冤家，此時卻彼此成了冤家，打得不亦樂乎。不過，一方受傷，打傷他的可能和自己沒有關係，看看總讓人心安。更有幾個基幹隊員正幫著家屬，在那裡打點去見祖先的三個對手的後事。

三具屍體被白色的披氈和黑色的披風裹住橫放在草地上，等三匹腱子結實的馬兒吃飽肚皮馱回家。

山羊毛搟織的披氈、披風，是彝人一生一世的衣裝，活著用它們禦寒擋風，死了裹著它們去見祖先。

2. 來接他們回家的多是一身黑藍裝扮的婦人，肅穆，峭拔。聽不見哭聲，搞不清她們中哪位成了寡婦。或者死去的人還沒有結婚，她們只是其中誰的母親、姐妹。

曲尼阿果會哭，還會哭岔氣，昏死過去。她媽媽忍得住。她小舅舅和幾個年輕人吵嘴竟至動刀，被一刀扎在胸口上扎死了，她媽媽，包括三位姨孃收屍時就沒掉一滴淚。她媽媽說要哭的話早哭死掉了，每一代的男人因為結仇打冤家，都會死上幾個。加上那些出門打獵，換鹽巴、布匹，在山路上被豹子、狗熊啃來吃了的，摔死在山崖下的，喝酒醉死的，哭得過來嗎！就是哭，也在心裡哭，哭出聲想讓那世代積下來的仇家高興呀！媽媽歎道，像阿果這樣經不起風雨只會流淚的女子以後如何撐得起古侯家的門面啊！

撐不撐得起另說，表哥古侯烏牛未必真的帶了個漢丫頭在身邊，是從成都還是北京帶回來的呢？

表哥在西昌讀書時，每年年中的火把節和年底的彝年必來看舅舅，寒假暑假如果不跟他乾爹去成都或者古侯家的地盤看視，也會

來舅舅家住十天八天。

每一回來都有變化。比如這一回他只穿彝人的上衣，卻套條瘦腿子褲，不像漢人的，他稱西褲，漢人之外、好遠的地方洋人的男子穿的。下一回彝人的上衣也不穿了，是上下各有兩個兜子、中開帶扣子、小立領的衣服，黑顏色，說是學生裝。而漢姑娘上學穿上白下黑的裙裝。他說：「阿果，你要穿上的話，絕對漂亮。」這種時候，他頂多在外邊披一件羊毛編織的黑披風。他還穿過一件叫西裝的上衣，和西褲一樣，也是洋人的衣服。那件灰顏色、衣領大敞開的衣服套在表哥身上，顯得他肩寬腰細，好挺拔。

不管天氣冷熱，最愛蹬一雙長到膝蓋的皮靴，叫做馬靴，是他乾爹從成都買來送他的，騎馬、打獵都般配。他每回來，總纏著舅舅帶他去打獵，他喜歡用槍，但舅舅督促他拉弓射箭、以石相擊，一顆石子飛出就能擲中斑鳩，或者獐子的眼睛。總告誡他，這是我們彝男子自古以來最值得遵從的本領，還專門給他備得有祖傳的良弓。他的馬兒騎得風馳電掣，山坡谷底一無障礙，很受舅舅誇獎。

他還看過電影，不止一次。那在靴幫上敲鞭把的樣兒就是跟電影學的。他說，電影裡那些騎馬飛奔的好漢都這樣。那些好漢黃頭髮，眼睛或藍或綠，和涼山上的彝人漢人大不同，洋盤得很，所以叫洋人呢。

為了說清啥叫電影，他費了很大勁，在擰得最亮的煤油燈前猴跳虎躍，讓表姐妹們看自己映在土牆上飄忽不定的影子。兩個表姐下結論：「完全是鬼影子嘛。」曲尼阿果沒敢說，怕表哥笑話，她覺得還有點像漢人集市上耍的皮影。幾年以後，她在成都第一次看電影時，自覺皮影和電影有點像。她很喜歡看電影，穿著尖尖鞋跳舞的姑娘，因為賣身重見男友感到羞恥撞車自殺的女孩，美得好像仙女，還有《一江春水向東流》的女主角，憂傷得還沒哭，她先傷心落淚，心好疼，連十指尖尖都會發麻。有位叫周璇的，都說她歌唱得好，咿咿呀呀，像沒用嗓子，用鼻子在哼，哪比得上她二姐的亮

嗓門。

　　反正她表哥去西昌上學後，指手畫腳，多了不起似的。她媽媽說：「烏牛啊，你五句裡有三句漢話，我們聽不懂，漢人怕也聽不懂哦。」某天興起，突然拉扯著阿果的爹說：「你家外甥說漢人的話、穿漢人的衣服、吃漢人的飯菜，萬一哪天娶個漢丫頭，丟面子不說，我家阿果咋辦！」阿果的爹平常聽老婆嘮叨，很少有話回覆，那天卻怒道：

　　「敢，打斷他的腿！」

　　這話傳到阿果的耳裡，禁不住高興，想總有爹爹給自己做主。她十三歲，小心眼裡越來越仰慕表哥，以前老嘲笑表哥的鷹鉤鼻子，再看，和表哥那張有棱有角的臉簡直絕配。深陷在眼窩裡，被兩個姐姐笑話的小眼睛，也變得明亮、溫暖，雖然和人有距離，又好似藏著傷心事。悄悄和媽媽一說，媽媽也悄悄告訴她，那是因為表哥的爹媽死得早。

　　表哥對她對兩位姐姐，一視同仁，帶給她們的絲線花色一樣數量也一樣，漢姑娘的頭花，從雲南商人那裡買得的玉石手鐲、銀戒指，連街上漢人做的米花糖、生薑糖也從不厚此薄彼。有回他掏一樣東西，從深深的麂皮挎包裡怎麼也掏不出來。曲尼阿果盼望他會掏出一件別樣的東西，還是單獨送她的。東西倒別樣，卻是送給表弟阿可的。巴掌大、瓢蟲般花花綠綠，帶著四個輪子，放在光滑的地上輕輕一推，能滑出去老遠。他說是輛玩具汽車，「西昌街上要不要能看見幾輛，當然是真的，用來載人，也載東西，大的小的都有，樣子各不相同，轟轟的響，飛快，馬兒咋能和它比，天上地上！」曲尼阿果問他：「汽車靠吃啥跑那麼快呢，草，要不燕麥？」他一聽，眼淚都笑出來，好半天才能夠給她，給表姐表弟、舅舅舅媽一個解釋：「油」。問題又來了，這次是舅舅：「哪一種呢？」「汽油。」頗費唾液，因為他也不知道汽油是什麼油，從哪裡來的？「總不會像菜籽油，用榨的吧！能炒菜嗎，或者像芝麻油、豬油、羊油？」舅

015

舅又問。他一概不知道。

「汽車，」舅舅說：「我聽說過。天上像鳥兒一樣飛地叫飛機的東西我卻見過。那年漢官派軍隊打普雄阿侯家用來丟炸彈的，肚子圓滾滾，能裝好多炸彈，一個接一個地丟下來，把普雄的山都炸禿了，引燃的山火越過界，連著好幾座山一起燒，燒了大半年。」

那是四五年前的事，當時他被阿侯家請去抗拒官家的軍隊。那些兵怕死，不敢跟進山，飛機再給他們撐腰也不敢，打了小半年，撤了。都傳說阿侯家這支野夷神出鬼沒，得勢了，滿山的林子裡不分男女老幼，都在齊聲吶喊，一邊敲打樹幹，亂丟石頭，把林子裡的各色鳥兒嚇得漫空瞎飛，不小心就撞死在千年百年的古樹幹上，再有那膽小被喊破膽死去的，不計其數；失手了，一個個，斂聲散去，風響處聽見的都是樹葉樹梢的搖擺，人呢，好像鑽進土裡石頭縫裡了，把官兵緊張得整排整連整團的心尖尖都在跳，生怕自己那二尺五寸長的男兒身軀葬送在涼山的野林子裡，連具完屍爹和娘都見不上，腳底抹油，朝後倒得飛快。

「歸根到底，」在家人時時圍坐的火塘邊，舅舅教導外甥，「在家聽長輩的，出門多交友。」他讓外甥不要怕吃苦，不要怕離家，不要操心家裡的人和事，專心學業，「我們彝人以外的知識，你都學到手，到時候也開個汽車開個飛機來，我們再和別的家支再和官兵再和那好強霸道的爛漢人幹仗就更有底氣了。別動不動就跑來找你家表姐表妹耍，還彈你么表妹的口弦，要不得！」

古侯烏牛安靜地聽舅舅教導到這裡臉紅了，不提一般都是女娃娃玩的口弦，只分辯他不是來看表妹，是來看舅舅的。

二表姐哧哧一笑：「我家爸爸又沒有說你光和表妹耍，還有大表姐和二表姐我呢！」

曲尼阿果羞得哪能待住，慌慌張張跑出門。身後，連她媽媽都笑出了聲。

3. 她跑出去，順勢爬到房後的山上。正是春天，滿山上的樹嫩綠著，又點綴著紅的杜鵑花桃花、白的梨花李子花，嚶嚶嗡嗡，到處是翻飛的蜜蜂，灰灰的太陽光再一照，滿眼花濛濛，瞌睡頓起。她的光腳板觸到一個軟和的東西，低頭一看，是松鼠，一隻從樹上跌下來的小松鼠，再要回到樹上，非得牠的爸爸媽媽幫忙或者等上些時間長大才有可能。她把松鼠捉來放在手心，小傢伙好像等的就是這一刻，伸展開緊貼住她的巴掌，兩隻棕色的眼睛半閉，尾巴輕軟地垂在空中，微微晃蕩。

等她耍夠，要回家時，天已近黑。

剛下到路上，就聽見馬蹄聲響，待回頭，表哥和跟著他、從來弓箭不離身的娃子一齊打各自的馬背上跳下來。

微光裡看不清表哥的臉，聽聲音急得很，問她跑哪裡去了，舅媽到處找呢。

還沒回答，表哥吩咐：「快回家去吧，都等著你吃晚飯。」說完，揪住馬脖子的束帶撩腿子要上馬，那娃子也是。

原來表哥不是來找她的，不及失落，拽住馬韁繩：「要走嗎？」

表哥暫停上馬：「是呀，專門來和舅舅告別的。明天一大早去成都，上劉主席辦的武備學校。」他說的劉主席，是四川省的省主席劉文輝。

「沒聽你說？」

「我說時，你已經跑了。」

她「哦」一聲。表哥再催促她回家。突聽小松鼠吱呀嗚地叫，不免問：「啥呀？」

「松鼠。」

表哥銳利地叫道：「你都大女娃娃了，還爬樹，不怕樹枝椏掛住你的裙子摔下來把脖子跌斷鼻子摔裂啊！」

她不解釋松鼠是她在樹下揀的，捏著百褶裙的一角往腰間做塞的動作：「樹枝椏可掛不著我的裙子！」

表哥搖頭，腦門和鼻尖泛著光，山尖尖冒出月亮的邊，好亮。他說，出手似乎想制止她：「么表妹，不要摟你的裙子，露出小腿子來不害臊啊！」

她的臉熱辣辣的，淚下來，哪是摟，是撩，只一角，表哥繼續教訓：「么表妹，你還要注意衛生哦，不要讓人家笑話我們彝人髒，衣裳穿上再不換洗，非要爛朽朽、快臭死人才脫來丟掉。還身上頭上蝨子蟣子，隨便朝哪裡一坐，拉開架勢就敢掐蝨子篦蟣子。記得拿我帶給你和表姐的香皂洗頭洗澡哦，皂角搗爛……」

阿果氣極，收淚斥道：「討厭你個表哥，騎上馬兒帶著你的臭娃子走你的路吧！」

「咦，么表妹，你想以爛為爛、以臭為臭嗎?！」

曲尼阿果忘記手上的松鼠，兩掌齊出，揉在表哥胸上，要不是他的娃子在背後撐了撐，早跌得四腳朝天，狠聲：「我要爛要臭也是吃蕎粑粑喝酸菜洋芋湯湯的，你可當心，當心那吃大米飯又不爛又不臭的漢姑娘嫌你吧！爛表哥，快滾，滾得遠遠的，我可不稀罕你！」

表哥「哎哎」地叫，大大的一條黑影子靠過來，想安撫她。她不等表哥近身，光腳板在土路上一跺，轉身就往家跑，淚水嘩嘩淌下來，燙熱了臉皮。表哥放大聲：

「么表妹，不怕得罪你，你再長大點就曉得我說的到底是對還是錯。你停停腳，不要你的松鼠了？你不要，我帶走囉！」

她不回頭，加速大跑。馬蹄橐橐，朝相反的方向而去。

自此七八年，再沒見過表哥。表哥在四川武備學校上完學，聽說去了重慶、南京，再回到成都時，已經解放。因為是民族同志，解放軍著意培養他，派他去北京到中央民族學院學習。

一年前，曲尼阿果聽從爹媽的安排前去成都學習時，心想終於要見表哥了，兀自心跳。成都、北京，完全沒概念，以為都是漢人的地方，總歸在一處。到成都人家告訴她，北京有從她家來成都四五個那麼遠。她家到成都，一路停停走走，耗了五天。她一聽，涼

了半截，從此再也見不著表哥，又如何做他的老婆呢，方寸大亂。

　　聽見有人喊她，抬頭看去，坡坎下冒出頭再冒出身子的是沙馬依葛，和她在一起的，除了俞秀，還有一位當兵的。沙馬依葛介紹是夏軍醫。又說，是她們在水溝邊找到他的，和護理員木略正躺在那裡抽菸打盹。求了半天方肯挪動屁股，因為夏軍醫怎麼也不相信某人腳板上扎的刺非得他這個外科醫生出面才挑得出來。

軍醫夏覺仁和他的朋友木略

1. 夏覺仁仰面躺在草地上，架在空中的二郎腿輕晃，一支「飛馬」牌香菸，讓他一口一口地吐著菸圈，一邊瞇眼望向涼山青藍的天空上似塗染著金黃顏色的雲朵，慢慢舒卷。還是初夏，山裡頭的天氣到這會兒已經沁涼。沒有風，粗大挺拔的柏樹杉樹向峽谷兩邊的山坡、峭壁綿延而去。

菸是他求上海的家人寄的。一開始，沒人理他，給他寄來更多的糖、餅乾、奶粉，再要，母親在回信裡罵了他一通，借他大哥的筆：「不學好，屁大一點想當阿飛啊，真的是丘八了。」他當然不是屁大一點，二十三歲，當兵滿年。他也不是丘八，是光榮的人民解放軍的一名軍醫。倒是他的家人，不知今夕何夕，只知掙錢花錢。他放棄最後半年的學習，從輔仁醫學院參軍時，他的家人還以為他會被派去朝鮮呢。告訴他們時當一九五五年，朝鮮戰場停戰快兩年了，聽不進去。搞明白不是去和美國人打仗，是去內地的成都，鬆口氣，還是攔他，勸他先完成學業。他家在閘北開著一家藥廠，兼營藥店，父親去世早，由大哥操持。大哥善辨風向，公私合營前，已將大半資產轉移到香港。二哥早就在那裡打理往來業務，一直打算的是他畢業後去開家醫院，三兄弟各搭一把手，家業會更加圓滿。

他怎麼會聽從他們，落後，自私，最能打動他的是「為新生的社會主義祖國服務」。招兵的人說，與其在學校再耗半年，不如投身到火熱的社會主義建設裡去為廣大的工人農民治病，提高中國人民的身體素質，早日將「東亞病夫」的帽子扔進太平洋。

結果他連一個工人一個農民甚至一個士兵的病都沒看上，到成都的第三天就被緊急調派隨三五九團上了涼山。聽說涼山的奴隸主叛亂了。又聽說他們本來要被派去甘孜的，那裡也在叛亂。這兩個地方生活的都是少數民族，甘孜是藏族，涼山是彝族。

一路上汽車磕著泥巴石頭，五臟六腑都給他顛了個兒，他攀著車廂板向外吐得昏天黑地，還濺到車下步行的戰士身上。幾位火大的，追著卡車泥塊石子的亂砸。所幸只擦破另一位軍醫吳升的臉。南京人，金陵醫科大學的學生，也還得半年畢業，也是自願參軍。

車到雅安，要去往重重大山裡的涼山腹地，只有一條蜿蜒在群山峻嶺、傳自西漢的羊腸小路。因為兩頭挑著成都和昆明，歷來被叫做西南官道。又有人附庸，稱南方絲綢之路，與從西安出發，往中亞再歐洲的絲綢之路有一比。

徒步很乏，吳升和夏覺仁這類的小資產階級知識分子，還要飽受腳板打泡的痛楚。

沿路行走，眼前的景象並沒有冬天的蕭索，太陽朗照，山青水白。又有各種叫不上名、毛色鮮亮的鳥兒翩飛、啾鳴，野兔、草狐流竄，定睛一看，掠過的竟是麂子、豹子，華南虎也偶爾得見。

更有那從沒聽說也沒見過的著裝繽紛、神情冷傲的彝人。

他隨和，吃的用的都能和人分享。吳升認定他小開做派，不惜物，未必發自真心，卻佩服他不嫌髒不怕臭，所見的男女奴隸破衣爛衫、蓬頭垢面、蝨子跳蚤，害肺結核的，咳得臉慘綠，就敢近到身前寒暄、瞧病。總誇彝人男女身材挺拔、長相俊美，棕色的皮膚細膩得像緞子，笑也控制，總帶點羞怯的樣兒，讓人頓生好感。

至於打仗時的表現，不用別人點評，他就很佩服自己，號稱比

吳升等年輕軍醫勇敢。他參加的第一仗，是在一個叫拖烏的地方打的。槍聲一響，前後左右啪嗒各倒下幾位戰士，血湧出來，立刻浸透他們各自身下的草和泥巴，還有一位腦花白生生地掛在黑髮上，另一位腸子心肝淌一地，驚嚇得他唰地尿了一褲子。之後也害怕也嘔吐，尿能憋住。吳升呢，幾仗下來，還是怕得屁滾尿流，褲子都沒得換，有回為躲據他說一顆飛來的子彈，竟然丟下傷員拔腿就躥。

之所以勇敢，在於機智，有竅門，根本不用老兵指點。醫療隊的老八路張隊長憨勇，喊著搶救我們的戰友、階級兄弟直往上衝。那種時候，夏覺仁總要拽他一把，讓他少安毋躁。開始他會摔掉、打開夏覺仁的手，三次四次，就誇學生兵聰明。戰況明朗，叛匪人數有限、武器一般、乏有組織，難得激烈交火，三兩個回合後，再到戰場上搶救我們的階級兄弟，萬事不耽誤。

他還善於總結，自覺漢彝的呼痛聲大不一樣，彝人的豐富，對疼的感覺在漸次加深時，會發出「啊嘖嘖」「啊麼麼」「啾……」地叫聲，接下來是牙縫擠出的「嘶嘶」聲，最後就疼得沒聲息，昏死過去。他們衝鋒時嘯叫不止，「嗚哦」「嗚哦」，給自己打氣，也為嚇唬對手。不時把長槍掄圓在空中揮舞，或者把槍當成砍柴棒，身前身後亂砍，不論砍到的是石頭，還是荊棘、茅草，或者野花，聲音動作之大，對手不注意都不行。機關槍一串一串掃射過來，即刻陰間多了幾個膽大的鬼，還傷了不少。

涼山上滿是山石樹林，到處可以給他們做掩體。他們槍法準，盛傳斑鳩的眼睛都能打瞎，冷槍響過，簡直在點殺對手。打一槍換個地方，都是打小在山裡跑慣的，一雙光腳板管他石頭山泥巴山，有路沒路，翻得飛快，把來自華北東北大平原的小兵們晃得頭暈眼花。也就這點本事，除此而外，槍基本是漢陽造的老式步槍，子彈沒幾發，既不懂戰術，又不懂配合，只管自己充好漢，三五仗過後，再加上人民戰爭的威力，解放的奴隸娃子紛紛掉頭幫助解放大軍，帶路、通風報信，拒絕給前主子提供食物衣物，最主要的是兵源匱

乏，現有的不是投誠，就是逃跑，剩下的三幾個還有什麼能耐？

2.　「夏軍醫！」「夏軍醫！」

聽見有人喊他，裝沒聽見。他累得腿肚子、胳膊都在抽筋，再不想動彈。過去的七八個小時，他一直在給傷員，部隊叛匪的都算，止血、剜彈頭、縫創口、紮繃帶，還得抽空抬傷員。

登記他處理過的傷員也是他必做的功課。不是一般的記數，傷員的姓名都會記下來，有漢人有彝人。他在各人的名字後加注「我」或「敵」。漢姓傷兵明確，張為貴、王三福、劉滿堂等。吉克爾夥、羅洪卜提都是彝人，他用漢字注音。

彝人有自己的文字，象形，寫在片得薄薄的羊皮上，少有人認得，似也不打算讓人使用，只供被稱為「畢摩」的祭司用以祈福驅鬼。他見過那樣的場景，當時畢摩在為一個生病昏迷的孩子招魂。羊皮紙上寫滿了招魂的經文，內容並不特別，甚至家常，「回來吧，回來，你家媽在陽光暖和的南坡上、在煮得有雞肉燉得有豬肉的火塘邊、在結了果子的桃樹櫻桃樹下等著你盼著你」，婉轉，頓挫，餘音嫋然，他聽著當即淚下。

「哎呀，夏軍醫，喊你半天，沒聽見嗎？還是裝怪不睬我？」說話的是木略。

木略是團衛生隊在當地招的護理員。看模樣三十有餘，眼角嘴角擴散的都是細而密的皺紋，牙齒焦黃，牙床卻紅而鮮亮。生日究竟哪天哪月哪年，他也說不清，說是主子吉黑家一隻叫「點朵」的黑母羊下崽子的那一天，還說那是一個下雪天。「點朵」，很多人家的黑羊子黑狗都起這個名字，意思是黑色的雲朵。吉黑主子家不知有多少只叫點朵的黑山羊，到底哪一隻？又到底哪一年哪一個下雪天？單是一年，大涼山上要下多少場雪啊！

自稱二十五歲，常攥緊拳頭在胸前一杵，使勁喊：「看我多有氣力！」其實傷員都背不動。他說和氣力沒關係，這種苦力活不該他

幹，他的身分不允許！不就是吉黑哈則家的奴隸娃子嗎？答稱娃子不假，但他這種娃子是主子的親信，送信牽馬點菸遞酒，幹的都是場面上還輕鬆的活。平叛後他再不說自己是主子的親信，那有啥光榮的，狗腿子一個！

木略找來的目的很明確，要菸抽。

菸到手不走，坐下來，叉開兩條腿，耐心地剝給他的「飛馬」牌捲菸。

即便不問，只要有人投來疑問的一瞥，他都會停下手上的動作，用他那雙掩在薄眼皮下、黑豆樣的小眼珠誠懇地看定對方說，還是他的烏木菸斗抽起來夠勁。

這樣的屁話他每天都在重複，看對象，要是漢族，說漢話；要是彝族，說彝話。他的漢話彝腔十足，但順暢、自如，成都學成歸來的男女工作隊員都不如他。自吹歸功於他那遠近聞名的醫術，彝人找他，漢人也找他看病，當然彝話漢話都呱呱叫囉。知道的人揭他的老底：

「要不是有個漢人爹，你能把漢話說順溜？要不是你爹教了你幾手，你能替人號脈開藥？能混進解放軍裡當護理員？」

木略的爹從成都拐來涼山時不到十歲，直接賣給了吉黑哈則家。看他白淨，先放在屋裡，結果笨得拉牛屎，一句彝話兩三天都記不住，乾脆趕山上放羊放牛。倒好，認得草藥，一來二去，連草藥派什麼用場全有分辨。附近的人頭疼腦熱、拉稀腸打鳴，讓他配幾味草藥熬了一喝真管用。誰要扭傷腿腳，摔破腦袋，打冤家挨了刀槍，他東薅一把草西挖兩節樹根，再幾枚草果子，搗爛，糊住傷口，撕塊布纏上，過幾天打開一看，肉紅紅，新長的。

原來他家在成都是開醫藥鋪的。可憐某一天跟著爹在市場收購涼山來的當歸、三七、麝香、虎骨、熊掌，人潮洶洶，個頭又小又單薄，他爹沒照應到，眼前一黑，就被一個彝人用黑色披風罩了個嚴實。待要發聲喊，小嘴巴已然填了坨羊毛。被夾在胳肢窩，走出

去幾步，舉起來一放，像包袱，橫攔在腱子結實的建昌馬的背上，出了成都城。放下來，解開束縛，胳膊腿腳，麻的疼的，好像不是自己的。前後左右一望，山高水長，哪裡有芙蓉城的景象，不免哭得倒抽氣，娘啊爹的，喊不停，惱得那裏挾他出城、長得黑森森的彝人，拿馬鞭劈頭蓋腦地抽。只得跟定馬屁股，饑一頓飽一頓，搞不清在川西南的大山裡走了多少天，反正太陽月亮，恓恓惶惶，就來了這不辨東西南北、再也見不到爹娘的蠻子地方。人總要長大，他不哭、不擔憂、不害怕，不去想他的爹娘了，哪裡顧得上，主子家有多少活路要他去做，背娃娃，推磨，下種，割燕麥，挖洋芋，打豬草，放羊放牛。還得提防女主子的掐和擰。還得省下時間睡覺，總也睡不夠。還得摘刺果挖葛根填飽肚皮，一年四季的洋芋、圓根，油星星都見不到一滴，餓得前胸貼後背。還得找時間縫合滿是厚繭子的後腳跟那深而闊的裂口。再長高一點，就得在主子打冤家時幫著扛槍背乾糧。

他早習慣人家叫他「克其」了，這是主子給他起的彝名，意思是遠方的人。過上三幾年，就近找個女娃子配給他，稀哩嘩啦，沒幾年替主子家生下七八個男女小娃子。到現在，除木略這麼兒子，誰曉得都讓主子賣到涼山上的哪些地方去了。他們的模樣呢，當爹的他也記不得了。

克其的眼睛低垂，嘴巴微開，像在笑，很是謙恭。越往後，身體越長得順從，微微低伏著，背駝了，人又不高，走起路來，兩條腿好似在掃蕩。喊他「克其」「克其」，管他白天晚上、颱風下雨下雪，馬上應聲。即便上山採藥了，老婆也能頂他的差。

像他這樣從外邊搶來的漢人娃子，但凡對老家對爹娘有點記憶的都逃跑過，最終跑掉的極個別，絕大多數抓回來身上的肉打爛不說，眼珠子挖了、腳筋抽了也是有的，還有的轉眼又賣到更深更遠的大山裡了。他一次都沒跑過，似乎也從沒盤算過。當木略被來巡診的解放軍看中就要離開時，他展顏悄聲和木略說，用的是漢話：「解

放軍會不會派你去趟成都啊，那樣的話，能看看老家的人誰還活著。哎，也不曉得還有沒得人記得我啊！」

他最疼木略，木略卻說，他那點鴉片癮，就怪他爹。他小時候病殃殃的，他爹怕他死掉，常用種在屋外坡坎下的二三十株罌粟給他配藥。

這會兒他終於忙完手裡的活：剝開紙菸，把散出來的菸絲裝進菸袋，揪上一撮，填進菸斗，左右看看，夏軍醫雙手墊在腦後，好似睡著了，沒人注意他，掏出一個小圓木盒打開，翹起小拇指，用專門蓄的長指甲摳點鴉片末，摻進菸絲，壓實，打燃火石點上，深深吸一大口，閉上雙目，讓那嫋嫋的可能變幻出七彩光芒的青菸在他的五臟六腑、七竅八孔這裡停停那裡駐駐，幫他疏通經絡、打通關節。「啊唷，好舒服好安逸，」他由衷地叫道，「不然的話，爾恩家那個腦袋開瓢，又是血又是腦花糊了我一身還死在我手裡的死鬼，像瀘沽鎮馬家菸館的燈籠晃啊晃的，就在我眼跟前。咦，莫不是他的魂找到我了？」不用夏覺仁應聲，自己也不打算追究，又吸足一口菸來含在嘴裡再悠到鼻腔，剛睜開的眼睛陶醉地又閉上了。

3. 彝人裡，除了木略，夏覺仁和沙馬依葛最熟。這個彝姑娘漂亮，大方，不語先笑，有什麼活動，都由她組織演出，熱鬧場面。彝姑娘，當地的漢姑娘都算上，羞答答，管你軍官士兵，只要男人和她搭腔，眼皮就耷拉，臉就紅，說話也不利索，一副小地方沒見過世面的模樣兒！

沙馬依葛也不好對付，老來索要眼藥水消炎膏黃連素感冒藥，總不至於又傷風又拉肚子又沙眼吧？爽快，說捎給家人用。她的家人據說有二十幾口，四個哥哥家連年添丁進人，家底都快啃光了，「反正解放軍是幫助窮人的，對不對？」她說，搞得這一位無話可答。卻聽說她家並不窮，是住在縣城附近，和富裕的漢人都可以相比的白彝。要不，她能說一口漂亮的漢話！自家十幾畝地不夠種，又去

租半山上族胞的地來種。涼山上歷來彝人的土地比漢人多，但不如漢人會耕種。仗著族胞，沙馬依葛家租種的地總能比漢人便宜幾個地租。不但種水稻、麥子、蕎子，還種蔬菜，芹菜、韭黃、茭白這類細菜都種得出來。種得的糧食和蔬菜，多數背去街上賣。家人個個會算計，鹽省著，米省著，一年到頭，吃的都是南瓜、洋芋煮稀飯和糅得有洋芋的蕎饃饃。豬羊牛、雞鴨鵝儘量地養，捨不得吃，養肥了殺來多賣錢，雞蛋鴨蛋鵝蛋也儘量攢了換錢。和住在山上的族胞大不相同，那些人圖快活，好面子，家裡窮得褲子都沒有一條完整的，來個客人、親戚，不論親疏遠近，借都要借鄰居的豬雞款待，規格高的就殺牛殺羊。

夏覺仁因此對沙馬依葛很有看法，嫌她愛貪小便宜，和新社會大公無私的新氣象唱反調，積極也是假裝的，不覺間，對她便有點怠慢。

沙馬依葛感覺到他的變化，不表現出來，還是頻繁地來找他，為青年團的活動，學唱革命歌曲電影插曲。難得夏覺仁和吳升識譜，還會拉手風琴。沙馬依葛更願意找夏覺仁幫忙，這不奇怪，眾人都覺得吳升沒有夏覺仁大方、討人喜歡，長得也不舒展。有時乾脆就是來找夏覺仁聊天的，她的好奇心重，老拿成都和上海比，比如上海有條黃浦江，她就拿成都的錦江比，問夏覺仁兩條江一樣長一樣寬嗎？還問夏覺仁曉得金嗓子周璇住哪裡、見過沒有？偏頭問夏覺仁自己的嗓音有周璇的好聽嗎？這當然都是幼稚之極的問題，可她臉上流露的嚮往單純得令夏覺仁不忍掃她的興，每一次都很細緻地給她講上海的這裡那裡，連他家住的那條叫永安裡的弄堂都講到了，還講冠生園中西老大昌的糕點、萬國劇院的演出盛況、遍植於大街小巷的法國梧桐。因為回想他家寧波廚娘的蘿蔔燒干貝，進而想起家想起母親，連平常抵牾的大哥也浮現在眼前，眼淚汪汪。

候在一旁的沙馬依葛，善解人意得好像呼吸都被她控制了。過上三兩天得空再來，或者路遇夏覺仁，總會掏點吃的用的給他，比

028

如攏在一塊土布手巾裡的十幾枚黑棗，外加幾顆板栗、核桃，南瓜葉子包裹的家製腐乳、水黃豆、豆豉粑；比如鞋墊，先後六七雙，有一雙特別告訴是自己納的，鴛鴦戲水。碰巧上海寄來東西，能分的他可能分給沙馬依葛一半，沒心肝似的，總要補一句：「你嗜巧克力嗜牛軋糖，我敢說比姜糖米花糖好吃十倍不止！」說得人家本來亮閃閃的眼睛頓時黯淡。

再有為什麼沙馬依葛不再找他要藥了，自從他有所不滿後？

吳升，包括木略替他思量後說：「那是沙馬依葛看上你了。」他噴出笑說，沙馬依葛不是看上他，是喜歡上了大上海。木略說：「你不就是大上海嗎！」說得他心頭一顫。「沙馬依葛可訂過娃娃親，她的準女婿不就在基幹隊嗎！」還是木略：「新社會，不要說娃娃親，一起睡得娃兒生下好幾個的包辦婚姻都不作數了！彞民連的副連長，他就沒要家裡給他娶的老婆，那還是他姑姑家的女兒呢。要在舊社會，他姑姑不把他活剝再生吞掉，家支也饒不了他！」夏覺仁虛乎乎的，有點慌。轉念，那是沙馬依葛的意思，不是他的。到底是件事，夜裡睡不著，心高懸，生怕得罪沙馬依葛。他只不過表示喜鵲登梅、萬字符的鞋墊比鴛鴦戲水的漂亮，正把玩著的鞋墊劈手就被沙馬依葛奪了回去，滿臉青霜，杏眼倒豎，很像小說裡描述的凶光畢露，嚇得他牙顫。

此一時彼一時，這當口，沙馬依葛在小河邊找到他，他很歡喜：「我打聽過，你們工作隊受傷的都是男的，還都是輕傷。仗打起來時你在哪裡呢？」

「搭帳篷。成都壩子來的幾個姑娘嚇得吱哇亂叫，刺笆籠籠，撅起屁股也敢往裡鑽。還有你俞秀，」沙馬依葛話鋒一轉，「難道你不曉得彞人打仗不傷女人嗎？驚叫喚，把我當擋箭牌。」

俞秀紅了臉皮：「你膽子大，看哪天不長眼睛的子彈要了你的小命你還笑不笑！」

夏覺仁嘴欠：「像沙馬依葛這麼勇敢的姑娘面對死亡時笑是肯定

029

的，只是笑得恐怕很難看……」作齜牙咧嘴狀。除開當事人，哪有不樂的，木略含口菸在嘴裡，嗆得空空的咳。夏覺仁一眼過去，沙馬依葛的眼神刀鋒般，似要劃破他的皮肉，趕緊端正姿勢，嗓子眼不爭氣，咕的悶聲響。

　　還算機敏，掏出一把牛軋糖，不惜繞過俞秀再木略，專門遞給沙馬依葛。那位嘴角輕吊，淺笑浮面，擺手，夏覺仁跟進，終於接過去，掂掂，轉手塞給俞秀。俞秀何德何能，不肯都要，推來擋去。木略怪叫道：

　　「你們的面子大啊，我和夏軍醫耗半天，連顆糖影子都沒見到。來來來，先給我一顆甜甜嘴巴！」搶上前就奪。沙馬依葛這才勉強留下幾顆。「啊」一聲，想起了等在衛生隊的曲尼阿果。

愛情1

1. 如何鑑別一位彝女人是否成婚，看她的頭蓋。姑娘頂的是一塊類似瓦片因而俗稱瓦蓋的繡花頭帕，婦人則戴狀如荷葉、滿是繡飾的藍布或黑布盤帽。夏覺仁在家信裡專門描述過荷葉帽。他說，荷葉帽子襯著彝女子桑葉一般細長的眼睛、尖尖的下頰、嵌著銀飾片因而端直的脖子，讓她們看上去又從容又優雅。他還盛讚長而疊幅多多、色彩樸素唯藍黑白三種的百褶裙，把身著這種百褶裙的彝女子的赤腳行走比喻為雲朵在天空上的移動。女娃子的百褶裙長不過膝蓋上下，裹腿而已。每封信家人回覆時或評論或提問。某次他的一個侄兒問：「光著腳板不怕扎嗎？」他回答：「茸茸的草和碎花鋪地，不怕！」

顯然怕，眼前這位就扎了根或數根非得要他一個外科醫生來給她挑的刺兒。

對於他的到來，當事人幾無反應，仰著瓜子臉，用彝話，急切地和沙馬依葛說著什麼。這彝姑娘真的有雙桑樹葉子般的眼睛，眸子黑亮，眼白發藍。看她的神情、眼風所向，關涉那幾位馱著戰死者的屍體、趕馬離去的彝人。說話間，掏錢遞向沙馬依葛，那位非但不接，還似在駁斥她，脆生生，毫無間隙，堵得她嘴巴張了又張，

031

小白牙齒忽隱忽現，沉靜的面容起了波動，兩手朝地上一撐便要往起站，沒得逞，淚水瞬間汪滿眼眶。夏覺仁待出手，俞秀比他快，竟然也會彝話，接過錢，徑直朝那些反向而去的彝人追去。

那些人停下腳步，聽俞秀說話，再把她引向一位死者的遺孀或姐妹。婦人左推右擋，不接錢，一邊在俞秀的示意下，望向這邊，身體在慢慢下墜，直至跌坐到草地上，哭將起來，草壩上一片靜默。曲尼阿果的淚珠線一樣的滑落，她說，用漢話，彝腔濃重：

「多造孽！」

婦人被親友們七手八腳地拉拽起，再兩邊一夾持，拖上往前而去。俞秀呆一呆，趕上去隨便把錢塞到某位的手裡，跑了回來。

沒站穩，沙馬依葛便數落她：「人家本來不哭不鬧，偏去惹。那麼兩個小錢，誰稀罕！」

俞秀好脾氣：「夏軍醫，你快替阿果挑一挑她腳上的刺吧。」「哧」地笑道：「阿果，你想讓它發芽長苗嗎！」

曲尼阿果一拽她的衣襟：「你就等著明年來摘刺果吃吧！」

真善變，正哭哭啼啼呢，轉過臉，已經笑成了一朵花。夏覺仁一齜牙，特意笑道：

「沙馬依葛、俞秀，你們看著吧，看我怎麼移栽你們朋友腳板上的刺果樹。」

「刺果不是樹，」沙馬依葛氣仍不順，「滿山上一叢一叢地長著，渾身刺，果子上也是。你不曉得嗎，來我們涼山一年多了？」

「曉得曉得，」夏覺仁連聲附和：「果子酸甜，曬乾了可以泡水喝，你不是給過我嗎！」再看沙馬依葛，顏色緩和。另兩位姑娘管自嬉鬧，扎著刺的光腳板也不老實，敢亂晃。

「光腳板、光腳板，還說茸茸草碎花鋪地呢，扎刺了吧！」自說自話，又說：「幹嘛不穿麻鞋啊，繡著牡丹花，多漂亮？」

等不來曲尼阿果的回答，看她的表情，眉頭微蹙，眼神回收，似在琢磨。水泡般，話直往外冒：

「聽不懂我的話嗎？那你肯定不是在漢區邊上長大的，不像沙馬依葛，你家在哪座山上啊？你是白彝還是黑彝？先別回答，」瞧眼沙馬依葛和俞秀，「你倆也別吱聲，我猜猜。阿果、阿果，你一定是黑彝姑娘對不對？黑彝姑娘漢話都不算好，說話不看人，鼻子高翹，傲ㄅㄅ……」

三個姑娘又說開了彝話，還笑語連連，夏覺仁猜她們起碼沒在罵自己，衝曲尼阿果一努嘴，問沙馬依葛：「說啥，這姑娘？」

「你呀，廢話一籮筐！她問你是不是瘋的？」

「哪兒瘋？瘋子，你怕不怕？」揚臉，向前一探，太過迫近，當真逼得曲尼阿果朝後一閃，面色如水，眼神淩厲，唱歌似的又是一大串彝話，伸手，似要女伴拉自己。

果然，俞秀作勢要拉，沙馬依葛攔住她，數落夏覺仁：「你在我這裡裝瘋賣傻將就，在阿果面前可收斂點，她不習慣。你猜得沒錯，她是住在高山上的黑彝姑娘，漢話一般，交遊不廣。可你白彝黑彝，亂說啥！別不懂裝懂，惹著我們哪一個都是民族問題。現在問題來了，她不要你給她挑刺，說哪怕腳板爛掉！」

夏覺仁這才感到兩腿酸麻，不敢就座，臊得慌。

聽得一聲喊，解圍的現身：「你們在這兒呀，手術做完沒？」是木略，故意把挑刺說成手術。又聽他好奇地問：「你們三個丫頭，在開夏軍醫的鬥爭會？」

「哪有這種事！」夏覺仁說，趁機起身跺腳，舒展身體。一錯眼珠，見曲尼阿果也在活動腿腳，想必酸麻得更甚！當即振作精神：「我取器械去，得快點，天黑就挑不成了。」招呼木略別離開，完事一起吃飯，用他留住三個姑娘。

匆匆跑回來，人都在，暗暗鬆口氣，跪下一條腿，去捉扎刺的光腳板，躲開，再夠，還是躲。

「噫，」木略說，留下他確實英明，「阿果，你的腳板要往哪裡藏啊？」

沙馬依葛也道：「阿果，別封建，醫生男人女人的病都看，沒關係！」

夏覺仁讚許地衝沙馬依葛點頭，那位深有默契地一碰他的眼神，全是對曲尼阿果的包容。木略笑道：

「原來嫌夏軍醫是男人啊！夏軍醫，我們兩個男的走吧，吃完飯好睡覺，昨天那一仗累死人。啊，啊，」故意打兩個大哈欠，「夏軍醫，你咋了，一眼不到，像變了個人，縮手縮腳，你在怕哪個？未必碰到鬼了？」

怕哪個？夏覺仁一哆嗦，暗問自己。他挺怕沙馬依葛那張臉，明明笑著，定睛看去卻在發狠，好似他的大娘嬸子嫂嫂，甚至他母親的千變臉。可他新悟到另一種怕，這種怕令他不能呼吸，讓他想要凝神端詳進而觸及他怕的對象。哪一位呢，眼前的三位姑娘？長出一口氣，再吸進的秋涼流貫過他的腦袋，一下擊中了他，當然是曲尼阿果囉！抬望眼，只見她的髮頂，微亮地漫漶在大山的陰影裡。他們以外，太陽照舊明亮。

「喂，」木略用胳膊肘搗他，「發啥呆，趕緊挑。明天要去的瀘沽好耍得很，馬家菸館釀的包穀酒爽口啊！哎喲，他家那幾個丫頭才水靈、粉嫩哦，又會耍笑，我⋯⋯」

「木略，」沙馬依葛銳聲道，「你竟敢炫耀舊社會的髒東西臭東西！你最好跟上你的主子吉黑哈則當叛匪吧，別讓馬家的好酒和水嫩的丫頭空等你！你是不是還想去抽幾管大菸啊！」

木略被當頭一喊，懵片刻，到底比他們各位多吃幾年鹽巴，發力道：「沙馬依葛呀，曉得你積極，可你也不必拿大話狠話來嚇唬我。比起你，我是翻身奴隸，你們家按漢區的土改，再狡辯也躲不脫富農的帽子；按彝區的民改，得是奴隸主。別以為我們不曉得，你家肥得流油，臘肉香腸一年四季沒斷過，娃子養了好幾個，彝民連的俄爾是你家的娃子吧。傻傢伙，聽說現而今還在往你家送薪水呢。你這麼積極，難道不曉得我家主子那些奴隸主為啥在鬧事嗎？就是

為了拽住奴隸制的尾巴不鬆手，讓我們娃子給他們當牛做馬，把掙的一點血汗錢管他千里萬里都要送回去！人民政府、解放軍收拾他們，就是不讓他們再壓榨我們這些可憐的娃子嘛！你以為你爹把你們大小幾個男女娃兒送到革命隊伍裡來，政府就會允許你家的奴隸制存在？想得倒美！」

沙馬依葛氣得跳腳，哇哇叫，哪裡插得上嘴。

木略見好就收：「我也不對，馬家丫頭的爛話，不該當著你們女同志講，對不起你們！你們憨啊，漢區解放後，不正經的女人早掃蕩掉了，馬家菸館也改成飯鋪，公私合營了。我那些爛話啊，馬上可以消除掉。喏，沙馬依葛，比如你的衣服上落了泡鳥屎，彈掉嘛。」曲起指頭在沙馬依葛的衣領上彈幾下，後者避之不及，罵他：

「討厭鬼，作死啊！」話題轉到曲尼阿果身上，捎上木略：

「阿果，彆扭捏，再拖，天黑挑不成不說，木略那張狗嘴你以為吐得出象牙，不曉得又會把誰家的爹當成奴隸主來鬥爭！」

「得罪，得罪！」木略道：「好鐵不打釘，好男不和女鬥，沙馬依葛，這兩句漢話你該曉得！我兩個閃開，看把夏軍醫的光線遮住。」

兩人歪纏時，曲尼阿果扎了刺的腳，已被夏覺仁移到自己半弓的腿上，用酒精棉擦淨凝血、汗跡，正掭著鑷子、片刀，端詳著如何下手。曲尼阿果的猶豫和輕微的掙扎持續著，雖然木略和沙馬依葛的鬥嘴分散著她的注意力。

「你們都拿啥針挑的，咋挑的，創孔這麼多！」夏覺仁用鑷子尖漫點著曲尼阿果的腳掌道。曲尼阿果的腳板並不粗糙，瓷實，緊繃，被父母圈在山上，走路有限？夏覺仁想，一邊捏緊其中的一個創孔，欲把刺逼出來。曲尼阿果左搖右擺，不配合。難免焦躁，輕輕斥道：「這就忍不了，還咋挑！再亂動，真不管你了，讓刺兒在你的腳板上生根發芽吧！」

「阿果，」俞秀說，「你非得腳腫化膿疼死才安逸啊！」轉而催促：「夏軍醫，快挑吧，阿果會老實聽話的。」

「是嗎？」夏覺仁問，這位猶疑不定，點頭，搖頭，淚光盈盈，臉面茸茸，上翹的下巴頦掬著的小肉坑，圓潤、柔弱，不由得一顫，眼迷心矇，鑷子差點失手掉地上，趕緊垂下頭，擺弄開了。

隨著曲尼阿果尖利的一叫，呆愣中，已經被她扎著刺、此時又晃蕩著鑷子的腳踢到一邊。不及多想，爬過去攀住她的腿，伸手剛夠著鑷子，不等捉穩，被她一掌擊來，兩下一碰撞，扎刺的腳板生生地被鑷子劃拉出條皮肉翻飛、四五寸長的口子。

2. 醫療隊的隊長張長生聞訊趕來，氣急敗壞地扒拉開夏覺仁，指揮眾人將曲尼阿果抬進帳篷，親自處理。

夏覺仁立在帳篷外，用心捕捉裡面的動靜。器械碰響，對答聲，沒有曲尼阿果的。

忽聽得張隊長喚他，三步並做兩步，鑽進帳篷一看，曲尼阿果已被安頓在擔架上了。麻藥的作用還沒過去，眼睛半張，軟綿綿，汽燈光罩著她，白亮，似要虛化她。

「你小子，」張隊長罵道，「說來都是笑話，幾根刺，害得人家民族姑娘縫了十幾針！先不收拾你，趕緊抬上擔架，把這姑娘送回去。」

夏覺仁支應著，繞到曲尼阿果的頭邊，這位大睜開眼睛，面色冷峻，看他意欲何為。他張張嘴，被那掩在濃密的睫毛裡的黑亮眼珠鋒利地一刺，什麼也沒說出來。張隊長生氣道：「對不起總會吧？」他就說：「對不起！」跟進一句：「疼嗎？」曲尼阿果閉眼，側臉，咕噥了句。沒聽清，當然要問：「什麼？」沒回應，再問，等著和他抬擔架的彝族衛生員笑道：

「夏軍醫，你使勁問啥嘛，未必你聽得懂彝話？」

「聽不懂。你告訴我這姑娘說的啥？」

「不是好話，聽來幹嘛？」

張隊長一迭聲催他們快走快走，哪裡容他耽擱，難為他，記住

了彝話的音。

　　剛起步，為他們掀簾子的張隊長叫住他：「回頭把你的馬兒牽給這姑娘騎，她的腳拆線前不能沾地。這些民族丫頭啊，打光腳板，不講衛生，還惹事！」

　　沙馬依葛正好在簾子邊，不免叫起來：「張隊長，太沒政策水平！」

　　張隊長笑嘻嘻地招架：「批評得對，我會深刻反省的。你一直在等自己的隊友嗎，好姑娘！還有一位呢，」說的是俞秀，「你們都跟上回去吧。」擰亮繫著帶子的手電筒，掛到夏覺仁的脖子上。

　　曲尼阿果支起身直喊：「俞秀、俞秀……」

　　俞秀側身越過夏覺仁，握住她的手，「我在這兒呢，」輕言輕語：「疼不疼？」

　　「打了麻藥。哦，疼起來了，好像誰的手在揪扯，一下一下；又好像鑽了蜂子在裡面，亂蜇。」真能打比方，夏覺仁悄沒聲氣地笑笑，心想，漢話表達得也到位。

　　「麻藥過去會疼一疼的，你這連小手術都算不上，絕不會大疼。」夏覺仁安慰道，沒人接腔。

　　木略藉口幫他打飯，早溜了。沙馬依葛和俞秀不肯先回去吃飯，俞秀更關心曲尼阿果，她說：「我們可以吃蕎饃饃，阿果家媽前兩天給她捎來十幾個，揉得有今年的新洋芋，還可以就你給的牛奶糖。」

　　咿，沙馬依葛呢？轉眼不知去了哪裡。

　　沒有月亮，星星一滿天，山的輪廓、樹的影子、地上有路沒路的地方影影綽綽。這頂那頂帳篷，油燈光、蠟燭光，點點團團，與頭頂似伸手可及的星星渾然一體。

　　去往工作隊的坡路，讓來來往往的人、馬踩踏得附在上面的草和荊棘都沒了，膠鞋底子一上去就哧溜。

　　身後的衛生員喊夏覺仁說：「踩穩當點嘛，搖來擺去，電筒光亂晃，你看得清路，我看不見。」

他停下來稍做調整，一邊問：「這姑娘說我啥，剛才？」

「沒啥！」短促的一笑。跟在後邊的俞秀似沒聽見。

沒啥，肯定有啥，這傢伙才會笑了又笑。又想，曲尼阿果冷不冷啊？風一陣一陣，寒呢，忘了給她搭條毯子。

噗啦啦，幾個女工作隊員近到跟前，圍住擔架阿果長阿果短，一邊手忙腳亂地幫著把擔架抬進帳篷。

收拾好擔架，衛生員問：「夏軍醫，走嗎？」衝帳篷支起耳朵，擺擺手，「那我找飯吃去了。」不等說完，飛也似的跑下坡。下坡咚咚跑的只有涼山人，彝人漢人都敢。

帳篷裡的聲音此起彼伏，都因曲尼阿果而起，問她喝水嗎吃饅頭還是米飯菜不涼吧，間或能聽見她一聲半句的應承，沒有呻吟。

夏覺仁暫時放下心，轉身，撞上沙馬依葛。驀地，遞給他一個南瓜葉子包著的東西，虧她好心，裡面是兩個饅頭一塊榨菜。肚子裡的咕咕聲清晰可聞，緊忙填進嘴。背包裡還有幾塊巧克力呢。這麼一想，恨不得給曲尼阿果送去。沙馬依葛扯著他的袖管問：「你曉得我幹啥去了？」

自覺機靈：「給我拿吃的。」

「哎呀，就曉得吃！」星光居然能照亮人的臉，沙馬依葛的就是。她說：「反正不會處分你，至多批評幾句。」

夏覺仁聽得越糊塗，問她：「我怎麼了，要處分我批評我？」

「呀，」沙馬依葛不禁叫道，「你害得我們民族姐妹差點成瘸子，不承認嗎？」

「嚴重了吧，這種說法！」

沙馬依葛以併攏的食指中指戳在他肩上：「不知反省，還不識好人心！」越往後聲音越輕柔，陡然聲調拔高道：「你們張隊長好凶，說你腦子開小差了。」

夏覺仁腦袋嗡響，驚道：「你和我們張隊長說啥了？啥小差？」以為他因曲尼阿果而滋生的妄想有所暴露。沒有，沙馬依葛想當然：

「你所以劃破阿果的腳板，都是因為你看不起民族同志的心理在作怪。」

「嗯！」他驚訝得無以復加，心卻放下一半。

「未必不是？你們這些漢人，總認為我們野蠻才愛打光腳板！」

「你們，我們，你要小心，不要犯地方民族主義的毛病，那和大漢族主義一樣嚴重。」

「你也有點大漢族主義，也得注意。不過領教了吧，我們的彝姑娘阿果太嬌氣，有時候還很蠻橫，不講道理，非要給叛屬送錢。這和她的階級根子有關係，她家是黑彝奴隸主，她家爹要不是耍小聰明，這回肯定也叛亂了……」

「這你都和張隊長說了？」夏覺仁急道。

「沒說，一碼歸一碼，以後再和阿果打交道你留點心。」又聽得她說，「我巴心巴肝地對你好，你呢，當著木略和俞秀的面嘲笑我！」

夏覺仁急忙辯解：「我不是和你熟嗎，難免隨意！」

「那是只有我們兩人時。」沙馬依葛說。夏覺仁無語。「對不對？」沙馬依葛跟進道。

毫無轉圜，夏覺仁放大聲：「不對！」急眨眼，不能相信竟如此無禮。

周遭的聲響頓起，哨兵的口令，馬的嘶鳴，風吹樹林，甚至草棵間的蟲叫，盡入耳廓。聽見沙馬依葛問，小聲小氣：「哪裡不對？」

這不是他能夠面對的，便說：「快吹熄燈號，我得趕緊，晚了挨訓。天一黑，張隊長就不讓我們亂跑，怕狗熊、豹子把我們叼走。」

沙馬依葛不則聲，閃開，給他騰路。

「哎，」沙馬依葛輕喚，他站住，沒回頭，她說：「明天可別忘了把你的馬兒給阿果牽來，她的腳不能沾地。」

他支吾著，步幅越大，逃之夭夭，從沙馬依葛身邊。

漢人彝人

1. 一早起來，先為傷員檢查傷情，指導衛生員換藥，再去聽張隊長每天的例行訓話：

「大涼山上民情敵情複雜，國民黨反動派不甘心自己的失敗，訓練的特務、土匪，林子中山洞裡石頭下，東藏西躲，這裡一槍那裡一槍，給我們打了多少埋伏，製造了多少麻煩，犧牲了我們多少參加過百團大戰、圍困太原的老戰士！像你們的小胳膊細腿，」所指多是夏覺仁這號學生兵，「還不嘎嘣就給你們搣斷了。」

他說他的，大家各忙各的，打背包，搭馬褡褳，捆藥箱，女衛生員照鏡理雲鬢。

夏覺仁心頭急啊，擔心曲尼阿果等得不耐煩找別的法子先出發。

剩在他手裡的除背包和隨身的藥箱外，都讓別人的馬匹分擔了。那些馬兒的主人憤憤不平，也不隱忍，不是掉臉子給他看，就是拿鼻子哼他。

木略稍有風格，但企圖明顯，既要「大前門」，又不放過巧克力。工農戰士多嫌巧克力苦，吃不了，木略接受新生事物快，來者不拒，癮頭十足。

木略隨口而出的還有許多互不搭界的口號標語：警惕敵人的糖

衣炮彈、第一個五年計劃勝利完成第二個五年計劃即將開始、南朝鮮李承晚政府是美帝國主義的走狗、要把中國建成一個鋼鐵大國、時代不同了男女都一樣……

膽子大，不怕在眾人面前唾沫星子亂濺地發表各種高見，不知他底細的，還以為他是醫療隊的教導員。要不是年齡偏大，組織上本來有心把他送到西南民族幹部學校開辦的工農速成班著意培養的。

經過民主改革教育、訴苦大會，他的階級義憤已然生成，再抬傷員時，非得解放軍和基幹隊員方肯出手。基幹隊員比叛匪多頂軍帽或者軍挎包，木略便來回撥弄橫躺豎臥的傷員，哪管人家痛與不痛。夏覺仁告誡他從醫的人不能差別對待敵方我方的傷員，包括屍體，關乎人道主義精神。他根本不加理會，抬腿就踢一個傷者。此人是他的主子吉黑哈則的朋友，某回來做客，他幫著遛馬餵馬，「哪個曉得那匹該死的馬兒吃了啥拉稀拉得止不住，這個現在裝死裝得這麼像的傢伙拿槍托亂砸我的屁股，砸得老子差點殘廢。」

至於他的主子吉黑哈則，木略認識到在參加叛亂前他是人民政府可以信任的好奴隸主，之後是壞奴隸主。在吉黑哈則還是好奴隸主時，人民政府把他請到縣城，讓他住他家的仇人、漢人金南山的宅子，每個月還發零花錢給他。他呢，作為副科長，偶爾到縣教育科的辦公室轉一圈。大部分時間不是在開會，大會小會都算，就是跟隨各種名目的團隊去內地參觀、學習，連上海、北京、呼和浩特、廣州那麼遠的地方都去過。

他的主子本來還有機會再去遊玩的，但他叛亂了。

政府讓他把多的土地森林交出來，分給娃子們，還讓他把槍交出來，這怎麼能夠。一會兒拿他的老母病妻需要娃子照顧搪塞，一會兒拿他家七八口人吃飯要土地種糧食抵擋。縣長給他算了一筆賬，說他的土地政府又不是不給錢，贖買金相當可觀，可不是他那些一輩子都種洋芋、蕎子的地能掙回來的。「再加上你每個月都有的比縣長我還要高的津貼，你家的生活比有地有牛羊時更好過。」老

母病妻呢，縣長說：「可以給你配勤務員！」以前都是娃子伺候，他們幹啥呢？縣長說：「他們呀，得種你分給他們的地，得管理你分給他們的樹林子，還得像你一樣出來工作，或者去成都學習！從此以後，他們不再是娃子了，和你我一樣，是社會主義社會的公民，我們大家平起平坐了。」吉黑哈則驚嚇得大瞪眼大搖腦袋，不肯和蠢蛋臭東西木略平起平坐，那樣的話，「我會噁心得連膽水都哇哇吐出來的。」他宣稱。

這個細節在團裡組織的訴苦大會上，引起了團部葉幹事的注意。細打聽，木略的家世具有相當的典型意義：爹是搶來的漢人，還是從省府成都那樣遙遠那樣政治經濟文化集中的地方；木略從一個小娃子做到大娃子，服侍的都是小主子吉黑哈則。木略因此被地方和部隊請來請去，到處訴苦。漢話彝話間雜，配以手上的動作、臉上的表情，既可信又生動，聽的人哭得由衷，笑時也帶著淚花花。

有關小主子欺負他的例證不少，比如把他當馬騎，強餵他吃羊屎麻雀屎，揪他的耳朵，扯他的嘴巴，搶他爹給他逮的鷂子和用索瑪花的葉汁花汁染得紅紅綠綠、好好看的陀螺，他抓到的斑鳩麻雀兔子烤熟也不給他吃。越說越傷心，禁不住哭將起來，聲音響亮啊，半坡的鳥兒都驚飛了。主持人葉幹事掏出自己的手帕遞給他，不會用，小指頭半翹，食指拇指捏著手帕的一角，大部分在空中輕飄，怎麼看都肉麻。臺下心軟的，跟著在流淚的，都止不住地笑。葉幹事立刻糾偏，舉臂高呼：「打倒黑暗、萬惡的奴隸制度！奴隸解放萬歲！」提醒木略，讓他控訴他的兩個哥哥三個姐姐是怎麼被奴隸主賣掉的。

這成了他下一次的控訴內容。

後來他的控訴主要集中在兩個話題上，一是他爹是如何被奴隸主從成都搶來做娃子的，二是他媽又是如何被主子像牲口一樣拉來配給他爹做老婆的，本來他媽正和情郎自由戀愛。這兩大話題，葉幹事不斷幫他強化，一次一次的控訴後，內容更飽滿表述更流暢，

尤其情感更悲憤撩人。木略的風頭由此大盛，蓋過團裡的其他彝人，男女都包括。

他性格張揚，忍不住得意，再看人時眼睛便帶點斜瞥。這會兒看夏覺仁也是，後者因此警告他：「小心得斜眼病！」學舌問他：

「『措汙漢呷』啥意思？」

「彝話不錯嘛，有人罵你？」木略正給菸斗填菸絲，一翻沉甸甸的大眼皮反問說。

果然是罵人的話！「罵的啥？」

「爛漢人！」

一口氣卡在喉嚨，險些嗆咳。

木略笑嘻嘻地說：「夏軍醫啊，你惹著我們哪一個彝胞了？是不是阿果那丫頭？別勾腦殼啊，」一邊掀他的肩膀，折騰出的動靜剛夠張隊長目光如炬地射向他們，喊的是：「夏軍醫，檢點你的行為，你是軍人，不是老百姓！」罵的像是木略。木略夾緊雙肩，伸一伸舌頭，頑皮樣不減。等張隊長的頭一扭開，又湊近來，帶股菸臭，悄聲：

「夏軍醫，昨下午那麼一會兒你聞到花兒的香氣了吧，看見花兒長得美了吧！要不然，你會心抖手抖，把人家姑娘的腳板劃得非縫針不可！」

夏覺仁別過頭，不睬他。他繼續絮叨：「你可聽清楚，千萬收拾起你的美夢，不要去惹事！我們彝人，是絕對不會娶更不要說嫁姑娘給漢人的，到時候把你的腿腿打斷胳膊敲折，你還不曉得得罪哪方神聖了！」

張隊長宣布散會，場面即刻大亂，夏覺仁拎上小藥箱跑去草壩的另一頭牽馬。

那馬兒咬緊一叢草，讓他拽了又拽。木略跟來廢話連篇：「你躲我呢，夏軍醫！等你明白過來，感謝我都來不及。」緊跑三兩步，和他並排，氣喘吁吁地又說：

「我們彝人是不和外人開親的，就是我們自己，也是白彝和白彝，黑彝和黑彝，我們娃子只有和娃子相配。大家不分裡外，亂開親，成啥規矩！誰要敢破壞這個規矩，亂棍子打死不說，生得有娃兒的，不是掐死，就是丟在河裡淹死，爹啊娘的，因為羞愧，上吊的，拿槍射腦殼的，總要死幾個來擺起。你就只管追求黑彝姑娘吧，到時候你完蛋不要緊，你家爹你家媽哭瞎眼睛也不要緊，最主要的是你會害死人家姑娘的。本來我很不贊成沙馬依葛纏你的，現在看來，你兩個倒還合適點，最起碼能活命，她家住在漢區邊上，比較開通。咦，你吭都不吭一聲啊，我口水說乾，跟著你腿也瘦了！」

　　夏覺仁不看他：「你這麼胡說一氣，當心那兩位姑娘聽見不饒你。解放了，你說的那一套都是舊社會的壞風氣，不作數了。你不是常在臺子上憤怒控訴奴隸制對你的人身限制嗎，說你連屁都不敢隨便放。這會兒咋又替奴隸制幫腔，你啊，骨子裡就是當娃子的命！」

　　2. 牽著馬兒，爬到坡上一看，空空落落，哪有人影，心下涼透。張目向部隊前進的方向望去，窄窄的峽谷裡滿是蜿蜒的人馬，男女一色的淺黃裝束，間或一兩杆紅旗。忽聽有女子嗯嗯唧唧地輕喚，扭身一看，高興呢，左腳板纏著繃帶的曲尼阿果坐在一塊青石頭上，等在那裡。

　　兩人目光相碰，曲尼阿果一改瞬間的振奮，臉冰冷。他嗓子發乾，吭吭兩聲，抱歉來晚了，問受傷的腳痛不痛，有沒有發燙的感覺。不回答，只高挑了眼睛看他。兩眼三眼，給他的感覺好像曲尼阿果站著、自己倒坐著。

　　「走呀！」聽她促聲，挺直上身，伸展雙臂，等他相拉。

　　伸過手，曲尼阿果把住的卻是以袖子相隔的胳臂，一腳著地，使勁，起身，就著他的幫扶，單腿蹦到馬兒跟前。建昌矮馬光著脊背，沒有鞍轡，自然也沒有馬鐙來讓她借力。

　　兩人你一眼我一眼，不是看對方，就是看馬兒，彼此無措。馬

兒不耐煩等，刨地，咴咴叫，腦袋不斷撇向大部隊離去的方向。

蹲下身，在曲尼阿果和馬兒之間，連說帶比畫，讓她踩著自己的腿再肩膀……猛地被推了把，四肢著地，吃驚不小，待往起爬，曲尼阿果的一隻腳已經踏到他的背上，伴隨著輕叫，可能傷口疼，可能在發力，腳尖用勁一點，把他當作上馬石，撩腿跨上馬背。

馬兒等的不就是這一刻嗎，撒歡兒往前，他手上的韁繩也被拽走了。

爬將起來，看見曲尼阿果正在馬兒的屁股上加鞭，用韁繩梢，兩根長辮在身後翻飛。

拍拍巴掌，揀乾淨腿上的草屑、石渣，拎起醫藥箱也去追趕部隊。

趕過慢騰騰的收容隊，就是他們醫療隊的擔架班，旁邊還跟著三四位用松樹、杉樹枝當拐棍的輕傷員。

這些人中，有的認識夏覺仁那匹棕色帶白團花的建昌馬，一位當地漢人俞昌富，自稱俞秀的遠房堂哥，打趣他：「夏軍醫，你的馬兒馱著好漂亮的一個丫頭飛也似的跑過去了。你可是憐香惜玉的人呢！那丫頭我認得，是我妹妹俞秀的朋友曲尼阿果。」

俞昌富這個漢人居然混在彝人還基本是黑彝裡當了叛匪。他說，誰讓他的黑彝乾爹克底要叛亂呢，又誰讓他當時在他乾爹家吃喜酒呢。克底家以兒子的婚宴為幌子，聯合姻親，和平常走動頻繁的三五家人突然起事。

他喝得半暈時，聽見他乾爹等人騎著馬兒出了院門，動靜大，吭哩哐啷，火把亮紅半邊天。他愛熱鬧，又多喝了酒，抓起槍，跳上馬兒，吆喝著也跟了上去。天黑得伸手不見五指，憑著幾支火把，哪能看清他們團團圍住的是區公所的院子。圍住就放槍，砰哩砰隆，爬牆的，撞大門的，人人都在吼叫。

俞昌富和他乾爹的兒子一前一後往洞開的大門裡衝時，不禁嘀咕，這新郎急得跟孫猴子似的，還怕以後沒仗打，一槍上來要了小

命，連女人是啥滋味都沒嚐到，好可惜！

　　天到底有了點光亮，瞥見死在地上的一個男人穿著四個兜兜、立領的幹部服。舉目望去，牆上掛著毛主席和朱總司令的像，當即嚇出一身冷汗。他不落後，參加過區上組織的政治學習，要不是老婆拖後腿，早吃上政府的飯了。

　　旋風樣的跑出來，找他乾爹問究竟。他乾爹看見他吃一驚，問他咋來了？不回答，只問他乾爹為啥攻打區公所，不想活了？他乾爹和他的意見相反：正因為想活，活得還要自在。

　　他乾爹也曾是解放軍、人民政府的紅人，走在大街上，縣長碰見都會專門停步和他打招呼。誰想到轉眼成仇，大打出手。

　　狀況既明，俞昌富生起的第一個念頭便是腳板抹油，一逃了之。他乾爹也轟他，埋怨他不該跟來。

　　可他是有義氣的人，要不是小時候他乾爹把他從狗熊的嘴巴裡掏出來，他早被狗熊骨頭都不嚼地吞來變成屎肥地了，他決定留下來。他乾爹再不勉強他，發給他十幾發子彈，安頓他別老待在一個地方，要像受驚的鳥兒，在樹枝頭東一跳西一跳，保命。結果還沒起跳，就被一槍穿過小腿肚子，俘虜了。幸好沒有傷及骨頭，夏軍醫真是當世華佗，三下五除二，把彈頭從他的皮肉裡挖剜了出來。

　　後面這句話，他當著夏覺仁的面不知誇過多少回。此刻他拄著松樹棍，蹣跚到夏覺仁跟前，央求他再看看自己的傷腿：「夏軍醫，我的傷口癢簌簌的，不會長蛆吧？」

　　夏覺仁一心追曲尼阿果，敷衍：「早上衛生員不是給你檢查過嗎？」

　　「衛生員，就你說的木略，你問問我們俘虜，他耐煩給我們誰檢查啊，橫豎用指頭敲敲我們的繃帶算完事！我的傷口悶在紗布裡三四天，哪裡解開來清洗過、上過藥。」

　　夏覺仁心裡罵他擋道，也只得蹲下來給他檢查。裹傷口的紗布髒兮兮，烏黑，剛褪出三兩圈，惡臭撲面而來，熏得他掉頭不及。

俞昌富更有話：「夏軍醫，臭吧！啊噘，看見了吧，都是蛆啊，肥滾滾，動一動都費勁！我白白嫩嫩的肉啊，全讓牠們給攪和了！」聲氣帶哭。

夏覺仁順手在地上撿起一塊石片，朝下撥拉那些聚合在一起、蠕動的米粒大小的蛆。俘虜感覺不到痛，看著白色的小蛆直落到地，一個勁地說：「難怪癢呢，原來是這些蛆在拱我。」

把夏覺仁說笑了：「早知今日，何必當叛匪！」

「誰是叛匪，我可不是！我當過金司令家的兵不假。但是小兵，沒有血案。金司令你該曉得吧，金南山，有名氣得很，中將呢。他女兒嫁給省大員的公子，還是蔣委員長的夫人保的媒。」

夏覺仁急於趕曲尼阿果，無心聽他閒扯，豎根指頭在唇上，示意他閉嘴。

張隊長卻叫喚著過來了，他讓後面的跟上，前面的慢點，拉得太開，小心碰上叛匪遭殃。瞄見夏覺仁，衝過來：「彝姑娘呢？」

夏覺仁告訴說曲尼阿果丟下他，騎上他的馬兒跑沒影了。

「那你在這裡幹啥？」

「優待俘虜！」俞昌富替他回答。

張隊長這才注意到蛆啊傷口的，叫道：「學生兵啊，昨天把彝姑娘的腳割破，今天又讓我逮著虐待俘虜。不想幹了，滾啊，捲起鋪蓋滾回老家去吧！」

俞昌富聲稱：「不怪夏軍醫。」按說怪木略，但俞昌富懂世故，把長蛆的原因攪到自己身上：「有種人，比如我這樣的，生就的皮肉很古怪，有種怪香，像爛了的香蕉芭蕉，招蛆！你們笑啥，不相信啊？我長蛆不是頭一回，六七歲時就長過，被開水燙了，七八天後開始發癢，癢得心慌，直撞牆。我家隔壁的老中醫看出是蛆在搗亂。本來也是他給我治的燙傷。他老的眼睛毒啊，判定我是長蛆的皮肉。」

張隊長讓他別打掩護，夏軍醫慢待俘虜的錯誤，一定會追究。

俞昌富一骨碌爬起來，擺個金雞獨立的架勢，抓著再晃著張隊

長的手求情：「隊長先生，該處理的不是夏軍醫，是木略。他和我們漢人不一樣，腦袋像灌過牛屎，說就該讓叛匪統統疼死掉，木略那個蠻雜種……」

「閉嘴，」張隊長生硬地打斷他，「木略是我們的同志，是我們的民族兄弟，輪不著你來告他的歪狀！誰和你漢人長彝人短，竟敢喊木略蠻雜種，可惡！」抽身而去，一邊讓夏覺仁少耽擱，追彝姑娘要緊，別被馬兒掀下來摔破哪裡更麻煩。

俞昌富哭喪著臉問夏覺仁：「我不會罪加一等吧？」

「再敢胡說八道！」

俞昌富轉而操心他：「夏軍醫，是你把蠻丫頭的腳板……」夏覺仁拿眼瞪他，忙忙地輕扇自己兩嘴巴子，又說：

「四海之內，大家都是兄弟，我掏心窩子，和你說個明白。想必你和蠻子，哦，和叛匪交過幾次手。你不會動刀動槍，起碼你觀戰吧。你該曉得叛匪裡沒有漢人吧，除了我！我啊，誰讓我的彝人乾爹對我有救命之恩呢。你試試，把一個四五歲的娃兒從狗熊的嘴巴裡掏出來，你敢嗎，嚇都嚇稀湯了。我家乾爹就敢，憑著一把匕首，硬是把狗熊的脖子捅爛囉。我家爹躲在好粗的一棵樹後頭，哭得鼻涕眼淚橫流，眼看著他家兒子快變成狗熊的晚飯，那他也不敢來救我！得救後，我爹就讓我拜克底阿和當乾爹。他真喜歡我，好吃的好喝的都會給我留一份，好耍的玩意兒也忘不了我，還一匹馬上帶著我去逛過西昌城。我結婚他來搭禮，銀子、羊子，一樣不少。但他絕對不會把他的女兒嫁給我，原因簡單，我是漢人！你別聽我一口一個蠻子，那只是喊習慣了，未必有惡意。我愛戴我乾爹，可做他的乾兒子可以，做他兒子的朋友也可以，但我絕對不會娶他的女兒。原因還是那一條，他們是彝人，不同的兩種人。你想想，彝人漢人話不同，風俗不同，男女咋能在一個鍋裡吃飯，又在一張床上睡覺嘛！」

夏覺仁聽到這裡皮臊心跳，停下手中正在纏的繃帶：「又亂說，

閉上你的臭嘴巴！」

「不好意思，我聽見你和木略牽著馬兒說的那些話了。」

起碼，有人替自己分擔可能迷上曲尼阿果而百感交集的心思總是有益的。夏覺仁想。

曲尼阿果之前，沙馬依葛幾乎是工作隊女隊員的全部。還有一個，叫什麼妞妞的，在全團的各種聯歡會上唱歌的那一位，嗓子清亮、高亢，響遏行雲。

恍惚間，打繃帶的手勁消散。

「夏軍醫，」俞昌富把住他的肩，在他耳畔喊話，「神遊太虛去了嗎，醒醒吧！」

他強睜眼睛，濕濕的，有東西滲出來，當然是淚。俘虜俞昌富認為並不是淚：

「唉，年輕人，你這樣精氣外溢，傷身體啊！手起開，我自己纏，鬆垮垮的。」又問他：

「多大？二十二三？」

「二十四。」

「照說輪不到我來點撥你。我，窮鄉僻壤的一個村夫，命不濟，成了叛匪不說，瘸子鐵定。你青春年少，被姑娘迷住，衝動，是好事。再說阿果那蠻丫頭，別瞪我，這就改正，阿果那丫頭啊，少見的美人，瘦肩俏腰，小嘴巴嘟嘟，眼睛再一霧矇，迷死人。可你呀，不是我們這裡的人，不曉得我們這裡的風俗、規矩。別給我提啥新社會舊社會。即便你願意，她未必願意，她願意，她家媽寧肯拉上她去跳河上吊，也不會把她嫁給你。她家的骨頭硬呢，黑彝。你要敢打她的主意，就像木略說的，他們會要了你的小命。你聽我的話吧，也聽木略那蠻子的吧，有那麼多的漢姑娘，幹啥喜歡彝姑娘！咋說你都乳臭沒乾嘛！」

「你個老油子，我可懶得和你廢話，拖拖拉拉的，莫不是想找機會逃跑？」

「別換話題呀！我這樣兒，瘸著一條腿，養了那麼些肥蛆，能往哪裡逃啊！」

愛情2

1. 拐過一座山的岬角，隔著老遠，便看見曲尼阿果和他的馬兒，不禁大喜。那馬兒馱著曲尼阿果在道路一側的草坡上慢條斯理地吃草。馬兒如此，曲尼阿果卻不安分，又是左顧右盼，又是以掌不斷地擊打馬兒的屁股。路旁枝葉茂密的杉樹下零落地坐著的幾個掉隊的老兵、傷兵，帶笑地望著馬兒和曲尼阿果。

另一層喜悅是馬兒帶給夏覺仁的。很明顯，不是曲尼阿果要等他，是他的馬兒不走了，不管曲尼阿果如何拍打牠呵斥牠，都要停下來等候自己的主人！那馬兒做他的馱畜，不過半年，自己沒有特別訓練牠，伺候得也不周到。不像木略，一天到晚，都在和馬兒說話，有點好吃的也要分給馬兒，比如夏覺仁給他的糖、餅乾，還餵馬兒酒喝，連他私藏的寶貝鴉片有時也讓馬兒嗅一嗅。

裝沒看見，大聲武氣地和掉隊的人開玩笑：「醫療隊收容隊還在後邊好遠呢，不怕叛匪乘這個空當兒把你們抓去當娃子！」幾個人嘻嘻哈哈地回應他。

效果明顯，只聽「嘿」「嘿」，曲尼阿果聲聲喚，假裝聽不見，路旁的閒人都在幫腔，也不理。終於聽來「夏軍醫」一聲喊，故意打個趔趄，放聲：「誰在喊我？」四下張望，「是你啊，曲尼阿果！

你打著我的馬兒跑得飛快，我還以為你已經跑過頭陣，先到瀘沽鎮了。」三兩步搶將過去。

「你的這個死馬兒，餓死鬼，使勁吃草，咋打咋哄都不走！」曲尼阿果自顧自地說。

夏覺仁攀住馬嚼頭，摩挲著汗淋淋熱乎乎的馬腦袋，掏出把炒燕麥餵牠，以資獎勵。

醫療隊陸續過來的人看他不慌不忙地在路邊餵馬，馬背上駄著一位漂亮的女工作隊員，難免羨慕，讓他和自己換。他笑笑，不加理會，等馬兒把炒燕麥在掌心上慢慢舔乾淨。「快走呀，我們。」曲尼阿果說，帶點懇求。夏覺仁輕擊一掌在馬背上，發話：「走吧！」那馬兒撩起前蹄開路，馬背上的曲尼阿果吁出一口長氣。

只要走開，醫療隊的那幫人又被甩在後邊。

穿行在峽谷裡，隨著山勢，彎道左一下右一下，前後看出去都是長著樹鋪著草的山，或者光禿禿的石頭，非得把這二三十里的峽谷走完，走到寬展的山坡上，才望得見大部隊。在峽谷裡行軍，視野雖然逼仄，卻有好處，前探的山崖或者斜生的樹枝舉著雲一般的葉子，到處都在阻擋太陽。要不然鑽到路邊的岩洞、崖下歇一歇也很方便。還有來自雲端的清涼山水隨處流淌，峽谷裡的鳥兒因此不分早晚，在樹葉子的縫隙裡、水中的岩石上啼囀、跳躍。

夏覺仁腦筋轉來轉去，太陽穴都痛了，找不到合適的開場白。他很在意曲尼阿果的傷勢，又擔心正好勾起她的不愉快，沖淡眼前起碼還能聽鳥啾啾聽溪水淙淙的寧靜。又憋了十幾步路，仰頭問：「渴嗎？」如果渴，他可以提供灌在水壺裡、已經涼了的白開水，也可以給她取能沁涼到心肺的溪水。她擺擺頭。突然想起來自大上海、戰無不勝的糖果，攔在馬兒前頭。馬兒乖巧，停下步子，等他高舉兩手把糖果捧給自己駄著的姑娘。那位不肯多瞧，臉一偏，打馬而去。

再往前，還是沒有人啊馬的影子。要不要，從前邊傳來三五聲

文工隊鼓舞士氣的歌聲、快板聲，然後是妞妞唱的一支彝歌。夏覺仁問：

「妞妞唱的啥歌？」

「亂唱的。」

「多好聽啊。」

「你咋曉得，又聽不懂。」

「詞兒雖然不懂，但妞妞的嗓子亮不亮，調子美不美，我還是分辨得出來。」

曲尼阿果哼了聲，稍頓說：「憨膽子大，不曉得害羞！」夏覺仁咧嘴暗笑，原來她孩子氣，有點嫉妒妞妞。曲尼阿果放大嗓門，惱道：「笑啥子，你？」

「沒有呀！我為啥要笑，沒啥讓我發笑的！」

「你笑了，不要以為我沒發覺。」曲尼阿果兩腿用力一夾，馬兒因之躍出去好大一截，把夏覺仁又撇在後頭。夏覺仁不著急，馬兒和他一夥。果然，馬兒停下來，間或在空中刨著前蹄。

曲尼阿果的臉龐紅彤彤，氣得，她說：「你這匹死馬兒我不騎了，給我換上一匹吧。」

夏覺仁不想她氣急敗壞，也逗她：「我不是首長，不是馬夫，哪來的馬兒讓你換！」

她用沒有受傷的腳敲打馬兒的肚皮：「你放我下來，我自己走！」

馬兒被她敲打得一蹦再一跳，尾巴、屁股左右亂甩。夏覺仁急忙揪住韁繩：「小心馬兒起急，把你拋下來跌破頭！」

曲尼阿果還是氣哼哼地在馬肚皮上摔打她的腿腳，馬兒越躁，四蹄滑溜，欲前欲後，曲尼阿果跟著亂晃悠，急迫下，夏覺仁捉住了她的腳踝，可事與願違，帶來的是她的大力抗拒，然後是馬兒，原地打旋兒。夏覺仁本來沒加力氣，哪能招架，腳下一亂，重心朝自己這邊一偏，幸好抓著曲尼阿果腳踝的手鬆開得及時，不然倒地的同時把她也帶下來了。

055

好一會兒，簡直動彈不得，閃電似的想別摔殘呀，那還怎麼去愛曲尼阿果，或者曲尼阿果更不會正眼瞧自己了。漸漸感到古驛道上殘缺的石磚、散亂的石子和硬泥把他的瘦骨頭薄皮肉硌得生疼。再一打量手腕、掌心，這裡那裡不是蹭掉油皮，就是滲滿點點珠血，還沾著乾泥、細石和草屑。

爬坐在地，打開藥箱，取出蒸餾水、棉籤，清洗手腕、掌上的擦傷。

忽聽得嚶嚶的哭泣聲，四下一看，再往上，想不到是騎在馬背上的曲尼阿果在哭，淚水啊，湧流不斷，都快聽見嘩嘩聲。一躍而起，問：

「噫，你哭啥，是你摔疼了，還是我啊？」

不作答，哭得渾身哆嗦，趴伏在馬背上。

攀住馬脖子，奇怪得無以復加：「你不是擔心我吧？我沒摔著，好好的。」踢腿甩胳膊，當然痛，齜牙咧嘴。

「你看疼吧！」曲尼阿果嗚嗚，一邊說。

果然在擔心自己！心頭一熱，手就探著了曲尼阿果的臉。皮膚滾燙，彈力十足，還有眼淚，清水一樣，心顫啊！

曲尼阿果抬起身，讓他的手落空，哭得止不住，兩隻手從裡到外橫揩著眼淚，臉都花了。

她不是在擔心夏覺仁，哽咽著，還是把話說明白：「我可沒有掀你呀，是你自己不小心摔來碰破臉、胳膊、手的。」

「我並沒有怪你！」那位還是擦不乾的淚，又說：「是我沒站穩當，腳下一滑摔倒的。」

曲尼阿果張開十指，露出眼睛鼻子臉頰各一部分，補充：「你的馬兒太調皮，撞你了吧。」

誰說這丫頭的漢話差了，繞來繞去，挺能替自己開脫！想笑，忍住，板正臉孔：「你說得對，要不是我的馬兒不聽指揮，扭來扭去，我是不會摔跤的。」

曲尼阿果沾了淚水的眼睛亮亮的：「那人家要問起你來，你也這麼說嗎？」

啊唷，她是為逃避責任！

「全是我的錯我馬兒的錯。」夏覺仁強調，好奇之極，「誰會管這事？」

「我們隊長會管，常提醒我們，要尊重你們解放軍，幫你們做事情，沙馬依葛最受表揚，因為她給你們洗衣裳，家裡送來點好吃的也分給你們，是不是還納了鞋墊子給你？我們隊長要我們別仗著自己是地頭蛇就欺負你們。你看嘛，如果人家不曉得是你的馬兒犯的錯，你又沒有站穩當，還以為我欺負你，讓你摔得鼻青臉腫。」

夏覺仁故意不搭沙馬依葛的話茬：

「就算你害我摔倒的，又有啥干係，你不是故意的！」

「哎，難道你們解放軍不管這些事嗎？我們工作隊抓得可緊了，誰要犯了點錯誤，隊長組長就會來找你談話，嚴重的還要開會讓大家教育你。人人都要講話，輪到我，都不曉得講啥好，那麼多的人，眼鼓鼓地盯著你，羞都羞死。沙馬依葛最討厭，比隊長還凶！她和你挺要好的，她要曉得是我讓你摔的跤，肯定會開我的批評會。」

「啊呀」一聲，緊著捂嘴巴，咯咯的笑聲衝口而出。

夏覺仁也笑：「這你可不能怪我，是你自己暴露的。咦，你在為自己狡辯時，漢話多順溜，詞兒也多。」給馬屁股一巴掌，讓馬兒嘚嘚的，先走起來。

2. 中午打尖，夏覺仁表態他可以給曲尼阿果當下馬石。曲尼阿果不願下馬，乾咽半個酸饅頭，不肯再吃，還是不喝水。夏覺仁多讓幾回，臉色大變，很不樂意。

她不下來，馬兒的辛苦持續著，到溪邊喝水也得馱著她，捎帶啃食溝邊青嫩的草。夏覺仁覺得對不起自己的馬兒，只好一次一次地餵牠燕麥。

他們已經咬住大部隊的尾巴了。

大太陽，一絲雲彩也沒有，深透的藍上泛著淡白，燥熱，再加上涼山不分季節的乾風，夏覺仁因此嘮叨：「少吃東西罷，再不灌些水，不出一天，人便會被烤乾，臉上還會起皺紋，核桃皮一樣，等宿營時，你的朋友俞秀看見你還以為哪裡來的一個老婆子。」怎麼說，曲尼阿果都當耳邊風，用細軟的桑樹枝給她編的遮陽的頭箍，倒戴上了。

前面傳過話，讓大家打起精神，加快步伐，瀘沽鎮就在前頭。悄沒聲息好一陣子的快板聲又響了起來，但沒有上午清脆、活潑，妞妞也沒唱歌。

曲尼阿果向北指點著告訴夏覺仁，她的家在那座峰頂有雪耀眼的山背後。那是視線裡最高的一座山，前邊，蒼綠地層疊著三四座，後邊，誰知道還有多少座。她說她的家從瀘沽鎮向東要翻九座山，從甘相營呢，只需要翻五座山。他們來瀘沽鎮，寧肯翻山。那幾座山裡遇到的彝人多漢人少，漢人也只在登相營住得有七八十戶。她們繞著走，不一定非要進去。那是給南去昆明北上成都的商人準備住和吃的地方，有漢兵把守。漢兵壞得很，一見到她們，不是喊：「蠻丫頭，過來和老子們曬曬擋牆的太陽」，就是叫：「幫老子們捉幾個蝨子來吧，癢得沒奈何！」但只要她們的父兄在身邊，壞蛋漢兵連偷著都不敢看她們。她說：「登相營有一家炒貨香得讓人想起來都淌清口水。那人家姓歐，女地叫桂蘭，長得好矮哦，怕沒這馬兒高。狡猾得很，稱她一兩南瓜子葵花子也要克扣幾顆。」

既然說到吃，夏覺仁又把他的糖果掏出來，建議她吃塊巧克力，外國糖，還是不吃。嘻嘻笑，讓他給沙馬依葛留著，「我們都曉得她最喜歡你的上海糖。」問他：

「上海在哪裡，比成都遠嗎？」

真不敢相信自己的耳朵，這姑娘天天學習，還專門在成都學習過，都學哪裡去了！曲尼阿果又說：

「是電影《一江春水》演的那個地方吧。城市好大哦，樓高，燈光閃閃，晚上映在好大一片的水面上，星星一樣。」她表示想吃顆那裡產的糖，還得硬的，水果味。

恰恰沒有。

她說：「那就不要了。」可以喝口水。

她說話算話，只一口。夏覺仁還待勸，已打著馬兒插進隊列。那馬兒可能發現自己的主人心儀背上這位姑娘，聽她指揮了。

這回留住曲尼阿果的不是馬兒，是一群長鬍子有黑是白的山羊，緊隨牠們的不但有一股又一股蕩漾而來的臊味，還有拉的遍地都是的圓屎蛋子。幾個牧童站在一旁，饒有興趣地看著行軍的隊伍，任由山羊在隊列裡咩叫、亂竄，不是別了人腿，便是碰了馬腿。

曲尼阿果好脾氣地俯視著趕上來的夏覺仁：「你的馬兒現在聽我的話了。你要不信，我試給你看。」正要打馬一試，望見了自己的隊友：「啊呀，我看見沙馬依葛她們了，我趕上她們了。你快看呀，看到沒有？」激動得曬得悶紅的臉蛋快繃開似的。

夏覺仁即便踮起腳尖也看不見，討她的好，隨口：「咦，那不是俞秀嗎。」

「哪裡？」她翹起下巴頰張望，「我咋沒看見。」嘻嘻一笑：「騙我，你矮矮的，看見的都是人家的後腦勺吧。」在馬背上扭來扭去，並不急著去和自己的隊友匯合。

神使鬼差，夏覺仁問：

「想解手嗎？」

她倒抽一口氣，眼睛畢張，嘴巴也是，好一會兒，就這麼呆呆地讓馬兒馱著自己，邁著小碎步。

至於嗎？解手而已。她堅決不喝水也不怎麼吃東西難道和她忍著不解手有關？緊跑上前，揪住馬轡頭，曲尼阿果身體後閃，臉色、眼神一派蕭然。遲疑著，還是說：

「別不好意思，解手吧，憋著會得病。」

曲尼阿果額上太陽穴各爆出三兩根青筋，一揚頭，緊拽韁繩，兩腿狠狠地一夾再一夾，馬兒嗖地躥出去，經過之處，前頭後頭的人都在叫喚都在躲閃。

　　3. 接下來的行程再沒人和夏覺仁做伴，他也沒有刻意加速，事情明擺著，要趕上騎馬兒的曲尼阿果，除非有一雙飛毛腿。他不算最晚的，抵達宿營地時，剛巧趕上某個連隊的晚飯。做軍醫的好處是認識的人多，受歡迎。

　　胡亂吃兩口，便去找曲尼阿果，名義上牽馬兒，實際給她換藥，更為比照已然印在他心中的曲尼阿果的俏模樣。

　　部隊在一個亂石灘上紮營，木略嚮往的有馬家姐妹的瀘沽鎮還在三十多里以外。

　　旁邊有一個不知道名字的寨子。

　　寨子不大，地還平坦，遠的近的，除去水聲，就是狗吠。住的都是漢人，土牆瓦頂，房前屋後植滿果樹，不過梨樹、桃樹、李子樹、板栗樹、櫻桃樹幾種。這個時段果子已下樹，樹葉卻非得十一月底才會枯黃凋零。在它們的層疊遮蔽下，房舍難顯。窄門小窗是涼山房屋的基本建制。有錢的蓋碉樓，把自己的家建成一個堡壘，為在月黑風高夜防範惡匪凶徒。各個寨子視財力，還多築得有數丈高的碉樓，從四個方位俯瞰寨子和四周的動靜。稍有風吹草動，鑔啊鑼的，盆盆碗碗敲響，有槍的拿槍，沒槍的，鋤頭鐮刀盡皆握在手中，準備一拼。這個寨子也不例外，四個碉樓分布四角，薄暮裡黑乎乎的，粗大。

　　過來一個扛鋤頭的老鄉，問他見過女兵嗎？老鄉稀奇女兵，給予特別的關注。答非所問，只顧訴苦：前天一股被大軍擊散的蠻子流竄過來搶東西，豬鴨雞羊，包穀大米洋芋，能填肚子的都搶。

　　類似的消息不斷，表明叛匪給養困乏，難以為繼。再過上一兩個月，冬天時節，涼山下雨也下雪，再一堅壁清野，叛匪維持不到

春天，可能就被各個擊破了。擊破他們以後，部隊會怎麼樣呢？會不會開拔到別的又有叛匪的地方，或者撤回成都呢？不管前景如何，夏覺仁暗下決心，都絕不離開曲尼阿果而去。

像流星劃過他的腦際，豁然開朗，亢奮漸起，為自己的絕妙念頭——和曲尼阿果長相廝守，就是娶她做老婆啊！

感到有人直衝他而來，閃避不開，腰上被杵了一肘，是木略：

「直眉愣眼，想啥呢？」

他歡喜道：「這麼一大天，你躲哪裡去了？」

「我躲起來好讓你稱心！聽說你四腳朝天，鞍前馬後，盡忙著伺候人家姑娘了。這會兒又忙著要去哪裡，難道要去給人家端洗腳水！怕不稀罕，在那裡吃完飯快睡覺了。」木略往後一指說。

烏鴉鴉的，天越黑，哪裡看得清：

「你見阿果了？」

「謔，謔，好親熱，已經叫阿果了！不光見了，還和她一起吃的晚飯。要等我們的人，早餓得挺屍！」

夏覺仁遮掩：「你看見我的馬兒了吧，我得把牠率回來。」

「我已經找人幫你遛過了。你不用假裝，想幹啥就幹啥去，我敢攔你嗎！」

夏覺仁趕緊轉移話題：「咱們在哪兒宿營呢？休息去吧。」隨木略挪半步，假意想起似的：「我還真得去看看曲尼阿果，她的傷口該換藥了。」拿不準那位的態度，強拉上木略，讓他給自己帶路。

木略嘟囔著，把他領前去一推：「阿果，夏醫生說要給你換藥、檢查傷口呢。」

曲尼阿果一口回絕。她身後的帳篷漫出來的蠟燭光有少許跳躍在她的眼睛裡，剛好顯出她的態度，不容分說。

夏覺仁繼續木略的話頭：「傷口焐一天，天這麼熱，要是化膿，要是發燒，會掉隊的。」

曲尼阿果高興道：「那才好呢，我回家要去。」

「耍去？」夏覺仁威脅，「到時候才曉得有多遭罪，痛得你哭天喊地都不靈！」

曲尼阿果乾脆抿緊嘴巴，不搭腔。

木略嫌他囉嗦：「走吧，夏軍醫，阿果有的是主意，稀罕你！俞秀，」朝帳篷喊道：「你好生照顧阿果，我們回去了。」拽了夏覺仁便走。這位急急地掉頭還嚷：

「阿果，你先別忙著休息，待會兒我讓吳軍醫來給你換藥。」

4. 和木略尋摸到自己的宿營點，隊裡的人正埋鍋造飯。兩人躺在一旁的空地上，各點一支菸，慢慢消受。吳升不知去向，只好動員另一位軍醫去給曲尼阿果換藥。

菸抽到半根，來了一人，全副武裝，自稱指揮部的，請木略跟他走一趟，極客氣。

木略掐滅菸火，剩下的夾在耳朵上，吩咐夏覺仁等他回來好吹牛，跟上走了。

結果不要說夜裡，第二天都沒回來。問張隊長吧，怪神祕，只說木略執行任務去了，叮囑夏覺仁保密。夏覺仁不以為意，牽著馬兒去馱曲尼阿果。

曲尼阿果臉上紅暈漫漶，嘴唇、鼻翼輕顫。哭過嗎？眼泡有點腫。感覺在期待什麼似的。

把馬兒牽到她身邊，旋即爬跪在地，等她上馬。曲尼阿果的呼吸好急促。

眼前突的一暗，大太陽天，旁邊不見樹木岩石，哪來的陰影！抬頭看究竟，「呀」，不止一人的腿，好幾人的。高抬頭，沙馬依葛、俞秀這兩位是認識的，另兩位不認識，四位女工作隊員自上而下看著自己，大惑不解，尤其沙馬依葛。

「幹嘛呢？」起身道，揉膝蓋，硌在石子上，連帶昨天的摔傷，生痛。

沙馬依葛發話：「誰讓你爬在地上讓人踩的？」

來回看沙馬依葛們和曲尼阿果：「我自己啊！你們吵架了？啊呀，阿果哭了！」

不提則罷，一提，曲尼阿果頓時淚水滂沱，連哭帶嚷：「我說過吧，夏軍醫心甘情願！」

「心甘情願？」沙馬依葛氣憤之極，轉而問夏覺仁，「阿果沒逼你？」

「確實心甘情願，」夏覺仁證明，「阿果上不去馬背啊！她的腳，」頓一頓：「受傷了，因為我！」

「可你咋能當她的上馬石呢！」沙馬依葛的臉通紅，話音發顫。

她急切到這種程度，夏覺仁倒不知所以了。曲尼阿果抽泣著管自說：

「依葛，這下你信了吧！還想開我的批評會！」

沙馬依葛斥道：「信不信有啥關係，關鍵是你的舊思想根本沒得到改造，你們黑彝家的、奴隸主家的本性還在作怪，你以為自己還是主子家的小姐，夏軍醫是你家的娃子啊！」

「我沒有……」曲尼阿果哭聲越大，夏覺仁趕忙幫腔：

「哪來的主子娃子啊，都是同志間的互相幫助！」

「你懂啥！」沙馬依葛凶他，「一個上海佬，哪裡曉得他們黑彝奴隸主的花樣，他們從來都讓奴隸娃子給他們當上馬下馬的石頭。不嫌硌的，還讓奴隸娃子給自己當枕頭。」

「哪家奴隸主拿娃子當枕頭當上馬下馬的石頭？依葛，你看見了？還不是個別人訴苦會上騙眼淚張起嘴巴瞎說的！」插話的是曲尼阿果。

「江山易改本性難移，你就幫自己的反動階級辯護吧！」沙馬依葛敲打道，「難道木略的苦也是瞎說的嗎？」

曲尼阿果給噎住了，這回幫腔的是俞秀：

「依葛，嫌木略狗嘴裡吐不出象牙的是你呀！」沙馬依葛瞪大

眼睛，不明就裡，俞秀點她：「木略汙衊你家爹，說他收娃子的薪水，那個當基幹隊員的娃子。」

輪到沙馬依葛被噎。人外有人，另兩位女隊員站出一位打抱不平：

「有一說一，不要找些八竿子打不著的話扯淡。俞秀、夏軍醫，你們不要為曲尼阿果打掩護，她做的就是不對，腳受傷需要照顧沒錯，上馬的方式難道只有踩著夏軍醫的背這一種嗎？現成的我可以推薦一種，把大家的背包摞起來嘛。兩個不夠，三個總夠吧，一匹建昌矮馬兒，我不信上不去。」

鏗鏘得很，大家悄聲斂氣，聽她指揮：

「夏軍醫，把你的背包也墊上，麻利點！耽誤這工夫，先頭部隊都到瀘沽鎮囉。」

5. 瀘沽鎮並不是目的地，部隊沒進城，繞著城牆直接上了東邊的山路。

莫非有敵情？否則，遭遇戰後部隊哪能一點休整都不做啊！夏覺仁暗想，或者，木略的保密行動和持續行軍有關？木略，翻身沒幾天的奴隸娃子，好吃懶做，貪占小便宜，能做什麼呀！

夏覺仁悶頭走在衛生隊的行列裡，很生沙馬依葛的氣，這個女子，生拉活扯，終於把他和曲尼阿果分開了。

沙馬依葛認為既然曲尼阿果可以就著疊加的背包上下馬背，馬兒又很聽她的話，夏軍醫還有什麼必要跟著呢。三百個士兵才攤得上一位軍醫，夏軍醫怎能搞一對一！

來到一條峽谷，谷底的水流不大，水浪卻翻滾著擊打在溝中的亂石上，轟轟，淹沒了說話聲腳步聲。小路越走越窄，羊腸子似的。對面的山腰上，往來著一些挖山運石土的民工、軍人，正在那裡維修被泥石流沖毀的公路。

谷口有個彝人寨子，除幾家的房頂上鋪著壓了石頭的木板外，都是瓦片，間雜幾塊玻璃做地叫亮瓦的在其中。村前村後的山上到

處跑著牛羊，也是果樹滿目，再往上，松木杉樹密密匝匝，連到天上，涼山常見的山林景象。

部隊穿寨子而過，兩邊的人家房門洞開，各站著看熱鬧的男女人等，娃娃跑前跑後，喧嘩不止。裝束都還齊整，著黑的居多，不論男女都繡著彩色的花草。旁邊的一位揪揪夏覺仁的衣襟：

「喂，有姑娘在向你招手。」

定睛看去，是沙馬依葛，興高采烈，一無芥蒂，只好移步過去。沙馬依葛旁邊有位身著彝裝的女子，介紹是她大姐，嫁到這裡四年了。和她一樣，高而苗條，大眼睛大嘴巴，漢話也流利，只因飽受山風，眼角嘴角盡是細細的紋路，皮膚黑糙。

熱情不亞於妹妹，上下打量他：「你就是我家妹妹喜歡的那個軍醫啊！在漢人裡算高個兒，皮膚不那麼白嘛。」

咧咧嘴，算回應。

沙馬依葛的大姐更加熱情，遞上一碗透明如藕粉、稱做冰粉的東西，說澆了紅糖水，甜甜的，又解渴又敗火。掩嘴道：

「謝謝你給的止瀉藥，我家小兒子要不是那藥，哪裡禁得住，早拉稀拉死了。畢摩來念經，蘇尼來打鬼，都不管用。要說我家妹妹喜歡你呢，連我也喜歡你呢。」

這麼聽來，沙馬依葛未必喜歡自己，喜歡的是藥！夏覺仁想，討了碗冰粉還喝，那姐姐的話聽起來又不順耳了：

「軍醫啊，你和我家妹妹的事你放心吧，我會把我看見你也愛見你的話告訴我家爹媽的，他們老腦筋，未必歡喜和漢人開親，你們兩個到時候可要費些周折哦。」

勉力將冰粉倒進嘴裡含著，抽身而去，沙馬依葛跟著。走出去好遠，回頭看去，沙馬依葛的大姐還在向他們招手。沙馬依葛問道：

「我大姐人好吧？」不等回答又說，「就是命不好，全怪我家爹固執，給嫁到這山上來了。」

「你……」夏覺仁愁得說不出口，沙馬依葛力促：「說呀，我咋

了？」

「你怎麼可以和你姐姐說那種話？」

沙馬依葛有準備，可她居然厚著臉皮不做反應，倒讓夏覺仁膽壯氣足，終於在他目不轉睛自覺犀利地盯視下，沙馬依葛眼神閃避，頭微勾，很快，昂頭，神態倔強，語氣堅定：

「難道這麼久以來，我不斷地送你好吃好玩的，找你耍，陪你說笑，為你分憂，你不明白我喜歡你？工作隊的姑娘笑話我，說放著營長連長不要，偏偏看上你這麼個小軍醫！說句準話，你到底咋想我的，喜歡我嗎？」駐步，盯著他，要他答覆。

夏覺仁躲開她的眼鋒：「你姐姐是故意的吧，說那些有的沒的？」

「我就是要試你一試。」

「試出啥了？」

淚湧出來濕了她的睫毛，再漫溢到臉頰下巴，別過頭，都嗚咽了，還是回答：

「我也不曉得試出啥來了。你不會不睬我了吧？」

這一份委屈、執著，也揪扯夏覺仁的心，預設的防線不堪此擊，聲軟，腰彎：「應該你不睬我呀，像我這般傻笨的傢伙，不值得你高看！」

「我就要高看，」沙馬依葛跺一跺腳，腰肢輕晃，「哪怕全世界的人都小瞧你！」

哪來的全世界啊！夏覺仁齜牙輕笑，沙馬依葛眉眼上揚，一抹眼淚，怒道：「我醜嗎憨嗎，敢笑我！」

夏覺仁眼風掠過她的頭頂：「我可不想進收容隊，先走。」

作勢欲躥，被沙馬依葛揪住後衣襟，再挎包，然後肩膀，不爭氣，掀來面對面，高揚胳膊，像要賞自己耳光，朝後就閃。奚落：「膽小鬼，害怕了吧！」又說：

「我咒你跟著曲尼阿果上刀山下火海，沒有好果子吃！」

066

主子與娃子

1. 風聲水響，曲尼阿果等一干女隊員也聽說了沙馬依葛的詛咒。曲尼阿果的反應直接，讓俞秀把馬兒牽來還夏覺仁。總得有句話吧，哪怕難聽的，俞秀說，「沒有，」自己倒笑著丟下話：「夏軍醫，你癩蛤蟆想吃天鵝肉啊！」

夏覺仁換匹馬兒找人給曲尼阿果牽去，騙她張隊長讓送的。送馬的人回來說：

「莫非你欺負彝姑娘了，在那裡哭天抹淚，好傷心哦！」

夏覺仁卻大聲宣布：「我沒有欺負她，是愛上她，愛上曲尼阿果了。」

「愛」字既出，神情又莊重，惹得幫他忙的，包括旁邊的幾個粗人笑將起來：

「學生兵，愛啊愛的，想要酸掉我們的大牙巴啊！」

「色膽包天，竟敢違反民族政策，和彝姑娘勾搭！」

事態不及擴展，命令來了：火速前進，攻打被叛匪占領的拉龍區公所。

眾官兵拉開步子，一路小跑。

醫療隊比起正規軍，慢是常態，等他們精疲力竭地趕到，太陽

落山，戰鬥結束。

沒有戰鬥，架勢都沒有拉開，叛匪聞風放下槍投降了。

晚到的夏覺仁們正好看見一溜三十來個投降的彝人，在涼山明亮的暮色裡，剪影似的走在區公所由木柵欄和泥巴石塊砌的戰牆下。這些人一輩子以戰士自居，這一刻腦袋低垂，雙肩耷拉，活像夾尾巴的狗。偏偏基幹隊的傢伙跟在一旁橫加嘲笑，軟刀子殺人不見血！

他們人手不少，還有處在山巔的險要地勢依仗，槍聲都沒聽到一聲半響，不戰而降？

原來有人策反奏效，兵不血刃，輕取了他們。

策反的人原來是木略。

那麼木略不就成英雄了？

正是，這次戰事中唯一的一位英雄。

木略策反的是他的主子吉黑哈則，而且一舉成名。

他的主子之前沒費一刀一槍便占領了拉龍區公所，策應他的是馬海雙布率領的基幹隊，八個隊員，集體叛變。

理由簡單：「漢人區長小李把老子們惹毛了！」

馬海雙布找上門向吉黑哈則訴苦：小李區長人沒三泡牛屎高，乾飯沒吃兩碗，卻屁話連天，給基幹隊員當老師，教漢話漢字、站姿坐姿，示範抓筷子握筆。更可惡的是，守在茅廁門口發揩屁股的黃草紙，讓改變陋習，別用石頭，或者薅把草了事。用手一抹某位基幹隊員的脖子，奚落汙垢兩寸厚，問不洗澡不刷牙嗎。逼著基幹隊員把衣服脫下來丟進煮飯的大鐵鍋，說要煮死藏在裡面的蝨子蟣子。那些衣服經年累月地穿在各人的身上，哪裡經得起揉搓，竟至噗噗地在鍋裡煮，待撈起，條條縷縷，已然壽終正寢。種種行徑，把馬海雙布和他的手下氣得煩得怨聲載道。

已經是一堆乾柴，還朝裡頭彈火星。那一天，手舞足蹈，把某位的纏頭碰落在地。偏偏纏頭頂上尺高、棍狀的天菩薩，一頭栽進

爛泥巴。主人之驚懼之惱怒無以復加，當場暴吼。

事已至此，小李區長仍好歹不論、死活不知，教育人家要科學文化，不要封建迷信、落後風俗。

話沒說完，被撂翻在地，綁了個結實。

光是幫馬海雙布收拾得罪彝人的漢小子，吉黑哈則犯不著。他的娃子百姓，差不多都投靠政府了。眼前這一二十號都是自己的舅子老表，死了傷了，咋向他家媽和老婆交待。

要是區公所藏著好多槍好多子彈又當另說。

臨出門，吉黑哈則照例去和他媽告別。他媽心口痛，躺在鋪上，鍋庄裡的岡炭火時明時暗，他媽的眼睛也是。她不贊成兒子打區公所，她說自己雖然大門不出二門不邁，卻曉得這次的情形和以往大不相同，最起碼娃子逃得只丟下三幾個老的小的殘的，比如木略家爹媽，還得吃他們用髒手懶力氣做的沒有嚼頭、一股子酸屁味的蕎麥粑粑。

可吉黑哈則怎麼捨得那些藏在區公所的槍和子彈！

根本沒藏得有槍和子彈。

馬海雙布故意激吉黑哈則，說他本來就是叛亂分子，加上進占區公所，罪加一等，槍斃兩回都嫌少。吉黑哈則沒血案，根本不理會他的威脅！他當即割下一個幹部的耳朵說：「等我把這兩個耳朵給解放軍送去，看他們信你還是信我？」

吉黑哈則後悔沒聽他媽的話，兩手抱住腦袋東想西想，沒有眉目，反而把腦袋想痛了。咂巴嘴，不無遺憾地說：

「哎呀，要是木略在這裡該多好，對付馬海雙布不在話下！」

2. 從小到大，吉黑哈則動輒罵木略蠢豬、笨蛋。他爹卻說木略比他狡猾一千倍。一千倍太誇張，一百倍他承認。

木略在彝話裡是「小」的意思，木略出生時主子給起的名字，說當個小東西讓我家哈則照顧一輩子吧。吉黑哈則不過大他兩歲。

木略因此成了吉黑哈則的玩伴，某種程度上也是他的朋友，前提是必須服從他仰仗他。木略狡猾就狡猾在這裡，裝傻裝憨，主意明明是他的，卻通過小主子的嘴向外公布。

小時候他們和別家的娃兒打架，主子和主子打，娃子和娃子打，要不然沒面子。木略打架總得勝。不是他力氣大、功夫強，而是狡猾，要不趁對手立足未穩使絆子扯褲腰，要不撒灶灰迷人家的眼睛，要不死狗樣的賴在地上再伺機反撲。吉黑哈則打架時，木略不但跳躍著給主子鼓勁，還示意，打肋巴骨打鼻子打心口，揪頭髮卡脖子。有一次他唆使小主子踢人家的雞巴，把人家踢來昏死在地上，半天沒動靜，差點引起兩家械鬥。

吉黑哈則家給他訂的是娃娃親，在縣城趕場和女方打了個照面，嫌那丫頭頭髮黃軟、稀少，腦門凸，像漢人做的包子，眼瞇鼻塌，個子又矮，裙擺讓她當掃帚用嫌長，簡直比毛毛蟲、茅廁裡的蛆還討厭！

慢慢的，有話傳到姑娘家，說吉黑家正找巫師做法事，驅趕纏上吉黑哈則的狐臭鬼。說吉黑哈則臭的呀，把家人熏得頭昏腦漲不說，連晾在房子外牆上的臘肉香腸都無法下嘴。彝人生平最怕兩個遺傳，一是麻風二是狐臭，怕敗壞根基。吉黑哈則的準岳父母也不打聽清楚，便託媒人來退親，還要吉黑家賠二十隻羊兩頭牛！

自那以後，再遇到難題，吉黑哈則都推給木略：「你去想一想再來告訴我咋辦！」

半年前，他大舅子來動員他起事，和政府對抗，他首先想到的是木略，想讓他替自己拿主意，但木略這個臭娃子已經在解放軍裡當衛生兵了。

有啥主意好拿，就是不能參加叛亂。要不是解放軍，他只要小命不丟，一天到晚都會被仇家金司令南山追得滿山亂跑。解放軍、人民政府是他的救命恩人啊！

梁子是他爹結下的。他爹不願意將自家的兩座山拱手讓給金司

令經營花果山，被金司令派人擊殺在北山上。死了，還不讓收屍，丟在一蓬刺巴籠子上，爛得皮肉一塊塊地往下掉，再風吹雨淋太陽曬，骨頭架子白森森的又在那裡放了好幾個月。

他的大女兒當年五六歲，被金司令的兵挑在一根竹竿上戲耍，屎尿橫流，魂飛魄散，到如今十四五歲，仍然傻傢伙一個。

漢區解放，槍斃金南山的老婆母老虎時，他居然操心說，金司令死就死了，何必拿一個婦人家頂罪！

此話一出，眾人都罵他沒心肝沒腦子。聽說他叛亂後，木略更發狠：「管你哪一天被打死被抓住槍崩，我都不會去看你一眼。」

那時木略的立場還沒完全轉到奴隸娃子這一方來，對他家主子自有恨鐵不成鋼的牽掛。而如今奴隸社會崩潰了，涼山彝人從奴隸社會直接飛躍進社會主義社會。中間隔著兩個社會，一個封建社會，一個資本主義社會。這都是解放軍和政府裡的男女幹部在飄著紅旗的臺子上講的。

主義，社會，沒人能聽明白，有些憨子，比如波火，也是吉黑哈則的貼身娃子，張大眼睛問木略：「飛？」使勁在地上跺腳踮腳，「像老鷹的樣兒，石頭泥巴樹子，還有山羊、黃牛、我們人都能飛嗎？」木略耐著性子告訴他：「這是政府打的一個比方，意思是主子管天管地就是管不著我們了！」

事情明擺著，金司令家的租戶，那些漢人已經分到了土地，有些還住到以前有錢有勢的人家裡，個別娶的還是那家主人的小老婆。

如此明顯的變化，吉黑主子沒有感覺。他去過上海、北京、廣州、成都那些城市後，也沒有感覺。成都，他十四五歲時跟他爹去過。如果比較，他感到的變化是現在沒有以前好耍，他愛逛的賽馬場關閉了，槍沒處買了。他帶出去準備換綢緞的幾坨煙土也被政府的人好言相勸，收購了。滿街上的人走路飛快，泡茶館的盡是老人，女人家不像從前那樣愛打扮，也少有穿旗袍的，一色男人的褲子，腿子短的粗的，好醜。

涼山卻變得好耍了，起碼縣城再沒有妨礙他的人，城門到時間也不關，聽說連牆帶門還要拆掉。一天到黑，這個酒館那個飯館，到處忙著喝酒，飄飄然，好不舒坦。偶爾到教育科自己的辦公桌邊坐一坐。他媽胸口疼，捎話讓他回趟家，捨不得離開酒鋪子，支使木略回去應付。話說得有道理：「你懂治病！」

那天，木略還沒動身，吉黑哈則的大舅子瓦扎瓦鐵經過這裡去西昌開會，他是鄰縣工商科的副科長。見他的妹夫好吃懶做的樣兒，很生氣，罵他以前「和金司令打仗的勁頭被狗吃了！睜開眼睛看看你家的娃子都在幹啥！」指的是波火。那傢伙忘乎所以，拒絕給他遛馬。恨得他幾馬鞭子過去，波火嗷嗷叫喚上幾聲後，竟嚷著要找政府的人評理。

瓦扎瓦鐵氣得再沒往前去西昌開會。臨走，譏刺妹夫：「賊膽子大，仇人的宅子敢住，仇人的床敢睡，不怕他變成厲鬼勾你的魂啊！」

瓦扎瓦鐵離開後，木略被主子打發回家。

木略哪裡想回去，跟著主子住在縣城，鴉片找起來也順手。政府禁煙，三令五申，特別挑寬敞的壩子燒鴉片，濃煙滾滾，真燒了不少，可惜啊！但在縣城曲里拐彎的巷道裡，在漢人家的土牆縫裡、結了蜘蛛網的房梁上還都藏著鴉片。

木略不想回去另有原因，不想聽主子給他配的老婆烏孜嘮叨，總是沒得吃的、穿的也沒有這些廢話，卻生不出一男半女。人傻將就，還醜得不堪，齙牙齒，豬眼睛，鼻子癟得不過是平面上多了兩個出氣的孔。

也是運氣，三兩天後，正在山上找治心口痛的草藥，迎頭碰上解放軍的醫療隊。領隊，張隊長，對這位粗通草藥、漢話流利的少數民族兄弟又驚訝又欣賞，問他願不願意去部隊當護理員。當即應承下來，完全忘了先得主子同意。張隊長陪他去請示吉黑哈則的媽。

吉黑哈則的媽胸口疼，躺在鍋庄邊呻喚，一木甕雞湯涼冰冰地擱在一旁。張隊長給她服了顆藥，白白的小圓片，不那麼痛了。撐

起身聽解放軍要帶走木略的請求，到底剛吃了人家的藥嘴軟，只得答應，問：「那我再疼起來咋辦？」張隊長又給她放了幾顆藥，告訴她：「縣人民醫院成立了，這可是涼山盤古開天地以來的一件大好事，可以去那裡檢查。」

「盤古開天地」，木略翻譯不了，他爹三言兩語，用漢話，講盤古的故事。他爹還帶點成都壩子的口音。這又讓張隊長他們吃一驚，光看他爹的裝束、神態，和被涼山上的太陽曬得黢黑的臉，誰能相信！

他不是彝人，是漢人，記得家門前有一棵探進天空的芙蓉樹，落花時分，花瓣好大好紅，落到水井裡，連井水都能染紅。還記得每一天都有好多穿藍布大褂、戴白布纏頭的人坐在長條凳上，等他爹爹號脈看病開藥方。

木略就是那一天到的部隊，從此，他的自由生活開始了。

3. 吉黑主子聽說後氣得噴血，話是他說的，不知真假。他專程從縣城跑回來，堵在木略家的門口跳腳大罵。一探手，房頂上的木板、石塊被他掀落不少，劈哩啪啦，塵土飛揚，嚇得木略的爹媽大氣都不敢出。

木略的爹牽去家裡唯一的一隻正擠奶喝的山羊，才勉強把他的怒火壓下去，吩咐：「傳我的話，家裡有個屁大的事兒，木略都得給我滾回來。」

比如主子家媽心口痛、小兒拉稀、大兒崴腳、傻女兒頭上跌包，地裡的蕎子被前晚的暴雨澆得栽倒一地，羊子走失，連主子家的馬兒踢傷路人，養的一窩蜜蜂在工蜂的帶動下叛逃到野桃樹上，也要把他喊回去。

一來二去，便找藉口抵擋，政治學習，護理，出診，教彝語，變著花樣。再後來，連主子派來喊他的人也不回去了。

越往後，吉黑主子越顧他不上。叛亂蜂起，他大舅子瓦扎瓦鐵

073

找來要他和自己和阿蘇家、俄則家聯手幹一場：「要不然，政府煽動起來的那些爛娃子就該用他們的臭腳板把我們往扁裡往爛裡踩了。」

吉黑哈則在縣域內是旗子一樣的人物，他規矩，別人敢動嗎！縣長、書記因此警戒不力。

瓦扎瓦鐵鑽的正是這個空子。不過要說服吉黑哈則起事，共同對抗政府，並不容易。吉黑哈則不想開罪政府：「他們又沒惹過我，還幫我報了殺父之仇，讓我安心享福。」他大舅子激他：「那你肯把土地把槍交出來嗎！波火那個爛娃子逃到政府那裡政府也不給你送回來，你可是花了三十坨銀子買來的！」又聽得他舅子說：

「你乾耗著吧，哪一天波火把我的外甥女兒、你的大女兒娶去當老婆，我看你喊天叫地哪個應答你。」

這可說到吉黑哈則的痛處，他的憨女兒成天披衣散髮，和男娃兒沒正經，有回差點跟一個路過的漢商跑掉。

他舅子還讓他想想當年金司令那麼逼迫他時，是誰在幫他，「還不是我們這些舅子老表。」

卻不過舅子，他決定回家和他媽估計一下形勢，還打算把木略叫回來一起商量。聽說木略的部隊要開回成都，那小子可以見到他家爺爺了，他替木略考慮。

沒想到，前腳進門，後腳跟進來他舅子，和阿蘇、俄則兩家的當家人。

他們根本不打算聽他的意見，馬上代表他把話傳回縣上，說誰要敢分吉黑哈則家的土地，敢解放他家的娃子，他就和誰血戰到底。政府想和平解決，派工作組來找他談判，沒進村，就有一人的肩膀挨了一槍。開槍的人打聲呼哨，喊話：「再敢來，腦袋胸口一起吃子彈。」

吉黑哈則這才是叫天不靈叫地不應。

他當然要把木略喊回來，木略可是他的參謀啊。

料不到木略這個壞雜種回話說：「死也要死在解放軍手上，絕不回頭。」

吉黑哈則當真哇地吐了口血，想把木略的爹媽趕出去吧，又怕正好遂了他們的心願。

他舅子讓他一悶棍下去把木略他爹打成瘸子，好給木略顏色看。他不肯，畢竟木略的爹給他們一家三代都看過病。

他沒有為難木略的老父老母確有先見之明，不然這會兒他怎麼好意思在解放軍喊話命令他投降時讓木略做調解人呢。

吉黑哈則的腦子轉得是慢，可不傻，他清楚自己有本錢和解放軍談判。有槍有人，區政府的位置也可以拿來講價還價。這個位置背面是一座光禿禿的陡山，攻擊方根本不可能從老鷹都無法落爪子的山頂蓄勢。前邊呢，坡陡路窄，更有雜枝叢生，亂石粼粼，很能打擾兵員的人數和步伐。能夠抵擋七八分鐘，他的人就能製造一點麻煩。他的人，包括他自己都彈不虛發。

解放軍可能根本不在乎他們的槍法。進山的公路貫通的不止一條，成都到昆明的成昆鐵路，前期工程已在鋪展，路基沿線修來拉枕木、鐵軌、炸藥、工具和工人的道路可以借用一段兩段。拉龍區公所就是在天邊，不要說迫擊炮，重炮也能用卡車拉來。圍的人不著急，著急的是被圍的。水不用擔心，山泉一萬年都有得喝。可吃啥？炒燕麥粉、蕎麥麵口袋全見底了，區公所的大米、白麵，即使調成糊糊，也維持不了幾天。吉黑哈則登上區公所的房頂舉目一望，但見解放軍的兵、基幹隊員，樹林子裡石頭山上，到處都是，心頭由不得一陣陣戰慄。

他要和解放軍談判的第二張牌，也是最關鍵的，不敢輕易打出來，生怕惹得解放軍火起，到時更不饒他。

他的第二張牌是七個幹部，人質。本有十一個，四個女人，按打冤家的規矩，放了。

幸好女幹部跑得快，要不然馬海雙布撐上去追回來還好，萬一

性起，劈頭給上幾槍，麻煩算誰的！馬海雙布認為女幹部不算女人，不該放走，聲稱要不是吉黑哈則的人多，「我就把你的腦袋擰下來拋著耍。」其實他連覺都不敢睡，怕誰趁機把他綁了獻給解放軍，為自己開脫罪責。

亂紛紛，各自打著算盤，解放軍喊話：只要放下武器，既往不咎。馬海雙布急得惱得不堪，砰地放了一槍。喊話停頓片刻，再響起來便很嚴厲，說給他們半個小時考慮，再執迷不悟，大軍過去踩都要把他們踩個稀巴爛。「你們比螞蟻子不如，連耗子的本事都沒有，不會打洞，到時屎都要嚇出來臭人哦。」嬉笑聲四起，原來是基幹隊員在搞怪、起哄。

馬海雙布主張出擊，給基幹隊的那些放屁都不臭的笨蛋一點顏色看！

沒人搭腔，眼光爍爍地只看吉黑哈則，等他表態。他木訥，話少，眾人不以為意，誰想一個魚躍，把馬海雙布撲倒在地，麻利地捆了，再堵嘴，拖到院裡綁在樹幹上。

下一步如何，一片昏暗，悄悄歎兩口氣，想到的還是木略，心說，臭娃子呀，要是在這裡，還可以幫著拿個主意！

想到做到，登上房頂。這一次是喊話：

「你們可以派木略來談判嗎？」

他說得簡單，那邊嘀咕半天，問他木略是哪個？他回答是他的娃子。那邊嘴巴不離喇叭口，乾笑幾聲，請他指點他的這個娃子在哪裡是幹啥的？有名氣還是有本事？「我的娃子木略在解放軍裡當醫生。」那邊又是笑，說解放軍多了，醫生也多了，到底是哪個部隊的嘛？話難聽：「談個屁的判，也就是解放軍的官可憐你們，我們呢，早被你們惹毛了，手癢得很，實在想把你們一個二個，統統砍了腦殼。」仍然是基幹隊員在搗亂。隨之，一片哄笑，經久不散。

虧吉黑哈則記得木略所在部隊的番號：「我的娃子木略，他是三五九團的醫生。」

巧得很，三五九團正是把他們圍堵在拉龍區公所的這支部隊。

4. 吉黑哈則的判斷奏效，他手上的七個人質對解放軍起了相當的牽制作用。護理員木略，不是醫生，在熄燈號吹響前被叫走了。

團首長召見，究竟啥事，木略不管，到跟前，先打量團長的臉。

夜已深，煤油燈的光線有限，團長的臉上確有創孔大卻淺顯的白麻子。他和夏覺仁曾打賭團長到底有沒有麻子，他說有，夏覺仁說沒有，聲稱某次去團部送預防痢疾的湯藥，就近觀察過。為此，木略輸給他三根紙菸。想到夏軍醫不但要把贏取的紙菸還回來，還要另加三根，而且「大前門」，忍不住一臉的笑。團長問他：「笑啥？」

他毫不耽擱地說，高興啊，要代表解放軍去和自己的主子談判！長聲短歎舊社會豬狗不如的娃子竟然可以和主子平起平坐，談天論地，硬是睡著都會笑醒。

團長政委對他的漢話水平也很詫異，一打聽他的身世，唏噓之下，當他是自己失散的兄弟。

兩位首長要他去說服吉黑哈則，讓他放下武器。

「吉黑哈則」，眩暈襲來，這是他第一次直截了當、連姓帶名地叫主子，雖然在心頭。要是叫出聲呢，試張嘴巴，「吉黑哈則吉黑哈則吉黑哈則」，連著三聲，第二聲第三聲越來越響亮，兩位首長請他不要說彝話，說漢話。

帶點結巴：「不是彝話，是我主子的名字，他叫吉黑哈則。」

當然是彝話，彝人的姓名也是彝話！團首長交換眼神，且聽他下面怎麼解釋。他不說話，臉紅漲，太陽穴的筋爆出幾根，彎彎曲曲，抓住團長的手，晃蕩，氣息漸勻，胸脯起起伏伏，「我，」他說，「可以叫主子的名字吉黑哈則了。」

這種事歷來團長粗心，甩開他的手：「名字就是拿來叫的，幹嘛激動成這個樣子！」

政委卻握住木略的手，使勁再使勁，昂揚道：「以後哪怕是天皇

老子，你只要想，都可以直呼他的名字，不連姓只叫名，比如吉黑哈則，你既可以喊他吉黑，也可以喊他哈則。解放了，你是自己的主子，再沒有什麼好擔心的。」

葉幹事在為木略整理演講材料時引用了團政委的這段話，還形容木略的兩個眼珠子在那一刻熠熠的，像燃燒的煤核。在那一刻，這個昔日的奴隸娃子覺醒了。

當下天麻麻亮，解放軍喊話：「你們要求的談判代表木略已經在這裡了，如果沒有變化，他這就出發去你們那邊。」

拉龍區公所裡的各個武裝分子害怕解放軍發動他們擅長的夜攻突襲，熬了一夜，此時昏昏然，腦袋直往胸前栽，聽到對手的喊聲，激靈之下，讓清晨冰涼的山風一吹，都跑上房頂去瞭望談判代表木略。

他們又好奇又急切，全然不管自己的腦袋、上身如何暴露在對手的火力下，只顧議論，其實不服氣：

「瞧，那個朝這邊走來的爛娃子神氣活現的，不怕兩條胳膊甩脫的話，往天上甩吧！」

「洋芋屎蕎子屎都沒拉乾淨啊！」

噴噴幾聲，感歎世道變了，連最低下的漢根娃子也敢來和他們談判，要是以前，但凡有這種念頭，先把他自己嚇死。又有人質疑一個娃子的智慧能否擔當談判這樣重大的任務：

「娃子嘛，鼓著兩隻眼睛，就曉得吃和拉，要是主子不給他們領路，懸崖下、河裡頭，哪個曉得摔死淹死多少！」

嚼這些舌根，包括聽的都是吉黑哈則的人。這些人最起碼養著三幾個娃子，大小也算主子。馬海雙布的手下，前基幹隊的隊員不一樣，除了馬海雙布，都是娃子出身，要是聽見吉黑哈則的手下娃子臭啊傻的亂說一氣，哪有不變臉不變心的。

對於木略，他們也自有看法，話裡神色裡，都顯出對吉黑哈則的不以為然，用手遮了嘴巴，悄聲議論：不曉得木略這個臭娃子給

他的主子灌了啥迷魂湯，他的主子，也即他們眾人此刻的主心骨吉黑哈則那麼看重他！「莫不是，」有人更壓扁嗓門，「這兩人，吉黑哈則和木略，是兩個媽一個爹的兄弟不成？」清清嗓子，別有意味地覷定其他幾位一笑，那幾位附和著也笑。突然聽得木略砰砰，把厚實的木門拍得山響，高聲叫道：

「主子，主子，木略我來了！」

起義或投降

1. 他風一樣的刮進來，不管各長著三幾株核桃樹、板栗樹，這時分別在樹幹上綁著七個區幹部和馬海雙布的院壩是怎樣的景象，幾大步便衝進了房裡。

泥巴夯就又刷成白色的房子裡，桌子凳子都被拖到院子裡劈來烤火了，此刻只剩吉黑哈則孤零零一人，裹著披氈、披風蜷在地上，好像睡著了。

「主子啊主子，」他唱歌般的喊道，「木略我來伺候你，你睜睜眼吧！」這是他從前請吉黑哈則起床時常念叨的，只是聲音沒這麼大，腔調也不油滑。

吉黑哈則翻身爬坐起：「喊鬼啊，你！」抬眼上下一打量，罵道：「臭娃子，給你吃啥了，養得一肥二胖！你看看我，山兔子似的，被獵狗兒攆得氣都提不上來，瘦得只剩骨架子。我要是被攆上，肯定會被砍腦殼的，對吧？」話到後來像在探口風。

木略不等招呼，一屁股坐到他面前，太靠近，把他驚得朝後一縮，氣歪了臉。

「主子啊，」他晃晃身體，「你是在問我話嗎，那我告訴你一個準信兒吧。獵狗兒是我啊！我這個獵狗兒追上主子，你說我能撕咬

081

你嗎？現在我呢，是解放軍的代表，我說啥他們都相信。我回去給他們說，我的主子啊，和他們說話不能叫你主子，只能叫吉黑哈則，要不吉黑，要不哈則，我會說哈則一點反心都沒有，你們放過他，讓他回家吧。」

「光是回家還不行，讓他們別分我家的地、別放我家的娃子，」瞧眼木略：「你就當你的解放軍醫生吧，還能給我們看病。」

「哎呀，哈則⋯⋯」待往下說，那位朝後挪開去兩尺遠，倒抽著涼氣打斷他：

「你敢喊我的名字?!」

「啊，我當成和解放軍談你的事了。」

吉黑哈則眼斜嘴歪，哼哼兩聲。

「主子，」木略改了稱呼，聲調卻冷，「你又不是小娃兒，啥時候了，敢和解放軍計較土地計較娃子，眼下最要緊的是保住你的命。我不會撕咬你，別人呢，比如波火，他當了基幹隊員，我聽說提起你恨得牙齒能咬碎。說他家姐姐懷了娃兒，肚子鼓得山包一樣，你非逼著人家去放羊子，他姐夫求你饒一饒，嘴皮磨破流血，你也不幹。結果把人家害得一個人在山上生娃兒，大人娃兒的命都丟了。他常詛咒發誓，你要是落到他手上，一定讓你白刀子進紅刀子出，替他姐姐抵命。」

說話間，從房頂上撤下來的傢伙在門口觀望片刻，感覺吉黑哈則沒有趕他們的意思，都挪到跟前。他們一身的青衣青褲，屋裡光線本來暗，讓他們一遮蔽，只能看見各人閃爍的額頭、眼白和鷹鉤鼻子的尖兒。

吉黑哈則瞪圓眼睛：「爛娃子，我是想保住自己的命，哪怕狗命，那我也不怕你拿那些陳穀子爛芝麻的事嚇唬我！我要死，寧肯自己吊死、跳崖死，寧肯讓解放軍砍我的腦殼、槍崩我，也不會讓你們這些爛娃子的髒手碰一碰我！」

出身也是奴隸娃子的前基幹隊員聽此一說，性情急躁的手顫腳

動，待發作。木略盤腿穩坐，抬眼一一掃過他們，凝神聚光，腦袋左右一搖，示意他們少安毋躁，繼續對付吉黑哈則：

「主子啊，我哪裡在嚇唬你，是在提醒你，你碰到大凶險囉！跳崖投水槍崩，都算凶死！你家媽可以請畢摩給你念超度經，請蘇尼給你送鬼，百頭牛千隻羊殺來求神送鬼不心疼，賣地賣山林，賣到都不用人民政府分，未必管用。你隨便去問一個畢摩，哪家的祖靈地會要凶死鬼的魂！凶死鬼的魂不但會在鐵水裡熬火海裡燒，還會被螞蟻叮蜜蜂蜇、刺巴籠子刀尖箭鋒扎，那酸麻苦痛的滋味，我怕你是打熬不起哦。」說得吉黑哈則垂頭喪氣，見好就收：

「所以我說主子啊，」再一環顧，「我們眾人都別嘴巴硬，只有禍害臨到自己頭上才曉得害怕。」專對吉黑哈則：「危情已經懸在你的天菩薩上了，你咋不睜開眼睛看一看，再想一想對策？反而提虛勁、說瘋話！」

吉黑哈則歎口氣：「那麼你倒說說，解放軍派你來幹啥？」

「讓你，還有你們，」他指那些背槍胯子彈袋的戰士，「保全生命、保全身體，回家和老婆娃兒團聚！不過呢，」口氣強硬：「你們中養得有娃子的幾位，別以為還能像以前那樣甩手甩腳地過舒服日子，告訴你們，再沒有娃子伺候你們，得自己動手做來吃做來穿了。」假裝不勝榮光：「不要說你們，我也不懂這世道咋一下就變得像我這樣最低等的漢根娃子也能和主子平起平坐，非得把自己的大腿掐疼才確定不是在做夢！」幾個前基幹隊員忙不迭地發聲贊同，有一位竟說：

「都怪馬海雙布那個壞蛋，拿槍頂著我的腦門逼我跟他幹。不然的話，木略，你現在的位置可能是我的，解放軍派來的談判代表！」

「呵，也不撒泡尿照照自己，是這塊料嗎？」

「人家木略，早以前我就曉得，腦筋轉得風快，畢摩都趕不上。」

「就是就是，我家主子，可憐他的靈魂不曉得在哪裡飄浮呢，被解放軍打死了。他活著時常罵我，你但凡有吉黑哈則的娃子木略

十分之一的腦筋，我這一輩子能輕省多少啊！」

　　幾位吧嗒著嘴皮子，把木略奉承得飄飄然，瞟一瞟自己那所謂的主子，正緊鎖眉頭，斜覷那些馬屁大王，心想，還是看不起木略我啊？難道我不配人家讚揚嗎？瞧你長的那蠢樣兒，我可比你強一萬倍不止。天變了，變成我們娃子的藍天白雲，太陽該照到我們娃子身上了。心胸豁然，拿捏道：

　　「都別說空話，抓緊時間，要不然，我的戰友們會以為我被你們幹掉了，一生氣，衝鋒號響上兩聲，不需要動兵，幾發炮彈再幾十個手榴彈就把你幾爺子炸飛囉。」

　　眾人眼巴巴地望著他，問咋辦？

　　「咋辦？」他重複，自己回答，「趕快把綁在樹上的幹部放了、送出去呀！那個腦殼裏得像皮球的人也是幹部吧？不是嚇唬各位，那幹部要是你們整的，到時我可不能替你們求情說好話。」

　　當即有人撇清，那是幹部不錯，但割掉他耳朵的馬海雙布已被控制：「沒看見嗎，馬海也綁在樹上呢。」

　　他說，且慢，把奉命去放幹部的人喊回來，讓他們告訴他前因後果。他單方面判斷事情是由他的前主子挑起的。

　　原來吉黑哈則並非首惡。這個發現讓他又高興又不解恨，高興的是吉黑哈則不會蹲監獄；不解恨呢，覺得真便宜了他，說不定他還會因為捉拿馬海雙布、主動和解放軍談判立上一功。那樣的話，吉黑哈則可能去地區，起碼縣上，任閒職或者當政協委員享清福。

　　這個可能的結果像誰給了他的腦袋一拳，眼前頓時一片迷濛。有人喊他，勉力張大眼睛，鼻腔喉嚨黏液稀湯，擤鼻涕，清嗓子，不亦樂乎。吉黑哈則張開巴掌，在他臉前晃，問他魂丟了？

　　抬起胳膊，擋開吉黑哈則的手，自嘲：「丟了丟了！」放大嗓門，命令放人，和吉黑哈則一道來到院子裡。

　　2. 釋放的人不包括馬海雙布，但有好事者拔掉了他嘴裡的爛

布團。果然火爆，順勢咬了口為他拔布團的手，啐口黏唾沫，張嘴便罵。罵吉黑哈則背信棄義，罵前基幹隊員助紂為虐，詛咒發誓自己就是死也要變成惡鬼凶魂，五指尖尖，撕破眼前這些仇人的胸膛，再挖出他們的心肝餵狗。

沒人理會他。除了被割去耳朵的幹部，剛被鬆綁、除去堵嘴的布團和草屑的幹部們說啊跳的，比他製造的聲響大。區長緊緊地摟住木略的腰攀住他的肩，又哭又笑。感謝木略代表黨代表解放軍把他和他的部下從叛匪的魔爪下解救出來，再三再四地請戰，把張熱烘烘臭乎乎的嘴巴貼緊木略的耳朵，讓他勒令叛匪放下武器，馬上投降。木略把他推到一邊，抹了把癢而潮的耳朵：

「『馬上投降』？經過我的說和，談判成功，他們不是已經投降了嗎？」

李區長一扯他的衣袖：「我們一邊談。」意欲撇開吉黑哈則。木略不幹：

「就這裡，他基本聽不懂漢話。」

李區長還是壓扁嗓門：「同志呀，投降不投降，裡面的講究多了。我的經驗，今天這事兒可能按起義定性。」

木略聽不明白，煩亂：「區長，你別繞來兜去，投降，起義，不都是一回事嗎！趕緊辦正事，我要開大門了。」他自打算盤，準備一路走在前頭，直到大部隊的跟前，以充分展示自己的勞苦功高。

小李區長拽住他的衣袖：「你聽完我的話再當你的英雄不遲。如果不聽我的，你只是小英雄，不是大英雄。」

後一句話起作用，駐步，聽小李區長道來：

「要是投降，你就是大英雄；要是起義，你就是小英雄。」

「你是說，投降，對我有好處，對你也是；起義，」瞧眼吉黑哈則，「對他的好處等於或大於我的？」

「正確！」小李區長在大腿上擊了一掌，「算投降，吉黑哈則仍然是叛匪，就是不進監獄，也只能老死在家；算起義，當個縣政協

委員不成問題，送到成都、重慶學點文化，回來做領導都指望得上。比你年輕吧？」木略不置可否，瞟眼吉黑哈則，不免義憤：比我年輕，全是我們娃子流血流汗養嫩的你！耳聽得小李區長替他盤算：

「不管吉黑哈則投降還是起義，你都有功勞。你漢話流利，認字學文化不會太吃力，年齡偏大，不理想。我可以幫你掃盲，到時，來我的區，給你個武裝部長幹。」

木略哼一聲：「別以為我是傻的，其實你是在替自己打算，想減輕自己的罪過……」

小李區長口吃：「我，我，我有啥罪啊過的，需要減、減輕？」

「還不是因為你不尊重少數民族，激怒了馬海雙布，他才叛變的。你呀，別拿武裝部長逗我耍，以後誰是誰的領導還說不一定呢！」抓捏著小李區長骨頭多肉少的肩頭，前後一晃，晃得他頭髮亂飛，眼珠高突，感覺把他晃明白了，布置任務：

「我去和叛匪頭子吉黑哈則核實情況，你負責找人紮擔架，先把受傷的同志送出去，咱們再談下一步的工作。」

3. 在他們說話的當中去後院解手回來的吉黑哈則，一臉茫然。突然看見李區長動手要把馬海雙布從樹幹上解下來，被他割了耳朵的幹部也由一副拼湊的擔架抬到大門口，發話：「不曉得他兩個是仇人呀，一起送出去，不是要馬海的命嗎？」

他說彝話，李區長不認為是在和自己說，繼續解繩子，不忘嘲諷轉眼成了階下囚的馬海雙布，氣得那位奮力踢身踢他，嘻嘻笑著朝後一跳。不想，後面探來一隻手揪住他的後脖領，再一旋轉，近在眼前的是吉黑哈則那張窄條子黑臉，驚叫喚，亂蹦，把轉而揪著他前衣領的吉黑哈則嚇得趕緊鬆開手，惹得木略哈哈大笑。

笑畢，他在小李區長背上加把力，推開去：「快救我們的同志去吧！」再把吉黑哈則拽到牆角，湊近，掩嘴，親熱地說：

「主子，我喊你的名字你可不要在意，我那是不得已。」

086

吉黑哈則翻白眼：「你的彎彎腸子打結，又會耍嘴皮子，我說不贏你，人前鬼後，你想咋喊就咋喊！這麼小半天，我算活明白了，世道不曉得，人心確實變了，以後不要說做你的主子，誰的主子我都做不成囉，哪一天，老婆娃兒不睬我也有可能。」木略作勢發聲，吉黑哈則擺手讓他開口不得，「我比你是傻一點，但再傻，時間長了我也能悟出道道來！說句後悔的話，我啊，就不該聽我家舅子的。解放軍是我家的救命恩人呢，要不是他們，我們一家子死在哪裡都不曉得。還有你，就是沒被打死，也不曉得被賣到哪座山上受罪去了。唉，說也無用。你可不興老記著小時候我欺負你的那些事呀！」

　　「看主子你說的，都是小娃娃的把戲！」心想，還說自己有點傻，傻得不一般。小時候哪裡是你，是我在收拾你！你爹把你打得死去活來那幾回，都是我給你下的套子。給你嘴巴糊狗屎，也是我指使你弟弟幹的。傻瓜，你可要搞清楚！放緩語速，又說：

　　「主子啊，別再扯那些陳年爛事。眼跟前，我們得商量一個辦法，看咋打動解放軍，讓他們原諒你，不給你定罪。解放軍也怪，對你這樣的奴隸主客氣得很，只要認錯，就啥都不追究了。嗯，我說你會認錯嗎？」

　　吉黑哈則疑惑地看著自己的前娃子，好像照在木略臉上的太陽光晃花了他的眼睛：「他們要你來和我談判就是要我認錯嗎？」

　　「不是這個意思，是我在問你，你要咋做才能讓他們消氣？」

　　吉黑哈則居然有心情，哧地一笑：「我把幹部都放了，等一會兒再把馬海雙布交給他們，」環顧所在的院子，「被我們劈來烤火的桌子板凳作價，我賠錢，給牛羊也行。還有啥呢？我沒有朝解放軍開過一槍，沒有傷過他們一個人，你說他們還不放過我，讓我回家嗎？如果不是這樣，派你來談個屁的判啊！」

　　「照老規矩，你說的都對，可世道不是變了嗎，你那一套行不通了！」

　　「世道變，人心也變，天理總不會變吧！你給我小心點，小心

087

惹到天老爺，當空一個響雷，把你打死來擺起！」

　　木略連氣帶急：「主子啊，你聽不聽我說完啊！」

　　「別再叫我主子，當不起，又好像在挖苦我嘛！」

　　「不叫就不叫，」木略說，「但我為你打算的心還得和你說明白。」

　　「你不就想讓我認錯嗎？我沒錯好認。」

　　「你敢說沒錯。以前的不說，這一次你帶人攻占拉龍區公所想搶武器算不算？幸好沒有武器讓你搶，要那樣，你早被解放軍的大炮炸成肉醬了。那是老天爺幫你，讓你逃過一劫。下面的一劫，還是老天爺在幫你。表面看我是解放軍派來的，實際是老天爺看得起你，派我來幫你。」

　　「別以為你是解放軍的代表，神氣得走路打偏偏！難道你不懂嗎，管他彝人漢人，一句話說不對，一件事做不合適，就能打起來，沒有誰對誰錯的事。」

　　「唉，你不肯認錯，不要說以後，眼前的難關都過不去。」

　　「還有啥難關？」吉黑哈則驚異，「我們兩個作為雙方的代表，不是已經談判完了嗎？你看我放了你們的人，把馬海雙布也交給你們了。大路朝天，各走一邊，我帶我的人馬回家，你回解放軍那裡去，那幾個基幹隊員我不管，由他們。你說，還有啥好扯皮的？」

　　木略慢悠悠地晃著腦袋：「扯皮，也一直是你在扯，作為解放軍的代表，我說話了嗎？」

　　「你還沒說話，牛皮都讓你吹爆了。」

　　「解放軍說啥我告訴你了嗎？」

　　吉黑哈則想一想，也是，問他：「解放軍說啥了？」

　　「沒明說，但意思清楚，像你這樣的叛亂分子會送到內地蹲監牢的。哪有你說的這麼簡單，回家就行，還讓帶槍。」

　　吉黑哈則一揚胳膊，手裡多了把勃朗寧手槍，怒道：「如果那樣，我先嘣了你，再死不遲。我絕對不去內地蹲監牢，想熱死我啊！」

　　木略心裡冷冷一笑，笑他的主子總是抓不住要害，到內地蹲監

牢，他不考慮失去自由失去親人看顧的痛苦，而是嫌內地的天氣。假意發狠：「告訴你，現在娃子我的命也值錢了，來呀，你開槍吧！」嘭嘭，拍兩下胸膛。

吉黑哈則不過嚇唬他，槍口微朝下，遲疑地看著他：「你這個扯謊精，老實告訴我，解放軍到底是咋說的？」

「交槍，蹲監牢。」

「不行，那可不行，」吉黑哈則原地轉幾圈，六神無主，握著槍的胳膊軟軟地垂下來。

木略冷著他，最後逼得他問自己：

「你說咋辦呢，木略？」

不急著回答，掏出夏覺仁給的一根紙菸，掰下半截遞給前主子，給點上火，自己的也點了，深深吸上口，噘圓嘴巴吐出一串串的菸圈，眼看著它們消散在藍色的天空下，曼聲：「只有一條路好走，認錯。」翻眼瞧吉黑哈則：「主子啊，我曉得你好面子，寧肯死也不會認錯，但你不認錯，如何向解放軍表示你的誠意，他們又如何信任你呢！你就認錯吧，還要保證再不叛亂。然後，把你把你侄兒幾個的槍彈都主動放在地上，就過關了。解放軍的首長說不定會和你握手，再說不定，會把你的勃朗寧還給你，小玩意兒，留著耍吧。至於你和你的人回家也好，留下來受了教育，當兵當幹部也可以。」

吉黑哈則接嘴：「我是要回家的。」

「那麼你同意認錯，說自己叛亂，然後被我說服投降了？」

「如果像你說的……」疑慮不減。

「只會有好處，聽我的吧，我的主子呀！」木略說，急不可耐，掏出從夏覺仁那裡要來的一條藍色波浪邊的白手帕，反身爬上樓頂。

愛情3

隨著白手帕的飄揚，三五九團上下歡呼不止。

夏覺仁也舒口氣，起碼今天沒有傷員來麻煩他。除此而外，鬱
悶之極。因為曲尼阿果，他遭到來自四方面的阻礙，一是組織，代
表人物張隊長；二是群眾，代表人物沙馬依葛；三是曲尼阿果本人；
四呢，聽說和曲尼阿果訂了親的表哥近在咫尺，友鄰部隊的參謀，
尤其難得的是彝漢文皆通的人才，打小在成都、重慶上國民黨辦的
民族學校，卻在那裡加入了共產黨的青年地下組織，四川臨近解放
時被送到北京學習，最近剛回來。

第四條最不能逾越，等同於破壞民族婚姻、幹部婚姻的插足者，
張隊長說：「開除軍籍算小事，被軍事法庭判重刑都可能。」

一路上，他故意讓自己陷在醫療隊的老弱病殘裡，為大部隊掃
尾。結果，錯過了見證木略人生中光輝的一頁：在投降者，木略的
前主子垂頭喪氣的襯托下，團長與昔日的奴隸今日的英雄、神勇無
敵的木略雙手緊緊相握，現場一片歡騰。

再見到木略，已過半年。

作為平叛英雄，木略參加「徹底推翻涼山奴隸制度實行民主改
革宣講團」，到祖國內地這個那個大中城市作報告去了。

報紙不準時，但常在《西南紅旗報》《蜀蓉日報》上讀到宣講團的消息。南到廣州北到哈爾濱，足跡遍神州。沿途受到各地人民群眾的熱烈歡迎，配有歡迎的圖片，熱情、單純的男女臉蛋比比皆是，捧著鮮花的是頭髮梢上扎著蝴蝶結的女學生。也有報告場面，有一張大概是在哪裡的碼頭上，背景有吊車，密密麻麻，也許上海？那裡也是宣講團當然的一站，這讓夏覺仁有點遺憾：應該讓木略捎根紗巾回來，銀色的，送給曲尼阿果，很配她淺黑、細膩的皮膚。

　　他這麼打算時絲毫不考慮曲尼阿果如果不接受呢！他完全和曲尼阿果斷了聯繫，連見一面都不容易，還沒到工作隊的駐地，就被沿途人們的眼睛嘴巴堵了回來，張隊長專門吩咐吳升盯他的梢。

　　他血氣方剛，頑固不化，什麼不和漢人開親、娃娃親，一概視為封建陋俗，打定主意要把曲尼阿果帶動起來勇敢地加以破壞。具體怎麼和舊勢力鬥爭，完全沒有主張。眼前心上晃的都是曲尼阿果欲看又不看人的羞澀眼神，還有細長、潤澤的脖頸，微微上翹的下巴頦和那上面的小圓肉坑。

　　偶然，沙馬依葛的形象會岔進來，打亂他專一的情思。奇怪，只要沙馬依葛的大臉盤和杏子般的眼睛一出現，他再要想念曲尼阿果，就要費點神，得從劃破她的腳板想起，想她桑葉一樣細長的眼睛裡的慍怒，受痛地叫聲，小心翼翼把受傷的腳板擱在青石頭上的樣子。他的心裡交織起對曲尼阿果的憐惜和對自己的斥責，羞澀的曲尼阿果才會月亮般的再次浮現在他的眼前。

　　有天夜裡，大汗淋漓地醒來，腹下一片空虛，雖然衰弱，身體卻飄飄的，像被雲托舉在空中，欲仙。寒意襲來，羞恥追迫，夾緊兩腿，翻身側身，夢中的女人竟然不是曲尼阿果，而是沙馬依葛……

　　第二天傍黑迎頭碰到沙馬依葛，心裡藏著鬼，先閃爍著瞅呢，人家倒比他自如，問他上海家裡最近捎啥好吃的來沒，她好想吃牛軋糖哦，隨手掏出一把炒蠶豆給他。兩人便在漾著星光的河邊吃完香噴噴的炒蠶豆，各走各的。

他們的部隊這時駐紮在西昌城邊的一個漢人村子裡，叫小李村。好處是前面後邊圍著一片湖水，離海太遙遠，想望吧，叫邛海。到處都是果樹，村民土牆瓦片房的前後，一夜間開滿了白色粉色的花兒，桃杏梨櫻桃，枇杷的帶點黃。夏覺仁生長的江南雖然也有如雲的花兒開放，可哪一季的花兒都沒有涼山的透亮，也沒有爽朗的風吹送花兒的香氣，聞起來還不甜膩。

沒有感到花兒謝，紅殷殷的櫻桃，緊接著黃澄澄的枇杷就上市了。村婦，頂著盤子般的白布纏頭，一色的青布衣服，守在用簸箕盛的櫻桃、枇杷旁，把軍人當作最大的買家，走到哪裡都聽見她們在脆聲招呼：

解放軍同志，來嚐嚐鮮果子！

叛匪打得差不多了，下一步如何，連營團的首長都在待命，從上到下比較放鬆，學習、訓練也不那麼緊湊，大家東遊西逛，挺自在。

夏覺仁常打望曲尼阿果，學唱歌曲的隊列，觀看籃球賽的人群，村頭河邊散步的男女，總有她的身影。他還看見她端著白瓷盆去小河邊洗衣服，好了傷疤忘了痛，又打光腳板，在露出河面的卵石上跳來跳去，和俞秀，和另外兩個女隊員打水仗，衣服濕了褲子濕了，互相扭著跌進水裡。春天，涼山的大太陽是暖和，可小河裡有泉水也有融化的雪水，她外露的小腿胳膊都凍紅了。後來四個女隊員坐在河邊的石頭上唱歌，說笑，晾洗就的衣裳，也晾身上打濕的衣服，時不時，會把前襟撩起來扇一扇，求快乾吧。俞秀好像發現有窺視者，大家稍亂了亂，齊聲喊：「哪一個，有本事站出來？」揀幾塊石子丟過來，打在歷年的枯枝敗葉和斜逸的樹枝上，撲簌簌過後，靜悄悄的，聽鳥兒地叫聲格外的亮。

平叛英雄木略及他的婚事

1. 閒在小李村，個人或組織看報讀報的時間很充分，因為有木略的消息並不枯燥。先是《西南紅旗報》全文登載題為《昔日的娃子今天的英雄》的長篇報道，接著《蜀蓉日報》不但選載了部分文字，還配有編者按。其中，提到木略父親的族別、身世和故鄉。成都人，有外號「成都娃子」為證。至於姓，被搶時太小，記不得了，只記得小夥伴叫自己「蚰蚰」。按語因此大膽推測，可能姓瞿。根據木略的爺爺也許是中醫的信息，倡議熱心又知情的市民提供線索，幫助一個淪為奴隸的族胞在有生之年認祖歸宗，尤其這個族胞的兒子是一位砸碎萬惡的奴隸制枷鎖的英雄。

兩份報紙都有木略的照片，《西南紅旗報》的是平叛英雄的合影，《蜀蓉日報》只他一人，胸前戴朵大紅花。這後一張，有點瞇眼睛，倒顯出他本身不具備的含蓄、安靜，人也年輕、周正。

《蜀蓉日報》的編者按立竿見影，一週後，結果出現在頭版頭條，題為《漫漫尋親路》，詳細報道社會各界熱心為木略找親人還找到的全過程。

木略家確實姓瞿，是城南柳子巷有名的中醫世家。走在長及二三十米、住戶上百家的巷子裡，隨便問一位老者，都知道瞿先生的

弟弟小時候被涼山上的彝人掠走了。這樣的事每年發生幾起。說春節前的一個午後，那一天管你新病人還是老病人一概不接診，瞿先生的媽長聲悠悠地在屋裡哭，他爹一趟又一趟，出門進門，唉聲歎氣。原來他家么兒子清晨起來非要跟當爹的上東門市場買來自彝區藏區的草藥。草藥買到，回頭一看，兒子沒了，找得頭昏腦漲，嗓子喊啞，警察也驚動了，么兒子呢，影子都沒留下一點。從那以後，瞿先生爹媽的身體、精神兩不濟，五年裡，媽先走，爹跟上也去了。幸好瞿先生出道早，雖然嫩，還是把家業承擔下來，名頭響亮，省主席劉文輝家都找上門來瞧病呢。又說瞿先生四五十年來間一直在尋找弟弟，可希望越來越渺茫，瞿先生本以為自己也會像父母一樣死不瞑目，沒想到解放軍、人民政府幫他找到了失散近半個世紀的弟弟。他喜極悲極，反覆念叨：「我可憐可憐的兄弟啊，為兄今生今世做夢也想不到還能與你相見啊！」他見到的不是他的兄弟，是他有異族血脈的侄子。報紙登著一張木略和他大伯相見的照片。他的大伯飄著蓬半白鬍鬚，面貌清臒。他們握著手坐在一起，感慨萬千。旁邊七大姑八大姨，都揪著一條手絹的角在抹眼擦淚。

這篇報道在三五九團引起強烈反響，大家爭相傳閱，無論男女都流下點點滴滴同情、欣喜的熱淚。宣傳幹部為此專門以我們身邊的木略同志為中心，召開揭露和批判黑暗的奴隸制度的座談會、報告會。相繼，基幹隊、工作隊，包括彝民連的男女人等也有自報漢人身世的，不是爺爺就是爸爸，不是奶奶就是媽媽，超不出三代。宣傳幹事從中挑出四五位漢話尚可的做報告，詞不達意者居多，搞得聽眾哈欠連連。

座談會、報告會儘管現場效果不理想，但對平叛結束後部隊暫時的無所適從起到收心和激發鬥志的作用，戰士們紛紛寫決心書、倡議書，要求投身到民主改革的第一線，去幫助廣大奴隸群眾翻身得解放，和全國人民一道共同行進在社會主義的康莊大道上。

同時，《西南紅旗報》《蜀蓉日報》以不同篇幅繼續有關木略和

他家人的報道。其中一篇細緻地描述木略的爹、「成都娃子」悲慘的奴隸命運，提到他殘疾的胳膊和被奴隸主分散賣掉也做奴隸的子女。也寫到他的行醫生涯，把他寫成一個天資聰慧、身懷中醫絕技、在涼山上懸壺濟世的扁鵲。具體事例不少，據說能把中蛇毒昏過去三四天的人救活，為此發明了專治蛇毒的配方，列得有詳細的藥名，七八種，幾乎都是彝音漢字。說他對刀傷槍傷等有特別的療法，能有效地防治化膿、潰爛。特別提到打冤家是涼山上外傷頻繁的原因。外一篇寫的是木略的成長史，驚訝於他的漢話水平，竟保持著成都方音。對他在奴隸主的打壓下、困苦的生活下所堅守的好學精神大加讚賞，說他稍識漢字，粗通醫術。誇他機智、勇敢，從小就善於和奴隸主周旋，這次策反奴隸主、為部隊掃清攔路虎並非偶然。文中記有他小時候智勝奴隸主和他的兒子吉黑哈則的幾則故事。其中一則看得夏覺仁失聲大叫，完全在騙人。

故事說的是，有一次他不滿奴隸主的壓迫頂了幾句嘴，被奴隸主捆在柴火堆上任太陽曬任雨淋，不給飯吃不給水喝。他媽媽束手無策，淚如雨下。如此這般，三天以後，奴隸主的兒子看他氣息奄奄，不是施以援手，反而指使不懂事的弟弟挑狗屎餵他。

實際剛相反，他才是指使者。

不過並沒有他的嘴巴沾到狗屎的細節。怎麼會，作為一個機智勇敢的奴隸娃子！他心生一計，把包穀麵餅子──明明說他媽媽束手無策，嚼爛，抹到嘴巴上，伸出舌頭，這邊一下那邊一下，舔著吃，咂巴嘴，香極的樣兒。小奴隸主一看，好奇啊，問他，臭狗屎那麼香嗎？不回答，舔食得更加起勁。小奴隸主以他反動的階級本性，豈能容忍如此美味被奴隸專享，當然笨得蠢得不堪，也摳了點狗屎吃。結果可想而知。

幾則民間故事的主角也變成了木略自己，反派人物，都是無德又蠢笨的奴隸主。

夏覺仁暗暗運氣，準備等他回來，與他理論一番。最起碼，看

他臉紅不臉紅！

2. 臉紅的。

木略身上的皮膚由著內地的軟風柔陽輕揉曼摩半年已然白皙，驀然一紅，分明得很。嘴上強辯，真的假的不管怎麼樣在一起也沒法道出黑暗的奴隸社會的一二。「小夥子，」壓制夏覺仁，「你沒吃過苦沒挨過餓，根本不曉得我們奴隸娃子在萬惡的奴隸社會受的是啥洋罪！」

木略說這番話時已回到涼山、回到部隊兩個月了，和夏覺仁卻是頭一次過話，之前夏覺仁一直在仰望他。和夏覺仁一起作仰望狀的還有三五九團的全體指戰員，包括基幹隊和工作隊。木略坐在主席臺上，要不在前排講自己作為奴隸的苦難和英雄的光榮，要不坐在後排喝茶。木略的模樣和會場的氣氛，還有他眼下的英雄身分都很般配，莊嚴，榮光，間或和夏覺仁的眼神相碰，不變姿態、神情，好像不認識後者。

從主席臺下來，臉一換，不改往日的嬉皮笑臉，也真想夏覺仁，拍他的腦袋，攬他的肩，催他有話趕緊說，不然，吃過午飯他們就得走，說哪裡的一個師範學校等著做報告呢。哎呀，他感歎，其實得意：「坐著車東跑西顛，屁股上的肉都磨得沒有囉。」又說：

「我給你帶了『大前門』，兩盒。你瞧瞧，新嶄嶄，毛邊都沒起，你一點不感謝我，也不過問我在內地是咋做宣講的、受到怎樣的歡迎，和我歪纏不鹹不淡的事，好心煩！告訴你，用內地這幾個月來換我的一生我都幹。像在夢遊，吃的穿的，轉眼就有人送到面前來。你看我貼身穿的這件衣服，綢子的，我家主子也只有兩件，在杭州的一個絲綢廠，工人老大哥一下發給我們四件。可恨我家爹的那些親戚，東一件西一件，送來的絲綢衣服像打發叫花子，全是穿剩下的，皺拉巴嘰，盡是油花子。我都丟賓館了。我家爹做美夢，盼著他大哥來接他呢。我伯伯有兩個老婆，娃兒一大堆，恐怕我家爹和

他們爭家產，直說沒錢，好東西都拿去典當了，鬼話連篇。他們漢人呀，小肚雞腸，盡算計人。哼，妄想讓我姓瞿，叫我瞿木略。我不幹，姓拿來有啥子用，不能吃不能喝。非要的話，不如拿『木』來當姓，反正漢人也有這個姓。不說他們，還說宣講團的事。我們啊，不管走到哪裡，總有人前面後面地護著你，手挓挲開，怕你跌倒似的，就是以前我們娃子對主子也沒有這麼周到。那些歡迎我們的女學生，個個都像雨後大太陽下的花兒，粉嘟嘟的，聽我講戰鬥故事，聽得入迷，眼睛亮晶晶的，眨都不眨，小嘴巴張開，露出牙齒尖尖，可愛死了。男學生呢，盡打岔，非要聽打死幾個十幾個叛匪這類的故事，還問我是不是一槍一個。」

夏覺仁問他鴉片癮呢，沒犯過嗎？

木略趕緊出手堵他的嘴，賊眉鼠眼，四下掃視：「怪得很，沒得抽，也不想抽。」難受過一兩次，清鼻涕橫淌，衣裳都濕了，再就是四肢發痠，螞蟻子在骨頭縫裡鑽似的。喝醉幾次，人事不省，在廣州還送醫院打過點滴，然後舒服了。他說：「我一個奴隸娃子，哪來的錢成癮啊！」

不追究，再聽他講自己的內地神遊。正好講到在上海，講的聽的都勁頭十足，打岔的卻來了。沙馬依葛、俞秀等一干人，沒有曲尼阿果。

木略不嫌她們，更起勁。稱收到過兩個女學生寫給他的求愛信。他是文盲，又不知輕重，跑去找領隊，讓讀給他聽，把領隊逗得樂不可支，一路當笑料解悶。其中一個女生很大膽，寫道：只要英雄木略不嫌棄她，「管你有沒有老婆，我願意白天給你端飯夜裡給你蓋被。」居然找來，小巧玲瓏，挺秀氣。瞥眼俞秀，叫道：

「啊，小俞秀，我看那姑娘就是照著你的模子塑的，美得很，乖得很，小鳥兒一樣。工作隊的女隊員裡，我敢說沒有哪個有你的水色好，白裡透紅，又嫩，毛桃兒般。」

俞秀低垂頭，羞得不堪。其他女隊員眼望著，心有所向似的。

幾個月前木略要是敢這樣炫耀自己和胡說八道，早被夾槍帶棒，教訓上了。

最感慨的是沙馬依葛，她說，怎麼以前沒有意識更沒有發現潛藏在木略身上的英雄氣概呢。她這話是在奉承，而非挖苦，可聽上去如木略那樣的厚臉皮都訕訕的。俞秀不諳世事，質疑：

「木略，我看你在撒謊！」

大家摸不著頭腦，都看她，但聽她不緊不慢地道：「明明我就沒有阿果好看嘛，你還在這裡亂說，說我是工作隊裡最漂亮的姑娘！」

　　3. 聽者哪有不笑的。隔天聽說俞秀決意嫁給木略，方知那丫頭當真了。

木略想不想娶俞秀呢？想得發瘋。

從他回三五九團做報告，到他和俞秀聯名遞交結婚申請不過二十天，他們哪來的時間發起和促進愛情竟至婚姻呢？地點也是問題。

機緣湊巧。俞秀在宣講團走後的第二天請假回家，探望生病挨日子的母親。木略，包括宣講團的所有成員，正在俞秀家所在的瀘沽鎮的駐軍、學校和機關做報告。

有三天的時間供二人相處，不是三整天，是三天裡的幾個小時。他們在鎮外的山坡下溪流邊，鮮有人又有遮蔽的地方會面。那種地方俞秀了若指掌，她小時候打豬草割羊草哪裡沒去過，在哪裡被蛇咬被螞蝗叮摔破膝蓋掛爛手臂歷歷可數。這個時間涼山上到處的花開豔，她家的院裡院外也是，又釀酒，格外地招引蜜蜂蝴蝶。可她媽病情沉重，由不得她不心悲，想她媽死後，她爹可以名正言順地把解放後移到外面另闢院子住的小媽接回來，兩個弟弟是小媽的，到時候人家四個團圓，撇下她，還是不被喜歡的女兒，不就成孤兒了！眼淚水因之淌得連成了線。旁邊有個心疼自己的男人，那自憐自痛的淚水不但沾濕了自己的衣裳，還浸透到情人的胸脯，讓他更緊地把這可憐的女子摟進懷裡，腳下一滑，便雙雙栽倒在地。

地上盡是亂石子和乾的羊糞蛋子，硌人，疼，哪裡顧得上。男的比女的有經驗，欲望高漲，英雄的名分和家裡的老婆都遏止不住，一擻，有力，有分寸，就把女的安頓在地上，已經墊了他的外衣。

這是俞秀的第一次，又從沒受過這方面的教育，無論從長輩還是從朋友那裡，能夠認幾個字也是近兩年的事，所以她感到的基本上就是痛。因為痛，她不配合，遭到男的情急下的粗魯對待，這讓她更難受，哭個不停。

哭來哭去，把木略哭得起煩。他那不產崽的老婆不會這麼麻煩他，可除非某一個連星星都沒有的夜晚，反正必須確保看不清她的醜樣子，他才會和她幹那麼一次，還得忍受她半張的嘴裡呼出來的臭氣。他的老婆不哭，也很少笑，偶然一笑，嘴巴黑洞洞，牙齒所剩無幾。有次他向主子抱怨，烏孜何止四十歲，老得牙齒掉光了，身上臉上的皮膚鬆垮垮的，像生過二十胎的老母豬。其實，從沒懷過。他媽常說，小時候和烏孜一起耍時最喜歡欺負她。「這樣一推算，烏孜未必比我家媽小！」主子倒有心情，哈哈一笑：「那就喊她媽嘛。」

他的老婆是主子胡亂配給他的，像給公豬配母豬。

突然，俞秀靠過來，軟和的，清香的，木略心裡一顫，手指尖腳趾尖立刻麻了酥了，挨著俞秀的胳膊一舒展，輕輕地便把小鳥樣的女人攬住了。兩個人並排坐在泥巴地上，聞得見花草松脂的芳香，聽得見鳥兒的鳴叫。撲簌簌，一隻穿山甲頂著一背棕灰色的鱗甲爬過他們眼前凋零著小黃花開始結果子的刺果叢。

下得山，兩人去找宣講團的領隊，由木略出面，宣布自己要和俞秀結婚，因為「一起睡過」。

他的話不但把領隊嚇一大跳，俞秀也是。明明在路上說好的，先說木略打算和老婆離婚，再說他倆計劃結婚的前景。木略不要臉，該說的不說，一起睡過的話卻說得出口，俞秀要跑開去吧，被木略都是骨頭，好像鷹爪子的手攥得牢牢的，休想動一動，羞得急得憋出淚。

領隊眼看這個窘得無地自容的姑娘，水靈靈，嫩乎乎，禁不住恨起她身邊扁平臉、豆子眼、羅圈腿，還老的男人來，神思難免恍惚，兀自喃喃：「結婚好！結婚好！」

　　木略激昂地喊：「組織同意了，我們快告訴你家媽去，說不定她一高興，病就好了。」

　　領隊醒過悶來，把木略拽到一旁，問他耍的啥手段。木略一梗脖子：

　　「我木略是翻身得到自由的人，還用得著去騙人使詭計嗎！以前那樣做是迫不得已，不然咋和主子周旋。」

　　領隊趕緊打斷他，他很瞭解這些民族同志，三四個報告過後，個別人眼界寬了，舌頭滑溜了，受追捧了，話匣子再打開沒完，即興發揮，今天說主子下黑手打斷他的一根肋巴骨，明天說三根，還加上一條腿。用什麼打的，不過是一節隨手掰來的細如手指的野竹竿。別人發現前後矛盾，提示他，倒爽快，改口砍柴刀。木略比這樣的機靈，卻天上地下，葷素不分，更傷神。

　　怎麼對付木略，領隊犯難，推脫說，宣講團是臨時組織，任務完成就會解散，人員各回各的單位。木略來自三五九團，領導自然是三五九團的團長和政委，「他們說話才算數。」

　　木略抓著俞秀的手，拔腿要走。仗著策反有功，他和兩位團首長快稱兄道弟了。

　　領隊給他兩天假，「要是不能按時回來，就別回來了，宣講團伺候不起你。」

　　4. 木略沒有帶俞秀。他身邊的彝女人不知道是不是和他一路的，或者湊巧走得近？小李村後山上的每一條路每一天都有上下的彝人，或來漢區辦事、買賣東西，或路過回家，很難說那彝女人和木略一定有關係。女人上了年紀，皮泡臉腫，披風、斜襟褂子、百褶裙、荷葉帽也盡是補丁、洞眼。光腳板扁扁的，滿是厚繭子和裂

痕，走路也不穩當。

去團部的路上，認識木略的都和他打招呼，問他宣講活動結束了？歸隊了？不認識知道他的，指點說：「那是咱們團的彝族英雄木略！」

大家沿途看去，但見木略和哨兵交涉後，隻身進了團部。女人呢，掩緊披風，蹲在門口。

女人是木略的老婆烏孜。來路上，他和俞秀彎了彎，回家領她。

木略決定不去和他的前主子打招呼，「見了面說啥嘛，」他說，「未必問他今年蕎子能收幾石嗎？還不是坐吃山空。」有點不忍，哪如當時給他投誠的名分呢！這個時間他應該正裹著披氈披風，蹲在縣政協的院壩上，舒舒服服地抽旱菸曬太陽吧。

出門，迎頭碰上女主子，吉黑哈則的老婆。吉黑哈則的媽聽說病死一個多月了。木略「嗨」也不理，壓著一背柴火竭力挺胸昂頭，錯身而過時，頭別到一邊，呸唾沫。俞秀氣得緊，積蓄一泡唾沫也要啐，木略攔住說：「隨她去吧，看她死硬到啥時候！」

烏孜不但邋遢，還髒臭，如果正好在風口上，猛的一股，鼻腔、喉嚨一抽搐，直想吐。他們不得不就著溪水，捋了幾把松針攏成團為烏孜擦洗後頸窩和手背腳背。衣服沒有辦法，只有身上那一套。木略說，這樣也好，團首長更能體諒他的苦楚。

他已經和烏孜談妥，沒費勁：「你別當我的老婆，年過了四回，你都沒有陪我睡過，不是老婆了。」烏孜點點腦袋，認帳。但她問：「不當你的老婆，那我當你的啥子嘛？」這倒把木略問住了。烏孜替他說：「叫我姐姐行不行？」她聽不懂漢話，俞秀卻聽得懂彝話，不幹，說那樣的話，自己不就成小老婆了！一屁股坐在石頭上不走了，「明明有名字，叫啥姐姐？」掉頭叫「烏孜」，烏孜應聲，俞秀說：「你看嘛，不是答應得好好的嗎！」木略只好對烏孜說：「以前咋叫還咋叫。」烏孜不甘心：「那以後你們的娃兒叫我啥呢？」俞秀沒好氣：「還叫烏孜！」一句話頂得她悄悄的，不再吱聲。

木略說俞秀：「你是傻子嗎，不依不饒，要是到團首長面前烏孜不配合，你還咋讓我敲鑼打鼓地娶你嘛！」

儘管自己要嫁的這個人是英雄，父親是漢人，老家也落實了，省上成都的，到底媽是蠻子，血脈相連，本人蠻子無疑，人又比自己大八九歲，盡是抬頭紋。親戚朋友嘴上不說，心裡想啥不說也曉得，肯定十分瞧自己不起，以後生下的娃娃也要被人喊雜種了。就在幾天前她還反對阿果和夏軍醫好呢，轉眼之間，自己卻要嫁給一個彝人，還是彝人漢人都鄙視的娃子。當下賭氣說：

「你還和烏孜過吧，我不用你娶了！」

木略不以為然：「隨便你！」改用彝話叫烏孜回家，「你還是我的老婆！」他這頭說完，那頭俞秀哭將起來，小拳頭攥緊使勁在他身上捶，「捶吧，癢酥酥的，好安逸。」他笑嘻嘻地說：「哎，你小腦殼在想啥我一清二楚，你不就是嫌我是蠻子又是娃子嗎？老你一截你也嫌。你們漢區的土改沒經歷過嗎？不曉得越是苦出身越有前途嗎？現在輪到我們彝區了。我還佩服你呢，以為你真有眼力，找到如我這樣有前途、腦殼也不笨的男人，結果呢，瘟豬兒一個！你趕快想好，跟我不跟？」

俞秀跳腳抹淚，連聲：「跟，跟。」自有一番嬌憨撩動木略的心懷，忍不住曲指刮她的鼻梁，捏兩個飽滿的鼻翼，要不是烏孜在場，早親上一口了，暫且忍道：「這才是我的心肝寶貝嘛！」

烏孜被他們兩個差得落在後邊一大截。

俞秀又高高興興了，走路帶蹦，一邊在路邊掰幾枝快敗的粉的紅的杜鵑花，草多又陰涼的岩石底下明豔的蘭花也被她摘來隨意別在頭上、前襟，給烏孜也別了兩朵在稀疏的頭髮上。烏孜追看著蜂飛蝶舞的俞秀，漾出笑意，好像也歡喜呢。

烏孜的好心情感染到木略，把握又大了一成。

三人來到小李村的後山頂，午後的村莊青色瓦片、紅土牆的房子安靜地掩映在各色果樹中，白濛濛的。再遠便是邛海那青藍色的

水面、岸邊陡立的大山了。俞秀說她看見阿果，正在屋前曬衣裳。她替朋友惋惜：「要是阿果和夏軍醫也能和我們一樣該多好！」木略卻反駁：

「你難道不懂黑彝的臭規矩嗎！夏軍醫是我的朋友，我不會讓他吃虧的。我可警告你，千萬別跟著瞎起哄。如果是沙馬依葛，還有點餘地。」

俞秀噘嘴不滿：「依葛虛情假意，你還稀罕她！再說，她哪有阿果一半好看！」

「傻丫頭，好看不是你來判斷的！」木略避開烏孜的眼風，輕拍拍她的屁股：

「你先回你們工作隊，我帶烏孜去見團首長。」

俞秀要抗議，看木略衝她搖頭、眨眼睛，便閉緊嘴巴，一步三回頭，聽話地走了。

5. 運氣不錯，團長政委不但在，眼下還都閒著沒事兒。看他進來，以為宣講團的工作結束了。不是，木略直截了當地說，他要結婚。結就結唄，奇怪他這事也來報告，送幾顆喜糖甜甜我們的嘴巴就行。沒有這麼簡單，木略請他們做主，他有個名義上的老婆，必須取消名義上的，才能把實際上的老婆娶回家。

團長哈哈一笑：「真有你小子的，當英雄去趟大上海，風流了，不要舊老婆，想換新的！」

木略跟進：「不是新舊的問題，是沒老婆的樣兒啊！我那老婆是主子，不對，是奴隸主給我配的。那一年我剛長了點茸茸毛在上唇，老奴隸主，就是我策反的吉黑哈則他爹，對我說：『晚上騰點地方，我把烏孜給你做老婆。』我哪裡懂，朝已經走開去的主子問：『哪個烏孜？』我們那裡有兩個烏孜，一女一男。主子人還沒轉身，笑聲先傳來，他說：『自然是女烏孜，男的能做你的老婆嗎！』我當然曉得是女烏孜，可她咋能做我的老婆！我還在地上爬她已經下田薅草

105

上山放羊了。我說：『烏孜不行，太老了。』主子臉上在笑，眼神卻在刺人，『不要烏孜，看我不打斷你的腿！』他說到做到，我們娃子沒有一個不害怕他的。晚上烏孜摟著她的爛披風進來時，我媽讓她睡到鍋庄下邊。那是給客人睡的地方。她說：『主子讓我睡在木略邊上，說我是他的老婆。』我媽只好讓她先去水溝邊洗臉洗腳。還特別讓她把耳朵脖子都洗到，說：『烏孜啊，你那上邊的髒痂痂搓下來怕有一木盆哦。』」

團長一聲不吭，政委打斷他：「乾脆說吧，你大江南北，一圈跑下來，心花，不想要自己的階級姐妹了。我可正告你，你的老婆不管是不是奴隸主給你配的，也不管髒啊醜啊老的，你是當老婆一起過了夫妻生活的，你就是說到天上去，她還是你的老婆。跟風跟得挺緊，不知道嗎，風向變了，誰再敢換老婆，要挨處分。」

「她還臭，隔著十里八里就能聞到她身上的臭氣，夜裡和她睡覺夢得最多的是在豬圈裡打滾，臭得啊，能把自己熏醒。」木略又說。

團長繞著他轉，嘴裡咦咦的：「你別和她睡啊！」

木略苦著臉：「不和她睡我們男人的問題咋解決，除了母牛母豬，只有主子給我配的老婆。而且她早不和我睡了，說肚子疼。」

團長說：「你是種豬嗎？配！」

木略說和種豬差不多，只不過種豬和母豬配對生下來的豬兒子長大後是殺來吃的，男娃子女娃子配對生下來的人兒子長大後是用來幹活路的。小葉幹事說奴隸娃子對奴隸主來說是會說話的工具，不止，我們還是奴隸主用來製造小奴隸娃子的工具。看烏孜生不出娃娃來，奴隸主比我還著急，要給我換老婆，還讓我拿出我家爹的本事來，稀哩嘩啦，給他多生幾個勞力，要不地都撂荒了。

團長叫道：「這混帳的奴隸制度！」

政委卻說：「奴隸制度雖然混帳，但我們也不能讓他換老婆的陰謀得逞！正告你，你是英雄，要注意影響，別讓人家戳脊梁骨，說

我們共產黨解放的都是你這號沒有情義的傢伙。你是民族同志，再惹出民族問題來，比如你老婆的娘家打上門來，到時候讓我給你兜著嗎？我不幹。」動手往外掀木略。

木略掙扎道：「政委，奴隸主給我配的那個所謂的老婆等在門口，你和團長只消看上一眼就曉得我是多麼的痛苦了。」

這一招管用，團長、政委在和烏孜打過照面後，完全站到了他這一邊。政委語氣沉重：

「黑暗的奴隸制度下才可能發生這樣的悲劇啊！這樣的悲劇不讓它暴露在光天化日下，不從此把它打入十八層地獄永不得翻身，我們革命的意義何在！」

一旁，葉幹事在做筆記。他是木略所做報告的撰稿人，木略爹的身世、木略的英雄事蹟、木略與奴隸主做鬥爭的機智故事多出自他的筆端。題為「奴隸制度下非人性的配婚」的撰稿人非他莫屬。題目是政委當場擬定的。

布置完宣講任務，再來議論木略和烏孜的婚姻，團首長認為雖屬萬惡的奴隸制度下的非人婚姻，但已為既成事實，要廢止它，必須走程序，否則，有失人民政權的公允。

團長讓木略問烏孜願意不願意離婚，木略說：「不用問，我曉得她，肯定願意。」團長生氣道：「她和你一樣都是受害人，比你更弱勢，怎麼能不管她的想法呢！」乾脆不要木略翻譯，從工作隊找來沙馬依葛，由團長親自詢問烏孜：

「和木略分開過，你幹不幹？」

烏孜說：「分開好，要不然我痛得很，吃不消，不喜歡。」

沙馬依葛姑娘家，搞不清男女間的勾當，照實譯來，問木略：

「你打人嗎？」

問得木略一愣，稍加反應，乾笑兩聲。沙馬依葛用漢話問，團首長過來人，倒把一張臉繃得緊緊的，幾個宣傳幹事哪裡忍俊得住，嘿然作笑。

沙馬依葛更奇怪：「笑啥？天天說婦女的地位和男人一樣高，其實呢，還是男尊女卑，男人打女人不受罰！」

團長說：「小同志，你的口齒好伶俐啊，要不參軍來我們部隊做宣傳工作吧？」

團長未必認真，沙馬依葛受表揚受邀請，臉紅彤彤，表示願意當兵。團長讓她先把當前的翻譯工作做好再說。她又按自己的理解重複：

「烏孜說，因為被木略打得痛得受不了，願意和他分開過。」

團長說：「同意你們離婚。」

忽然聽得烏孜咿唔做聲，仔細一聽，她說以後等木略有了兒子她要幫忙帶。沙馬依葛恨其不爭：「他把你打得都吃不消了，你還惦記著給他當保姆，當娃子成習慣了？」

這些話針對的是烏孜，訓的是彝話。烏孜莫名其妙，眨巴著眼睛：

「沒有打我呀，木略他。」木略打斷她們：

「帶娃娃還不好說嗎，你來帶吧。」

烏孜滿足地長出一口氣，沙馬依葛越發氣憤，仍然用彝話責備烏孜：

「你這麼好欺負啊，木略都騎你脖子上了？你娘家哥哥找不出來一個，舅舅呢，也沒有嗎？快喊來給你做主！」

木略笑嘻嘻地讓沙馬依葛不要搞挑撥，他說：「烏孜是孤兒，想找兄弟舅舅做主，找我打冤家，要我給她家賠錢，簡直白日做夢，妄想！」

沒想到烏孜說她有哥哥，小時候和她搶臘肉骨頭啃湯圓吃。木略問她在哪裡？只說是漢人，記得喊的是哥哥，不是彝話的「麻孜」，爹和娘這樣地叫法也記得。木略驚訝道：

「這樣說來，你也是漢人囉！」

團長同情心大起，俯下身，摟住烏孜的胳膊，嘖嘖連聲：「看看被奴隸主折磨成什麼樣子了，我的姐妹啊！唉，你的父母恐怕為你

哭得傷心得眼都瞎了心都碎了吧！你還記得家鄉的模樣嗎？不會也是從成都搶來的吧？」

木略替她回答：「不會從成都那麼遠的地方搶，像我家爹那樣的是極少數，太遠，也不那麼容易下手，再在路上死了不划算。多的都是在鄰近，或者與漢區交叉的地方搶的。我看，烏孜可能是涼山本地的漢人。咦，從沒聽她說起過！」

團長力主送烏孜參加工作，工作是假，養是真。細加思量，不用政委開導，團長也愁，怎麼在工作崗位上養烏孜呢，難道讓別的幹部當她的保姆不成。

小葉和地方打交道多，建議把烏孜送到教養院去。說這是涼山興辦的福利機構，收留的都是烏孜這樣基本喪失勞動能力的奴隸娃子。

團長平靜心情，指示小葉：

「以我們三五九團的名義，直接把烏孜介紹給縣委的同志，請他們儘快安頓，按現有條件的最高標準。」

小葉應聲「是」，立正，敬禮，腳後跟一旋轉，落實去了。

餘下的人也待離去，木略豈肯甘休，嚷嚷他的事只解決了一半，另一半空懸著。

婚禮

1. 婚都離了，多大的願望啊，還有什麼懸在空中？

「結婚。」

對啊，這才是木略的最終目的。被他混鬧一氣，都忘腦後邊了。團長問他和誰結婚？

「俞秀。」

沒想到這傢伙真的儲備得有一位女工作隊員！

要不都說這傢伙眼珠子滴溜溜轉，狡猾呢，過去和奴隸主鬥法，現在當我們是活寶耍啊！團長要發作，沙馬依葛先開言：

「可是可是，她一個漢人，居然不嫌棄你，還是娃子？」

政委當即批評沙馬依葛：「白受教育了，不明白社會主義倡導的各民族一家親嗎！」團首長當即表態，支持木略和俞秀的婚姻大事。

風向一變，木略和俞秀的婚事成了三五九團宣揚社會主義新氣象──民族團結的盛事。

消息傳到俞秀耳裡，高興啊，她想自己眼明心亮，找到一個好男人，有靠了。

曲尼阿果替她操心說：「你不怕人家罵你們的娃娃是雜種啊？」還說：「木略手背脖子上的黑痂痂你不噁心嗎？」俞秀還嘴：「你髮

111

絲上的蟣子還少啊，白生生的發亮。」

這麼鬥嘴，很傷朋友的感情，再不搭理，噘著嘴各忙各的。

她們頭上身上的蝨子，較前一段打仗和行軍時銳減。那時只要出點汗，不但胳肢窩頸窩大腿根，身上這裡那裡一冒熱氣，然後股股腥味，最招蝨子。

曲尼阿果不理睬，自有人理睬俞秀，工作隊的其他女隊員興致勃勃，比自己出嫁還激動。沙馬依葛挨了政委的剋，找俞秀做自我批評，聲稱要向俞秀學習，甘當舊時代的叛逆者。

眾人商量送禮物給新婚夫妻，時間太倉促，完全不夠去趟西昌城。各人湊出一份錢，由沙馬依葛等三人從村子裡買來一床繡花被面、一對繡花枕套。這本來是位姑娘給自己準備的，不忌諱，賣給解放軍的新娘新郎。等她知道原來是蠻子結婚用，當下懊惱不止。從她那裡還買來一根背兒袋，幾條胖鯉魚，蜷曲著，蹦達在一朵朵水花上，煞是喜人。預祝俞秀兒女滿堂，當個英雄的母親。俞秀眼眉低垂，羞答答，倒十分用心地藏了起來。

問她穿啥？反正不穿身上這套沒有帽徽的軍裝。幾個女隊員一陣亂翻，翻出一件斜襟衣裳，白夏布，印有淺藍色的卷尾葉。俞秀茸茸的臉本就白裡透紅，再讓藍花白底一襯，發亮。鞋子也有一雙，繡著鳳凰，尾巴長長，繞在鞋幫。找不到胭脂，又是沙馬依葛跑到村頭人家的外牆上，蹭點標語紙的紅顏色，再沾點水，粉飾俞秀，使的勁過大，臉都給搓皺了。

正亂著，文工隊員敲鑼打鼓吹嗩吶地來到門前，男聲喊道：「走起，團首長都等在主席臺上了。」

俞秀一聽，頓時失措，張皇道：「羞死人，還要站到臺上去展覽啊！」就近抓了沙馬依葛的手：「你們哪個陪我啊！」

姑娘們譁然而笑，一位說：「難道我們都要陪你一起嫁嗎？」

沙馬依葛說：「我可以。」

嘴快的玩笑：「你兩個，誰算大的誰算小的，新社會，你們不拈

112

酸吃醋，政府也不允許啊！」眼見得沙馬依葛的臉越板越正經，不像隨口亂說。又聽她說：

「我們可以舉行集體婚禮。」

頓時鴉雀無聲，女隊員都在腦海裡梳理，沙馬依葛要和哪一個男人結婚呢？知道她和夏軍醫走得近，已經到談婚論嫁的地步？沙馬依葛卻和俞秀說：

「木略和你一對，吳升和我一對，兩對也可以舉行集體婚禮吧？」

吳軍醫啊！

又是一枚驚雷炸響在各位女隊員的耳畔，面面相覷。莫非沙馬依葛有分身術，一頭去見夏軍醫，一頭去會吳軍醫？這邊，那邊，眼睛梢梢情啊意的，便把男人的魂勾住了？或者，故意和夏軍醫風聲水響，好掩護和吳軍醫的柔情蜜意！也可能夏軍醫不配合，最近都在傳夏軍醫中意的是曲尼阿果。

女隊員都年輕，性子急，有人指點著曲尼阿果說：「不如你和夏軍醫也把事辦了，集體婚禮，三對熱鬧點！」不管那位作勢生氣，感歎：「哎，還有誰可以嫁，我也好想參加集體婚禮哦。」另一位接嘴：「好有面子啊，團首長主持，全團的人再不齊整，也得上千吧。以後講給娃兒聽，還不把他們羨慕死！」猛地想起沙馬依葛有婚約在身，問她：

「你家給你訂的娃娃親咋辦？」

這位淡定：「沒有學習過新婚姻法嗎？包辦婚姻不做數，結了還可以離呢，何況我們連手都沒碰過！」

一眾姑娘徹底啞巴。沙馬依葛再說話時，儼然小組長，吩咐的事情似乎和自己無關，派這位去通知吳軍醫準備結婚，那位去隊部再團部報告集體婚禮。姑娘們都是平常被她指使慣的，風風火火的就是跑，一路宣布：

「改集體婚禮囉。」

2. 集體婚禮，哪裡夠數，兩對而已。看熱鬧的不少，警備連全體、團部文職武職的也是全體，這就二百人。各營各連的代表，再加上基幹隊、工作隊，又是百八十人。這是確定的人數，不確定的村民，男女老少，叼著母親奶頭的嬰幼兒，把安排在打穀場的現場擠得水洩不通，男女娃兒又在人腿間穿來梭去，場面雜亂。

兩對新人確實像俞秀說的，放在臺上展覽。她和吳升緊張莫名，汗津津，縮手縮腳，老鄉因此扯閒話：站錯位置囉。以為俞秀和吳升是一對，沙馬依葛和木略兩位左右逢源的是另一對。兩對新人的各一方一為漢人一為彝人，也讓他們不解，風涼話四起：「這幾年人的膽子比老虎的還大，臉皮比城牆倒拐還厚，結婚像唱戲，登臺表演，還敢彝漢不分，亂通婚！」搭腔的打點他：「如果不是為了宣傳彝漢一家，哪裡有這樣的氣派有這麼多的解放軍讓你飽眼福。」說那人：「舊腦筋，等你家丫頭給你帶個蠻子回來，才曉得厲害。」

空氣中飄來一股一股的肉香，那是各個炊事班在同時燉剛宰殺的豬和羊。虧得這場不夠數的集體婚禮，全團要打牙祭。

新人身後，兩張桃木的長案上擺滿櫻桃、枇杷和炒瓜子、花生。人來人去，川流不止，都是各單位的代表，上臺和新人握手祝賀、送禮物。送什麼的都有，普通的如毛巾、臉盆、茶缸，特別的是用彈殼彈頭甚至子彈拼的船、飛機，都是雙份。

婚禮開始，團長、政委致辭。兩人的講話，洋溢著祝賀涼山飛躍進社會主義社會的革命熱情和祝福社會主義建設者——兩對新人的無限喜悅。

群眾代表發言時，眾官兵也不安分了，嘻嘻哈哈，搖搖擺擺，像風吹著的麥浪、樹林裡的麻雀，比老百姓還喧鬧。夏覺仁也亢奮，朋友結婚嘛！還渾身輕鬆，終於摘掉了沙馬依葛這個攀附物。此刻，只要再做努力，就能越過工作隊的兩位女隊員近到曲尼阿果身旁。目前的位子，是他連換三次得來的。

曲尼阿果落落寡合，要不勾著腦袋，要看也不看臺上，偶然幾

次，落到夏覺仁身上，好像有所停頓，夏覺仁屏住呼吸，那眼神卻已掠過。

漸漸的，曲尼阿果也在興奮起來，臉前探，滿是笑意，細圓的脖子和上翹的下巴頦因此繡就的弧線，帶點牽扯，宛如鹿在微曦的晨間半揚了美麗的腦袋，正要舔食沾著輕露的葉芽。突然，聽她驚道：

「俞秀的花沒了。」

聲音不大，夏覺仁以外沒人聽見，當即接應：「啥花呀？」曲尼阿果掉頭見是他，再一驚，下意識地指向臺上，在自己胸前比劃：

「俞秀這裡的大紅花不見了。地上有沒有，看見沒？」

夏覺仁起身，伸脖子，踮腳尖，蹲下，半趴，臺上地上，都掃視到了，再借著前後左右人等對他的抵擋、躲避，扒拉開兩位女隊員，生生地岔到曲尼阿果身旁報告：

「可能掉在來的路上了，臺上臺下都沒有。」

曲尼阿果的反應急速：「我們找去吧，紅花丟了，運氣不好。」短促，沙沙響，好不悅耳，杵在那裡難動彈，曲尼阿果不禁放大聲：

「聾子嗎？」

四周突然安靜下來，舉目一看，眾人，臺上臺下的都盯著他，不單他，還有曲尼阿果。稍作反應，曲尼阿果已奪路而去。

短暫的目光追隨後，拔腿便追，一邊叫道：「我們去給俞秀找胸花，她的胸花丟了。」

愛情4

他這一跑一叫，喧嘩重起，都在議論：「這兩人是不是也要湊數，參加集體婚禮啊！」也是一漢一彝，多數人認得夏軍醫，更覺有趣。

大局為重，集體婚禮繼續。

新娘新郎和團首長移坐臺下，和婚禮的參加者一道欣賞團文工隊的演出。

俞秀不斷地欠身探望，朝夏覺仁、曲尼阿果跑去的方向。他們跑向的地方，樹林子過去便得爬山，那裡是俞秀過來的地方，還等他們把她丟失的胸花送來。久等不來，她不是怨自己不小心或者木略沒有看顧好，而是生起曲尼阿果和夏覺仁的氣來，心想，丟就丟了，誰曉得！讓他倆一嚷嚷，已經不吉利了，萬一哪個壞人再腳踏胸花把木略和我咒一咒，還有啥好日子過？！越想心越局促，臉轉過來，木略嚇了跳，狠巴巴、醜乎乎。

曲尼阿果哪兒是去給她找胸花，是羞得逃跑了。

發力跑到村後上山的路口，回頭看，夏軍醫跟在後邊，左右都是矮樹棵和荊棘叢，越不過去，只得硬著頭皮往上爬。爬到半山腰，往後再看，夏軍醫越近，惱得叫：「滾回去，不要跟我，小心我踢石頭下去砸你！」

夏覺仁笑一笑，還是嗖嗖地往上爬。

曲尼阿果用腳聚攏一堆泥巴石子間雜著羊糞蛋乾牛屎蹬下山，窸窸窣窣響過，到夏覺仁跟前，灰塵散盡，威力難顯。夏覺仁不急於追她，不遠不近地跟著。曲尼阿果又喊：

「你這個壞東西，我的臉讓你丟盡了，我還咋好意思下山見人啊！我啊，那麼大聲，喊得大家都聽見了，羞死人。」啪的一響，兩隻巴掌同時擊打在臉上，想像中的羞愧好似隨著眼睛鼻子嘴巴的被覆蓋，別人就不知道了。

她自以為絕望，在夏覺仁的仰望中嬌憨的模樣嵌在即便晚春也以青藍為主調的天空上，讓他滿懷都是悔，如果臉皮再厚點，或者今天的集體婚禮也有他們這一對了。曲尼阿果並不像別人傳達給他的那麼反感他、不好接近。她再是和他不同的民族，是女人對不對，是女人，任何一個男人就能按男人女人通用的方式往來，比如親嘴、叫她小親親、摟她，看她的臉早上和正午和傍晚有什麼不同，還有夏天、冬天和秋天、春天又如何。無端地想，只要讓我把玩她的腳踝，撫摸她的細黑皮膚，親親她桑葉般的眼睛，戳戳她下巴頦上掬圓的小肉坑，也算沒白活。具體到眼前，很想看看曲尼阿果扎過刺的腳板，還惦記她腳上的氣味，不臭，有草和泥土的氣味也可能！空氣中適時流動的松脂味，被他當作曲尼阿果的味道，鼻子一蹙，呼呼作響，大聲說：

「好香呀！」

曲尼阿果早把摀著臉的手挪開了，正自奇怪，搞不清夏軍醫眼睛半睜半閉，表情又陶醉又誇張，神經兮兮地在玩什麼名堂，要問吧，畢竟剛罵了他，馬上換張好臉給他又做不來，蠢蠢地動著自己的小心思。到底，夏軍醫是第一個由著她哭鬧也好高興也好啥都不嫌她還眼巴巴望著她的人，父母都做不到。這三五個月以來，她常常想起夏軍醫想看她又不敢、忍不了還偷看的眼神情態，因此睡不著覺、發起呆來，意識到處會去摩挲夏軍醫給她挑過刺的腳板心，

118

眼前會閃現出夏軍醫溫和、淺笑的樣兒。他是一個好看的漢人，長圓臉，鼻子不塌，眼睛不小，個兒夠高，就是瘦，白淨，手指頭長長，乾爽、暖和。他看自己時，給她的感覺，似要吸住她再融化她，讓她不能面對，又期待。每想及此，她會輕歎口氣，說不上為什麼有點後悔不該對他那麼凶，都把他嚇跑了。

當然得把他嚇跑，要不怎麼向表哥交待，還有爹媽，更何況他是漢人，即使和表哥退親也不會跟他。一個激靈，清醒過來，下面的夏軍醫，弓腿昂頭，仰望著她呢。

轉頭，為避夏軍醫的眼風。可沒料到看見的是表哥的臉，活像碰了鬼。掉回頭，她心跳得怦怦的，再回頭，那張臉分明是表哥的，高棱的鼻梁，眼窩深陷，鷹眼一般的雙目。和她爸爸一樣也長了絡腮胡，刮過，烏沁沁。那張臉上流露的驚訝比她更甚，笑意漸浮，聽見叫她：

「阿果，是你嗎？」

點點頭，說不出話。和表哥一起的另有兩人，一位顯然是首長，一位年輕的警衛員無疑。跟在他們身邊的是三匹馬，他們不發聲，連馬兒都沒響動，三個人三匹馬靜悄悄地來到自己身後。

2. 出現在他們面前的首長是六○八團的參謀長，曲尼阿果的表哥屬陪同人員，兼翻譯。要去哪裡，軍事祕密，不能打聽。

參謀長饒有興味地聽曲尼阿果的表哥古文清參謀介紹自己的表妹，還問長道短。小李村和六○八團的駐地王家圍子相距不過二十華里，卻是這對表兄妹半年以來的第一次碰面，加上之前的時間，七年不止。參謀長開始還以為他們只是一般的表親。涼山上，但凡不同姓，不是姨表親，數上去哪怕八代以外，只要沾點邊的姑舅表親，都互以表哥表妹相稱。聽說他們是至親的姑舅表兄妹，當場批評古參謀不懂看顧表妹，「上個月你不是還來三五九團交流過彝語漢語的翻譯問題嗎？」表哥解釋太忙，並非不知道表妹在三五九團。

119

曲尼阿果問他咋沒去看她爹、表哥你的舅舅啊？她說彝話，她表哥先翻譯成漢話給參謀長聽，再回答，也是漢話：「一直想一直騰不出時間，等平叛結束開始建設後，再找時間吧。」參謀長不贊成，囑他這次任務結束後直接去看舅舅。

曲尼阿果吭哧一笑，用漢話：「表哥，你改漢名，不叫古侯烏牛了？」

表哥待回答，她又說，還是漢話：「你去看我家爸爸時，千萬別提你改名字的事哦，他會罵你的。」

表哥輕笑笑：「沒改啊，古文清只是我的漢名，彝名還是古侯烏牛！漢名彝名都是稱呼，為了方便別人，不然，拗口，那還咋交流嘛！你也起個漢名吧，和我的古一樣，諧音，曲作姓，叫……」斟酌著，曲尼阿果表態，不起漢名，問夏覺仁，曲尼阿果拗口嗎？那位鏗鏘道：「多漂亮的名字，琅琅上口！」

他這麼用勁，曲尼阿果的表哥不免迫近盯了他兩眼，參謀長也是。

說著閒話，大家一起下山。參謀長聽說他們團正為兩對新人操辦喜事，還聽說民族結合，大表讚賞。來回一看夏覺仁和曲尼阿果，笑問：「你們兩位是不是也想搞民族結合啊？」

曲尼阿果臉龐驟紅，搶話：「不是。」

可為什麼全團同志歡聚一堂時，你們單男獨女在山上嬉哈打鬧，馬蹄聲人聲都沒聽見？她不吭聲，夏覺仁也是。參謀長別有意味地眨眨眼：「可惜！」

夏覺仁更覺可惜。真想不通，怎麼事情到他這裡就成民族問題了，木略、吳升反而是民族團結！再去打量曲尼阿果的表哥，看他沒有自己高，但結實、挺拔，長了一個涼山美男子的鷹鉤鼻子，眼睛深藏著，也是木略誇耀的彝人崇尚的鷹眼睛，犀利不犀利，沒看出來。感到他也十分留意自己，看不出態度，或者他的性情和他深藏的眼睛一樣，也不露。面對長成美人，和自己打過娃娃親的表妹，根本不激動，要是我，夏覺仁想，哪會家長裡短，大姐二姐嫁沒生

娃娃沒表弟幾歲舅舅養的瞎眼鷹如何，囑表妹捎話讓表弟早學漢話漢文，又問表妹學文化吃力嗎入團了嗎，不一而足。

下得山，迎面過來的都是婚禮散後急著回各自單位打牙祭的人。曲尼阿果不走了，她的意思夏覺仁知道，怕被人笑話，她在會場上壓倒一切的「你聾子了嗎」，想必在場的各位猶在耳畔。

她用彝話和她表哥告別，神情裡有些難捨又不知所措。

這話她表哥也翻譯給首長聽，連首長都不忍心：「在三五九團討個喜食吃再走吧。小古，和你表妹聚聚去。」

小古沉吟：「不如等著一起回舅舅家再說。」首長張開巴掌，從裡到外驅趕他：

「去吧去吧，給你四十分鐘。」一邊招呼夏覺仁，讓帶路去他們團部。

團部近在眼前，夏覺仁哪肯留下曲尼阿果和她表哥獨處，六〇八團的參謀長不能領會他的心情，反而讓他回避，說人家表兄妹要敘舊。

把參謀長送進團部，回頭望去，曲尼阿果和她的表哥還立在原地說話。表哥有點屈就，微探著身子，作傾聽狀。

夏覺仁掩身到牆角後還要打量，不想被一位端著一簸籮青紅的早桃子出來賣的老鄉叫住說：「夏軍醫，嚐兩個桃子，甜酸甜酸的。」

3. 在涼山，做買賣的不是漢人，就是回民，彝人基本不做，除非沙馬依葛家那樣靠近漢區的。就是做，也遮遮掩掩，碰到熟人，趕緊把頭扭到一邊假裝沒看見。熟人也如此，無論如何不敢相信自己的這位族胞居然那麼不要臉地在做買賣騙錢，忍不住看個究竟，不巧那一位也在覷他，兩下裡眼光一交織，好生尷尬。

團裡的彝人對沙馬依葛家，包括她本人因此都帶點不恭敬。夏覺仁想要是他們知道他家是多大的買賣人，也會瞧他不起的！

他想得開，不會把家裡寄來的好吃好穿當作自己「工農化」的

敵人加以拒絕，老鄉們請他吃桃子、枇杷、櫻桃，他也吃，最多一斤，牙就酸倒了。醫療隊的幾個小知識分子，哪怕吃小半捧櫻桃枇杷，也非得塞點小錢給老鄉，多遵守「三大紀律八項注意」似的。真有領導在生活會上表揚那種人，比如吳升。前兩天，吳升特地找他商量，要不要寫一份思想匯報，聲稱可能比他早入黨。

吳升雖然討領導喜歡，卻不見得有群眾基礎，老鄉們覺得他不好交談，找軍醫看病，等都要等上夏覺仁。這會兒，有位男子專候在夏覺仁的一邊，等他吃完手頭的桃子，好請他去給自己的小女兒看看胳膊上被啥叮了，又紅又腫。仰起一張扁平的臉，好奇地問：

「你不怕酸嗎，夏軍醫？我的清口水都淌出來了。」朝地上呸一口，「我家也有幾棵桃樹呢，夏軍醫你隨便吃，還可以摘來送給你的戰友吃。」

這倒提醒了夏覺仁，掏出錢，一簸箕都要，讓賣桃子的老鄉送去工作隊，指明一定要交給叫曲尼阿果的姑娘，還讓他打聽那姑娘在幹嘛？

賣桃子的不明就裡，反問他咋不去打牙祭：「你們解放軍今天好熱鬧，不分蠻子、漢人大辦喜事。」奇怪他，「不曉得嗎，在外面逛？」

夏覺仁不回答，推著他趕緊送桃子。賣桃的走出去又折回來問：「夏軍醫呀，你別嫌我多嘴，你說的那姑娘分明是蠻丫頭？莫非你也喜歡蠻丫頭，想和她結婚？」

「哪裡哪裡，」他說，「你只管照我吩咐的做，打聽清楚後來他家找我。」指旁邊請他給孩子看病的老鄉。

小李村的人單純，又多的是文盲，世代與彝人對立。他們這裡的土改七八年前就結束了，現在的民改針對的是半山和高山上的彝區，一些人在三五九團進駐後，碰到戴軍帽穿軍衣的便豎大拇指，喜滋滋地議論：「這回蠻子該曉得厲害了，追著他們使勁打，看他們還敢張狂。」猶嫌不夠，跑到團部請戰，要求發槍，說也要去打蠻子。原因呢，「我家豬兒那一年養得肥呀，被幾個蠻子一個晚上衝進

來殺掉煮成一大鍋砣砣肉吃掉了。」另一位說他家被搶的包穀，第三位損失的是一隻雞和兩隻鵝，三四顆雞蛋也算。有一天押來一隊俘虜，審完，留下三個，其他的都放了。老鄉們想不通，為啥要把那些抓到手的蠻子放了，這位那位給部隊出主意：

「大軍啊，你們這是放虎歸山呀！他們腿上胳膊上都是一坨坨硬得來像石頭一樣的肌肉，跑起來風快，熟悉地形山勢，再去抓恐怕又要費一番神哦。」

「他們是啥性情，我們曉得，貓似的，翻臉不認人。」

「沒收他們的槍是對的，最該做的是別忙著放他們，讓他們的娘老子拿銀子來贖。一人十幾坨銀子，沒有銀子的，讓他們拿地來頂，趕他們的羊子、牛，非把他們搞得傾家蕩產，才會死心。以前的長官都是這樣做的，管用呢。」

大軍沒人聽他們這一套，上嘴唇鋪著茸茸毛的小兵蛋子都敢斥責這些沒見識的老鄉：

「別以為我們也是漢人，就來打我們的主意，正告你們，我們是天下受苦人的軍隊。」

「你們自以為苦，那些沒錢沒勢的窮彝人比你們還苦。看看你們住的地方，平展展的，四季如春，種啥活啥，想吃哪樣沒有！彝人呢，被封建統治階級，你們所謂的長官，趕到山惡水險的地方，缺衣少糧，一點小病就要了命。你們看山上下來的彝胞憨厚，盡占便宜，買東賣西好耍秤，還在賣給人家的麥子包穀裡摻沙子，缺德啊！」

「你們啊，光曉得有漢人彝人，不曉得在你們之外還有藏人、蒙古人、滿人，好多民族呢。藏人你們曉得，就是你們說的番番，住在你們山背後不遠的地方。」

這些大道理把那些平頭老百姓聽得雲裡霧裡，起碼知道不能把彝人叫蠻子了，那叫啥呢，總不能「嗨」「喂」吧，叫彝胞，兵們叮囑。所以，他們再打聽時，就問：「彝胞的地能分點給我們嗎？」

原來他們年年在那上面栽水稻、種包穀的土地有些是從山上彝人手裡租的。

　　彝人不善農耕，但擁有的土地不少。「我們先來嘛，土地當然是我們的。」他們說。至於從哪裡來的，說法很多，南邊北邊都有，北邊是從今天的成都壩子，南邊就是雲南昭通了。原因只有一個，發大水，淹死好多人，剩下的拼命地跑啊跑啊，只要沒有累死，在一條神狗的引路下，跑到涼山上。彝人一代一代的口傳史都是這樣講的。他們的文字，象形，也是這樣記錄的。人呈三角形，舉著矛，蜿蜒著向山上而來，間或有一條身形修長的狗兒在回顧。在人和狗的身後，追迫的是翻著波浪的大洪水。然後是三角形的人或以矛或徒手和老虎豹子打鬥，打死老虎豹子，蓋起房子，放上羊子。再往後文字抽象化，開始記錄和人的戰鬥，和自己人，也和異族。不知是打不贏撤到山上的，還是天氣變熱瘟疫氾濫在平壩子上待不住，反正他們離開河谷，越來越高地住到高山上。

　　人離開，土地還是他們的，除非被買去除非被強悍的漢人豪強奪取。

　　漢族農民打自己的小算盤，想分彝人的土地並不奇怪，參照的是漢區的土地改革。

　　其中的一個找夏覺仁，指使他向自己的長官打聽。夏覺仁不軟不硬地答覆：「土地怎麼能分給個人呢，在社會主義社會，土地是屬國家的。」

　　老鄉們這樣說被喝止，那樣說也被喝止，乾脆不說了，有啥意思嘛，又不能讓自己多長一點肉。何況從民間往來來說，住在山上的彝人也有他們的朋友在其中，為了山下山上走動方便、安全，還互相認了乾親。逢年過節，比如漢人的春節、端午節、中秋節，彝人的年、火把節，大家常走動，交換臘肉香腸，請吃一頓宴席，俗稱「九大碗」，紅白喜事時也如此；春荒秋收時，不但借，還會到對方的地盤上挖幾壟洋芋、摘幾穗包穀。有些漢人很相信彝人的畢摩、

蘇尼，他們一個是祭司、一個是巫師，會很多驅邪送鬼的法事。尤其畢摩，識文斷字，還能給人治病。

釋放的俘虜裡就有一個蘇尼，他沒有馬上回家，被小李村的這家那家留下來做法事。

當中的一家夏覺仁很熟，給他家的小兒子打過蛔蟲。那家的大兒子那一年的年末準備結婚，所以請蘇尼幫他們掐算日子的吉凶，女方家送親的多少合適，人多人少，或單或雙，都可能對新婚夫婦的未來產生非福即禍的影響。蘇尼坐在他家門前的桃樹下，打上幾顆雞蛋，看蛋黃的暈影。雞蛋都得是當天下的，越新鮮，卜算的結果越準確。看完蛋黃，又讓殺雞，主人家一陣緊張，以為有凶事，蘇尼安慰說，剛好相反，是喜事，但不明確，需要看看雞舌根上軟骨的走向。主人家鬆口氣，趕緊殺了隻閹雞，本來要留給兒子婚禮上宴客用的。結果，軟骨直溜溜的，又光滑，主要是尖兒向裡彎曲，說明新娘吉祥，旺夫興家，大富大貴。於是雞燉在砂鍋裡，加上幾把去年夏秋曬乾的山菌子，切兩根萵筍進去，又香又敗火。夏軍醫給面子，一起就著玉米粑粑啃雞骨頭喝雞湯，滿堂歡。

4. 那天真狼狽，夏覺仁派去送桃子的老鄉問的正是曲尼阿果本人，反問哪個在打聽？他老老實實地回答：「夏軍醫。」旁邊長著鷹鉤鼻子的男人問：「夏軍醫讓你打聽啥？」他說：「也不是打聽啥，是讓我看看那丫頭在幹啥？」

老鄉倒看清楚眼前的這對男女都是彝胞，男的漢話實在流暢，口音像成都壩子上的人，男的又說，輕笑笑：

「你回去告訴夏軍醫，曲尼阿果和她家表哥在打牙祭。」

老鄉把一簸箕桃子往他們面前一放：「夏軍醫送給你們吃的。」簸箕也不要了，急轉身，跑來報告夏覺仁。

過兩天，天擦黑，夏覺仁正值夜班，曲尼阿果來找他，神情激憤，動作失控，把裝著外科器械的盒子碰得叮叮噹當地響。問能不

125

能陪她去趟六〇八團，那是她表哥的團，駐紮在王家圍子。她害怕走夜路，豹子、狗熊是一回事，鬼呢，眼珠子紅殷殷的，爪子抓上來等反應過來已經死掉也變成了鬼。

難免遲疑，畢竟在值班，想想只有一個病人，要不是輸液睡著早回家了，便答應下來。

剛出門不敢擰亮手電筒，怕哨兵發現。慣走山路的曲尼阿果，感到夏覺仁高一腳低一腳的跟不上，居然說：「早曉得你這麼拖拉，不如找別人。」天黑，看不清路，著急要跟上她的腳步，偏偏踩在苔蘚上，滑倒了。沒扭著，除了耽誤時間。曲尼阿果返回來，扳過他的腳便揉，嘴裡嘶嘶的，像在幫他負痛。再走開腳步放慢，有意等他。讓他摁滅手電筒，嫌光柱子晃得林子、山石又黑又白，像張開的嘴巴要吃人。「有月牙兒，它也是有光的。」她說。

兩人的腳同時碰到壘著半人高的石頭牆，還紮了刺笆，主要防野獸的菜地時，六〇八團的駐地王家圍子到了。

曲尼阿果吁口氣：「到哪裡去找我家表哥呢？」

果然來找她表哥啊！至於自己算哪門子角色，夏覺仁沒考慮。

曲尼阿果下面的話把他嚇了跳：「這把刀子，也不曉得能不能夠殺死我家表哥？」擰開電筒一照，竟然竟然，捏著把手術刀。這丫頭，什麼時候偷拿了把手術刀啊？碰響器械時？

還問他：「這刀就是你劃破我腳板的那一把嗎？」

夏覺仁魂都快飛了，哪裡顧得上此刀彼刀，又擔心刺激她，輕拽一拽她的衣擺，先席地坐下，曼聲道：「累死人了，歇口氣再說。」

曲尼阿果坐下來，疾走後甜絲絲的體香帶著潮熱一股股地湧來，差點他的手就要去摟這女子的腰了。

吭吭兩聲，問她：「要不要喝水？」耳聽見一溝溪水嘩嘩的，感覺她搖了搖腦袋，「我喝兩口去。」爬將起來，三兩步來到溝邊，並沒有喝，撩起來潑灑臉面，冰涼的山水激打出兩個響亮的噴嚏，人更清醒。鳥兒撲簌簌，凌空飛起，蛙啊鼠的也被驚動得亂哧溜。曲

尼阿果趕來低聲斥道：「想死啊，這麼大聲？」

四周又悄默靜氣的。山林壩子上那少許的灰也不知道是天光的還是月牙兒那有限的銀輝，溪水翻湧的水花要不要露出點淨白，夏覺仁將電筒光遮擋在衣襟下看了看手錶，十一點過三分，他們在路上花了兩個多小時，現在動身的話，到家得凌晨兩點。

「我們走吧。」他悄聲說。曲尼阿果會錯意，也很小聲地說：「不是你的仇人，是我的，我不會讓你殺的。」

「咋就仇人了，那一天看見他，你好高興哦，眼睛追著他轉。」

「呸，」曲尼阿果啐道，「有啥好高興的，爛表哥！我的眼睛哪裡追著他轉了，你不要亂說，小心我罵你！」

「是。」夏覺仁應承，暗暗一笑，又說，「那你們啥時候結的仇？」

曲尼阿果倒爽快：「今天白天，基幹隊的阿合告訴我，其實大家都曉得，只我一個人憨子樣，白長眼睛、耳朵了。」哼了聲，「我家表哥他心裡頭藏著一個鬼呢，不然，回來都快一年了，不敢去看我家爹。那天也是，你沒發覺嗎，他一看見我就不自在，好像身上有蝨子在爬。」不用夏覺仁啟發，又說：「你曉得他藏的是啥子鬼嗎？女鬼！哦呀，氣死我了！」

莫非傳言是真的，她表哥確實有別的女人？夏覺仁心頭狂喜，幸好天黑，帶出來的神情曲尼阿果看不見，清清嗓子，假意說：「他藏他的鬼，和你能結啥仇？再說可以找你們的蘇尼捉鬼啊！」

「你啥都不懂！」曲尼阿果很不滿，「我說的那個女鬼，不是真的鬼，是一個白彝丫頭，我家表哥，啊呀，不要臉，和她好上了。」

果然果然，由不得不心花怒放，「嘿嘿」出聲笑，立刻引來曲尼阿果的厲聲質問：「笑啥笑，你！」夏覺仁不避諱：

「我高興啊！太好了，這下你還有啥好說的，和我結婚吧，氣死你表哥！」

曲尼阿果哼一聲，不和他過話。

夏覺仁又歡天喜地地說：「瞧，人家木略俞秀、沙馬依葛吳升不

都結成革命伴侶了嗎！」

「木略，他就是你們漢人；沙馬依葛，白彝丫頭，膽子大過天，我們黑彝可不能和亂七八糟的人開親！」

口無遮攔如此，也傷夏覺仁的自尊心，還嘴：「你講規矩，怎麼你的黑彝表哥不要你，寧可要白彝姑娘呢！」

這可捅了馬蜂窩，曲尼阿果哇地哭將起來，一邊替她表哥辯解：「誰說我家表哥不要我了，還不是那個白彝丫頭發騷……」

夏覺仁後悔出口太衝，等她哭一哭，挨近她，壓低聲音：「讓我小聲點，你倒好，大哭大叫，是不是想讓六〇八團的人都聽到啊。他們要是發現了我們，你不想和我結婚都不行！人家肯定以為你是我的愛人，我呢，也是你的愛人。」說到「愛人」一詞，語氣加重，聲調顫抖，「我們也是民族團結的典範。你還是肯放下架子的黑彝姑娘，我們倆的婚禮一定比木略他們的還轟動。」

「你要爛舌頭的，胡說吧！」傳來呱呱的幾聲蛙鳴，曲尼阿果又說，「我就是當癩蛤蟆的老婆，也不當你的！」

「那我給你捉隻癩蛤蟆來？」

不再理他，悄悄一會兒，她又哭，嘤嘤的，一頭數落：「我把你當好人，讓你來陪我，哪曉得你也是個壞蛋，和我家表哥，和阿合一樣，你們男人都是壞蛋！聽說我家表哥有女人後，我這心頭好像扎了針，痛得很，可是我怕阿合出我的醜，就硬裝著啥事情都沒有，忍了又忍，不讓眼淚水流出來。阿合眼鼓鼓的，想把我盯哭好幸災樂禍，還說：『小丫頭，趕快把我說的告訴你家爹。他用不著出面，只消一句話，我們幫他收拾你家表哥足有餘。反了他，舅舅家的女兒也敢不要！』鬼話連篇，把我氣得抄起一塊石頭砸過去。那個壞蛋躲得快，不然，腦殼早開花了。他罵我：『沒有男人要的貨，敢這麼凶！』這下所有的人都曉得我家表哥不要我了，我的面子丟光了，我家爹我家媽的面子也丟光了，你說我咋辦，只有把我家表哥殺掉！」邊說邊蹬踏，泥草的氣味都被撩起來。

128

那把可能的凶器呢？夏覺仁下意識地伸手一探，觸到的是胯還是大腿？曲尼阿果倏地一縮，夏覺仁問：

「刀呢？」

「吧！」她手掌翻飛，空落落，反問，「刀呢？」

非知非覺間，刀消失了。

曲尼阿果惱得用彝話嘀咕著，四下摸索。夏覺仁擋在她的面前：「別找，小心劃手。手術刀，快得很！」曲尼阿果哪裡理會，頭頂到他的胸上，把他頂倒在地。他後移兩掌：「實話告訴你，我丟溝裡了。」

曲尼阿果停止摸索，起身，沒有夏覺仁預料的激動出現，扭頭就走，向著她表哥所在的六〇八團。山風颼颼，有點割臉皮。夏覺仁衝她的背影叫道：「幹啥去，不信你能用兩隻手掐死你表哥！你應該感謝你表哥，你們一個親舅舅家的，一個親姑媽家的，如果真的在一起生下娃娃，歪鼻子裂嘴，缺胳膊少腿，說不定還是傻瓜，到時候怨爹怪媽，都來不及。沒看到標語嗎，『近親結婚生殘兒』。你在成都不是學習過嗎，起碼的科普知識啊！哎，別跑啊，小心跌倒！」

5. 跌倒的是夏覺仁，準確地說是被撲倒的。

兩個哨兵一左一右地把他夾在中間，再將曲尼阿果和他帶到值勤點時，曲尼阿果的表哥已經等在那裡了。

曲尼阿果一改之前的哭鬧，微揚下巴頦，兩眼平視，誰都不看，也不說話，只好由夏覺仁出頭。他說，自己是陪曲尼阿果來找她表哥的，因為曲尼阿果怕走夜路。值勤的負責人，排長說：「可以白天來啊！」白天沒時間，夏覺仁說，他是一個軍醫，戰鬥結束了，可病人不斷，戰友，駐地的老鄉。排長又問：

「你們見到古文清同志了，女同志，為啥不說話，想幹啥？」

曲尼阿果保持姿態不變，夏覺仁替她應答：

「他們是表兄妹，有家事要談。阿果，你不是說，你爸爸讓你

129

來找你表哥的嗎？」

她表哥也很配合：「舅舅嫌我不去看望他老人家吧？」

曲尼阿果的武器丟了，夏覺仁料她也沒別的招數可以置她表哥於死地，招呼在場的幾位哨兵：「我們出去，留他們表兄妹說話。」

排長搶上來和夏覺仁一起往外走：「我還是奇怪得不行，一個表哥，非得黑燈瞎火地來看，還找你這麼個不相干的人陪！聽說你們三五九團的民族團結搞得有聲有色，前幾天還為彝漢婚姻舉行集體婚禮。莫不是夏軍醫你看上這個民族姑娘，來聽人家表哥的意見？才多長時間，不許和民族同志談情說愛的命令不管用了，眼跟前，半夜三更，男女野地裡敢亂逛！」漸漸動了怒氣，「夏軍醫，別擺你知識分子的臭架子，自由散漫，剛才要不是聽到女人的聲音，哨兵早開火了。槍子可不長眼睛，萬一打中你們哪一個，眾人哪曉得你是陪她來找她表哥的，還以為你對人家圖謀不軌遭了報應！」

來到門外，夏覺仁耐心地聽他說完，摸出兩顆「大前門」，遞一顆給他，都點上，深吸一口，吐出清菸說：「舒服，」打個哈欠，長長的：「瞌睡死了。」

排長揪住他不放：「有趣吧，和姑娘夜不歸宿？」

「你想呢！啊呀呀，好想睡覺哦，」又打個大哈欠。假裝再來一個，醞釀一半，門響，油燈光湧出一門框，接著是表哥和他的影子，語調輕緩：「夏軍醫，過來有話說。」

夏覺仁掐滅香菸，隱約感到某種不安。近到跟前，不安來自表哥，其實不自在。表哥拍他的肩，三四下，手上像沾著蜜，放鬆地、愉快地說：

「我們要做親戚了，夏軍醫！」上下左右地打量他倆，以兄長的欣慰：「很般配嘛！」

不順耳，聽他饒舌：「好好待我表妹哦，她從小被我舅舅舅媽寵慣了，受不得半點氣。」

完全在自己的理解之外，頓感失措。曲尼阿果在旁囁嚅：「走吧，

我們！」

待舉步，瞟見表哥，那張臉上的表情啊，如釋重負！再看曲尼阿果，腰身佝僂，神情頹唐，鬥志蕩然不存，一把捉住她的手，冰涼，居然沒甩開自己的手，不禁問，也不知在問誰：「我這是在讓人牽著鼻子走嗎？」

表哥笑道：「哪裡是鼻子，是你正牽著阿果的手啊！」

「不對，」夏覺仁握緊曲尼阿果的手，晃蕩著兩人連在一起的胳膊，重複，「不對，阿果怎麼允許我拉她的手？她怕我像怕蛇。」

表哥好似在啟發他：「你們不是戀人嗎？」

「啊！」夏覺仁抓著曲尼阿果的手大力一晃，要不是對方握得更緊，險些晃脫，「誰說我們是戀人？你嗎，古參謀？就是你在牽著我的鼻子，還有阿果的在走。」

古參謀乾巴巴地笑了笑，不失親切：「我能牽你們誰的鼻子啊，要牽也是你們互相在牽！不是正牽著嗎，牽的是手！」

夏覺仁越糊塗，偏頭問那位：「阿果，戀人是你說的，還是你表哥說的？不是你吧，你哪會用戀人這樣的詞，你的漢話達不到這個水平！」

表哥接嘴：「夏軍醫，你快成我表妹夫了，我不和你計較。不過你別輕視阿果，漢話沒啥難的，才剛她一直在說，又流利又清楚。」有意轉換話題，「你兩個趕快打道回府吧，沒請假偷跑出來的吧，再耗天就亮了，回去想挨處分嗎！」又說：

「阿果告訴我你們要結婚，現在我看來聽來還不是那麼回事嘛！阿果，你這樣，舅舅會高興嗎？還有，舅舅舅娘會同意你倆的婚事嗎？組織上會批准你倆結婚嗎？畢竟民族不同，阿果的黑彝出身也會有妨礙的。」

曲尼阿果不吭聲，夏覺仁答腔：「大人同不同意、組織上批不批准另說。倒是你，古參謀，你不是當真的吧，以為阿果黑天半夜來找你是為了告訴你她和我的婚事，可能嗎？阿果，振作起來，你不

131

是把個刀子舞得颼颼的，要來取你表哥的命嗎？」別有用心地睃古參謀。

古參謀沒表情，話也平淡：「夏軍醫，想不到你說話做事如此誇張！」

「你問問你表妹嘛，是不是確有其事！問呀！」表哥不問，表妹無話，抽抽搭搭地在抹眼淚，他只好說：「古參謀，何必裝傻，你很明白，阿果是來找你兌現你們的娃娃親的。」

表哥瞠目，表妹本事單一，抽身又是跑，夏覺仁被拽著也是跑，話猶未盡，扭頭嚷道：

「世上還有比阿果更美的姑娘嗎，你敢拿你的女人來比的話，不把你的腸子悔青我都不信！哎，傻瓜蛋一個！」

愛情5

    1. 傻不傻，時間風一樣刮過後，男人女人該結婚該生子的各有著落。最先有娃娃的是沙馬依葛，最先知道的是俞秀，相隔她們分別一年後。

俞秀是從德玉縣報來地區衛生局的紀要上獲知的。

婦女懷娃娃這點家長裡短，按理絕對不會出現在上報材料裡，但沙馬依葛的情況特殊，娃娃懷的不是時候。當時她正在雅安護士學校學習，可能去之前，也可能吳升跑去探親時懷上的，反正懷上了。所以，她只好請假回來待產。她回來不要緊，卻影響了她和吳升所在的德玉縣衛生局的人事調度，不得不改派一個叫劉鳳的女同志去頂她的缺。材料引用沙馬依葛的話說，產後她還要上護士學校，不辜負組織給的學習機會。

俞秀眼風及此，不免冷笑，沙馬依葛得好賣乖，一貫如此。不過她這兩年過得未必順心，兩口子被分配到德玉縣，腳跟未穩，直接下派到區裡。

這一結果，完全出乎眾人的意料。平時在場面上，比較夏覺仁，大家都覺得衛生隊的張隊長更器重他。

夏覺仁也沒有想到，張隊長堅持讓他留在部隊上。事情捅到團

長那裡，更是不解。正是張隊長，幾天前跳腳舞爪，非處分夏覺仁不可，聲稱開除軍籍有餘。夏覺仁擅離職守，夥同彝姑娘，「鬼鬧」六〇八團，終被人家跟蹤遣返，讓團長顏面盡失。想下地方，趕緊滾蛋，團長說，免得一顆耗子屎壞了一鍋湯。張隊長看重的是夏覺仁的醫術，「呱呱叫！」他說，「國民黨反動派捲裹走大陸多少人才啊，醫療界也是重災區。再說，誰沒年輕過，誰沒被女人弄暈乎過！」

想不到夏覺仁還是要離開部隊，梗著脖子說，曲尼阿果在哪裡他就在哪裡。張隊長說：「你憑啥，人家有主！」

答稱：「阿果要嫁的人是我。」

張隊長明明聽說人家姑娘去會情郎，他不過一介陪客！

「好啊，」張隊長見慣不驚，「她可以隨軍呀！」

夏覺仁不知好歹：「阿果非要留在涼山，哪裡也不肯去！」

張隊長惱道：「阿果阿果，她要你吃屎你也吃啊！我聽說你居然趴在地上給她當過上馬石，你不知道男兒膝下有黃金嗎！」

夏覺仁垂手、垂頭，立定在張隊長的面前，張隊長「喂、喂」，聲聲喚，再不做反應。奈何不得，把他推薦給地區醫院。至於吳升，像他自己形容的，「任是飄蓬隨意去」。

不愧來自金陵南京，沾點詩情，只可憐吟飄蓬詞時額頭落了個青疙瘩。

相關的幾個朋友，曲尼阿果分在地區民政局，木略做了地區所在地幸福區的副區長，俞秀和夏覺仁都在衛生系統。

有關沙馬依葛和吳升的消息，先說他們分到德玉縣紅星區衛生所，後來怎麼調到縣醫院的，沒人清楚過程和原因。

聽到分配方案時，沙馬依葛的臉色即刻黯淡。找領導，左比右比，總認為俞秀和曲尼阿果不如自己，領導替她惋惜：

「唉，小姑娘，看你挺機靈的，怎麼沒有抓住小夏呢，可惜！」

憑這話回來發飆，抓起搪瓷缸子往地上摔，摔掉瓷摔個坑是常理，哪裡料到竟彈起來把吳升的額頭砸出個由紅而青的疙瘩。

吳升來和夏覺仁道別時，額頭上的青疙瘩正當時。他說，不小心磕的。夏覺仁稍一敷衍，拽上曲尼阿果趕緊走，說要搭團長的車去涼山五醫院報到。曲尼阿果不斷回頭張望，好奇吳升的青頭包：「那麼會磕，剛巧磕出個核桃大的疙瘩來。」

　　到了地區，去先期抵達的木略家吃給他們準備的接風宴，兩個初為人妻的女人唧唧喳喳，斷定吳升頭上的包一定是沙馬依葛下的毒手，猜用什麼樣的東西打的，不破皮。

　　夏覺仁笑說：「阿果，你那麼感興趣，不如拿我的腦袋試試！」

　　副區長木略的駁殼槍擺在眼前的方桌上，曲尼阿果嘻嘻一笑，抓住槍管一掄，槍把直奔夏覺仁的腦袋而去。那一位發痴，不閃避，反而往前湊。木略出手相奪，已然晚矣，悶響一聲，血啊，線似的，好幾股，順著右鬢角而下。曲尼阿果扔了槍，雙手摀住肚皮，好像那裡疼，哭聲頓起。

　　俞秀不知所措，這裡兩步，那裡三步，土牆瓦片的房子不大，踢了板凳再碰倒水瓶，掏出手絹覺得不妥，又去取毛巾；木略呢，繞著夏覺仁直跳腳，場面讓他們兩口子攪得更加混亂。

　　夏覺仁兩臂一展，擺脫開木略，攬曲尼阿果到懷裡，撫摩著她的腦袋，安靜地站在那裡，一個流淚，一個流血，把木略兩口子看傻了。

　　2. 接風宴菜沒幾道，卻醇香饞人，俞秀娘家的臘肉香腸、水黃豆、腐乳、當歸清燉雞、青紅椒炒菌子。

　　俞秀廚技天生，很有一手，但她說，和她媽比，天上地下，只可惜她媽命短，不過好歹見過女婿才死的。女婿老倒不嫌，嫌蠻子：「女兒啊，你那個蠻子能給你置業還是添產！萬一蠻性發作，把你揍得鼻青臉腫，我死了看不見倒好，你家爹老了，加上你家小媽攔著，未必替你撐腰替你出氣！」

　　俞秀的小媽開通，對女兒女婿迎來送往，笑臉有加，家裡有的，

好的如香腸如臘肉，一般的如泡菜豆瓣，吃了還讓他們帶上。

木略兩口子投桃報李，常捎錢帶物。最大的貢獻是在漢區甄別土改遺留問題時，木略出面通融，把俞秀娘家的成分由富農調整為下中農。

漢區彝區，山水交集，人員雜處，要協調的事情不少，基層幹部彼此熟悉，也肯互相幫忙。一核查，俞秀娘家的財產土改時估算過高，幾個竹編的筐筐、三副水桶扁擔都折算成了錢，幾乎沒有成本的桃子酒當作包穀、麥子釀的糧食酒了。糾正後，俞秀娘家的成分比中農還接近貧農，下中農，是社會主義農村值得依靠的對象。已經分給幾戶貧農雇農的家什物歸原主，用得很仔細，碗盤完好無缺，繼續盛菜盛飯，碗底盤底的宣德、乾隆隱而不顯；兩把黃花梨木打製的高背椅子太打眼，讓小兩口搬走，也為感謝女婿。他們也覺得打眼，坐著又不舒服，背直腰痠，屁股硌得生疼，直接搬文化館了。

那以後，俞秀每回上墳，總少不了告慰母親：你的女兒我找了個靠得住的男人！

靠是靠得住，不解風情。老婆到手，再不肯多瞧一眼，只會指使老婆給自己端茶添飯，熱水洗臉洗腳。生氣和他吵嘴，話現成：「有啥好看的，天天見的嘛。」

哪裡天天見，大白天他連個鬼影子都沒有，夜裡也難見，帶著一幫基幹民兵鑽在老林子裡搜三個兩個漏網的叛匪。他是恨鐵不成鋼啊，那些當家做主人的奴隸娃子不改奴性，竟然給過去的主子現在的通緝犯送飯遞衣裳，個別的看機會合適，還殺雞宰羊，生怕過去的主子餓了冷了，肚子裡缺油水了，殷勤地說：「主子呀，你家的地我先種著、你家的羊子豬兒我先養著，等你以後回來，糧食溢出倉來滿地都是，羊子豬兒山上坡上到處都跑著。主子呀，你不把眼睛笑瞇才怪！」說明亡命在深山老林裡的奴隸主的威風經過民主改革還在勁吹，和他們手上的槍也有關，時不時，會有某個翻身奴隸

136

被逃亡的奴隸主冷槍打死的消息傳來。

老婆哈欠連天，頭在枕頭上一偏，昏睡過去。不讓睡，大力搖啊晃的，把她的腦花都晃散了，再把嘴巴貼過來搞得她的耳朵癢啊，無論如何都得睜開眼罵幾句方能解氣。結果，剛好入套，木略手腳並用，一個大翻身，便把她壓得死死的。光顧自己舒服，完事翻身下來便大扯呼嚕。俞秀的抱怨老一套：

「姿勢倒是大哦，像打虎英雄，可是娃娃呢，一年多來，哪裡有動靜，不是人家烏孜沒有能力，問題恐怕出在你的身上。」

某天夜裡木略發話，讓俞秀別拿娃娃打掩護，「你不就是眼氣阿果，眼氣她的男人夏覺仁嗎？那能當飯吃還是能當水喝，我要是想，有多少酸話蜜語說不出口，又有多少軟硬手段施展不出來！巴結女人，還不就像當年巴結主子，閃斷你腰的話和事情我都說得出來做得出來，信不信，天上的鳥兒我都能把牠哄下來給你耍。可我木略等於重生了一回，共產黨就是我的重生父母，你說，我能像夏醫生那個笨蛋，為一個女人自毀前程！」一摟俞秀的腰，歡喜道：「我老婆的腰啊，軟乎乎的，一碰，我的心和皮肉都要化掉。」扳正老婆的腦袋，借著恰好有月亮的天光看老婆杏仁一樣還有波光漾動的雙目：

「秀秀，我是真喜歡你，恨不得把你嚼爛吞下肚好解饞。但那樣的話，我不是看不見你摸不著你了嗎，那我的心還不碎成渣渣！咋樣，這幾句話和夏醫生有一拼吧！」

老婆糾纏：「我啥時候要求你像夏醫生，敲破腦殼逗老婆高興了?!」

木略道：「你這麼說，我也奇怪呢，夏醫生是中邪，還是上輩子欠阿果的！初開始去阿果家，被人家用箭竹條條往外趕，真的假的，直朝腿上胳膊上抽，青的紅的，盡是棱子。」

「阿果家媽不出所料，先是目瞪口呆，四肢發硬，然後一頭栽到地上昏死過去。」

137

「這種栽法毫無控制，阿果家媽腦袋磕破，右手脫臼。噴冷水，掐人中，揉太陽穴，清醒過來，負痛兌上脫臼的手腕，拽了阿果就要去跳崖。力氣大啊，直拖出去兩三丈，連一尺高的門檻都能越過去。拖到院子，被阿果抓著碗口粗的桃樹枝。那上面掛滿的秋桃子劈哩啪啦落一地，枝子也被拽斷。夏醫生見狀，撲上去抱住阿果的腿，才拖不動了。拖不動，就踢打，左一腳右一腳，打的光腳板，阿果未必痛，她家媽自己的腳趾甲倒劈了兩個，疼得跳，更加生氣，又去扇阿果。夏醫生在其中遮擋，阿果家媽再怎麼樣也不會拿夏醫生這個漢人出氣，也是看他不起，不讓他享受自己的拳腳巴掌，終於饒過阿果。可聽說，沒有緣故，隨時隨地，會落淚，灶膛的煙子一熏山風一吹，眼睛辣辣的疼，任紅眼藥綠眼藥都不起作用。哭開就說：『臉皮都被你們這些不爭氣的娃兒撕來丟到豬圈裡了。』『娃兒』，一個指阿果，一個說的是她表哥烏牛。頭好幾年，哪裡都不敢去，生怕人家在後邊戳脊梁骨，笑話這家黑彝敗壞祖宗的規矩，把血攪渾了，還有哪家黑彝敢和這家開親啊！」

「再說，夏醫生家和阿果家半斤八兩，一個奴隸主，一個資本家，按彝人的規矩，是漢人裡的硬骨頭，不比黑彝的骨頭軟！夏醫生在阿果面前咋那麼虛火呢。不自重，跑去給阿果家當娃子，夜裡睡柴火堆，白天放羊放豬，兜裡揣幾個烤洋芋，蕎粑粑都吃不上。黑彝不也是人，哪裡就比我們強？要是強，這回咋打不過我們！說有骨頭硬的漢人給我們撐腰，哪裡硬，都是河北、山西的貧農、雇農！蔣介石在漢人裡算骨頭硬吧，咋樣，還不是被漢人裡的軟骨頭，那些和我一樣的窮光蛋趕到海當中的一塊石頭上了。」

俞秀糾正他不是石頭，是海島，有泥有土，肥得很，長樹長草，種出來的稻米也糯得好！

木略反駁：「哪裡好？上回聽報告說，熱得從大陸逃過去的將官要不挖山洞要不刨地洞！老兵們沒錢，挖不起洞，熱死好幾千。」

俞秀一吐舌頭，叫聲「乖乖」：「熱死個把個還說得過去，幾千

人，火爐子嗎！難怪不能反攻大陸呢。」「咦」一聲：「我咋沒聽過。」木略說她不夠級別。

兩人叫喚一陣，倦了，木略眼睛半閉，仍在阿果、夏覺仁的話題上磨嘰：「哼哼，黑彝家的女兒香在哪裡甜在哪裡，夏醫生是咋嚐出來的？」

這可傷了老婆的心，丟開他搭在自己肚皮上的手，嚷嚷：「難道我這個漢人骨頭軟，非得配你這個骨頭軟得不能再軟的漢根娃子？難道說我沒有阿果甜沒有阿果香，不值得你稀罕嗎？」越說越惱，狠勁踹他幾腳。

早起一看，腰啊大腿，一片一片，都是青瘀，氣得木略罵她是隻不下蛋的母雞！俞秀理虧，也搞不清能不能生娃兒和他身上的踢傷有什麼關係，笑嘻嘻地討教，那位回應：

「你踢的地方，全是能幫你生娃兒的關鍵部位！哎喲，你自己沒本事就嫁禍給老子，想要外人嘲笑我木略不是堂堂的男子漢啊？」

俞秀又氣又笑：「敢的話，我兩個找醫生檢查，看看真正想嫁禍給人的是哪一個！我就不信，沒得天理了！」

3. 當然有天理，說話間，吐酸水，噁心，懷上了。比沙馬依葛的小，比曲尼阿果的大。有第一個，就有第二個、第三個，到一九六五年，七八年的光景，俞秀生了她和木略的第五個娃兒，有一回還是雙胞胎。五個金剛齊刷刷，在衛生局的空壩子上或站或跑，木略打心眼裡自豪啊，還有老虎的感覺，威風凜凜。到處吹噓：「我木略把不生娃兒的帽子丟到太平洋裡去囉。」他以為太平洋是哪裡的一條河，怕對方不知道，專門用流經地區的冷水河代替：「我木略把不生娃兒的帽子丟到冷水河裡去囉。」後來聽說太平洋是他去過的上海灘以外那一大片望不到邊的水域，連過去就到了美國，嘖嘖幾聲，驚歎不已。

沙馬依葛和曲尼阿果的娃娃沒有俞秀多，間隔也長，沙馬依葛

生了兩男一女，曲尼阿果是一兒一女。

如果不是女兒五歲那年曲尼阿果堅持要「樣兒可以像」他的兒子，按夏覺仁的意思，就是一個女兒也已經讓他的阿果遭大罪了。醫院，包括衛生、民政系統的幹部群眾認得他們的，知道夏醫生愛老婆，但愛到不忍讓老婆受痛生娃兒的地步，都覺得不可理喻。更不可理喻的是，成天給病人動刀子縫傷口，黏糊糊的血沾滿雙手、胳膊，有時還噴到臉上胸上，毫不畏懼，可老婆分娩，產房的門都不敢挨近，像熱鍋上的螞蟻，不斷指使人去打聽「生了沒？」「生了沒？」把接生的醫生煩得：「再敢囉嗦，夏醫生你來嘛！」

一九六一年女兒出生時是初夏，山上的杜鵑花開得正爛漫，專門採了一大抱回來，說獻給老婆和剛出生的女兒，把醫院一干工農出身的幹部群眾逗得亂笑，嫌他肉麻。他們的女兒因此起名索瑪，彝話杜鵑花的意思。

生兒子時，也是杜鵑花開放的季節，但再要採花擷草頗費時間，五六年的光景，地區各機關的宿舍辦公室有樓有平房，四面八方擴散開去，把杜鵑花等花草樹木排擠得越來越遠。

虧他有心，在人家蓋房子挖杜鵑花時不斷揀來栽在醫院的空地上，來年花開，朵簇葉密，深紅淺紅雪白，花瓣讓涼山乾乾淨淨的陽光一照，透亮。

也有缺點，栽時沒有規劃，長時沒有修剪，幾年下來，密匝匝，人走在其中，腰部以下，常有枝杈勾絆。兒子出生那一天，距離頭胎五年，夏覺仁仍然不能從容面對老婆在產床上的痛苦，只在外邊轉悠。他走得太急，絆在杜鵑花枝子上一個前撲，臉左臉右，各各蹭破，血珠子乾結成疤，好一段時間，像蝴蝶的兩扇翅膀，大家都拿來取樂。

他愛老婆愛得神魂顛倒，老婆呢，未必，與俞秀只說死後絕對不和夏家那些漢人埋在一起，而且她是要燒的，燒成一捧灰，撒在父母家的前山後山。那樣的話，她的魂才有依附處，「最起碼，離我

140

家媽近一點吧。說不定我家爹媽心痛我，不嫌棄我是嫁出去的女兒，還是嫁給漢人的女兒，會讓我的靈魂和他們一起皈依在祖靈地的桃樹林裡呢。」

「靈魂是一股飄浮的人形輕煙嗎？」俞秀問，曲尼阿果自有說辭，來自她母親的夢境：她家死去的一輩一輩的親人鮮活得很，並非俞秀說的「人形輕煙」。笑話俞秀一定是讓電影《天仙配》弄昏了頭。她認為生與死只是相同的人在不同的環境裡的聚會。她唯一害怕的是凶死，因為會變鬼。鬼哪能進祖靈地花開光照的桃樹林子啊，只能在摸不到邊的黑裡瞎碰亂撞。

俞秀被她說得寒毛倒豎，罵她：「要死啊，青春年少，死啊活的胡說罷了，還算計魂的去處！全是封建迷信，應該破除。」替夏覺仁抱屈：

「不曉得夏醫生迷你哪樣。我家木略說，夏醫生家響噹噹的，比你們黑彝的骨頭還硬！要論家產，你家有沒有人家的一個零頭哦！還說，」短促地一笑，「黑彝家的女兒就那麼香那麼甜嗎？」托住曲尼阿果的下巴頦往前一拉，輕啟嘴巴，舌尖探出來，嬉笑道：

「來來，讓我替我家木略舔你兩口，嚐嚐你是香了還是甜了？」

民族幹部1

1. 曲尼阿果羞得躲之不及，聲聲罵俞秀「厚臉皮」「不要臉」。

俞秀和曲尼阿果開這種玩笑，並非交往深厚，興之所至，逮著誰都要奚落一番，舌尖嘴巧，常常把對方耍笑得臉紅皮燥。有的男女吃這一套，不惜和她鬥嘴，偶爾也動手腳。占不上她的便宜，便去找剛升任地區農牧局副局長的木略訴苦，正好找機會和木略副局長套近乎。

木略副局長也喜歡耍笑，哪怕閒扯他的老婆。比如這位訪客說：

「木略局長啊，你家俞秀哪裡練的那張嘴哦，黃得來鬼都會被她羞跑。」

他嘿嘿笑兩笑，遞給來人一支菸，還給點上，又端來自己續上熱水的茶缸子，請對方喝兩口，潤潤嗓子。再拉把椅子和來人一起坐在窗下，曬著冬天暖烘烘的太陽談天說地。

他說：「你回去照照鏡子嘛，黃種人不黃，哪個黃！難道你不記得我家俞秀當年是咋樣的一個靦腆丫頭，你和她說話，看她敢抬頭瞅你一眼不，就是瞅，也驚兔似的，嘩的一個閃回。都怪我，天神地爺都擋不住，一口氣讓她懷了四回生了五個，把一個羞答答、嬌滴滴的女娃兒變成現在這個只會撒潑打滾、嘴巴抹了辣椒的抱雞

婆。我的婆娘啊，我說，早曉得生娃兒能改變你的性情，我就不讓你左一個右一個地生了。你看她啥反應，把我一扯就要上床，說等把老六製造出來再找你們這些嚼舌頭的傢伙算帳。」

真真假假的這麼一說，聽者樂哈哈，認為木略副局長率性、平易，好相處，之後有什麼事，隨便如吃喝的、無聊如男女的、敏感如人事的，再有上下各位局領導、旁涉相關部門的，延至地區領導的行蹤都來找木略副局長擺談。

木略副局長也有嚴肅、認真到紅臉、急眼時，結果證明都是為當事人好。

那時，他還是幸福區的副區長，有個姓王的幹部胃疼難忍，潛入庫房，摳了指甲蓋那麼點的鴉片止痛。包括鴉片，都是庫裡臨時存放的從叛亂奴隸主家沒收的物資。沒有不透風的牆，很快敗露。木略最火爆，攆著人家轉圈跑，非要他把鴉片吐出來，上綱上線：「大家都是社會主義國家的主人，國家有吃的才有我們各位的一口飯；國家有穿的才有我們各位的一件衣裳，都像這位偷偷摸摸，當耗子，國家的財產早光光了，我們各位還不得餓死凍死！」

隨後的「四清」運動，偷吃鴉片，雖然指甲蓋那麼點，仍屬多吃多占的勾當，是「四清」之一清。恰恰區公所內外，除偷吃鴉片者，挖地三尺再找不到第二個，眾口一詞，摩拳擦掌，準備把姓王的揪出來示眾、清算。木略卻堅決反對。眾人莫名其妙：「不是你一直在聲討他嗎？」木略說：「聲討和清退是兩碼事，如果清退，小王那副身子骨，吹口氣就倒，他上有八十老母下有乳臭小兒咋活命？念他上過三年私塾，算小小的知識分子。毛主席說，關鍵是改造人的思想，他飯都沒得吃，還能思想嗎，也就不能改造了嘛！」

小王後來給他起草過一份講話稿，有忠心耿耿四個字。木略沒有預習，當眾宣讀，「耿耿」這個詞從沒見過，偏偏「耿」字散架，就順嘴念成了「耳火、耳火」。聽眾不給面子，嘿嘿哈哈，放開笑。他倒大方，問是不是念錯了？那還用說，嘴快的答腔。

誰想木略毫不在意，大聲說：「『耳火』，沒錯啊，對黨的忠心不但嘴巴上說，聽到耳朵裡還要讓它發熱、燃燒，最好能給耳朵烙個疤，才能時刻提醒自己永遠保持對黨的一片忠心。」話到處，掌聲雷動。

彝漢兩邊的人都服氣他，偶然有較勁的，木略不用吱聲，立刻有人替他出頭：「你算老幾，木略區長是和周總理朱總司令握過手照過相的人！不信，去他家牆上看。」

他家正屋的牆上，毛主席夾著雨傘去安源煤礦的油畫下邊，有兩張也裝在鏡框裡、周總理和朱德委員長分別和包括他在內的不下一百人的合影。照片上的他，青布纏頭，天菩薩高挑，雖然幅面有限，也頗有英氣。不只兩張，另有準備，大的小的俱全，看場合展示。大的用在做報告時，講平叛英雄的事蹟、內地的遊歷、奴隸的翻身感言、受國家領導人接見的自豪；小的夾在筆記本裡，隨時隨地取出來供人瞻仰。中央領導握著他的手久久不肯鬆開、親切地和他話家常、鼓勵他當好翻身奴隸的帶頭人，也是他講不完，還不斷添加細節的話題。地區上下沒有比他名氣大的，不管出現在哪裡，城鎮鄉村，確定是英雄木略後，好崇敬，一聲吶喊，追來更多的簇擁者、尾隨者。

他彝話漢話兼通，常結合彝漢兩族相同或不同的風俗、文化說笑，領導的報告再艱深、拗口，由他一學舌，那些沒文化、坐不住的農村人也聽得津津有味，絕不會出現領導在上面講群眾在下面睡的情況。大家常議論：

「別看木略大字不識兩個，要是把他送到省黨校學上一兩個月的馬列主義，回來就可以講『反杜林論』了。」

「要是他講的話，我們保證能聽懂。那個講課的，聽說還是四川大學畢業的高才生，人家列寧高水平的一本理論書被他講得乾巴巴、死翹翹，我們還咋貫徹到實際裡去，還咋帶領翻身奴隸大幹社會主義，奪取蕎子燕麥洋芋，和在涼山上試種六七年的冬小麥的大

豐收嘛！」

省領導因此也有聽說，甚至見識過木略的。有次他去省裡開農業學大寨經驗總結交流大會。某天午飯，恰好坐在一個副省長的旁邊，低眉順眼，謙恭有加，聽副省長問短問長，也及時匯報他所領導的幸福區民改後政治和經濟取得的翻天覆地的變化。飯桌新添了一層電控玻板，冷菜熱菜包括湯都在不停地旋轉中。經常眼到手不到，想夾一筷子涼拌豬耳朵都不能得逞。來自涼山、甘孜、阿壩的彝族、藏族、羌族的基層幹部都在這一桌。他們碰到的問題和木略一樣，不見得是豬耳朵，可副省長在場，都很拘謹，想得到也未必敢實施。但見涼山來的彝族同志木略，欠身和副省長道聲「得罪」，單手摁住旋轉的玻板，眾人正愕然，他笑微微地已經夾了一筷子涼拌豬耳朵，一邊招呼：「同志們，快拈，我給你們按住，它跑不脫囉。」桌邊的各位，包括副省長，哪裡顧得上夾菜，筷子都捏不住，渾身亂顫，哈哈哈，大笑不止。聽說他在副區長的位子上一待六年，在座的藏族、羌族兄弟直替他叫屈，如此具有少數民族典型性格，熱情、率直的同志得不到重用，對社會主義建設事業是莫大的損失！

省裡再有人來涼山視察、指導工作，搞調查研究，會專門點名讓他協助、當翻譯。經常被他逗得樂不可支，含在嘴裡的飯都能噴出來。

有回噴的是牙膏沫。

省工作組裡有位白面書生一天到黑講究衛生，嫌鄉下彝人臉髒手黑，人家做的蕎饃饃總捏在拇指和食指間聞來嗅去，難以下嘴；人家招待吃的燉羊肉，多難得，硬說沒煮熟，血紅絲絲，自己因之拉稀肚疼。奇怪鄉下彝人不洗臉不刷牙，更別提洗澡洗頭。大家嫌他大驚小怪，不尊重人，但到底他觀察到的現象也客觀存在。

有天，白面書生到水溝邊進行他一天裡的第二次洗臉刷牙。正當午後，太陽亮堂堂，他在清冽的山水中浸濕毛巾，白底子毛巾上的紅花綠葉更紅更綠更豔麗，跟真的似的。

木略也來到水溝邊，東問西問，一派天真，驚歎鮮豔的毛巾和他膩白如女人的皮膚，順便要他把毛巾借給自己擦把臉，說房東家兩歲大的娃兒滋了泡尿在他臉上，「童子尿治百病，舌頭上也沾了幾滴。」有點黏，得洗洗。

　　白面書生反應直接：不借，可他對漢族同志一定要以老大哥的胸懷來包容、愛護少數民族同志有認識，再則木略不是老百姓，是黨培養的一個還在成長、前途不可限量的民族幹部，便勉強把毛巾遞了過去，繼續刷牙。

　　木略用他的毛巾呼哧有聲地搓自己的黑臉膛，嘴不閒，誇他的牙齒比牙膏沫還白。白面書生含著一嘴白沫子鼓勵：「只要你也堅持刷牙……」木略要求：「那你把牙刷借給我刷一刷嘛！」白面書生驚得滿嘴的牙膏沫子氾濫，再蔓延到喉頭，刺癢過後，白花花的沫子直接噴射到木略的胸上臉上。

　　木略吱哇亂叫，跳腳舞爪，白面書生本來理屈，緊張難當，腳下一晃，墊腳的石頭又小又圓，比他晃得更厲害，直到把他晃得跌進水溝裡渾身上下都浸透了。

　　山水冰冷，凍得他臉青腿硬，再不嫌老鄉家的鍋庄邊不設板凳、泥巴地冷而不衛生，一屁股坐下去，噴嚏連天地忙烤火。

　　之後，但凡調整班子、提拔幹部，常有上級領導關心木略問詢木略，想放過都難。同僚也不排擠他，總說：「那個缺心眼的蠻子」，絲毫感覺不到來自他的威脅。

　　來往幾個回合，木略的任命來了，從副處級升為正處級，不是副局長的延續，而是縣長；不是地區所在的縣，而是德玉縣。

　　調令下來，俞秀最高興，那裡離她的娘家比地區近，將要貫通的成都到昆明的成昆鐵路也打那裡經過。

　　另外，沙馬依葛和吳升一直都在那裡工作。

　　2. 俞秀說：「總算是兩個熟朋友吧。」也不想想熟朋友見到

他們衣錦容光時的心情！「比如你們兩口子，」木略指的是夏覺仁和曲尼阿果，他們是來送木略攜家帶口去德玉縣赴任的，「我升了降了，都不會改變你們和我們像親戚一樣的關係。」

曲尼阿果一貫不表態，雖然不見得不同意，夏覺仁也只點了點頭，俞秀放下正在拾掇的家什：「夏醫生、阿果，你們兩口子菩薩似的，一句話沒有，不會在計較我們吧！」

夏覺仁笑道：「縣長夫人，露尾巴了吧！我老讓阿果把民政上的位置騰給你，她不會擺好臉，說話得罪人，但她說騰給誰也不騰給你，說你變色龍，人面前的和善都是假裝的，是為了給木略升官打的煙幕彈。我還不信，今天算開眼了。哎哎，別動手啊！」

「阿果，」俞秀叫道，「還不拿塊乾牛屎堵住你男人這張爛嘴巴，不曉得隔牆有耳啊！」

曲尼阿果：「管你們！」

俞秀轉而罵她：「這可關係到你木略大哥的政治前途，你敢不管！」

曲尼阿果一伸舌尖，罵夏覺仁「爛嘴巴」，東看西瞧：「你把家收拾得連點灰塵都找不見，哪來的乾牛糞嘛！木略縣長，你到門外走幾步，就是濕的，也揀回來，看我不把夏醫生的嘴巴糊住！」

木略很配合：「老婆大人，濕牛糞也可以吧？」

俞秀又急又笑：「你們三個互相幫腔吧，我的話是一點都聽不進去，世道有多險惡啊，躲在暗處想算計你的小人又有多少啊！等吃虧，挨了絆子，別怪我沒提早給你們打招呼！」木略啪地立正，給她行舉手禮：

「遵命，老婆大人！你自己也要小心，你雖然精靈，可真正要做到滴水不漏，還是你的老朋友沙馬依葛的功夫深。」

「咦，俞秀，」曲尼阿果說，「你不是要把泡菜罈子留給我嗎？在哪兒呢？不會像豆豉罈子，也要抱去德玉縣吧！那小五誰抱呢？總不能讓木略縣長抱吧，到時候德玉縣的群眾還以為他是你家的男

保姆呢！不如夏醫生送你們，替你抱著，也好將功贖罪。」

俞秀拿指頭點著她：「都說我會打煙幕彈障人眼目，夏醫生，你耳朵沒聾，聽見你家這個人前說話就臉紅皮燙的婆娘是咋罩你的，雲啊霧的，把你罩得來非得打幾聲響雷，撕開條縫，才能瞧見影影兒，還是背影。」

木略笑道：「俗話說得好，要想會得跟師傅睡，要不阿果的漢話能這麼地道！」

這回變成曲尼阿果嚷嚷著搥木略了。

俞秀一轉眼珠子，見曲尼阿果五歲的女兒索瑪和自己的二兒子木勇互相拽著在院子裡轉圈，比賽誰先頭暈，一拍曲尼阿果：

「阿果，我們打親家吧？木勇大索瑪一歲，合適！」

曲尼阿果笑笑，不理她，夏覺仁讓她少胡扯，娃兒才多大！

「譙，」俞秀嗓門拉開，「嫌我家娃兒比起你的上海小姐土氣嗦！哼，別到時候後悔來不及！」

兩個轉圈圈的娃娃終於轉昏腦袋，同時摔在地上。不單女孩，男孩也大聲哭叫，互相告狀，指責對方。夏覺仁笑道：

「看來我們是做不成親家了，兩個娃兒現在就吵得不可開交！」

「未必你兩口子不吵嘴？」俞秀一撫掌，「想吵也吵不起來，夏醫生哪會接招呢！夏醫生你呀，十年了，還迷阿果啊？看她，腰粗，臉圓，眼睛也不清亮……」還要聒噪，木略打岔：

「我不是常說嗎，你啊，阿果啊，你們這個年齡又生過娃兒的婆娘，胸脯屁股都長大，變豐滿了，最討我們男人喜歡，是吧，夏醫生？」沒有呼應，一看，不禁扁嘴：「咦，夏醫生，你瞅阿果幹啥子？臉紅臉白，難道和阿果混得也害羞了？」俞秀湊趣：

「夏醫生在阿果的調教下咋變都不稀奇！我有好奇的要問。阿果，你二姐不嫁了？就你家幾天、媽家再幾天，幫你們帶娃兒做家務，浪費光陰？」

曲尼阿果歎氣：「年輕輕時都沒嫁成，又長了幾歲，脾氣更大，

149

再怎麼嫁！」

「也就你們黑彝家的講究多，非得找骨頭硬的不說，你二姐心氣兒高，還要找個和自己差不多大小的，這可哪裡找去！一茬一茬，男的女的都是老天爺給定的人數。和你二姐同齡的黑彝男子，上下錯開三兩歲，訂親結婚的；因為解放因為民改，覺悟的，參加工作的，當叛匪被打死的、抓了的，剩下的還有啥可挑的。你那個準二姐夫，不就是覺悟……」

曲尼阿果打斷她：「還有我的寶貝表哥，他也覺悟，拋棄了我！我運氣好，有個漢人好嫁，要不和我二姐一樣，只有當老姑娘的命！」聲音打顫，淚光閃爍。

她搶白俞秀，最著急的是夏覺仁，兩手在胸前直搖晃，連連說：「不是的不是的」「哪裡哪裡」。木略擋開他，笑道：

「阿果，我可以證明不是你，而是這個姓夏的漢人運氣太好。你呀，就像《么表妹》裡面唱的，站在山巔亮月亮走在壩上蝴蝶繞，我們彝家好漂亮的一個么表妹哦！」

正鬧著，地區農業局的幾位領導、群眾，又有木略夫妻倆的六七位友好，邀約著也來歡送木略縣長。跟著，德玉縣派來接縣長的吉普車，隨後的一輛拉家具的卡車也都到了。

來接縣長的是縣府辦公室的主任，姓楊，叫春亭，南下幹部。他說，他們凌晨三點出門，為躲成昆鐵路每天上午準九點的開山放炮。十月的天，泥巴路乾結，正好跑車，九個小時就能倒來回。他問俞秀自己能幫著拿點什麼東西？俞秀略一沉吟，請他負責豆豉罈子。那罈子有非帶去不可的理由，裡面混和著辣椒生薑的豆豉香得來能趕上她家媽的手藝。

怎麼個拎法呢，光光的一個罈子，只能抱在懷裡。楊主任是山西人，那邊的男人生就比女人驕傲，讓他摟個罈子，臉上不免露出遲疑。

兩部車載著一干人返回德玉縣已傍晚，縣裡的主要領導都候在

縣府的大門口。車一停，首先下來的是吉普車副座上的木略縣長，眾人上去挨個握手，有過交往的，還攬肩撫背。突然後車門一開，呼嘯著，魚貫跳出的是木略縣長的幾個公子，繼續路上的打鬧，正眼也不瞧眼前的叔叔孃孃。自然大人不計小人過，叔叔孃孃一邊和木略縣長寒暄，一邊誇他好福氣，一順的兒子，保家衛國全有。夠得著的出手摸摸其中某位頑童的腦袋，那一位吸溜著鼻涕和自己的兄弟正爭奪一把木頭槍，完全不作反應；再一位縱身跳開，怒道：「幹啥！」根本不識抬舉。

　　卡車駕駛樓裡下來的是縣長夫人和楊主任。兩人懷裡都抱著東西，天光暗淡，大家先以為楊主任抱著的也是木略縣長的另一個娃兒呢，都爭相幫忙，尤其女同志，心疼那一路顛簸的嬰兒，嘴裡噴噴有聲。結果哪裡是，罈子而已！

來了紅衛兵

1. 翻過年，七月分，從正在築路的鐵道上來了十幾位胳膊上箍著紅衛兵袖章、有穿工裝也有穿幹部服的男女，其中的兩位男人老得可以當其他人的爹。

鐵路開修後，德玉縣獨一條、長只有兩百米的青石板街上，常常走著的鐵路工人和當地人有極大的不同，他們來自涼山以外誰知道哪裡，多數說的是北方話和更南一些的南方話，嘰哩咕嚕，耳朵支棱痛，聽不明白。好在鐵路工人走南闖北，講普通話，涼山上的漢話也一點就通，個別的連彝話也能聽個大概，還能謅兩句。普遍不喜辣椒，北方人吃的什麼都鹹，好像鹽巴不要錢；南方人吃的甜，豬肘子都要放上糖來燉，不嫌膩。解放後，德玉縣的漢人彝人出遠門見世面的仍在少數，隨著鐵路的推進，眼見不斷由汽車拉來各種物資，以前聽都沒聽過的各種長的扁的說是海裡生長的帶魚平魚，就是蝦也比當地河溝裡的囂張；再就是裝在玻璃瓶鐵罐子裡地叫楊桃、菠蘿的水果，更有各色人物，見識漸長，但仍以自己為尊，吹噓：還是我們這不北不南、中間地段的人吃得合適，不鹹不甜，再加上辣椒、花椒，做出來的肉啊菜的就是比他們那北啊南的有味道！

當地人自說自話，陶醉不已，來自天南海北的鐵路職工不會和

153

他們理論，沒有交集的機會！鐵路，地方，代表的是兩個人群、兩種環境。所以，那十幾位鐵路工人，不完全是，外地人無疑，一起走在街上雖然不稀奇，但再一起走進縣委大院，又都是平頭百姓的樣兒，不像是來找地方協調關係的鐵路官員，就不得不讓人多瞧他們幾眼，俞秀如此，還和身邊一位也在機要室工作的女人議論：

「你看從哪兒來的這些人，不是工人不是幹部，擺出來的架勢好像要和哪個打架。」

針對來人胳膊上的紅袖章，俞秀又說：「咦，今年時興的紅衛兵這麼快就從成都壩子傳到我們這山上來了！前幾天，我家木略和錢書記從鐵路上開協調會回來說，人家鐵路上和中央直線聯繫，文化大革命的『五一六』通知他們剛在地區的電話會議上曉得點譜譜，精神一點沒領會，人家那裡的群眾已經發動起來，文化人多，貼了好多大字報。鐵路上的幾個領導還專門請我家木略和錢書記去看。我家木略沒看出名堂，錢書記回來的路上長歎氣，說大字報的火藥味太濃，還都是對著領導來的。我家木略說，他不擔心群眾提意見，行得正，走得直，不怕影子歪！」順嘴就替自己的男人打點兩句，女同事悄悄一撇嘴巴，應的聲卻是：

「木略縣長，正派得很，我們都曉得。」

俞秀舒口氣：「聽說紅衛兵都是學生娃娃在當，你看那兩個男人，穿著工裝的，恐怕比我家木略還長幾歲，好意思箍娃兒的紅袖章，笑死人！」

從地區隨木略調來德玉縣，俞秀本應在衛生局幹她的老本行，可她不想和沙馬依葛在一個系統，和辦公室的主任楊春亭打聲招呼，就在縣府機要室安下身來，「像我這樣娃兒拖了一串串的婦女，」她說，「反正到哪裡都是打雜！」

此時，她把機要室的窗扇推開，問那些氣昂昂的男女：

「你們幾個，是修鐵路的工人同志嗎？有啥事？」

那些人停住腳步，警惕地看著她，一男一女，同時問她幹什麼

154

的？她回答辦事員，女的放鬆道：「基本群眾，可以依靠。」前來幾步，北方女子溫吞吞的腔調：「大姐，我們中有您說的鐵路工人，也有大學生、中學生，我就是大學生，他，他，還有她，」分別指兩男一女，「都是中學生。」三個年輕人臉毛茸茸，很嚴肅地衝俞秀一點頭，俞秀這才看清他們各自的手上還拎著露著紅紙卷的行李袋。她還是好奇，下巴頦朝年長的兩位工人一揚問：

「他二位四十過了吧，也能當紅衛兵？」

女大學生撲哧一笑：「這位大姐，您不知道毛主席的教導嗎，革命不分先後，不分長幼，只要真心實意地想幹革命，您也可以參加紅衛兵！」

「我？」俞秀直搖腦袋，「我不行，我要戴個紅箍箍，再套上你穿的這件沒有帽徽領章的綠軍裝，我兒子木勇還不跟我搶！他最喜歡當兵。」

「他要是參加紅衛兵，也可以給他發紅袖章綠軍裝啊！」

「剛滿七歲的娃兒，可以嗎？」

女大學生的手在眼前一擺，嘀咕：「整個兒一家庭婦女！」問她：

「你們的縣長、書記，當權派都在哪裡？」

「你還沒有回答我你們要幹啥呢？」俞秀有意放慢語速。

女大學生抬胳膊，亮她的紅袖章，放大嗓門：「我們是從北京來的紅衛兵，是來帶領你們造那些走資本主義道路的縣長、書記的反的！」

俞秀臉通紅，想發作，旁邊她的同事，扯扯她的衣擺，衝那些人抱歉地笑道：

「你們一路過來沒看見嗎，我們縣長和書記都在幫鐵路規劃區的農民收割水稻呢！要不然，該影響鐵路打路基了！那些農民，滿腦子的小農意識，捨不得他們那點稻子！」

那些人互相交換眼色，女大學生說：「會他們去！正好現場的群眾不少，都可以受教育！」競相而去。留下一院子的人都在問，要

155

搞啥名堂啊？俞秀的同事先叫苦：

「哎呀，我可害了縣長、書記，那些戴紅衛兵箍箍的人不是要去揪鬥縣長、書記吧？快點快點，你們哪一個的腿長，快點跑去通知縣長、書記避避風頭！」

立刻就有通訊員跑得山響的報信去了。

他晚了幾步，在一塊收割大半的稻田裡，批鬥的橫幅已經拉開，上書「堅決和走資本主義道路的當權派鬥爭到底」。橫幅前站定的是縣長木略和書記錢大山。錢書記規矩，木略縣長卻在左顧右盼，時不時向人圈子裡的某位招手領首。

眼前的景象讓通訊員受驚不小，書記、縣長，這兩位在德玉縣說一不二、響噹噹的人物，轉眼成了任由大小人等撥弄的對象，讓站直讓垂手讓低頭，服服貼貼。好多他面熟面生的人都在爭相揭發縣長尤其書記的飛揚跋扈，說他們坐在睡在功勞簿上，為人民為革命立了屁大點功，就自以為老子天下第一，把舊社會地主惡霸流氓阿飛的行徑搬來對付人民，傷了人民的心，動搖了人民對社會主義的信心，因此很有必要在他們的耳邊大喝一聲，讓他們猛醒。

縣委縣府的幾位小幹部好像和外地來的紅衛兵、工人代表私下裡已有過接觸，時不時湊在一起嘀咕。場面冷寂時，他們會站出來振臂高呼打倒官僚主義、無產階級文化大革命萬歲等口號，再或者揭發官僚如縣長、書記對他們的迫害。迫害他們的，主要是書記，縣長上任不足一年，反動性還沒完全暴露，但也不要自以為逍遙，過兩天去地區調查的同志回來就曉得縣長你是黑還是紅了。

迫害的原因很多，也雞毛蒜皮，書記主持的會議遲到、打瞌睡，質疑書記的某句話，路上碰見沒和書記打招呼、沒有點頭哈腰，長相不入書記的法眼也算。一個接一個，都被趕公社去了。其中一位去的那個公社，旁有麻風村；另一位非得借助溜索渡過一條深澗裡波濤洶湧的河，才能到達目的地。

靠溜索的那位一去三年再沒出來。他雖然給領導提意見的膽子

大，但戰勝自然的膽子小，再要讓他懸在空中顛簸自己的五臟六腑，七葷八素，鼻涕眼淚，更不堪的是屎尿橫流，不如死掉。這個時間，他居然出現在批鬥現場，足見對錢書記的憤恨是可以超越對溜索的恐懼的。

被派去麻風村的這位，說自己再回縣上，熟人都躲著，生怕被他傳染。他老婆竟單獨給他準備碗筷，還不讓放在碗櫥裡，非要搭根梯子放到屋頂，讓太陽曬大風吹，為的是祛除麻風病菌。再不和他同床，搞得他想要一個兒子也不能得逞，想起那天殺的三個丫頭就堵心！

現場的農民，前一秒鐘還覺得能和縣長、書記一起割稻子，好光彩，這時想起六〇年受災挨餓的苦楚，還有因此死了娃兒、爹媽、老婆男人的，便質問兩位縣領導：「鬧糧荒時，你們兩個，你們的老婆娃兒，有害浮腫病的嗎有用野菜用餵豬的麩子填肚皮的嗎？」不等回答，厲聲斷定：「沒有！」搶著訴說自家的苦情慘狀，整個會場哭聲震天。

突起的一陣號啕壓過現場所有的聲音，眾人定睛看去，認得的知道是縣委的通訊員。見他哭得不堪，就有人主張他也倒倒苦水，把他往人圈裡推：「說嘛說嘛，不要怕，有黨和毛主席給我們撐腰！」

他是彝族，漢話夾雜彝話，抽嗒著說，他的面子「都讓縣長木略你的兒子木勇那個小娃兒給我丟光囉」，自訴木勇當時玩得興起，褲子垮在腿上，屁股暴光。他去給那娃兒提褲子，好心沒好報，大庭廣眾之下，不明不白地挨了木勇的一耳光一彈弓。他聲稱：

「我家的一個姐姐嫁給木略縣長媽媽的一個哥哥，我們是親戚，我是木略縣長的老輩子，也是他兒子的老輩子，他兒子要叫我爺爺。」

木略聽此，提腳就走，嘯叫著要回去劈木勇，責怪通訊員：「你是我的老輩子，咋不早吱聲，我正嫌我家的親戚稀落呢！」又說：「明天我打酒來給你賠禮。」

通訊員好不高興，左掌右拳，推搡開環圍著的人，叫道：

「天黑了，我的小輩子木略縣長肚子餓，要回家吃飯，你們也回家吃飯去吧！」

他推人家，人家也不閒著，不但動手，出腿絆的，踢的，紛紛而至。他雖然年輕，成天幹體力活，也架不住明拳暗腳，東踉蹌西趔趄。在場的農民有怕鐮刀丟了還握在手上的，激動之下，刀子碰了旁人傷了自己。疼痛一起，血再一淌，高高低低，都在銳叫：殺人了殺人了！

2. 那天傍晚，陸續前往醫院的人滿道路，都是去包紮傷口，不是被鐮刀拉傷手背、胳膊的，就是被稻茬擦破小腿、膝蓋，竟或遭人暗算，傷了腿腳的。另有陪同的親戚和喜歡熱鬧的傢伙。

縣城上下都在盛傳走資派挑動群眾打群眾，群眾也憨，自己打自己，打得在醫院裡躺倒一片。

俞秀端著一瓷缽雞湯、提著一瓶子散裝的包穀酒也來了，隨身跟著二兒子木勇。他們找到通訊員，剛認的老輩子，知道他叫盤加，讓木勇按彝族地叫法，喊他「阿普」，爺爺的意思，很誠懇地向他道歉，還讓木勇褪下褲子讓他看小屁股上箭竹竿留下的棱棱。

盤加看著木勇紅脹起伏的屁股蛋子，哪裡喝得進去！

三人正扭捏，門大開，闖進幾個人，都是白天俞秀見過的男女紅衛兵。看見盤加，鬆口氣，女大學生說：「總算找到你了，我們還擔心走資派挾持你當人質呢！」

她拿捏的漢話，盤加哪能明白，看她再看尾隨她的人，其他病人也是。

門口閃進沙馬依葛的半張臉、全張，接著身子：「還真是你，俞秀！你在這裡幹啥，不會也被鐮刀割了？咦，木勇也在！」

俞秀哼哼唧唧，不置可否。沙馬依葛近前來，叫女大學生「革命小將」，過於熱情地出手一勾俞秀的肩膀，介紹：「這是我的老戰

友俞秀，她的愛人就是我們縣的縣長木略同志！」

幾個紅衛兵冷眼瞧著俞秀說：「你就是那個連泡菜罈子都捨不得，非要革命功臣幫你抱來抱去的官太太。」

一個泡菜罈子也生是非，俞秀的腦袋嗡響，眼睛冒的都是四濺的火星，不分辯此壇非彼壇，彼壇其實裝的是豆豉，氣鼓鼓地說：

「泡菜罈子，那是我家的菜盆子啊，管他是白米飯，還是包穀餅子、蕎麵粑粑、煮洋芋，就著泡豇豆萵筍蘿蔔白菜幫子，能吃出山珍海味。對不對，我的兒，木勇啊！」

木勇從來崇拜、害怕的唯有軍人，被圍攻他媽媽的幾個打扮得像軍人的紅衛兵唬住，縮靠在窗沿邊，一聲不響，聽媽媽叫他作證，點頭搖頭，無可無不可。

俞秀指望不上兒子，自己助威，拍下大腿，大聲武氣：「沙馬依葛，說來，你家的罈子水還是從我這兒舀的呢！你不是說用我給的罈子水泡出來的泡菜，比你南京婆家的鹽水雞好吃一萬倍嗎！」

沙馬依葛慢悠悠地說：「再好吃再是你家的菜盆子，也犯不著硬要一個在解放戰爭負過傷的英雄幫你當寶貝似的摟在懷裡頭吧！這些從北京毛主席身邊來的紅衛兵到處聽說的都是這件事，他們氣憤難當，要開你的鬥爭會。小藍同志從大局出發，暫時摁住了。」指的是普通話說得拖腔拉調的女大學生。

俞秀不能讓她占上風，朝幾個紅衛兵一努嘴巴：

「這些人都是從北京來的？我不信，你又認識他們哪一個啊？我家木略去過北京，你不如去問問他，看他在北京見過他們沒有？北京城裡住的是我們敬愛的毛主席，不是隨便哪個小藍大紅待的地方。就說你吧，看上去像醫生，實際護士都夠不上，誰不是一看你拿出打針的架勢就腳板抹油，一逃了之的！我給你面子，讓你打過一針，半年了，屁股上挨針的地方還在痛！」

沙馬依葛根本沒在聽，只和小藍說悄悄話。木勇一眼不到，已經跑了，盤加乾脆鼾聲大作。跟來的幾個紅衛兵腿麻身乏，精神大

失。他們在聽她數落沙馬依葛的醫術，吭吭，笑呢。

俞秀感到天有點傾斜，朝著沙馬依葛的方向。以沙馬依葛平常對她的態度，起碼的謙恭還是有的，俞秀想，難道木略的官真的到頭？可到不到頭都不是乳臭未乾的小藍和沙馬依葛這個瘋婆娘能夠宰制的！當即問小藍：

「你是黨員嗎？」

那位赧顏：「正在努力！」

俞秀的舌頭翻飛：「你既然不是黨員，沙馬依葛也不是，她離黨員的要求還差著十萬八千里不止呢！那麼你們憑啥這麼凶，想翻天嗎？」

沙馬依葛頭一昂，輕言細語，嘶嘶的氣聲卻一再從她的牙縫裡鑽出來：「俞秀，今天我借從毛主席身邊來的紅衛兵小將的膽子批評你兩句，平常像我這樣的小老百姓，不要說和你，縣長的老婆擺談，聞到你的聲氣氣，像老鼠見了貓，先就……」

俞秀打斷她：「敢說你是老鼠我是貓！德玉縣的街好長嘛，一根菸的工夫，你街頭街尾，招呼我，念叨木略的長短，生怕人家不曉得你和我們的戰友關係。還一趟趟地往我家跑，門檻都被你踏平了，咋那麼有膽子呢！我看你現在有別的枝頭山頭好攀了，是吧？」

沙馬依葛稍一搖擺，身子又直溜溜的：「你不學習，也不聽廣播嗎，不曉得全國上下都在大搞文化大革命，揭批走資本主義道路的當權派嗎？」稍頓：「告訴你，我們德玉縣，走資本主義道路最大的兩個當權派，一個是你家木略，一個是錢書記。」

「慢著，慢著，」俞秀的聲音飆升，盤加受驚醒來，咂吧著嘴東看西瞧，「這可是原則問題啊，沙馬依葛，一則你和我一樣，斗大的字識不了兩個，你曉得啥是資本主義？像你男人吳升他老家南京還有上海那樣的地方才有資本主義。有資本家才有資本主義，你曉得啵！蔣介石和他的親家，蔣宋孔陳四大家族，他們才是我們國家最大的資本家，他們走的才是資本主義道路。二則要說當權派，你

家吳升難道不是嗎！你三天兩頭，要不我家，要不錢書記家，終於把縣長、書記磨得來讓你家吳升當上了科長，你說你圖啥，圖他當當權派，被揭批啊！」

小藍金口輕啟：「當權派有好有壞，壞的我們革命群眾要揭批要打倒，好的我們是要保護的！」

俞秀當即附和：「這就對囉，沙馬依葛，你保護好你的男人，我保護好我的，我們兩個井水不犯河水，各顧各！」

3. 回到家，木略連影子都不見，俞秀心下便十分慌亂，娃娃都睡了，想找茬罵幾句混混時間也沒有可能。

瞥見窗臺上的幾盆花草，其中，吊金鐘和繡球是沙馬依葛咋呼著送來的。

沙馬依葛不光送花草，稀罕的作料秧子也送，煮魚用的薄荷、木姜子、百里香。順帶，還會給隔壁的錢書記家準備一份。

錢書記的老婆戴姐，是錢書記革命成功後從老家接來的鄉下媳婦。和俞秀一樣，喜歡蔬菜甚於花草，門前的園子不是種北方的大蔥就是白菜蘿蔔。俞秀的多是辣椒茄子番茄。

除蔬菜這個共同的愛好值得聊幾句，兩個女人進來出去，總有照面的時候，輕咳一聲算招呼，笑一笑都難。

反而沙馬依葛翻花似的，繞過俞秀，常去戴姐家串門。

木略罵她：「笨婆娘，不曉得向你的朋友沙馬依葛學啊，手段高強點，方法多樣點，我們和錢書記拆掉牆就是一家人，倒讓天遠地遠的沙馬依葛搶到先機。」讓俞秀切記：「德玉縣誰是老大，漢族老大哥、抗日英雄錢書記！」

沙馬依葛在自己的眼皮底下都能做手腳，籠絡錢書記兩口子，現在又有北京來的小藍等紅衛兵當靠山，不曉得會使出怎樣的手段呢！心煩氣躁，緊上前去，五指一抓撓，可憐沙馬依葛的吊金鐘和繡球紅的綠的零落一地。不解氣，使勁踩使勁碾。又一把抓住空枝

子，連根拔出，順著洞開的門扔了出去。

換來「啊呀」一聲叫喚，探頭要看，木略垂頭喪氣，已經進來，幸好沒打著。外衣也不脫，骨碌到床上緊閉雙目，再掉頭衝牆，不讓俞秀對自己有絲毫的打擾。

半夜，聽他嘿然聲聲，並沒有睡著，拽來朝向自己，貼他碰他摸他都不作反應，問他：「你這個官還當得了不？」「紅衛兵有任免權嗎？」他一拳兩拳，擊打在床上：「我就不信這個邪，大山大水都過來了，屁大點的幾個紅衛兵能把我嚇稀湯嗎！」

熬到天麻麻亮，爬起床，給娃兒們做早飯，南瓜湯裡煮剩飯，再擺上泡菜、豆腐乳，挨個喊起來吃完，打發上學的上幼兒園的，都走了，輕推木略，已經醒來，歎著氣問：「幹啥，使勁搖老子？」

剛要接腔，咚咚的腳步聲、喊叫聲，湧進門，都是來拽木略「去說清楚」的造反派。

木略無精打采地擁著被子坐在床上：「昨天都半夜了還沒說清楚呀！再說還是那些話，我沒有得到啥黑司令部的黑指令。我一個翻身娃子，如果沒有共產黨，早就不曉得死在哪裡了，恐怕骨頭都被狼啊野狗啃光了。是黨把我救出苦海的，我只有感謝黨，你們有啥想法，不如自己去問黨。問黨為啥要把我從奴隸主的狼牙虎爪下救出來，還讓我北京上海的觀光，感受新社會的光明、舊社會的黑暗。我好幸福哦，握過朱總司令、周總理的手，恰恰沒有握過你們說的大工賊大叛徒劉少奇的手。那年我到北京參加少數民族飛躍進社會主義社會的光榮大會，他領著老婆王光美去印度尼西亞了。我見都沒見過他，咋從他那裡得到黑指令嘛！再說救我的是共產黨、毛主席，我咋能放著毛主席的話不聽去聽他的呢！」

俞秀耳聞木略張嘴就是這麼一大通，心房豁然洞開，圍站在他床邊的造反派中魔般，悄沒聲氣：

「你，你，你們三個，我曉得，從北京來的，是毛主席身邊來的人，看見你們我好歡喜啊！」就近抓住一位男紅衛兵的手，「問問

162

你們，毛主席他老人家的身體好吧？忙國家大事辛苦吧？」他轉頭喚俞秀：「你給準備些乾菌子乾木耳，到時請北京來的紅衛兵替我們送給毛主席。別忘了乾辣椒，毛主席他老人家是湖南人，和我們一樣，好辣。」專門請被他捉住手的紅衛兵捎，這位應聲不得，又聽他說：「還得給我捎個口信，向毛主席他老人家報告，翻身娃子木略好想他老人家哦！」流淚，哽咽。一屋子的人，盡皆唏噓。

木略扯起衣擺的一角沾眼淚，問折騰完隔壁的那幾位：「錢書記呢？」回說已押去燈光球場。撩被子下床，背心褲衩，光腿光胳膊，顫巍巍，嚷嚷著也要去。俞秀悄招他的腰，攔不下來，紅衛兵意有不忍，勸他喝口稀飯再去不遲。

二姐曲尼阿呷

1. 混在球場上的人堆裡，看人家批鬥自己的男人，俞秀好生尷尬，閉目裝養神。身邊的人等心情複雜，多數是藏也藏不住的幸災樂禍，直喊打倒走資派木略，一聲比一聲響亮，打雷般。

忽聽得聲亂音雜，張大眼，眾人踮腳引頸，也在張望。呼啦啦，箍著紅袖章的男女半弓著腰在追四散跑開的娃娃。娃娃，十來八個，手握彈弓，吱哇怪叫，稍有餘地，拉開架勢就開射。石子落處，盡在臺上，鬥的和被鬥的，都忙著護頭、閃避，也破口大罵，也有撒腿去追的。

木略就捉了一個，拎著後脖領，任憑在空中亂撲騰，擠過人群，來到俞秀面前，摜到地上，聲大氣足：

「趕緊把你的混帳兒子領回家，別在這兒丟老子的臉！」

兩人眼神一碰，俞秀握住頑童木勇的手便往外拖，罵他：「小壞蛋，回去打殘你，看你還敢給爹媽惹事不！」

出得球場，鬆開手，任兒子呼嘯而去。

勾著腦袋剛到家門口，眼前一暗，待舉目，喊音響起：「俞孃孃俞孃孃」，彝腔彝調，竟是阿果的二姐曲尼阿呷，她從來都跟著娃娃們這樣稱呼俞秀。只見她裹著件羊毛黑披風，正從坐著的門檻上往

165

起站，一邊拍打著披風上的渣土。戴姐聽到動靜，專門出來說：

「這個彝族大姐讓她來我家等你吧，不知是聽不懂還是不願意，只是笑。瞧她，眼亮嘴彎，又挺拔，多漂亮！」

俞秀謝謝她，告訴：曲尼阿呷是她朋友的姐姐，朋友在地區民政局工作，男人是漢族。

戴大姐再不好奇，讓她趕緊待客。

俞秀回頭和曲尼阿呷寒暄，用彝話。曲尼阿呷卸了披風，坐在方凳上，百褶裙蓬鬆地垂下去，連腳都遮蓋了，輕吹著茶缸裡的熱開水，等她看完阿果的信。

信是夏覺仁寫的，口氣卻是阿果的，內容簡單，讓俞秀等合適的時間找合適的人送她二姐回家，聽說鐵路上在打武鬥，怕她二姐挨冤枉，子彈不長眼睛。

俞秀問曲尼阿呷為何離開妹妹家，不是說一輩子跟定妹妹生活嗎？捨得拋下拉扯大，親你比親她家媽還厲害的外甥女兒索瑪？

後一句話引得曲尼阿呷淚水漣漣，哽咽著說：「哪裡是我想走，是他們非要趕我？」

「阿果不要你了，還是夏醫生？」

「都不是，是他們！」

「他們？」俞秀理不出頭緒，「你一個靠妹妹吃飯的人，得罪哪一個了？」

「造反派。」這三個字曲尼阿呷用漢話發音，不帶彝腔。

俞秀悄然「嘿」聲，問她：「嫌你家是黑彝奴隸主？」

曲尼阿呷點點頭，遲疑道：「阿果和我一樣，也有個黑彝奴隸主爹啊，他們不撬她，光撬我。我和他們評理，他們說下一步撬的就是阿果。我家妹夫跟屁蟲，說要撬他老婆，把他也撬了。造反派不撬，留著我妹夫給武鬥打傷的人做手術。有一個的肚皮開了花，我妹夫剛給他縫攏來。」

俞秀歎口氣，讓她先住下，說：「要在平常，木略的通訊員就把

166

你送了，眼下啊，不那麼方便！」曲尼阿呷接話：

「也就阿果他們多事，俞孃孃，你別管，明天我自己回。」

「絕對不行，」俞秀說，「你好久沒回來，不曉得去往你家的路上住了好多的鐵路工人，他們的武鬥搞得凶，鋼釺鐵鍬錘子舞得嗖嗖的。這幾天送來縣醫院的傷員，聽說不是頭皮被鏟掉的，就是腿被砸斷的。鐵路工人鑿石頭挖山洞，力氣死大，你穿著裙子，跑不及，隨便哪裡挨上一下都冤枉！」

面上的話說得漂亮，心裡卻全在埋怨曲尼阿果。這當口讓他們接應被遣返的姐姐不是為難人嗎！他們也是泥菩薩過河啊！雖然木略仗著娃子出身，從批鬥會的主角變成配角，又從配角變成陪鬥，正在過渡為值得各路革命群眾信任的一員，但萬一革命群眾曉得他們家窩藏著一個黑彝奴隸主家的女兒，到時，木略剛打網裡脫出來的爪爪又會被重新捉住，綁緊！

木略半夜回來，和他商量，罵俞秀凡事沒主張，芝麻大點的事也要麻煩他，「你以為老子現在好過了是吧，不好過，每天都靠舔造反派的屁眼過關！」

第二天起大早，說去縣委食堂和外地來的紅衛兵吃早飯，連曲尼阿呷的面都沒照。連著幾天也是晚回早走，躲阿呷。

曲尼阿呷對此，一無感覺，直替俞秀抱不平：「你這個漢女人憨得很，幹啥找彝族男人，不顧家、不曉得疼老婆。」又說：「你看我家妹夫，成天圍著阿果轉，怕她吃多噎著、吃少又餓，冷了熱了，心都操碎。阿果呢，陰一陣晴一陣，好不容易去一趟的婆家，連侄兒侄女都讓她三分。那還是她婆家在上海的時候。她婆家遷到香啥地方去了，哦，香港。阿果讓我給你家娃兒捎來的糖就是她婆家從香港寄來的，甜吧？那上面印著皇冠的糖紙漂亮吧？」

俞秀為送她回家的事急得愁得頭髮都白了幾撮，哪有心情聽她妹妹長妹夫短再香港糖的！還香港呢，那個資本主義的堡壘，被造反派曉得，好大的一樁罪過！

167

曲尼阿呷反客為主，俞秀的家務活她沒少幹，人家兩口子的事、孩子的事也沒少管，看俞秀的小兒子胳膊肘杵在桌子上夾菜，斥沒教養，頭上肩上，巴掌過去，啪啪響。長柄木勺換筷子剛刨兩年大米飯，敢指導娃兒們如何握筷子。嫌俞秀炒的菜不油潤，鹽巴重。屋裡屋外，總晃悠，還跑街上買菜。她人長得漂亮，又是黑彝家的女兒，氣概到底比木略家的男女親戚軒昂，扎眼得很，當場就有人打聽她是哪一個。

回她家的路還堵著，雙方隔著一道峽谷大眼瞪小眼，鋼釺、鐵錘不離手，聽聞有槍，人人頭上都是頂藤編的頭盔，喊的口號也一樣：「誓死保衛文化大革命的勝利成果」。到處刷著的標語，包括袖箍，要不看標識，紅衛隊、捍紅團、井岡山，誰能分清他們誰是誰。

地方也有人響應，縣中學的體育老師抓著幾枚運動用的投彈，前去增援，腳後跟挨一槍給送了回來。

聽來聽去都是這些消息，俞秀好不心焦！夜裡躺在床上似睡非睡，一激靈，有主張。搖醒木略，問他讓老輩子盤加繞道把阿呷送回去如何？木略不嫌她打斷自己的夢，誇她腦筋夠用。天快亮，兩口子壓低嗓門，把這些天因為曲尼阿呷憋在肚裡的話倒了個乾淨。俞秀才知道，木略前一天派人給在各公社游鬥的地區一二把手和錢書記送過大衣和燕麥炒麵。

2. 困境既破，俞秀好不舒暢，一邊覺得慢待了曲尼阿呷，想起還有一陶罐桃子釀的酒，是木略的前妻、現在叫姐姐的烏孜年前送來的。呷了口，沒有以為的那麼酸，桃子的清香、甜，綿綿的，悠長。

曲尼阿呷先推辭不喝，嫌大早上不合規矩，嚐兩口癮起。兩人你一杯我一杯，暈乎乎，話也長。俞秀歎息她：「長得比妹妹標緻，可惜沒有男人心痛你！」

曲尼阿呷不謙虛，稱從小到大，都誇她比姐姐比妹妹染人，性

168

情也開朗！

「未必你就由著青春美貌浪費啊？」俞秀湊近她，「聽我的，找個男人吧。」

曲尼阿呷以掌掩嘴，呵呵笑：「我的男人誰曉得去了哪裡。」淚花花晶亮，仰頭灌下一杯酒，問俞秀：

「你喝過茅台嗎？我在阿果家喝過，五十多度，滑滑的，順著喉嚨再到肚裡，身體上下馬上酥了。」

俞秀假意放大嗓門：「你該不會被阿果兩口子灌成酒鬼了？」

「酒嗎，」她說，「我是好幾口，阿果兩口子加起來都沒我能喝。我妹夫竟敢娶彝婆娘，不曉得彝男女生來就自帶半斤酒量啊。白酒太辣，我還是喜歡我們的桃兒酒，紅葡萄酒我也喜歡，那一次我妹夫從上海背回來好幾瓶，不是還給過你家木略嗎？」

俞秀點點頭：「兩瓶子。怪難喝，酸澀得舌頭發麻。你倒喜歡！說到酒，要不是你妹夫又練酒膽子，又給買酒，你家爹恐怕至現在都不認他這個女婿吧？」

「我媽就說我爹是被阿果他們帶回去的酒打瞎眼睛的！你聽說過吧，我家妹夫第一次去我家，把縣城的白酒都搬空了。」

「咋沒聽說，你妹夫巴結丈人，名聲大哦，響過好幾座山。哼，他在那裡擺闊，不是我家木略在領導這裡為他求情，說他和阿果結婚有利於民族一家親，早把他打成奴隸主的孝子賢孫囉。」

曲尼阿呷抗議：「我家爹可是好奴隸主。」又說她的：「我妹夫背來的酒，我家爹先抗拒不喝，但他的鼻子放不過酒的香氣！後來忍不住說，那我喝上一口我么女兒的酒吧。他一口兩口喝的是阿果的，三口四口喝的就是我妹夫捧給他的。我媽氣得打掉我妹夫手上的酒杯子，酒灑到鍋庄裡蓬起好大的煙子，惹得阿果好一陣哭。

「我們彝家的習俗你曉得，丈夫陪老婆回娘家是不能和老婆同居一屋的，何況我爹媽根本沒同意他倆的婚事。阿果住家裡，我妹夫就在院子裡那山一樣高的包穀稈堆裡刨個洞，再砍來松樹枝支在

裡頭，搭了個結結實實的窩。白天趁阿果他倆上山放羊，我爹媽還有我都去看過，我媽說，『這個漢人想賴到我家不走嗎，把自己的狗窩布置得這麼安逸！』」

「裡面齊齊整整的，有阿果的各色衣服、帶跟的皮鞋，還有她用的搽臉油，叫『虞美人』，有股野櫻子花的香味，我抹了點在臉上，水潤，不膩，強過我用碾爛的索瑪花和蜂蜜調的香香。我最喜歡阿果的襯衣，像桃花一樣的花開在灰色的底子上。一件米色的毛衣抓在手裡絲綢一樣的水滑，說是用山羊肚皮腋窩的絨毛織的。」

「從窩裡鑽出來，碰到尼嫫，我媽的陪嫁丫頭，民改後，不願單過，留在我家讓養老送終。她抬手往我的頭上去，我以為她要幫我取根草摘片葉子呢，我家的娃子民改後都跑了，啥活我都得幹，沾根草沾片葉子經常性的，就是掛著幾顆乾羊糞蛋也不稀奇。她取下來的是阿果的髮卡，是我從我妹夫的窩裡戴出來的。她說我，『臉紅啥，別不好意思！你看見阿果的漢裝了，多漂亮。你的腿直溜溜的，屁股上的肉緊繃繃的，穿上褲子也不會輸給她。』」

曲尼阿呷抓著陶罐的頸口晃晃：「酒喝光，說話沒勁頭，你也聽煩了吧？」

俞秀真心實意地說，正相反，意猶未盡地問：「你從沒想過出來工作嗎？」

「也想過，後來忙著幫阿果，忘記了。阿果第一次懷娃兒，反應大，吃不下喝不下，還吐。最主要是害羞，不敢出門，怕熟人笑話她。和我妹夫哭鬧，連要把娃兒打掉這種瘋話都說得出口，可惡啊！我妹夫跑來求我家媽，請她幫忙。你曉得我們彝人，哪有女兒懷娃兒當媽的管的。我媽不願意，她恐怕住在女婿家自己先羞死。我妹夫說，再不去，阿果說不定會死的。我媽罵：『非要嫁個漢人，面子都讓她丟光了，不如由著她死掉。』咒是咒，還是跟上我妹夫去了。等生下索瑪，我去換她，她嘴上說，就走就走，卻擔心自己走了那兩口子熱飯都吃不上一口，別提養娃兒。他們的錢在手裡如

果不花好像會把皮燙掉，一拿到工資就往商店送，花花布這樣一米那樣半米，想做件衣裳還得拼；杯子勺子碗，也是東一件西一樣。阿果出手大方，隨便來個親戚，酒肉招待，臨走還塞錢。

「我媽把她藏在誰曉得哪個犄角的錢──都是從日常開支裡扣的，取出來先交給我妹夫，他不接，又交給阿果，也不接。沒辦法，我媽把錢給了我。那兩口子高興了，說二姐你好好幫我們管家吧，千萬別像阿媽哪一天丟下我們不管。他們兩個乖得很，家裡大事小情都由我做主，要個零錢花也找我。兩個人都會討好我，要不然，我也不會替他們管家，帶娃兒。哎，我這一走，兩個娃兒要吃苦囉！我啊，不像我家媽只認得紙票子，藏著掖著，萬一忘記？萬一著火？有點剩餘，就拿到銀行存起來。你不是外人，我給你看看存摺吧。兩張呢，我都貼身揣著，等一兩個月安生了再給他們帶回去。」

她這一席話，說得俞秀心發癢，可憐自己沒有像她一樣貼心的姐姐，要不說傻人有傻福呢，正是阿果！

3. 兩個女人說著話，改喝好一陣茶水後，話題才扯到送曲尼阿呷回家的正事上。

曲尼阿呷聰明，「啊呀」道：「俞孃孃，原來你拿酒灌我，是送我走的意思啊！」俞秀不回避：「是也不是。是呢，我找到木略的一個老輩子，在縣機關當通訊員的人來送你；不是呢，桃子酒再不喝會變成醋，酸掉人的牙巴。」

又說找的這個人很可靠。沒有說盤加實際並不願意，為此，她損失了幾角錢。也是她自找的，和盤加躲雨躲到街上唯一的一家館子，國營食堂的屋簷下。

盤加怪她不早說，這會兒雨下著，回曲尼阿呷家的山路不管繞不繞都要經過幾條河。「那幾條河不下雨的時候是水溝，下了雨，還帶個穿裙子的女人，難吶。」瞥眼俞秀：「水深哦，像你這樣的小個子，一下就能沒過頭頂。」

不到飯點，食堂的門半開半閉，俞秀說：「老輩子，餓了吧，請你吃碗榨菜肉絲麵。」

盤加的眼睛亮了亮：「說餓呢，真有點。」

桌子板凳膩糊糊，黏著幾隻蒼蠅在飛。出來一個半老女人，先說國營食堂暫時歇業，大師傅小師傅都在縣委食堂幫忙，外頭來的紅衛兵小將等著吃飯呢。定睛一看，認得俞秀是木略縣長的老婆，改口對付個回鍋肉、燴炒個南瓜絲絲將就。俞秀說兩樣都不需要，只要一碗榨菜肉絲麵，請眼前這位親戚吃。

麵端上來，紅油汪汪，肉絲榨菜絲密布，盤加咕咚吞清口水，把筷子在桌上墩墩齊：「麵條我吃，但人馬上替你送不了，雨停後還得三兩天。」吸溜兩口麵：「沙馬依葛那個婆娘又來動員我參加她的組織，說有北京來的紅衛兵做後臺，前途大得很。」眼風掠過俞秀：「這碗麵把我的饞蟲子逗出來了，還想來一碗！」

俞秀噗哧笑道：「老輩子，木略說你憨，我看你狡猾得緊。你啊，別再想第二碗，請你吃這碗麵我下了天大的決心，這三角二分錢是我一家七口兩天的菜錢！」

第二天，天半亮不亮，來了，不進家，裹著羊毛織染的黑披風蹲靠在牆根，吸旱菸，把涎水一口口地唑到菜園子的籬笆上。

木勇兄弟上學出門發現他，木勇和他不打不相識，叫他「阿普」，「做啥子，不進屋？」

他說：「你家媽讓我幫忙去送一個叫曲尼阿呷的婆娘。」

俞秀在屋裡聽見，出來道：「噫，你不是說得等雨停了三兩天才能出發嗎？瞧天上，還飄著毛毛雨呢，一會兒再大起來也不一定。」

木略抓著洗臉帕探頭招呼老輩子進屋說話，吃碗他們當早飯的紅苕稀飯。斥俞秀多嘴：「我的老輩子從小就在山裡頭跑，能走不能走他不曉得，你曉得！阿呷家好遠的地方嘛，繞路三四個小時也能到。別去繞，鐵路工人最不敢惹的是地方上的彝族和漢族農民。老輩子，你有這件披風足夠，阿呷呢，全套彝裝，你兩個只消大搖大

172

擺地走自己的，看哪個敢動你們一根汗毛。」

俞秀憤憤不平，質問盤加：

「你這會點腦殼了，昨天和我咋說的，說雨水大要發山洪，一不小心就把你和阿呷衝到河裡頭餵了魚……」盤加嘿嘿，光傻笑。

木略又來打岔，讓俞秀少廢話，別耽誤老輩子和阿呷動身。

俞秀也巴不得曲尼阿呷趕緊離開自己的家，翻出一瓶酒一小袋紅糖，孝敬曲尼阿呷的爹媽，又吩咐盤加回來別忘報平安。特別讓木略電話告訴阿果一聲。

事辦完，禮數盡，家裡的娃兒家外的木略有多少事要操心，眨眼間，曲尼阿呷的事就丟到一邊去了。

禍端1

～

1. 隔天，又是雨，倒不大，細毛毛，正發愁要不要上街買塊豆腐燒湯，冷不丁，沙馬依葛出現在門外。喊俞秀，招呼戴姐。戴姐嫌她揪鬥自己的男人，沒搭理。她打個哈哈，並不尷尬，專門貼在俞秀耳邊，放低聲讓她進屋有話說。

俞秀表示外邊說，問她，咋不陪小藍，那個北京來的女紅衛兵？

「別假裝，我不相信木略沒有告訴你，」語調拉長，「小藍啊，其實是騙子！竟敢說自己是西藏軍區司令員的女兒。組織上一調查，西藏軍區根本沒有姓藍的司令員，連副的也沒有。要扯謊也不先在肚子裡打份草稿！」

「聽你的口氣，有點替小藍可惜？」

沙馬依葛憋紅臉，一把將俞秀拽進屋，語氣森嚴：

「阿果的二姐阿呷在你家歇過幾夜吧？」

俞秀愕然，勉強道：「我還奇怪哪股風把你刮來的，是這一股啊！沒錯，阿呷在我們家住了七八天。她一個小老百姓，能翻天？」

「何必氣急敗壞，」沙馬依葛豎根指頭在嘴前，「我不是來和你追究這事的！你動動腦筋，作為木略的對立面，沒有迫不得已的情況，我跑來你這裡不是給人話把子嗎？」

「我還不曉得你，來搞統一戰線的吧，靠山倒了！」俞秀損她。沙馬依葛大人大量，朝前一傾，很是懇切：

「為啥不告訴我送阿呷的事？前幾天老吳下鄉路過阿果家，專門給她爹媽檢查過身體，感冒藥、拉肚子藥沒少給。」

就為表這個功啊，俞秀心想，面上笑道：「早曉得老吳去，不如把阿呷託付給他！要不是鐵路上武鬥，阿呷又急著回家，用專門送啊。」

「不是她急著回，是你們急著送吧？」

「想說啥，我可沒工夫和你打啞謎？」

「等我說完，恐怕你就有的是工夫了。」沙馬依葛深吸口氣，再長長地吐出來，「你呀，送阿呷送出大麻煩囉！今早以來，滿大街都在風傳這件事，我一聽說，心咚咚的，快跳出胸膛，我……」

俞秀沉不住氣，急道：「摔山崖下了？要不然被山洪沖跑了？」

「被山洪沖走的不假，但是眾口一詞，說是死於圖財害命，凶犯就是送她回家的……」俞秀渾身一緊，顫聲叫道：

「盤加嗎？絕不可能！」

「可不可能，不是你說了算的。這還不算事，關鍵是阿果家的舅子老表聽說此事後，不管三七二十一跑來縣城把盤加捶了個半死！紅衛兵小將不知就裡，跑去拉架，也被打傷好幾個。這下事大了，公安都出動了。」

「別說了，」俞秀打斷她，「我不相信！你不怕辛苦，跑來造謠，是不是想和你勾搭小藍那個騙子的事扯平啊？」身體裡一陣陣的熱浪往來，胸腔憋得快爆，徒然一抓撓，眼前一黑，險些從凳子上跌落下來。

沙馬依葛急起身扶她，叫道：「幹嘛把兩件性質完全不同的事情攪到一起啊，上小藍當的人何止我一人，木略縣長、錢書記不都畢恭畢敬地請小藍指導過工作嗎！我天不管地不顧地跑來告訴你阿呷的事，完全是念著和你和阿果戰友、姐妹一場，要不關我屁事！」

176

砰的一響，木勇撞開門，衝進來，尾隨他的有弟弟也有哥哥。他見識過沙馬依葛和他媽媽吵嘴，這時看沙馬依葛在上、他媽媽在下，以為沙馬依葛欺負他媽媽，繃緊小身體，呼呼地直喘粗氣。沙馬依葛笑道：

「可惜我的兒子養得太嬌氣，要像木勇這樣敢衝敢打多稱心！放鬆，小鬼，看清楚，我這是在服侍你家媽，要不是我，她早跌斷尾巴骨了。」

小人兒不屑：「鬼相信你，我家媽說你最壞！」

沙馬依葛吃驚地瞪他一眼，不輕不重地在俞秀臉上拍了掌，帶笑：「你好有意思，大人間的恩怨也敢和娃兒說！」

「你就是壞，」俞秀說，「造謠生事！」

沙馬依葛起身，跺腳：「我走，你趕快把眼睛蒙住、耳朵堵起，任誰告訴你，都別信！」

「我就是不信！木略的老輩子膽子大不過麻雀耗子的，咋敢殺人！何況這個人還是他尊敬的小輩子木略託付給他的！阿呷、阿呷，你不要嚇我，你不會死的！」俞秀嚷道，一眼眶的淚劈哩啪啦往下直掉，心裡鼓槌亂敲，哪能安生。

圖財害命，莫非是真的，阿呷確實裝著財呢，那兩張阿果家的存摺！

打起精神，安頓木勇幾個娃兒吃飯，出門找木略確證此事。下一步如何，一團黑雲。

2.午飯時分，路人寥寥，響遍全縣城的大喇叭批判完省委書記李井泉，批判地委書記，說他是李井泉在涼山的小爬蟲。一個女娃兒在念稿子，氣干雲天。

窸窸窣窣，紙張乾燥的迸裂聲，來自道路兩邊房牆上層疊的大字報和標語。

「文革」開始，誰想到揭發或者控訴的材料，或者自己能寫毛

筆字，或者不能寫，比如半文盲的漢人，比如粗通漢文的彞人，都去中小學校、醫院，找會寫毛筆字的知識分子幫忙。然後，簽上姓名，熬好糨糊，到臨街臨路的牆上，也不管有沒有標語、大字報，拿起毛刷子蘸上糨糊，上下來回幾下，就將自己帶來的標語、大字報黏貼在了面上。

等她拐進縣委大院，廣播裡念完批判文章，在播「文化大革命就是好」這支歌。

俞秀來到書記、縣長平時辦公的二樓，連敲幾扇門沒敲出一個人來。走廊裡鋪天蓋地的也都是大字報和標語，黑字上打著紅叉叉的人名，木略的也不少。

快快地下樓，再衝著樓上高喊幾聲「木略」「木略」，沒人應聲。心想，這個瘟神木略跑哪裡去了？

往回走體乏身困，坡坡坎坎，搬著腿往上挪。突然天旋地轉，要不是旁邊伸過一隻手把定她的胳膊，準摔個四腳朝天。

「妹妹，」聽到有人叫她，「臉慘白，哪裡不舒服？」男人的聲音，看上去倒眼熟，她問：

「見過木略縣長嗎？」

「他帶著縣中隊的人上烏爾山了。」

烏爾山，阿果娘家就在那裡啊！心咯噔一跳：「為了啥還要縣中隊的人一起去呢？」

「聽說奴隸主皮子發癢，活得不耐煩，搶糧，牽牛，趕羊，逃老林子裡去了。聽說還打傷了阻攔他們的社員。好幾夥呢，鬧大了。」

俞秀聽得好糊塗，再問他：「咋說幾夥呢？烏爾多大的地盤，生產隊有限，奴隸主也有限，莫非個個生產隊都在鬧？」她更想問的是為啥他們要搶東西要跑深山老林子裡去？不敢問，怕自己猜準。

「不光烏爾，上下左右，好幾座山上，凡是黑彞奴隸主，都拖兒帶女跑掉了。有的跑前還一把火把自家的房子、牛圈、豬圈點燃了。」

178

「他們為啥呀？」俞秀聲輕氣弱。

「妹妹，別勞心，那些蠻雜種跑不脫……」

「你說蠻雜種？」

「是蠻雜種啊，咋了？掌嘴掌嘴，不興違反民族政策，不興亂說！」

「不是這意思，」俞秀說，「我認出你是誰了，你叫俞昌富，說起來我還得叫你聲哥呢！民改那年你跟著你的奴隸主乾爹叛亂被我們抓了俘虜。你咋在這裡？勞改結束了？」

「妹妹，難得你想起我！可你這樣說，我咋做人啊！我是冤枉的，政府英明，沒送我去勞改，回家繼續當農民。」

「你不好好在家當你的農民，跑來縣城做啥？」

「我想求政府再英明些，為我徹底平反！給我留著尾巴呢，說我脅從。脅從也是罪，扣了頂壞分子的帽子在我腦殼上，受管制，挨打壓，我那女娃兒學習多好的，不讓上學。我也刷了幾張大字報，到處都貼著呢。妹妹，你抽空也看看我那比天高比海深的冤屈。木略縣長沒有被當成走資派打倒，還能管我的事。妹妹，你好歹替我給木略縣長說上一聲啊！」

「那當然，我不得叫你聲哥嗎！」話題一轉，「木略縣長他們確定往烏爾方向去了？」

「確定，我跟著看了好一陣呢。木略縣長比平叛那陣子胖出一圈去，他當護理員時還給我小腿子上的傷換過藥，好人啊。」發現俞秀未必想聽他誇自己的男人，改口：「我聽說縣中隊除留下十來個值班的，中隊長率隊，全被木略縣長帶走了。中隊長，那傢伙有名的暴脾氣，不整得風狂雨暴他能罷休！這事絕對鬧大了，連鐵路上文攻武衛的各派工人都乖乖地把路障拆了。哎哎，妹妹，你沒得事吧，我扶你，要不送你去醫院？」

179

麻雀和喜鵲

1. 晚飯夏覺仁如果沒有手術，不值夜班，和曲尼阿果總會喝上兩盅。要是沒有喝成，睡覺前兩人也會嘬幾滴。

這天夜裡十一點過，夏覺仁為一個武鬥中砍傷脖子的人縫針包紮完回到家，曲尼阿果正在自斟自飲。她誇口喉嚨乾得起火，等不及，其實剛濕嘴皮。夏覺仁端起她的杯子，輕晃晃剩在其中的「瀘州老窖」，問她在杯子的哪個位置濕的嘴皮。欠身，磕磕出聲地咬咬杯沿：「這裡。」夏覺仁便湊到她牙咬的位置，笑著乾了杯中酒。

正問索瑪和小海啥時間睡的？林書記又敲門又喊夏醫生的在外面喧嘩。

開門，林書記靠著門框催夏覺仁別和老婆纏綿，叫上楊醫生，趕緊去地委支左辦找王副政委報到。

夏覺仁問啥事？曲尼阿果熱情相邀：「林書記，喝上口再走，你不饞嗎，這是我們存了好久的一瓶瀘州老窖。」

「下回吧。」林書記笑道，又和夏覺仁說：「我也不知道啥事。我正洗腳睡覺，值班室來人喊我接電話，說是地區領導的。我腳沒揩，趿著鞋子跑到值班室。那邊不搭理，也沒掛，和旁邊的人說話，好像在布置任務，迂迴過去，一個排夠不夠啥的。口音是河南的，

我想會是哪個領導呢？書記前兩天讓造反派押到各縣游鬥去了，副書記也不是，和我一樣，山西人。還琢磨呢，那邊衝我『喂喂』的，是支左的解放軍，姓王的副政委。讓我立刻派兩個外科醫生去支左辦報到。王副政委知道你，說你是從他們部隊轉業的。」

夏覺仁穿戴齊整，悄悄把住曲尼阿果的俏腰用力，嘴上支應：「那我去問他吧！部隊來的任務，時間不見得有保證。我們家的情況書記你曉得，阿呷姐被造反派趕回老家了，我這一走，誰來照顧阿果和兩個娃兒呢。書記，我可都交給你了！」

「啥意思，要我給你家找保姆？！」

「找嘛找嘛！」曲尼阿果不知深淺，連連道。夏覺仁笑瞇瞇地看著她，認真地要求：

「那就拜託書記你幫忙找一個吧！不興說保姆，是互相幫助的革命同志。」

「你們兩個啊，活脫脫的一對寶貝！」林書記歎道，「好逸惡勞，還互相欣賞，難怪革命群眾想開你們的批鬥會呢！」

夏覺仁冷笑：「書記大人，你還是操心自己吧！前天大前天，我們革命群眾都在批鬥你！我物有所用，人體縫補、拼裝手藝不錯！」

林書記哼唧：「說你缺心眼還強，我問你，你家從香港寄來的錢你到底還是取了？」

「嗯，這個？」夏覺仁支吾，「取過兩回。後來都自動退回去了。」

「你呀，」林書記指點著他，「我不是叮囑你千萬別取嘛！現在事情來了。郵局送來一個公函，通告的就是你取的那兩筆錢。總共六百塊，對不對？」夏覺仁不肯定也不否定，「六百塊，等於老子兩年的工資！香港來的錢你也敢取，再說是你老娘寄給孫子的奶粉錢！政工科的張富找來問我怎麼辦，我說先放著。張富撓頭伸舌，請我處分他。說你給他做過胃切除，給他輸過血，救過他的命，他私字一閃念，還替你兜著另一份控告材料。是一個赤腳醫生寫的，民改前是阿果家的娃子。他還記得當年你為了娶阿果給她家下的聘

禮，羊子多少黃牛多少，價值上千元，完全是資本家打點奴隸主，堅決要求開你的批鬥會，造你的反。這可都是定時炸彈，你呀，夾起尾巴做人吧！」

曲尼阿果也數落他：

「你要有用，造反派能當著你的面把我二姐趕走？還把你揉了個仰八叉！你千萬別在他們面前提虛勁，萬一把你的手剁掉，你還咋給他們拼裝、縫補！」身顫音抖，淚水瞬間漫漶在臉上，滴答。

夏覺仁勾住她的胳膊，輕拉過來摟緊慢晃，再把她安頓到籐椅上坐下：

「我說的都是屁話，不作數！你啥也別擔心，不會有事的。你聽林書記說了吧，支左的王副政委都曉得我。到時候誰敢難為你，就搬出王副政委來嚇他們。等我出完這趟差，請他幫我們把二姐接回來好不好！」

2. 加上夏覺仁、楊醫生，軍用卡車的車廂裡共有十二位外科大夫。和他們靠坐在車廂板上的另有十五名士兵。

領隊各是連長排長，他們請醫生隨便兩位坐駕駛室。前往德玉縣必得翻的黃毛梁子，夏天太陽下刮過的風都能把人的骨頭吹疼，何況夜晚。醫生沒一個肯，認為駕駛室便於軍事人員應變。

夏覺仁原以為出醫是去救治大規模武鬥的受傷人員，王副政委卻稱突發事件。

據來自德玉縣及鄰近兩縣三區的報告，一說翻身奴隸要在民改後再次清算黑彝奴隸主，一說黑彝奴隸主死灰復燃，要報復翻身奴隸。兩相交手，奴隸主狠啊，翻身奴隸被砍破頭打斷胳膊腿的僅德玉縣就有四五十位。打過砍過，殺羊宰牛，燒屋毀房，舉家逃進深山老林。奴隸主的反動行為激發起革命群眾的戰鬥決心，他們紛紛拿上勞動工具，鋤頭、砍柴刀、鐵鍬，誓和奴隸主血戰到底。又告訴他們：

「現場很安全，德玉和格哈兩個縣的公安中隊都拉上去了，還有五個區的基幹民兵，五百多號人馬呢。我還不信，十三四年的時間，奴隸主就把自己養得一肥二流油，敢再和我們強大的人民政權叫板了！」

越聽王副政委通報情況，夏覺仁的心越往下沉。他不擔心丈人跟風，領著全家老小亂跑，怕的是逃跑的奴隸主乘機燒掉丈人家的房子畜圈，宰吃他們的牛羊豬。

想當年，阿果的爸爸不但沒參加叛亂，還大義滅親，將躲在他家後山上的阿果的大舅舅終於逼得繳械投降。

曲尼阿果的大舅舅藏在山洞裡，沒吃沒喝七八天。搜山的解放軍根本沒有撤的跡象，白天黑夜，用槍桿槍托一路掃蕩著積年的枯枝敗葉，不停地走動、喊話，總有漏網的被搜出來。

被搜出來的情有可原，他們在這座山上沒有親戚，阿果的大舅舅有啊，他的親姐姐就在下邊的房子裡吃香的喝辣的，睡她的安生覺。

姐姐想幫他，姐夫不讓，把姐姐綁在樓梯上，動彈不得，勸她：「反正你家兄弟今天逮不著，明天也會逮著。我們呢，不說他藏在哪裡，更不要帶兵去捉他，等他餓得渴得受不住，自己鑽出來。他的槍裡最好沒有子彈。要是運氣好，他連監獄都不用蹲。」

曲尼阿果的大舅舅果然是按投降論處的。解放軍的小兵綁他時，服貼，配合；給他鬆綁時，掙來掙去，不肯似的。人家奇怪，問他為啥？回答：「寧肯被打死，最起碼綁來當俘虜，也不要投降的臭名聲，太丟面子。」

其時，局勢已明朗，叛亂奴隸主的末日確已到來。他們中的多數只是一般的參與者，沒有血案，像阿果的舅舅，一律放回老家。但他們還想按以前的方式過日子再無可能。他們不再是武士，有杆槍挎在肩上，槍托拍打著屁股，光榮感永遠失去了。他們還不能隨便離開自己的寨子，牽匹馬兒或騎或走，逍遙自在。他們不慣農活，

視下地種莊稼上山放羊為恥辱，不得已這麼做時，內心是多麼得鄙視自己！一季下來，他們的牛羊豬死了再死，莊稼呢，連種子都沒收回來。

他們不知反省不思進退，反而怪罪如曲尼拉博等沒有參叛的奴隸主。聽說曲尼拉博的外甥悔婚，不要他的女兒，歡喜得忘形，捎話：「讓我們去幫你捶你的外甥吧？」

曲尼拉博當即翻臉：「除非我死了！」

話傳回他們各自的耳裡，提足虛勁，罵道：

「我們現在是被絆住爪爪的老鷹老虎，哪一天飛起來跳起來，曲尼拉博啊，你要小心，看不把你的眼珠子胳膊腿，都給你啄掉啃掉！」

3. 這都是曲尼阿呷在飯桌邊講給夏覺仁和曲尼阿果聽的。開始，她講彝話，由阿果翻譯成漢話。漸漸，她能說一些漢話，夏覺仁能聽一些彝話，他們就彝話漢話混起來說，不清不楚也不追究，沒打算指望阿果，這一兩年，阿呷還經常糾正她，常感慨：「再聰明也趕不上命好的。」言下之意，阿果傻似的。

再往後，阿呷的漢話竟可以用來開夏覺仁和曲尼阿果的玩笑。某次她從父母家回來，她說，弟弟阿可問她，麻雀和喜鵲兩個鳥兒結婚生下來的是麻雀呢，還是喜鵲？她喜歡喜鵲，就逗弟弟：「喜鵲。」男孩又問：

「三姐和三姐夫生的娃兒是彝人呢，還是漢人？」

曲尼阿果撲過去要撕她的嘴。

夏覺仁想起當時的情形，不免咧嘴輕笑。汽車跑在砂礫路上，亂顛。車廂裡屁股上肉多的沒兩個，都站起來，雙手握住車框，任憑前後左右晃搖。楊醫生說：

「立秋了嗎，風這麼硬？」

「六七天了，」左邊傳來聲音說，不熟悉，可能是軍醫，「節氣

185

對涼山不管用，它管你夏天秋天，一會兒雪一會兒雨，沒規律。」

「那也不是，」楊醫生反駁，「這風是硬了點，但你試試冬天坐車廂裡，耳朵能給你凍掉。平叛那會兒，我們團的一個衛生員就凍掉了耳垂。」

「原來也是我們部隊上下來的啊！」還是那個議論節氣的，帶點激動，「地方上的同志，除了夏醫生，和剛才說話的這位同志，還有誰是轉業下地方的？」

楊醫生說：「就我和夏醫生，不過我們不在一個團。老夏，你是三五九團吧？」聽見夏覺仁的應答又說：「我是三〇二團的。」

那軍醫簡直在歡呼：「首長，我們團的前身就是三〇二團啊！」自我介紹姓袁，單名軍，仍在抒情：「太幸運了，能和前輩共同投身到平息新叛的戰鬥中去……」

「慢著慢著，」夏覺仁問，「小同志，新叛？是這個詞嗎，新叛？」

「是啊，新叛！有問題嗎？」

「王副政委通告的突發事件難道定性了？」夏覺仁好像在問自己。袁軍接嘴：

「我也有點納悶，為啥王副政委告訴你們是突發事件，而不是新叛？」

另一位軍醫插話：「可能是地方上的同志吧！」

袁軍「啊呀」一聲：「我不會是在洩密吧？部隊上的幾位，王副政委沒讓咱們保密吧？」

「沒有。」幾條嗓門放開，齊齊的，像在出操。其中一位說：

「有什麼好保密的，突發事件，新叛，哪裡不同？反正奴隸主不甘心自己的失敗，興風作浪唄。」

這個山口下來，便是安寧河畔的西昌城。

追逃1

1. 民改結束時，夏覺仁所在的三六九團在西昌城邊的小李村駐扎了差不多半年。剛開始的三個月，日子漫長，很難過，曲尼阿果根本不搭理他，還不斷聽說她和她表哥的長啊短的，好像兩個人結婚在即。隨即，他想也沒想到的是阿果成了他的愛人，歡喜得很。口福也一直不錯，小李村這家那家有個紅白喜事都來拉他吃飯。當地漢人的廚藝與他的老家大為不同，海椒花椒，味道潑辣。曲尼阿果和他相好後，香得辣得更有滋味。兩個人猶嫌小李村的食物不過癮，畢竟村子小，哪有那麼許多的宴席，做買賣的也有數，隔三岔五，請了假就往城裡頭跑。不遠，單程步行四五十分鐘，碰上軍車，捎一腳常有的事。

西昌遠在秦漢時就設郡立縣了，司馬相如開闢成都到昆明的西南大道時，曾在這裡建邛都府，以後由唐朝的建昌府、元朝的建昌路、明朝的建昌衛順序下來，到清朝再民國的寧遠府時，當真城池儼然、人煙熙攘。城牆一律用方方正正的青石塊砌成，一年一年，又不斷抹了攪拌以米漿的淤泥在上面，越來越厚實、綿密。泥漿不到或少到之處，那牆上石頭相接的縫隙接受著風吹來的塵土和草啊花啊的種子，慢慢地生長出草和花，經年累月地在那上邊搖曳，連

樹子這裡那裡的也婆娑起了枝葉。

　　城牆如此，城裡頭各世家、官宦人家的宅子也十分堅固，土牆石砌木構架青瓦覆頂，還有護院的家丁，裡一道外一道，相當安生。

　　那些遠的如皇帝近的如蔣委員長的命官卻不同，他們遠道而來，有些連家眷都不敢帶，又沒有根基，心中萬幸的是沒有在來的路上被幹掉。在廣闊的凶險的涼山上能躲進安全係數最高的西昌城數最佳方案，誰還去管自己轄區的事務！

　　比如涼山上的瓦角地方，清末就有縣治了，城牆壘了，縣府的幾排土牆房子也蓋了，可是擋不住今天被燒了房子，明天又被在城牆上刨了幾個洞，為的是方便出入。縣長不斷地換，城牆、縣府也不斷地修整，還是殘破不堪，鳥兒在牆頭搭窩，豹子、豺狼也時不時地穿梭其間。逢場趕集的時候，來往的彝人或者在牆角攏把火，烤個蕎麵饃饃、洋芋吃。天晚了，裹上披風蜷縮到縣府四面透風的房子裡睡上幾覺。縣長呢，任命下來，省府挨個三月半年，沿著成都到雲南的西南大道再徒步、騎馬地走上三月半年，先到西昌，號上一個宅子，當做縣長大人過往的官邸來使用。又是三月半年，才慢慢地隨著護送的兵丁來到自己的轄區。一下馬，也坐轎子吧，心都涼透了，明明有鳥兒在城牆上和縣府的屋簷下築窩哺育自己的後代，他卻丟下一句鳥都不拉屎的地方，打道回到西昌，硬是賴在那裡耗完自己的任期。又何況西昌城的氣候堪比號稱春城的昆明，大冬天太陽照舊亮堂，紅的紫的粉的三角梅開得滿城艷。漢人在這裡經營了幾十代，嘴巴多饞的人種啊，各樣肉蔬，一經過他們的手，就別樣的香；再有三房四妾花枝招展的一簇擁；前庭後院，又是雕花的門窗，手植的梅花、石榴樹，流水裡的游魚，那命官除了記得去討薪俸外，哪裡還記得自己的官府是在一座山又一座山的後頭的後頭！當然也有勵精圖治，想要成就一番人生事業的。比如民國年間的一位，是省長劉文輝任命的。出發時躊躇滿志、心比天高，連在法國留過學的一個博士都帶來了，準備普及教育、醫療，制訂了

好幾套方案。結果千辛萬苦地來到所謂的縣城一看，空空如也，僅有的幾家漢人和彝人差不多，漢話都說不了。連個基本群眾都沒有，還怎麼去施展自己的抱負。當地彝人哪管白天夜裡，呼嘯而過，槍放得砰砰的，嚇得縣長，還有那個法國歸來的博士心尖尖都在顫，最後也是一溜煙跑回西昌城了事。

這個縣長，夏覺仁當年還給他看過病，清瘦的一個老人家，白髮白鬚，一襲藍布大褂，真有點賢士的風度。住的宅子三進院落，也是有花有樹有流水，大概人丁稀少，兒孫都不在跟前，幫傭的多散去，滿目蕭條。相鄰的幾家也一樣。有一家乾脆大門洞開，花草各自爭豔，卻無人觀賞了。它的主人羅列，曾經是蔣介石的嫡系胡宗南的參謀長，已經逃跑了。算他走運，居然讓他逃掉，還一口氣逃去了臺灣。

當年在西昌城，夏覺仁和曲尼阿果最願意溜達的還屬城裡那上下幾條窄窄的街道。

街道兩邊，瓦片房的屋簷寬寬地探出來，連天空都要遮蔽似的。曲尼阿果喜歡吃的是芝麻茸調製的奶豆腐，黑白相間，煞是好看，吃進嘴裡，酸酸甜甜。配有火腿絲，又麻又辣的涼粉涼麵也百吃不厭。手頭寬裕時，板鵝香腸，松茸燉鴨天麻燉雞，三七葉子拌牛肉，還有小豬兒做的拌了青花椒紅海椒木姜子的砣砣肉，間插著要上一兩樣。再來碗竹蒸籠蒸的米飯或者幾個小饅頭，那麼清香、糯軟，吧嗒嘴都來不及。

說到饅頭，曲尼阿果忌諱「饅」「蠻」同音，指點著：「要那個」，或者「包穀粑粑邊上的那個」。賣家進一步問：「饅頭？」她就說：「漢頭。」賣家便掉轉頭和自家人嘀咕：「女的，蠻丫頭無疑；男的明明是漢人，好將就那個蠻丫頭哦，迷上了吧。哎呀，一個漢人咋會喜歡蠻丫頭啊！」這是以漢人為主的環境，反過來，到了彝人那邊，又是替曲尼阿果可惜了。

可惜不可惜，反正兩個人已經共同生活十一二年了，還要一年

189

一年地過下去，直到老死。

夏覺仁這麼打算時，他所乘的車正在經過東門。沒有望見早已看得眼熟的城門樓子，不免咦了聲，問楊醫生，嘿然笑道：

「封建玩意，掀了有些時間了，聽說眨眼工夫！」

2. 他們的車在夏覺仁民改時曾駐紮過的小李村遇到第一道關卡，外地、當地口音混雜，正規軍之外是基幹民兵。三四道電筒光當空掃過，一個民兵喊道：

「夏醫生，你也要上山啊？」相對於西昌壩子，彝區是山上。

夏覺仁不回答，反問他是哪家的娃兒，那位仍然氣粗聲大：

「李十二家的。你忘了嗎，去年我陪我家爹還給你送過臘肉香腸呢！」

夏覺仁想起來了，李十二來找他動過胃切除手術，於是問：「你爹身體好吧？」說託他的福，嘴壯得很。特別囑咐：

「夏醫生，蠻子這回又蠻性大發了，燒房掠財，打人殺人，你上山去可要小心哦！」

夏覺仁最聽不得蠻子、蠻性，不再回應。李十二的兒子沒覺得得罪夏醫生，循聲爬上來，天光下依稀可見他年輕而興奮的臉：「我也要跟你們上山去，還可以保護你！」探上來幾隻手，硬生生地把他拽下去，斥他想立功也不能盲動！安撫他，明天派他上後山巡邏，說不定能抓到幾個亂竄的蠻子！

天越亮，就越能在道路的兩旁看見荷槍的軍人和民兵。軍人不同，都掩身在漫山而上的樹林子裡；民兵或者槍掛在肩上，槍管衝下，或者橫抓在手上，大搖大擺地來回走動，互相遞菸說笑，也不怕吃上一嘴巴汽車揚起的灰塵。

這一天從德玉縣幾乎沒有車過來，都是像夏覺仁他們這樣從地區過去的。

道路在前面更窄，山上以松樹為主的橫杈豎枝，躲之不及，便

190

抽到車廂裡眾人的臉上脖子上，熱辣辣的疼。

　　前面又是路卡，一路過來這是第八道。幾個人沿路而來，像在尋人。聽見喊「夏醫生」，「唉唉」應兩聲。原來是木略，難怪聲音聽起來熟。

　　木略叫他下車，有話說。

　　最近的一次見木略也在五六個月以前，那是木略來地區參加冬春農田水利基本建設大會。期間，到家裡吃過一頓晚飯。飯桌上，把阿呷的廚藝誇得天花亂墜，阿呷喜不自勝，管自陶醉：「木略縣長這樣吃遍涼山上下宴席的人都誇我的話，那我做的菜肯定天下第一香了。」

　　天空灰藍，沒有雲。

　　木略的褲腿一高一低，高的挽至膝蓋，低的只到腳踝，黃膠鞋糊著厚厚的泥巴，精神不振，臉色灰暗。事情始發於他的縣，他不憔悴不苦著一張臉難。但是為什麼有點猶疑呢？兩手相握，夏覺仁感到他急於抽回去，閃電般，眼睛移到夏覺仁的身後。那後邊，除了幾個吊兒郎當的民兵，就是密匝匝的樹林子和一截彎路，不免笑道：

　　「叫我又愛搭不理的，晾我啊？來點吃的喝的，最好是熱的，又餓又冷，都快昏倒了。」

　　木略格外殷勤：「你先坐一坐，嫌石頭冷，這兒有截樹樁。我給你拿吃的去，今年的頭茬洋芋，剛煮熟。」轉身要走，夏覺仁叫住說：

　　「木略縣長，風格變了嘛，喜歡跑腿了！又好像害怕我，說話聲音都在打抖！」

　　木略提起右腳，再用力踏在地上，似在給自己下決心，讓身邊的通訊員去取洋芋端水，問：「你曉得多少情況？」

　　夏覺仁莫名其妙，反問：「啥情況？」

　　「我們縣，還有鄰縣三個區最近發生的事件！」

191

「正要問你呢！支左的王副政委是我們三五九團的，他告訴我們地方上的醫生，黑彝奴隸主不服管教，燒房子，殺耕牛，還傷了人，是一起突發事件。可我聽一起來的軍醫說，區別上一次，叫新叛，是叛亂嗎？」

　　木略的臉色更難看，要皺的是眉頭，蹙住的卻是鼻子和嘴：「人都死在那裡擺起了，」好似咬住舌頭，睖眼夏覺仁：「敢說人家叛亂！」

　　夏覺仁驚道：「已經死人了？傷的不少吧？我們地方上的醫生來了六個，部隊上的五個，夠用吧？」不等回答，追問：

　　「死了幾個？我們的人，還是他們的？」

　　「就一個。」木略含糊道，「不是互相打鬥中死的，是被山洪沖走淹死的，女的。」

　　「嗯，」夏覺仁疑惑道，「都聽不明白。而且好像你對事件的定性有看法，不是叛亂嗎？」

　　通訊員取來洋芋，木略招呼夏覺仁填飽肚皮再說。夏覺仁吃整顆洋芋有經驗，先小口咬再慢騰騰地嚼著往肚裡咽，不誤說話。

　　「小同志，我看那邊坡坎上長著海椒，你去摘一捧丟到炭灰裡，焙熟了，我們就洋芋吃。」支開通訊員，看定木略：

　　「又只剩我們兩個，你可別把我當普通老百姓哄！」

　　木略目光閃爍，兩手往後勾搭住，呼氣出氣，長長的，打定主意似的，「唉，」他說，「反正你不過是曲尼家的女婿，不至於悲痛得昏過去吧。死掉的那個女的是阿呷。她爹這次不明智，草草燒掉女兒，帶著老婆兒子，混進往老林子跑的黑彝奴隸主裡也跑了。」

　　夏覺仁一把捉住木略的手腕，嘴張開，卻不能出聲，身子僵硬緊繃，被木略碰了再碰，一軟，跌坐到石子泥巴地上，舌尖不幸被上下兩排牙齒一磕，血腥滿嘴。

　　「何至於？」木略嘟嚕道。

　　「阿果曉得她二姐死了一定會哭得也死掉的！」夏覺仁終於能

192

說話了，「哇」吐出口血水，「阿呷怎麼會死？哪裡來的山洪這麼厲害？你電話裡告訴我的那位送她的人呢，也死了嗎？」

「阿果長阿呷短，你就不擔心你丈人丈母？他們誰曉得逃到哪個老林子裡去了，萬一碰到豹子狗熊給吃了呢？別以為修鐵路炸山老虎豹子逃沒了，多得是。咿，你的嘴巴到底哪裡在出血？藥箱呢，雲南白藥行嗎？」

夏覺仁擺手不止：「這才不至於，牙齒咬到舌頭而已。」

木略說：「牙咬舌，想吃肉，晚飯給你宰隻雞燉菌子吃。你也別急，容我先找那位說新叛的軍醫問問情況，再找上級核實後，一併召集你們各位通報情況吧。」

3. 半個多小時後，木略出現了。隨他一起的一干男女，有彝族也有漢族。風氣使然，身為國家幹部的彝族絕沒有在公共場合穿彝裝的，一色的灰布藍布衣裳黃膠鞋。彝裝在身的幾位農民無疑，個個頭髮蓬亂，眼泡臉腫，衣服頭髮上沾的草屑葉渣也沒揀乾淨。

他們圍著木略散散地站著，鳥兒飛過來掠過去，啾啾的，間或在地上或者某個人的臉上頭上投下飛翔的影子。

木略的煩悶一掃而光，似已找到確定無疑的方向，又恢復了平日的霸道，聲音洪亮，再有回音，把鳥兒驚得飛走的亂唧喳的，樹葉子跟著好一陣撲簌。

他不是在通報情況，而是在做動員報告，動員在場的幹部職工、醫生們，要積極投入到平息新叛的鬥爭中去。他沒有解釋新叛的意思，好像人人都知道。他接著講當前的要務：「追擊逃亡的黑彝奴隸主，把他們從藏身的山洞裡石縫中樹枝椏間清理出來，當然當然，在清理時一定要嚴防他們手裡的武器。我敢說槍他們沒有，子彈也不會有，可保不準有火藥啊，和著火山溝裡的硫磺揉成坨坨，丟在哪個身上，炸是炸不死，骨頭炸斷一兩根，屁股大腿的肉削掉一坨半坨稀鬆平常。不要笑，那些土火藥可不是拿來嚇唬豹子狗熊的，

起碼，我們的皮子沒有狗熊豹子的厚吧。奴隸主這十幾年來是下田幹活上山放羊了，但武功未必生疏，那都是從娘胎裡帶來的，一代一代的人幹的都是拉弓射箭、揮刀舞槍的事，準頭肯定比你我厲害。在場的漢族同志我不曉得，和我一樣娃子出身的彝族，我們啊，刨洋芋圓根蘿蔔，甩石子打領頭羊不在話下，要讓我們去和奴隸主對打，我這心裡頭還真替自己包括各位發虛呢。」

東拉西扯，夏覺仁煩不勝煩，剛要出聲，有人比他急躁：「木略縣長，你是在長奴隸主的威風、滅我們奴隸娃子的志氣吧！」附和聲隨之而起：

「黑彝奴隸主哪裡凶，明明是被我們翻身奴隸嚇得屁滾尿流，拽著老婆娃兒躲深山老林裡去了！」

「敢說武功了得，來嘛，射我一箭，射不死的話，看我手頭的槍咋收拾他們，一槍幹掉好幾個！」

木略高聲發話：「說完沒？」沒人應聲：「那我接著講。你們啊，和平的時間太久，享福的時間太久，麻痹大意啊！阿蘇、石哈、博惹，你們三個，在這兒吹牛皮不打草稿，你們手下的奴隸主燒房子、殺耕牛，把今年剛收穫的包穀、蕎子丟到茅廁裡時，你們在幹啥，嚇得來群眾不管，老婆娃兒不顧，吊一口氣在喉嚨口就曉得跑，跑到公社再跑到縣裡管屁用！博惹，你見到我的第一句話記得不，縣長啊，奴隸主瘋牛樣，眼珠子通紅，突突的往外噴火。呸，又不是妖怪，哪來的火噴！石哈，你呢，說要不是你的兩條腿倒得快，早被奴隸主砍斷腿、挑斷腳筋了。阿蘇……」

「啊喲，縣長，事情都過去了，還說啥嘛！」被點名的阿蘇羞愧得頭都不敢抬，聲音很大的又說，「你的意思我們曉得囉，讓我們不要小瞧黑彝奴隸主，別看他們平常乖得很，其實是披著羊皮的狼。就是你剛才說的一個詞我不懂，新叛，啥意思嘛？是不是說黑彝奴隸主又掀起新的一輪叛亂了？」

木略笑道：「別看你膽子小，腦筋轉得倒快！」

「縣長，那麼我說對囉？」

「一百個正確！」木略輕握拳頭在胸前一壓，轉而對眾人說，「奴隸主是在以逃跑對抗新社會！」

「可是可是，」這回石哈不明白了，「我們生產隊的奴隸主燒的房子、宰的牛羊都是自家的，牛兒羊兒的肉還分給我們翻身奴隸吃。我說的這個奴隸主，木略縣長你曉得，就是曲尼拉博，他家女婿是你的朋友，在地區當醫生的那個漢人。」

木略閃電般的瞄眼夏覺仁，後者一矮身子，下意識，木略演說不停：

「反動的奴隸主階級想推翻我們奴隸翻身做主人的人民政權的心從來沒消停過，他們不先在我們這裡鬧，也會在別的地方鬧。之所以發生在我們這裡，原因大家都曉得，是借一起所謂的圖財害命的事鬧開的。為啥說所謂的呢，因為根本不存在圖財害命的事！那位不幸死掉的大姐兜裡的錢分文不少，包括兩張存摺，確實死於山洪暴發，不是哪個貪財的人把她掀進水裡淹死的。

「我們山裡頭的人，大家都曉得，雨明明停了，太陽都曬三兩天了，還可能不曉得突然從哪裡來股洪水。當時的情況就這樣，兩個男女，女的在前，男的在後，相隔十幾米。兩個人雖然結伴而行，卻是剛認識的關係，男人受朋友委託，好心送女人回家。我們彝族，大家也都曉得，夫妻都不好意思並排走，何況這種關係的男女。結果，哪曉得來了股洪水，女的當即被捲走，男的在後邊有時間反應，才逃出一命來。可憐啊，被女方家來自四面山上沾邊不沾邊的舅子老表打得現在躺在醫院，只剩了半條子命！

「他挨打的原因一個是有人造謠說他圖財害命，一個是他倆的身分，男的白彝，女的黑彝，還是奴隸主出身，別有用心的造謠者就說白彝害黑彝，故意混淆我們奴隸階級和奴隸主階級的關係是白彝和黑彝的關係，壞透了。正趕上省裡地區下來幾批革命小將，聽說黑彝奴隸主鬧事，義憤交加，聲討的喊口號的，都是漢話，那些

195

山上下來的傢伙哪個聽得懂，也是反動性使然，群聲呼嘯，手腳並用，把革命小將也打得頭破血流。當時情況不明，他們受圖財害命謠言的蠱惑本來情有可原，但跑回去就散布謠言，說白彝搶黑彝，把黑彝推河裡淹死了；又說，縣裡要派公安追剿黑彝，省裡地區也派了援兵，戴著紅袖箍，黃軍裝黃軍帽，叫紅衛兵。找反動畢摩、蘇尼幹迷信，殺雞打牛看前景。蘇尼、畢摩更是亂造謠，說雞舌骨牛心上透露的盡是白彝打黑彝，黑彝要斷子絕孫的不祥兆頭，於是這個寨子那個寨子的黑彝奴隸主宰牲口，燒房子，哪個敢去管，紅眼睛綠眉毛，鋤頭菜刀，舉起來劈啊砍……」

「何止鋤頭菜刀，我要是跑得不快，早挨一發火藥槍了。」又是阿蘇在插話，「我家老婆是婦女主任，剛勸奴隸主的老婆兩句，被她撲上來亂抓亂打，滿臉紅爪印，再咬住手腕不鬆口，狗樣，差點咬掉我老婆的一坨肉。縣長啊，你說我不趕緊吆上馬兒把我老婆馱來縣醫院還能咋樣？下到半山，回頭一望，寨子上空烏煙滾滾，我既擔心翻身奴隸，又擔心我那幾個不懂事的娃兒，萬一奴隸主報復，殺他們還不跟殺幾隻雞兒子。從寨子裡跑下來幾撥人，說奴隸主放火燒房，把我們的房子也引燃了，誰要敢吱聲，就開打。幸好，我家的幾個小崽兒也混在裡頭。我說：『我是迫不得已，要帶老婆縫針，你們為啥？五家奴隸主，你們四五十戶難道對付不了他們！』他們嫌我說得輕巧，『你老婆，多潑辣，奴隸主家的老婆女兒媳婦被她管制得喊東不敢往西，跟在牛屁股後頭就曉得撿牛屎，還不是被人家一口上去，咬得皮破肉綻。那還是一個奴隸主的老婆，幾個都來，你老婆活得出來嗎！奴隸主瘋掉了，要讓我們對付瘋子，除非我們也瘋掉。』」

聽他說到此，懂彝話的，包括滿懷心事的夏覺仁都笑了，楊醫生捅他：「啥這麼好笑？」夏覺仁努嘴，讓他等木略解釋。果不其然，木略笑道：

「在場的漢族同志沒聽懂阿蘇的彝話吧。我簡單地翻譯幾句，

196

他是在反駁我，我批評他們犯了逃跑主義的錯誤。他說他們不得不逃，因為奴隸主瘋狂得失去理智，見人打人，見房燒房！不是奴隸主瘋了，是他們的本性如此。我就常聽說有些黑彝對自己被劃為奴隸主很高興，聲稱那麼一劃，黑彝還是黑彝，白彝還是白彝，不過多了個身分。看看他們，寧肯子子孫孫沒有政治前途，也要抱著所謂的黑彝身分不放！我巴不得他們握住自己那看也看不見的所謂的硬骨頭自生自滅，反正歷史的車輪已經碾過他們，帶著我們這些昔日的奴隸娃子在社會主義的大道上向著共產主義闊步前進。但他們不會心甘情願地被歷史拋棄，總要垂死掙扎，發生在我們縣和鄰近兩縣三區的事件就如此。一山喊，百山應，新的叛亂開始了。我們怎麼辦？絕不手軟，堅決打擊！不管他們逃進多高多深的山林裡，轟都要把他們轟出來。」

一個漢族幹部接嘴：「北京人天上飛的麻雀都能轟來摔死掉，黑彝奴隸主有啥了不起！我們全體出動，把學校裡的娃兒也發動起來，不夠，到涼山以外借人去。到時鍋碗瓢盆，凡是能響的都敲打起，從山下拉開陣線，長蛇一樣，往山上去，喊聲，再放上幾千上萬掛鞭炮，不信把他們轟不出來！耳朵先就給他們震聾囉！」

輪到阿蘇們面面相覷，木略給他們翻譯，那幾位邊聽邊呵呵地笑，阿蘇質疑：

「你敲出來的聲音能夠震聾黑彝的耳朵，你自己的未必震不聾啊！不如放火燒，火舌一燎他們的屁股，他們自然會跑出來的！」

「鬼扯啥，你們！」木略斷喝，改用漢話，「絕不能自以為是，敲盆打碗，放鞭炮，又不是耍把戲！放火燒山，想犯法，判刑嗎！」換成彝話：「我們也都是涼山上土生土長的，涼山上溝啊坡的就他們奴隸主清楚、我們不清楚？清楚得很！我們還有強大的人民政權做後盾，公安人員一撥一撥，浪打浪，就快到了，有啥擔心的！大家整頓精神，準備追堵逃亡的黑彝奴隸主。千萬要在他們翻山越嶺到甘孜、阿壩藏區前把他們堵、追回來。要不然等他們跑到那邊，萬

一勾起也被打倒的藏族農奴主蠢蠢欲動的心，更麻煩。或者我們這裡的新叛被藏胞曉得了，人家那邊安定團結，我們彝族幹部的臉也丟不起啊！」毫無過渡，陡然用漢話喊道：

「下面我宣布這次行動的總指揮和副總指揮。總指揮由我擔任，副總指揮一是縣武裝部的李部長，一是縣中隊的高隊長！三個小隊，分別由我們三人帶領。部隊和地方醫生插到三個小隊去。」聲音放低：

「夏醫生，你跟我！」

禍端2

1. 石哈也在木略率領的小隊裡。他急於和夏覺仁搭腔，總不得機會。他已問過夏覺仁：

「阿果教你的彝話？」

夏覺仁「唔」聲，避開他，側身進隊伍的前列。往上，山路越走越窄，兩邊密匝匝、硬枝條橫生的杜鵑花過後，便是黑黢黢的柏樹林。身前身後都有人在啃用做午飯的冷饅頭，他沒心思吃，雖然餓。

爬上這面壁立的陰坡，橫穿過一條長滿柏樹的峽谷，就是曲尼阿果的家。這一帶他很熟悉，替丈人家放羊常轉悠。夏秋雨後，還和阿果來撿過菌子。阿果總比他能撿，牛肝菌青岡菌刷把菌松毛菌，專找一種叫雞樅的撿。那種菌子稀罕，細長的稈，灰白的菌帽，一叢叢地長在樹根肥沃的土裡，味道堪比雞肉。這麼想著阿果的雞樅，自問的卻是：

給不給二姐收屍呢？

他從來沒有這麼猶疑過，當然他也從來沒有碰到過這麼棘手的選擇，關乎叛亂啊！曲尼阿呷是導火索嗎？更算犧牲品吧！她不安分，精明，可惜沒有機會來光大這些也稱得上是優點的東西，突如

其來的新時代甚至把她的婚姻都耽誤了！第一次見她，她瞪眼看自己看阿果，一點不避諱對他的好奇對妹妹的妒忌。也曾計劃出來工作，也有介紹婆家的，總沒湊巧又合適的。認命，只要索瑪為自己養老送終，一輩子幫他們管家做家務。阿果讓索瑪叫她阿媽，叫自己媽媽。

那是索瑪的阿媽啊，夏覺仁想，卻動彈不得。

翻到陽坡，曬到太陽，烤乾了他們在陰坡出來即冷的汗。這是山頂，朝下的樹林又陰森森的，間或在高高的松樹柏樹的梢上冠上還抹著點亮光。夏覺仁儘量不朝左看，連綿不絕的樹木過去，就是阿果家碩大的院子裡遮天蔽日的核桃樹。核桃都下樹了吧？二姐還說會背嫩核桃回來呢。

身後響起輕咳聲，好幾下。扭頭看，石哈挨挨擠擠的，快貼住他的背。露出專抽自家烤的土煙葉子焦黃的牙齒，莫名其妙地說：「小時候阿果經常把我當馬兒騎。」又說：「夏醫生，你跑得好快哦，追得我心都要跳出胸膛囉。」

兩下裡毫不搭界，夏覺仁由不得多瞅他兩眼。彝人從不離身的黑披風搭在右肩頭任其晃蕩，頭頂的「天菩薩」糾結一團，一股股酸臭，熱乎乎地撲將過來。聽他悄聲說：

「夏醫生，我叫石哈，曲尼舅舅肯定提起過我，阿果也說過吧，我家媽和她家媽認過乾姊妹哦！」見夏覺仁一臉疑惑，石哈奇怪道，「咿呀，你不曉得我嗎？要不然，阿果教給你的彝話太少，你聽不懂我的話？」

夏覺仁見他腦門子急得風乾的汗又亮晶晶的，趕緊說：

「曉得曉得，他們經常說起你！」

石哈一咧嘴巴，得意：「我就說嘛，曲尼舅舅最喜歡我了。我家媽和尼嬤一樣，是阿果家媽的陪嫁丫頭。曲尼舅舅總說阿果家媽、尼嬤和我家媽等於三姐妹，所以，我得叫阿果妹妹，你呢，就是我妹夫。嘿嘿！」笑聲戛然而止：「阿呷也是我的妹妹。她死了，我的

200

心也痛哦。」握起拳頭嘭地敲下胸口，刺溜下去好幾步，爬上來，不及說話，後邊的催促不斷，讓到前邊的瓦洛寨吃晚飯。

瓦洛寨在曲尼家的另一邊，那還怎麼為二姐收屍呢！夏覺仁不覺胸肺一展，呼出口長氣，隨之自責襲來，心又沉甸甸的。

其實，阿呷的後事已經料理了。趕上來的石哈俯在他耳邊說，是他負責把阿呷燒掉的。

石哈說，是他老婆帶著兩個女人裝扮的阿呷。衣衫坎肩裙子簇新，是花去整個少女時代給自己準備的嫁衣。鑲了紅珊瑚的銀耳環銀戒指，雕花刻草的銀項片，齊齊整整。沒有戴婦人的荷葉帽，瓦蓋覆頂，表明是以女兒家的身子赴死的。

石哈老婆可惜阿呷的衣服裙子轉眼就要燒成灰，嘖嘖有聲地在緞衣上摩挲來摩挲去，稱像狸貓的毛，金絲銀線繡的花花草草，風一吹，竟可以搖擺。百褶裙又下了多少功夫啊，指頭寬的褶子層層相壓，蓬鬆開來，藍一圈白一圈，雲彩朵兒似的。

「燒完阿呷的當晚我們都不能回家，」石哈說，「不然會把凶死鬼的魂帶回家，那可是惡魂啊！我們幾個就座在那裡把你家岳父，」喘口氣：「我家舅舅送來的酒，喝了好幾瓶子……」

「他給你們送來的？」

「哪裡，他和舅娘傷心得動不了，尼嫫送來的。中午不到，我們就開始喝。又聽見阿呷家的豬兒羊兒在叫喚，一定是在殺豬兒羊兒準備款待我們。隔不久，尼嫫就背著煮好的坨坨肉來了。不光有現殺的豬肉，還有臘肉。都說阿果家爹好大方，臘肉這樣的存貨都捨得煮來招待我們。等他們跑了，才曉得他們是不打算過日子了。」

「扯著閒話，肚皮吃脹，腦殼喝暈，天擦黑了。我家老婆來送蕎粑粑，和我說，曲尼家給每一家都送了坨坨肉，三坨五坨不拘，恐怕把家裡的豬兒羊兒都殺光了。感歎，黑彝家就是有氣度，以後日子咋過再說，眼前的面子要撐足。又說，阿呷的三個舅舅夥上舅子老表跑到縣城把搶阿呷錢的壞男人打殘了。奚落我白擔了舅舅的

201

名分，咋不跟著去給外甥女兒出氣！我好生氣，氣他們沒喊我一起去捶那個害死阿呷的壞傢伙。我悶頭又喝酒，幹醉了，我老婆啥時候離開的都不曉得，挺屍，睡了過去。」

「醒來，腦殼痛得要裂開，到溝邊灌了幾口冷水打了幾個噴嚏，好不容易緩過勁來。」

「隊裡兩個羊倌聞著酒香摸來，他們說放羊回來一路上看到好多黑彝拖兒帶女，都在往山上跑。讓看前邊後邊的山，那裡這裡亮著火把呢，一邊抓緊灌酒、塞肉，好像八輩子沒喝過吃過！問他們為啥？兩人被肉噎得、被酒辣得伸長脖子乾瞪眼，半天回答我：『新社會黑彝的骨頭沒有我們娃子的值錢，不好意思再賴著和我們住一個寨子裡，就走了唄！走掉好，明天我們搬他們屋裡頭去住。』另一個嬉笑說，『我搬曲尼家，你去羅洪家。』我一巴掌上去，打飛他們手上的酒碗，再問他們咋回事。他們說，還不是曲尼家的女兒阿呷惹的事！原來阿呷的一個跑去縣城幫她出氣的舅舅給抓了，另外兩個舅舅夥著十幾個幫忙的逃回來，哪敢回家，都躲林子裡了。可公安也追了過來。消息傳回各人的寨子，民兵跑去他們各家，讓人家的老婆娃兒拿出臘肉香腸酒招待自己。說等一舉抓獲逃跑的人就往縣裡送，蹲個一二十年的牢算毛毛雨，槍斃都可能。當媽的一聽，嚇得急得半死，有點蠻勁，領著半大的兒子女兒，把門口兩個扛槍的也灌醉，再取來繩子，都捆得結結實實，嘴裡填上把餵豬兒餵羊子的青草，繳了他們的槍，趕上豬兒羊子就往外跑。追來幾個民兵，半大的兒子會放槍，他家媽也會。砰砰兩響，再不敢追。這家人反而不走了，折回來，殺豬宰羊，平常捨不得吃的糧食也都取出來做了饅饅蒸了米飯。半大的兒子火氣旺盛，也是可惡，跑到生產隊的牛圈放了把火，這才心不甘情不願地和家人跑掉了。」

「聽他們這通說，我哪有不急的，拔腿就往曲尼家跑。還用說，人去屋空，灶臺都冷了。只剩尼嫫坐在核桃樹下抽旱菸，黑乎乎一團，就見煙鍋裡的火星在閃，風涼話不斷，『酒喝乾？肉吃淨？還想

來要啊，沒得囉，主子家都走了。』」

「我心裡馬上叫開了苦，曲尼姨爹，你倒走得乾淨，我咋辦？到時肯定有舌頭長的人向上頭反映我和他的關係歷來密切，這次又幫他燒死掉的女兒，吃他家的酒，喪失了起碼的階級立場。要是把我的這個隊長撤掉咋辦？萬一把我扭送去勞改，不就見不到我的老婆娃兒了嗎！我老婆罵我和曲尼家走得太近要走出禍來，還真讓她說準了。七想八想，腦殼痛，向尼嫫要了點菸渣渣抽。尼嫫問我：

「『這個菸嘴子是曲尼主子賞你的吧？』」

「我點點頭，一想樹下黑得來她又老眼昏花的，哪裡看得見，就『嗯』了聲。」

「『曲尼主子也捨得，菸嘴子還是雲南那邊販來的緬甸翡翠吶！你哦，賤娃子，曉得菸嘴子的好不？』」

「尼嫫當娃子當成習慣，主子主子的改不過嘴，教育她勸說她也不管用。」

「抽了一杆菸的工夫，尼嫫抖抖索索地起身來到亮光光的月亮地面，盯著環伏在自己腳背上的影子說，『半夜了，你還不趕緊追主子他們去！』」

「多古怪，我曉得往哪裡追啊？我拍拍屁股上的泥巴，轉身要出院門。沒想到她老手老腳，動作起來飛快，一把揪住我的衣擺說：『主子吩咐，讓你追他去，順著月亮下山的方向。』我衝著她的耳朵喊道：

「『你家主子讓我去追他，說笑啊，咋追得上，他們跑掉有大半天了！』」

「『笨傢伙，打起火把，喊上人，越多越好，追去嘛！到時候哪個敢說你和主子合穿一條褲子哦。你再跑去報告政府，會照樣當你的官的！』」

2. 話到這裡，使勁一拍夏覺仁的肩，這位猝不及防，險被他

擊倒，聽他感慨：

「夏醫生，你看曲尼姨爹那麼緊急，還在替我打算！唉，要不是因為阿呷惹出這些事來，舅子老表得罪政府先跑了，他抹不開面子，哪能走上逃跑的險路啊！」

一簸箕煮洋芋眼看露底，把夏覺仁朝邊上一擠，擠進人堆就抓。

洋芋是瓦洛寨的生產隊長煮來給大家吃的，三五十斤，用豬食鍋，那也不夠聚在院子裡的二三十號人搶吃，手慢如石哈的只撈著一顆。隔壁再隔壁的院子裡也是一樣的搶食聲。木略開玩笑說：等民兵、公安一撤，瓦洛寨該鬧糧荒了。

從點著煤油燈的屋裡，鑽出主人家的兩個女兒，各人的手裡端著一木缽酸菜湯湯，跟在後邊的弟弟一人發把長柄木勺喝湯用。忽聽有人歡呼，眾人扭頭一看，原來女主人送來一大筲箕蕎麵粑粑，放下湯，推搡著都去搶。

夏覺仁離得近，順手抓兩個，找到石哈，遞給他，問他：

「沒有追到阿果的爹……」考慮到石哈的心情，改口，「你姨爹一家吧？」

「追空氣啊！」石哈滿不在乎，「你沒聽出來嗎，那是我家姨爹的計謀。我把在家的二三十個民兵喊上，拿上僅有的七條槍，朝天上放三槍，點燃火把，又喊又叫就出發了。娃兒們扛著紅纓槍跟在我們的屁股後頭，我兒子也在裡面。我不攔他們，還鼓勵他們唱歌。那些娃兒當真學了不少漢語歌，少先隊員之歌啊學習雷鋒好榜樣啊，滿山都是他們的歌聲，把各個寨子的狗兒引來亂叫一氣。追得天快亮，我家姨爹一家，還有另外三家奴隸主，鬼影子都沒撈著一見。我的嗓子啞了，喊奴隸主的名字喊啞的。我還喊著說：『跑是跑得脫的嗎，這一座一座的山，現在都是國家的，都是人民的，人民也就是我們這些翻身奴隸，你們在我們的山上跑恐怕打錯算盤囉！』等我吩咐民兵排長把他的兵，還有那些娃兒都帶回去時，喉嚨完全乾掉，直冒氣，嘶嘶的。問我：『你幹啥去？』我奮力張開嘴巴啞聲

說：『我要去縣上報告奴隸主逃跑的事情。』」稍停頓，囑咐：

「夏醫生，你可不能把我的話告訴木略縣長哦。你不會吧，你不是一般的漢人，是阿果的男人、曲尼家的女婿吶！」

夏覺仁加重語氣：「當然！」

他當然會。

3. 轉眼，木略抓著他的手，把他引到主人家的堂屋，煤油燈光一照，影子黑而大，唯有地當中的一塘鍋庄炭火紅亮。塘火上吊著的砂鍋裡燉著一隻現宰的雞，噴香。

鍋庄邊的幾個男人見他們進來，趕忙起身讓座。讓的是木略，那只燉在鍋裡的雞也是為木略這位此行最尊貴的客人宰的。木略蹲下身，抄起長柄勺先嘗口雞湯，讚道：「鮮得很，鮮得很。」男主人臉上笑得開了花似的直請縣長吃口肉吃口肉。木略打撈了幾塊雞肉，給夏覺仁夾兩塊，自己留兩塊，包括雞頭，這是必須的，牛頭豬頭羊頭也如此，專門獻給最尊貴的客人。

木略把盛雞肉的木缽遞給男主人，請他也夾兩塊，他已經嚼上了，呼嚕著說：「大家一起吃，告訴外邊的，還有湯喝。」

木略風捲殘雲般吃個半飽，再對付雞頭。先掰開雞嘴，摳出雞舌頭，觀察雞舌骨的走向，判斷這只雞吃得是否吉利。他湊近火光，忍著熾熱，觀察了好一會兒，笑了，把雞頭朝火塘裡一拋：「以後吃雞的機會多多的有。」大家也笑笑，招呼縣長吃蕎麵粑粑、烤洋芋嫩包穀。木略應付他們的同時，詢問這個寨子黑彝奴隸主逃跑的情況。

「都跑囉，」生產隊長回答：「奴隸主都說，『連假積極曲尼拉博的女兒都遭殃了，他也跑掉了，我們還等啥，未必等著被斬盡殺絕啊！』寡毒得很，跑就跑吧，六家人有五家燒房子，趕牛羊。我去追，隔條深溝看見他們就在對面，要追上，下去上來，非得半天不可，喊話倒清楚。我勸他們『不要跑，回來好生過日子，黑彝白

205

彝，還不是一樣拉的洋芋坨坨蕎麵粑粑變的屎！」哪裡聽哦，只管走自己的。我帶著槍，衝他們的頭頂上放了幾響，他們嗖的一下鑽進林子不見了。有一個慌亂下，把一頭牛推下深溝。那牛兒哞哞地叫，在石頭上樹枝草葉上摔出硬的軟的聲音，我的淚都下來了，好心疼，上好的一條耕牛啊。他們也好笑，和民改前躲禍似的，蹭上一掌鍋煙煤就往女兒的臉上抹。不怕臭，豬屎也敢上身。可他們能跑到哪裡去嘛？我們的人哪裡不能去！就說鐵路工人吧，碰到山打洞，遇見河架橋。縣長你說，那些黑彝奴隸主能藏哪裡藏幾時呢！」

夏覺仁插嘴：「不管藏哪裡，連點生產資料都沒有，他們能活下來嗎？再疾病瘟疫，恐怕小命都會丟掉。」

「唉唉，」木略起身，單手一揮，強硬地說：「都別濫發感情，階級立場成問題啊！說啥只燒自家的房子，瓦普全寨子的房子都被他們引燃了，老人娃兒跑不及的，燒傷三四個。又說啥沒有生產資料，滾石頭滾檑木的工夫咋那麼高，大石頭粗木頭推下來砸傷多少好心追他們的群眾，有一個的腿齊著膝蓋當場斷掉！你們這些同志，糊塗啊！」

「那也得區別對待，」夏覺仁不依不饒：「我就聽說曲尼拉博本來不想跑，有些不思改造、不求重新做人的奴隸主不是把他當做眼中釘肉中刺嗎！按你們彝人的習慣，大家是幫他家的忙出的事，他咋好不跟著跑呢！」

話音落地不落地，已然響起好幾個聲音在質疑他：

「呲，這是哪位，彝話說得順當，但聽來聽去是個漢人在說嘛？」

「啥意思，『你們彝人』，莫非要說『我們漢人？』」

「你是哪一路的，要和我們說清楚哦？」

竟有人撥拉夏覺仁，想把他看個明白。所幸，他們沒一個認識他。木略出來擋駕：「這是地區派來支援我們的醫生。眼下暫時用不上他，等到用得上時，他就沒這麼些閒話來招惹我們了。」

其中一位說：「不怕他招惹。他一個漢族同志，把我們的話說得

順溜溜的，我們也高興呢。主要是不滿意他漢人彝人，亂說啥子！他是醫生，知識分子，還是漢族老大哥，難道不如我們這些少數民族兄弟的覺悟高嗎！」

夏覺仁哪還敢出大氣，捏著火鉗假裝在火塘裡刨炭。木略拽他：「醫生，我兩個外頭去，我得教育你幾句。」招呼屋裡的各位：

「隨便找地方睡覺吧，明天還得趕長路。」

追逃2

1. 天還沒亮，夏覺仁負責的「野戰醫院」已粗具模樣：一頂軍用帳篷裡散擺著幾個藥箱幾條木板凳。沒有傷員，當門診開！

一上午，肚子疼的腦殼暈的胸悶的，還有說不出來哪裡出了毛病，反正就像有螞蟻子在身上爬，不舒服，走一個來一個，到後來，醫生們只草草地為所謂的病人抓捏疼痛的關節，揉搓太陽穴、肚臍眼。那些赤腳、衣衫髒爛的山裡人微閉著眼睛，很享受地哼哼著，稍停，就催促：「醫生，再按再揉嘛！」楊醫生帶來的紅黴素眼藥膏，一人一支，囑咐哪裡有劃痕、起包化膿，包括疼痛，不單眼睛，都可以塗抹。有位皮包骨頭、黑黢黢的老人家，有氣無力地擠了點兒在指尖，再抹到胸口，他說那裡疼得喘不過氣來。

夏覺仁的心臟也像他一樣悶疼難忍，不是疾病，是內疚引發的。早上石哈被帶走到現在他就沒舒坦過，他鼓起腮幫子舒緩出的大氣聲旁人都能聽到，楊醫生不止一次地勸他：「事已至此，泰然吧！」

楊醫生不知道石哈的事，以為他在替岳父操心。

木略帶來的兩個民兵，在他眼前就把石哈架走了。

罪名是喪失階級立場，私通新叛奴隸主。

石哈被反扭著胳膊押走時，心寒啊，大罵夏覺仁：「爛漢人，阿

209

果瞎眼婆，看上豬也不該看上你！再看見你，哪怕影影，也要拿石頭把你砸個稀巴爛！」

木略神色篤定，撣撣沾上的泥巴，準備離去，夏覺仁低聲：「為啥抓石哈？」

「屁話，不都是你向我報告的嗎？」

「你明白我的意思。」

「哼，還不是為你的奴隸主丈人開脫罪惡！」

「請你有點同情心，人家的一個女兒死了！」夏覺仁的嗓門放大。

「那也不是他逃跑的理由。你不懂我們彝人，小看他了，他是隻豹子，收起自己的爪爪，還能把石哈這樣完全靠共產黨才過上好日子的娃子收服過去，再一跑，聞著他的屁，跟上跑的黑彝奴隸主有名無名的三四十家呢。這些人不算老的小的，女的也挑出來，光青壯年就四五十號。說不定這個時候正糾結在一處，埋伏在哪個險要路段，等著要我木略的小命呢！你的他們會替你留著，曲尼家的漢女婿嘛！」眼珠鼓凸，全是凶光，咬牙說：

「老子差點上當，陷在要命的民族感情裡，王副政委批評我消極抗命還不服氣。虧得石哈給老子上了一課！最可惡的是你那個了不起的丈人，」見夏覺仁作勢開腔，訓斥：「少吭聲，等老子說完。你那個丈人哦，假惺惺十幾年，把老子騙慘了，下鄉到他們寨子，他一個奴隸主，我一個人民的縣長還打酒給他喝，畢恭畢敬！石哈那傢伙，你都沒有看見他跑來向我報告時裝得那個像哦，頭上冒熱氣，鞋跑掉一隻。『縣長，奴隸主反了！』我抓牢他的胳膊，傳遞給他的都是信心，說有黨和政府給我們撐腰！石哈這個雜種，他一定和曲尼老鬼一樣在心頭嘲笑我！正告你，屁股坐正，再敢往奴隸主那邊歪，監牢就要給你騰位子囉！」

2. 夏覺仁沒有料到因為他的小報告，木略會把石哈抓起來。

如果不是這個結果，石哈在他眼裡只是一個又傻又髒的山裡人，不足掛齒。除了曲尼阿果，還有她的家人，他並不覺得和彝人有什麼瓜葛，人家在提到他時，總強調他是彝胞的女婿，真讓他奇怪，好像這麼一來，他得特別對彝人友好。

曲尼阿果便是這樣來要求他的，遇上來求醫的鄉親哪裡不方便，總會帶上滿醫院找他。曲尼阿果性子急，那種時候卻很耐心，等他做完手術，等他查完病房。誇說夏醫生的醫術最高明，不但手到病除，還不疼。至於醫療費，夏醫生會找院長說好話，幫助減免。

那病人，包括他的親戚，聽完曲尼阿果的一席話哪有不寬心的，最主要的是錢的問題不用太擔心，趕緊把幾張票值一元一角五分的錢更深地藏在貼身的衣兜裡，缺乏營養、蠟黃的臉上浮現出的笑容再也不肯消退。他們拱圍著曲尼阿果，和她攀親戚。攀上後，哪怕天遠地遠，阿果會把他們請到家吃頓飯，還會找出幾件舊衣裳送他們，有回竟然把索瑪上好的一件燈芯絨衣服送了出去，惹得索瑪哭不休。

這些以前有身分，也比較有錢的人，雖然慶倖白吃了頓飽飯，順便還得到幾件能避寒遮羞的衣服，卻不表現出來，反而背挺得更直，頭昂得更高。夏覺仁先以為他們不滿意，後來明白那是他們在失去地位、錢財以後，唯一能拿捏住的尊嚴。

萬一阿果知道他是告密者，面子何以堪！肯定會要了自己的小命，或者她自己的。這後一個想法，讓夏覺仁眼前頓時暗淡。

3. 夜裡終於來了一個和新叛有關的病員，一個在逃跑途中染上風寒的幼兒。

喧嘩聲四起，火把、電筒光，夜風呼呼，山林嘩嘩的響浪似在耳邊拍打。夏覺仁縮著脖子，夾緊雙臂，循聲循光來到打麥場。

打麥場擠滿人，外圍民兵，間插幾個軍人，都面衝裡站著。很難說在警戒，槍斜挎著，有一杆竟然丟在地上，絆了夏覺仁一傢伙，

他「啊」地叫。槍的主人倒敏捷，一個立掌把他擊打得朝後摔在地上，再端起槍瞄準他，慌得他直聲言：「醫生、醫生！」槍管下垂，伸過來，槍主人說：「抓著！」讓他借力。

槍管冰涼，黏手。槍的主人釣魚兒般，把他拉扯起來。是位漢族民兵，操本地話：

「醫生，你嚇我一跳，還當是叛匪偷襲呢！」

「哦哦」，夏覺仁隨意應道，側身進圈子。閃爍的火光電筒光下，或躺或蹲或坐的總有二十來位，三四家人的陣勢。娃兒大人都狼狽，衣服抽巴，頭髮蓬亂，婦人的荷葉帽、姑娘的瓦蓋一律跑丟。四下散亂著各家的包袱，捲裹在其中的沒有細軟，至多破衣爛裳，路上充饑的可能已乾裂的蕎麵粑粑、煮洋芋，啃剩的幾根豬羊的骨頭。男女人等疲憊、淡然，卻有一個年輕男子故意囂張，因為擋道被民兵踢了腳，跳起來拳頭就揮到人家頭上。老人們不會讓他的拳頭砸下去，同時出手分別拽住他的胳膊、腳腕、肩頭，把他拉坐到地上，瘋子、傻瓜地罵。夏覺仁悄聲問和自己搭過腔的漢族民兵：

「有傷員嗎？」那一位很乾脆：

「沒得。」

夏覺仁耐心地又問：「俘虜裡也沒有嗎？」

「俘虜，傷員？」民兵音高八度，「你敢放他們，且看吧，活蹦亂跳，算上那些小崽兒，比兔子躥得還快，轉眼就沒影了。」

「黑燈瞎火，哪來的影子！這話用不著你馬腦殼來說，我們也曉得。」旁邊有人接嘴，笑聲一片。

夏覺仁仔細看去，可不，下巴快掉到胸口上。還有問題：

「這幾家都是這個寨子的？」

「兩家是。另一家是其中一家的親戚，本來是來投靠親戚的，結果親戚也在跑，就一塊跑開了。」

夏覺仁試探：「聽說過一個叫曲尼拉博的奴隸主吧？」

「馬腦殼」警覺地說：「啥關係，你打聽他？聽你的口音，不是

212

我們當地人。」

夏覺仁氣短難言，「馬腦殼」一張長臉直逼過來。

「俘虜」堆裡響起聲音：「有醫生是吧，如果把我的病娃兒治好了，我就告訴你們曲尼拉博的事。」是作勢要打「馬腦殼」的年輕人，漢話流利。

「呔，」「馬腦殼」怨夏覺仁，「就你大呼小叫，暴露目標了吧！」夏覺仁反過來教訓他：

「你還說沒有傷病員，不是有娃兒病了嗎。黨的政策是發揚人道主義救死扶傷的精神，何況還是小娃兒。」徵詢，「我過去，還是讓他們把娃兒抱過來？」

「馬腦殼」嗯了嗯，衝「俘虜」堆叫道：「娃兒讓他家媽抱過來。你也跟過來，」指病娃娃的爹，「老子們要好好地審審你！你個蠻子，狡猾的東西，敢談條件！」

孩子發著高燒，火炭般。顧不得打聽岳父一家的情況，接過小孩正要跑去所謂的野戰醫院，被「馬腦殼」攔住：

「先別忙給他家娃兒看病，等他交代了再治不遲。」

「那個時候，娃兒就死了。」夏覺仁惱道，還是走。娃兒的媽媽也跟著。娃兒的爸爸說：

「走啊，隨時告訴你們。這樣的話，我娃兒得救了，情報你們也到手了。」

幾步來到帳篷，夏覺仁忙著給患兒檢查、施治，耳朵沒閑著，斷斷續續聽來的問答很快拼湊成一幅岳父家的出逃圖。

病兒的爹叫阿侯沙則。他說路遇曲尼拉博時，曲尼拉博等人家正在一條水溝邊就著冷水調炒麵糊糊喝。跟著曲尼家的人說，他們準備翻過老鷹岩子去山那邊。那邊是哪裡，快到藏族的地盤了。

話到此處，「馬腦殼」等幾個民兵一迭聲地讓阿侯沙則「停」「停」。阿侯沙則樂得閉嘴，走來安慰老婆，撫摩兒子，央求夏覺仁：「醫生，求你把我的兒子治好哦，我還只有這一個苗苗。」夏覺仁

213

不及問他話，「馬腦殼」就把他喚了回去。

　　「馬腦殼」等民兵根據曲尼拉博一行將要或者已經逃往老鷹岩的情報，派其中一個民兵去報告解放軍，建議部隊繞過老鷹岩去藏區堵截逃跑的黑彝奴隸主。又讓阿侯沙則放老實點，坦白從寬抗拒從嚴，繼續交代。

　　阿侯沙則說，他們也想跟上曲尼拉博跑，因為他們三家去處不定。

　　曲尼拉博表情淡，話也淡：「跟著我幹啥喲，我也不曉得哪裡是盡頭？」

　　「噫，明明說要去老鷹岩的嘛！」叫起來的是「馬腦殼」。

　　「我話沒說完呢。」阿侯沙則說。

　　「究竟去了哪裡嘛？你，」指報告解放軍回來的民兵，「掉轉身，重新報告，曲尼拉博沒打算翻老鷹岩。」轉身罵阿侯沙則：「耍花招子啊你，不想活了！」

　　阿侯沙則再不吱聲，急得馬腦殼直喊：「趕緊交代！」打麥場方向傳來的腳步聲說話聲亂糟糟的，顯然對這邊提供的前後不一致的消息很不滿。

　　還得第三次。

　　這次專門過來一位軍人。

　　阿侯沙則聲稱，曲尼拉博去的地方仍然是老鷹岩。「馬腦殼」氣急：「這個蠻傢伙在騙人，要不就是故意擾亂視聽，拖延時間。」

　　阿侯沙則道：「解放軍同志，我沒有騙人，也沒有故意拖延時間，是這個民兵不聽我說完，撿起半截話就跑。曲尼叔叔說『不曉得哪裡是盡頭』，指的是翻過老鷹岩以後的去向，老鷹岩他肯定要去。」

　　「老鷹岩，老鷹岩，」軍人沉吟道，「連山羊都打滑，曲尼拉博為什麼非要上那裡去呢？」

　　阿侯沙則說，他也那麼問，曲尼叔叔不回答，只是讓他們別跟著自己。

阿侯沙則的爹也清楚老鷹岩的險峻，加上孫子在發高燒，燒得先是抽搐，然後昏死過去，帶的糧食只夠餵雞，秋天才將開始，冬天到了，全家老小，包括另外兩家，一家還是阿侯沙則的姨娘，都會冷死餓死在山上，決定回家。

阿侯沙則說，他們往下二十幾里地就被搜山的民兵和解放軍發現了。「幸好發現得早，要不然，老的老小的小，等慢騰騰地挪到山下，我家兒子早病死囉；又幸好，有現成的醫生，要不然，我的兒子還是不能活命呀！」

審問他的軍人算算時間，再問他，他們見到曲尼拉博一夥人是不是兩天前的事？他回答「是呀」，在微亮的天光裡，低眉頷首，嗓音柔和，很配合。

軍人沒難為阿侯沙則，問完他最後一個問題，讓「馬腦殼」繼續負責這裡的秩序，抽身報告去了。

4. 第二天，還是一個沒有雲的天氣，近在咫尺，需要仰望的山林和間或掰過包穀、收割完秋蕎子的田地漸次清晰，那綠的黃的景色，太陽出來後變得耀眼的明亮。

阿侯沙則的老婆俏麗的模樣兒盡顯無遺，纖細、柔軟的身段，尖下頦，大圓眼睛。羞怯，一碰上夏覺仁，視線自動移開。按夏覺仁的吩咐，不斷地絞乾在一旁水溝裡浸過的毛巾，再覆到她兒子的額頭上，溝岸的水草莖葉有點掛冰。她的兒子仍在沉睡，體溫已降下來。

外邊劈哩啪啦，夾雜著「馬腦殼」的怒罵，夏覺仁掀開帳篷簾子一看，「馬腦殼」和阿侯沙則扭扯在一起，正幹架。阿侯沙則的妻子也鑽了出來。她不驚叫喚，不拉架，只站在那裡看。黑彝女人都有這種不動聲色的本領，像從娘胎裡帶出來的。曲尼阿果除外。她給的理由是爹媽慣的。

夏覺仁大喊住手，強擠進去，忍著頭上胸上挨的拳頭巴掌，硬

215

是把他們分開了。再撲來兩個民兵，左右一夾，各捉住阿侯沙則的一條胳膊，朝後一撐，反扣住。阿侯沙則的妻子悄沒聲氣地衝上去，探手就撓個頭比她矮的民兵，刷刷兩下，兩個臉頰立顯紅股股的五爪痕。矮個民兵嗚哇一聲，鬆開阿侯沙則，撲向他老婆。

現場立刻大亂，跳躍著揮拳的，扭打的，勸架的，混雜著乾羊糞和雞屎的塵土揚到半天空，好一陣，打架者才被各各摁住。掛彩者因此成了「野戰醫院」數量最大的一批傷員。晚起的楊醫生和兩個軍醫漫不經心地給他們上藥、包紮，圍在四周的老鄉和事後趕來的民兵抱著看熱鬧的態度，在那裡觀望。

矮個民兵因被女人抓破臉，自感丟人，耷拉著兩方厚實的肩頭，堅決不允許醫生給他的傷口上藥。他的漢話不利落，專找夏覺仁，要求給他一隻口罩。他不懂口罩這個詞在彝語裡如何對應，連比畫帶說。

「馬腦殼」的牙齒被打落一顆，嘴唇開裂，縫了四針。

阿侯沙則也傷在臉上，不忌諱，塗滿紫藥水紅藥水，眉毛翻皮處，貼著膠布。和矮個民兵一樣，自感丟人，那一位為女人所傷，他呢，被反綁在鄉親，尤其老婆面前。

夏覺仁做主，送他老婆和小孩回家。孩子還有點輕燒，答應隨時看顧。

女人沒受傷，吃一驚而已。矮個民兵的狂怒在撲至女人的瞬間發生了改變，不但沒有揮拳頭，還在女人將倒地時拽了她一把。

阿侯沙則家的正房燒得只剩四壁的土牆，院子裡堆著焦黑的房梁立柱。男人們正在耐心地敲打、刮削表面的黑炭。火沒引過去，兩排偏房保住了。女人和半大的小孩往來提水、拎物，忙著在收拾。院子裡外逡巡著兩個背槍的民兵。

他們沒有問夏覺仁政府會把阿侯沙則怎麼樣，好像那只是阿侯沙則的命運。他們也不向送自己的親人回來的夏覺仁表示感謝，哪怕看上一眼。眼前這個漢人，管他是誰，幹什麼的，反正和他們沒

有任何關聯，提不起他們絲毫的興趣。

他們這種植根於血液裡的頑固、傲慢剎那間刺痛了夏覺仁，曲尼阿果神情、言語、舉手投足間也全是這一套。很多時候，夏覺仁感到曲尼阿果在面對他時很矛盾，他相信曲尼阿果慢慢也愛上了他，比如當年自稱要生一個像他的兒子。確切地說，她用的是「可以像你的兒子」，表情嫵媚。同時，也依賴他，因為他醫術高明還有點崇敬他，起碼有面子，可以幫助她的鄉親。更覺得他給自己抹黑，玷汙了她那純潔的黑彝的血。有回她的一個表弟說：「表姐，你找了一個娃子當男人啊！」黑彝家的娃子裡有的是搶來的漢人。把她氣得哭了好幾天，那期間簡直不讓夏覺仁碰她一碰。又有一回，五歲的索瑪從外面玩耍回來說，有個小朋友罵她花彝、雜種。她哪裡懂，看著媽媽聞聲哭將起來，驚訝得直眨眼睛。偶然，阿果也說他：「漢娃子，你害得我都不好意思出門囉！」不知調侃，還是認真的。在向親戚介紹他時，老吭哧。每回都是夏覺仁打圓場，自報家門：「夏醫生、夏醫生」。後來，曲尼阿果也這麼介紹他。聽者大多是彝人，漢話本就雲裡霧裡，還以為此人的名字叫夏醫生呢。她自己圖簡單，一貫把夏覺仁叫做夏，他當作愛稱，很享受。

夏覺仁覺得自己的性情像狗，記吃不記打，主人家拿根骨頭，哪怕光禿禿的，在他面前稍一晃悠，又能把他哄馴服。

奔喪

    1. 楊醫生見夏覺仁送完小病人回來道：「你忙著回來縫傷口還是打石膏啊？」

    楊醫生自從知道新叛的導火繩源自夏覺仁的二姨姐後，一直在迎合他，解他心寬，實在沒話，乾笑兩聲。

    正要回應楊醫生，跑來一個神情急迫的漢族民兵，老遠就喊：「夏醫生，哪個是夏醫生？」就近扯住楊醫生的衣袖：「夏醫生吧，跟我走，木略縣長在山下急著找你有事呢！」

    來報信、給夏覺仁當嚮導的民兵所說的山下，指的是兩天前木略訓話的地方。涼山到處都可能是山上，到處也可能是山下。山上山下可以具體到某座山，也可以在兩座山三座山，或者更多的山之間比較。

    沿著來路走到烏爾山和瓦洛山的岔路口，夏覺仁遲疑了，他想還是去一趟阿果家吧，也許阿果的父母被追回來，已經在家了。

    「要撒尿？」龍姓民兵，看他放慢腳步，似別有企圖，便如此問道。

    他搖搖頭：「離太陽下山還有一會兒，不如我們去趟烏爾山，那邊的寨子裡有我的……病人。」把親戚換成病人，讓他悄舒口氣，

強調那個病人：「鼻子裡長了息肉。說了你也不懂，總之，我給做的手術，想去看看他恢復得怎麼樣？」

「農村人，皮實得很，早沒得事了，先見木略縣長打緊，他再三說有重要的情況要當面通告你！」

夏覺仁舌尖輕彈，聲都沒發，腳下加快。

下到半山腰，碰上一隊八九個人朝上來。都是彝族，男多女少，四五十歲的年齡。看見夏覺仁兩個漢人，尤其小龍肩上挎著的步槍，即刻亂了步伐、神情。小龍疑心頓起，胳膊肘壓著槍托，槍口上翹，用彝話問他們幹啥的，要去哪裡？

其中的一位跨前半步，覷定小龍：「奔喪。」女人插話，聲音不大，夏覺仁卻分明聽到：

「曲尼家死人了。」

阿呷死了嘛！看來他們是去送別阿呷的。以此推斷，阿果家爹媽已經回來了，不然，誰來主持儀式呢。夏覺仁心稍安，又一緊：石哈不是把阿呷燒化了嗎，還搞什麼儀式？或者岳父母想為屈死的女兒招魂也說不定。

小龍往邊上讓，騰道，帶點玩笑：「你們一個二個，都是奴隸主的樣兒，不是要逃跑吧？不要跑哦，滿山上都是埋伏，張開網等著你們鑽呢！」

奔喪的人再不搭腔，魚貫著與夏覺仁、小龍擦身而過。他們裡穿外披的穿的不復當年，顏色陳舊，盡是洞眼，繡的花草也起了毛。九年前，阿果外公的葬禮上，這些人也都在場吧？那時他們剛被清算，但仍然有能力把自己打扮得體面有加。

尤其女親戚，鑲著獐子毛繡著花草的坎肩，曳地的百褶裙，再在前頸嵌塊銀項牌，又有成串的琥珀珊瑚、銀飾懸垂在耳畔肩頭、手指手腕，撐的盡是黃油布傘，眼神含悲，面色沉靜，輕動一動，起步慢走，無論怎樣動作，一樣的搖曳多姿。

其時，帶槍的男人已少而又少，叛亂以後幾乎都收繳了。但即

便是被打倒的奴隸主的葬禮，到底他還有幾個親戚當了革命幹部。這些人想方設法，借都要借支槍出來。區委書記、區長一類的幹部，到公社化時期，連公社書記、武裝幹部和民兵也配得有槍。碰上必須發射子彈、聽槍聲的葬禮，基層幹部，包括民兵手上粗陋的武器還是很管用的。只是不敢互相比賽，看誰氣派大，捨得子彈，放得多放得響了。

阿呷凶死，葬禮上會放槍嗎？夏覺仁想。

聽見木略在喊他，往下一看，那位仰著腦袋正大喘氣。近到跟前，伸手加力和他握了一握。

公路邊搭著帳篷，三頂，其中一頂也掛著「野戰醫院」的牌子，另兩頂只要看看出入當中的人，地方，軍隊，幾乎都是男的，面容沉著，腰身厚圓，就大致清楚所屬了：指揮所。

木略先和小龍嘀咕幾句，再抓著他的手，不往帳篷引，專門拉到一棵枝葉匝地的柏樹下，小心地左右看看，支走一旁的哨兵。

確認他們周圍連鳥兒聲都聽不見時——暮色已降，鳥兒歸巢，木略壓低嗓門，直截了當：「你丈人死掉了！」

夏覺仁像沒聽見，眼前一派模糊。

木略歎息道：「跑嘛，跑得腦殼疼啊疼的，疼爆了，栽地上死掉了！」故意打岔：

「這是啥病呢，夏醫生？」

夏覺仁橫抹一把淚，想起路遇的人：「原來他們是去為阿果的爸爸奔喪啊！」急切地道：「我要去阿果家。」

木略冷笑：「動動腦筋吧，如果讓你去，會叫小龍把你騙來我這兒嗎！你的老丈人，曲尼拉博，不但是新叛分子，還自絕於人民，反動得不一般！」

不予理睬，還是走，木略下面的話喝止了他的步伐：

「如果你乖乖地待在這裡不動，我會把石哈還給你的！他犯的事兩說，一是錯誤，屬人民內部矛盾，他是奴隸裡的奴隸，苦大仇

221

深；一是罪行，屬敵我矛盾，嚴重喪失階級立場，放跑新叛分子，釀成目前混亂的局面。二選一，前一個，石哈回家和老婆娃兒團圓；後一個，正找替罪羊，就算石哈走路踢到石子，傷了腳指頭，活該，進牢裡蹲幾年去吧。」

2. 回到家找了一圈，大人小孩都不見，聽楊醫生的老婆、護士小沈告訴曲尼阿果的行蹤和對小孩的安排後，也不管兩個小孩此時大的是在學校、小的在幼兒園呢，還是都在院壩裡玩耍，心頭大悔，直恨木略連哄帶嚇，用石哈相威脅，派車把自己送了回來。

曲尼阿果並沒有像木略預測的那樣等在家中，可能已經回到娘家，當然夏覺仁也就無從開導她、安慰她，勸她人死不能復活，在這個敏感的時間、敏感的人事當頭還是暫時待在地區，以他們今後的人生和小家為重了。

唉，阿果死的是爹啊，她怎麼可能不回去奔喪呢！可是誰來通知她的？

問小沈，只說看見阿果上了輛吉普車，又說：「阿果來敲門時，天都沒亮，你家兒子勾著腦殼還在打瞌睡。她好客氣，硬塞給我五元錢，說是兩個娃兒的飯錢，還讓我要幫忙的話就找林書記。又讓我去她的單位幫她請三天事假。我已經替她請過了。」

聽來曲尼阿果並不知道她家的變故，夏覺仁鬆口氣，明知故問：「你沒問她娘家有啥事嗎？」

小沈嗔道：「她也不知道，我問能問出啥來！你從那邊回來，阿果家有沒有事你不曉得？新叛通氣會說瓦洛山有家好奴隸主的房子被來策動他們參叛不成的壞傢伙燒掉了，人也被打傷了，深水河邊也有一家。未必阿果家也遭殃了？你是來接阿果和她錯開的吧？啊呀，我家那一口子怎麼樣，不會挨刀子吧？」

「你家楊醫生安全得很，放心！」夏覺仁順嘴保證。又說自己確是回來接阿果的，至於阿果娘家怎麼了，他也不清楚，只曉得出

了點事情。唉，早知有車來接阿果，他又何必趕回來，不如先去阿果的娘家！

「那你現在咋辦呢？」小沈替他操心說。

「咋辦？」假裝苦笑，「再回去唄！阿果家三個大的都是女兒，一個弟弟，剛十四歲。我這個女婿不去能行嗎！」

小沈同感：「女婿半個兒啊！放心去吧，兩個娃兒我替你們管著。」問他：「你跟來接阿果的車停在哪裡？」

倒把他問住了，「車？」定定神：「街邊呢。」

街邊哪裡有等他的車，木略派來送他的吉普還沒停穩就掉頭了。這會兒他站在醫院的大門口，兩頭看看，人和車都十分寥落。要在平常，阿果正拐過有棵枝葉凌厲的沙松的街角，下班回來。阿呷還在他們家幫忙時，不管中午下午，只要下班時間，只要沒有病人打擾，他都會來這裡等阿果。像今天這個天氣，秋風嗖嗖，他會給阿果捎件夾衣。

暗暗歎口氣，步行七八分鐘來到地委門口，想進去問問地委辦公室的主任，老病號，能不能幫他找輛去德玉縣的順風車。

地委的門崗增加了兩道，第一道還拉著鐵蒺藜。他拿出工作證，報上要找的主任的名姓，根本不起作用，哨兵冷言：「退後！」手裡的步槍橫端，硬邦邦地頂在他的肚皮。回縮小腹，露出笑模樣，自我介紹是退役的軍醫，在地方醫院工作，剛從新叛的地方出勤回來，要找領導匯報情況。

退役軍醫一說起作用，哨兵的情緒緩和，疑惑不減：「醫生，你會是我們的眼線？」

夏覺仁搖搖頭，「那有啥好匯報的！」哨兵說：「再則我們已經取勝，你就是有情報也用不上了。狗日的，鬧是敢鬧，經不住事，幾個民兵朝天上空放幾槍，就把他們嚇回老巢囉。」

「能幫我找輛去德玉縣的順風車嗎，就現在？」

哨兵一愣，再噗嗤笑，清亮的暮光裡，牙齒潔白，皮膚緻密，

223

嫩娃兒，全然不知愁為何物啊！他說：「老兵，我看穿你了，給我打馬虎眼，假裝揣份情報要向上級報告，其實想搭便車。剛走幾輛，不曉得是不是去你說的那個地方。還有沒有車，更不曉得。」

第二道崗上站出位哨兵喝斥：

「幹什麼的？哨位神聖，不容侵犯！」

「說你呢，快走，快走！」小哨兵轟道，聲音足以讓二道崗的哨兵聽到，壓扁嗓門，「老兵，對不住，不能放你進去，也給你找不到便車，回家吧！」

「還囉嗦，什麼人，帶過來！」第二道崗又站出一人，這次是命令。哨兵轉頭一看，真急，推夏覺仁：「快離開，是我們排長，到時候不但你有事，我更麻煩。」

夏覺仁張張嘴，想直接和喊話的排長對話，沒出聲，要是人家追究，發現他是新叛分子的女婿，他還脫得了身去會阿果嗎！於是，一聲不吭，轉身而去。

晚飯時分，行人稀少。這一天下來，夏覺仁只吃過一頓飯。中午和司機在西昌城裡吃的一碗倒扣著兩塊顫巍巍的五花肉、鋪著青綠的豌豆苗的麵條，這時想起來，連喉嚨帶肚子陣陣痙攣，還伴隨著咕咕喊餓地叫聲。風把兩邊的行道樹，沙松、柏樹吹得呼呼響，偶爾有枝子的斷裂聲，吱嘎吱。越餓越冷，夏覺仁縮著脖子在路燈稀拉的街上加緊往回走。

前後兩隊武裝巡邏的軍人查問過他。借助手電筒審視完他的工作證，都讓他回家待著，非常時期，不安全。

不安全？夏覺仁認為比較十天前他離開時已相當安全。那時，造反派擠在卡車廂裡，滿城呼嘯，戛然停住車，氣焰騰騰地跳下幾個，截住路人，雖然不像運動初期看頭髮衣服不順眼，有資產階級嫌疑，操起剪子就剪，但更恐怖，手上這個那個會有手槍或者步槍在亂晃，問你東問你西，回答不出，或者遲疑，那槍便頂住你的腦門，大聲尖叫要讓你的腦殼開花。眼下的街道卻清淨得鬼影子都沒

224

一個。

這得歸功於軍管。

要是早一天軍管，造反派再囂張也不敢隨便把人往回趕吧，二姐阿呷的命也能保住，新叛可能發生不了，岳父他老人家呢，悠閒老去。

3. 林書記讓夏覺仁小心說話，萬一被扣頂汙衊「文化大革命」的帽子，雪上加霜。

林書記說這話時，他的老伴、山西小腳婦人剛給夏覺仁煮得一碗掛麵。夏覺仁找上門來，作為晚飯的一鍋麵片湯已被林家的兩個大人和三個被他們的媽媽罵做「房肚」「驢肚」的小子吃喝光了。

林書記的老伴是農村婦女，林書記從山西老家接來後，臨時在院裡做護理工，都叫她林嫂子。林書記賞識、倚重夏覺仁，她也很願意和阿呷、阿果姐妹走動，烙張大餅分一半，房前園子裡幾棵小蔥、芫荽也不忘拔幾株送去。閒時湊到一起，比試自己的繡工，花開草長鳥飛獸跑，互相借鑑，北方南方，漢人彝人，各有光彩。阿果手工欠佳，漸被排擠，閑在一旁。

阿果、阿呷，轉眼間變故陡生，還與阿呷生死兩隔，林嫂子聽說後，眼淚就沒斷過。她讓夏覺仁放寬心，別在心裡堆積難事兒，會打嗝！說得夏覺仁和林書記憋不住笑。

林書記不肯派車送夏覺仁。他說：「你別辜負木略縣長的苦心，如常守著單位守著家，躲風頭、靜觀其變吧。」

夏覺仁回家，卻吩咐在楊醫生家吃完晚飯已在家的兩個娃兒，明天繼續去楊叔叔家吃飯，讓索瑪好生照顧弟弟。

天麻麻亮，爬起床，輕搖索瑪，讓她起來，再幫弟弟穿衣套鞋。看這小女兒，睡眼惺忪，小手小腳，自己都踢打不開，心疼顧不上，徑直出門去了車站。

賣票的婦女是熟人，幫著勻出一張票。不能直達德玉縣，只到

225

西昌。稍遲疑，還是買了票。看表，離開車還有四十來分鐘，便拐進車站旁的小食店就著碗豆漿米漿都說不上、酸嘰嘰黏乎乎的湯，吃了兩根哈喇味刺喉的油條。

飯後的一支菸剛抽半截，等座的杵了幾位在眼前。候車室不能去，小且不論，主要是臭烘烘的，都是經年累月半大娃兒的尿生發的。

涼山上的太陽熱度有限，但明亮得灼人眼目。夏覺仁張開巴掌，遮在額上，繞道上了車站的後山。

他爬上來花了三十分鐘，下山的話，以他十幾年來在涼山練就的爬山登坡的本領，小跑著，七八分鐘就能到達車站。對面的山腳下，不斷有從車站開出來的班車往東往西而去，他要坐的往東。

這山上的杜鵑品種比較別的山獨特，百色杜鵑，花色在一枝上竟有變化，紅、粉、黃、紫，開豔後，花瓣肥厚、油潤。

為杜鵑，他曾來過幾次，伐木工都認識他。他們奉命不但伐樹，還要蕩平山上的荊棘，杜鵑算是後者。他聽他們豪氣干雲地宣稱，只要有令，四面的山他們都能蕩平。根本不知道內地的「大躍進」已是強弩之末，兀自痴狂。再有半年，饑餓從內地蔓延過來，他們恐怕連鋸子把都握不住，哪還有力氣鋸木砍樹。

一九六一年時，反而是夏覺仁兩口子在給上海的兩個姐姐捎東西寄糧票。阿果說：「再不成，我們還有我家送來的蕎麵和洋芋好吃，你家姐姐她們靠的只有糧票。」

曲尼阿果總共去過他家三次，每次都會惹出點事。比如怎麼也不肯跪拜婆婆大人，說腿打不了彎。他母親以為他帶回來一位彝族公主，自己先說免了吧，究竟氣惱，舉起拐棍，在他身上狠敲兩下。有天見阿果打赤腳，便想當然地說：「彝人家鋪的都是羊毛地毯吧！」

又比如祭拜夏家列祖列宗時非要穿彝裝，說害怕夏覺仁的各位祖宗抓走她的魂。出發前，夏覺仁見她忙著將自己的繡花斜襟上衣、百褶裙裝包，哪裡想到為的是派此用場。

226

至於嫌糟豆子搐鼻子，不吃蝦忌吃魚，打飛大嫂夾給她的大閘蟹，魷魚的爪爪也能把她嚇得驚叫喚，更舉不勝舉。

夏覺仁的家人，男女算上，都在擠眉弄眼、蹙鼻撇嘴，計較曲尼阿果不懂禮數！

夏覺仁因此大不滿，避開曲尼阿果，威脅家人，如果他們哪一位再敢輕視他老婆，他就再也不回來了。他母親最心痛這個小兒子，愛屋及烏，相處之下，曲尼阿果的性情反映在臉上一派天然，不耍心眼，金啊玉的，好像都不入她的法眼。反倒麝香熊膽，多稀罕的東西，三個五個的帶來婆家讓配藥。松茸雞樅木耳，捎來寄來，不知多少。「這樣單純的孩子，」他母親總掛在嘴邊，「哪裡去找啊！」

此時坐在車站後山上的夏覺仁喃喃重複：「哪裡去找啊！」又想，假設阿果給母親磕過頭，老太太更不曉得有多開心啊！

一九六三年阿果跟他回去過完春節，老太太就在那年年底遷到香港大哥家去了。從那時到現在六年多，夏覺仁再沒見過自己的母親。

東想西想，心緒難平，他硬是眼睜睜地看著自己要坐的那班車開走了。

4. 他要去，也是白去。第四天一早送索瑪、小海上學上幼兒園後，正準備上班，曲尼阿果回來了，陪著她的居然是俞秀，也是他想不到的。

幾天沒見，阿果瘦了一圈，眼眶深陷，顴骨畢露，舉手抬足飄搖不定，不看他，倒不反對他的攙扶。細打量，左臉龐額頭都有結著薄痂的擦傷。把她小心地差不多抱到里裡間的床上，安頓著頭朝裡躺舒服了，手掌懸空，拿不定主意敢不敢撫摸她。帶著磁力，阿果的頭髮飛揚起幾根，碰癢他的手心。

出來在涼水盆裡兌上暖瓶的開水，調勻，端進裡屋，打濕毛巾，為她擦臉拭手，招呼俞秀也洗洗舒服，再自己倒杯水喝。

俞秀答應著，來到曲尼阿果床邊，大聲武氣：「咋搞的，結果你和阿果錯開了？」

夏覺仁抬眼示意俞秀安靜，毛巾到處正是曲尼阿果纖柔的指頭，只聽她顫聲道：「出去吧！」想要甩開夏覺仁和他手上的毛巾，竟不得逞，淚水奪眶而出。夏覺仁立起身，連聲說：

「這就走這就走！」拉上蚊帳，以肩頭扛扛俞秀，掩上門，一起來到外間。

不及埋怨俞秀，就聽她感歎：「阿果剛說了昨晚我倆見面以來的第一句話：出去吧。」

「昨晚以來？之前你沒見過阿果？她家你去了嗎？怎麼樣，老人家的喪事？」

俞秀不答，故意放大聲：「夏醫生，你不收拾家的吧，看地上桌上，亂糟糟的，阿呷把你們慣壞了吧？」話音未落地，忙捂嘴巴。夏覺仁心裡難過，疾步來到門前的花園邊。

俞秀跟出來，在他旁邊讚道：「秋菊開得好豔哦，紫和黃的這兩種，肥嘟嘟的，指甲碰一碰都會流汁吧！」

聽人家誇自己的花長得好，夏覺仁也欣喜，胳膊越過杜鵑花插就的柵欄，指向花園的另一邊：「那是星星菊，花瓣又柔又密，絨絨球似的。」

俞秀低而有力地說：「別扯閒篇！」他微歎口氣：

「你回答我吧，我那些問題。」

「你的問題有我曉得的，有不曉得的，曉得的也是聽說的。昨晚我見到阿果都快半夜了，她娘家我沒去。哪個曉得找人送阿呷這麼件比指甲尖兒比針尖兒還小的事會惹出一連串的反應：謀財害命，階級報復，公然和司法對抗，奴隸主舉家逃跑，死亡。最後居然關乎叛亂！念念在在，我這心裡啊，都快憋炸了。阿果家表哥，和她打過娃娃親的那一位，」等夏覺仁點頭後繼續，「他送阿果來的我家。他在越北縣當公安局長，當時也在山上追逃跑的黑彝奴隸主。

228

聽說阿果家爸爸死了，立馬趕過去，還派自己的司機來接阿果！阿果她表哥啊，」忍不住感慨：「忤逆舅舅，等同於和舅舅家恩斷情絕，這次卻在舅舅的事上這麼出力，公安局長恐怕當不成囉！」被夏覺仁扛了一肩膀，醒過神來，接著老話題：「她表哥沒有怪我的意思，只拜託我把阿果送回來。他說，阿果是新叛首惡分子的女兒，多在娘家待一天就多一份對自己還有你的不利因素。」抬眼瞅夏覺仁一眼：

「聽木略說來也讓人傷心呢！阿果臨到娘家，才曉得不但她二姐，她爹也死了。舉目一看，明明白白，屋簷下、桃樹核桃樹花紅樹下，這兒那兒，蹲著的站著的都是來奔喪、默不作聲的親戚老表。她爹的屍體停在東房，門口堆著新砍來的柏樹枝，用來覆蓋屍體。她不相信啊，旋來旋去地問她家媽，真的嗎真的嗎？她家媽多好強，終於繃不住，淚水迸流，啪地扇她一巴掌，罵她不知人事，枉自活了三十多年，難道不曉得天有不測風雲，人都是要死的嗎！阿果哭啊，剛一聲半聲，便昏死過去。醒來還是哭，翻來覆去好幾回。你看見她的臉了吧，跌在地上擦傷的。不用給她塗點紅藥水紫藥水？」

「結痂了，沒關係。」夏覺仁說，向俞秀道謝，感謝她如此的非常時期還能顧及友情來送非常人物的女兒！

俞秀慚愧道：「是不是在罵我哦，諮的這些詞，非常時期非常人物還感謝的！」略一遲疑，「罵一罵也沒關係，也怪我，送的時機沒選對……」夏覺仁打斷她：

「已經發生的事，就像潑出去的水！」問她，「打算就走嗎？」

俞秀抗議：「起碼得吃點東西再說走的事吧，等在外頭的司機，也餓著肚皮呢。」

「我就是這意思，」夏覺仁說，「可我沒法招待你，今天上午有兩臺手術。」抬腕一看表，「來不及了，我得走。饅頭還剩一個，雞蛋也有，你沖個雞蛋花先喝如何？阿果從來嫌雞蛋花腥，你辛苦給熬碗稀飯吧。等我做完手術回來再走好不好？阿果的脾氣你曉得，我擔心沒人照看，她會跑回娘家的。」

靈魂飄去三處

　　阿果好似有什麼神奇的脫身術，俞秀明明看見她睡在裡屋的床上，很安詳的樣兒，幫著他們打掃完房間，再把堆積在筐裡的衣服床單拿到院子裡的公用水管下洗淨晾曬妥當，回來準備午飯，隨手撩起裡間的簾子看去，還在睡。

　　在外搭的廚房裡做得飯菜，索瑪和夏覺仁前後腳回來，摟著越發俏麗的索瑪，摩挲著她烏黑的頭髮愛憐著剛問詢了兩句，就聽見夏覺仁大叫不止。他進裡屋去喚阿果起來吃飯，早沒人了，被子蓋被子，假像，也虧她想得出來。

　　夏覺仁大急，催俞秀就要去找阿果，但醫院來人堵著門說，上午做過手術的一位病人突然抽筋、翻白眼，請他趕緊去看看。只得求俞秀先趕回去幫他看顧阿果，言語之間，淚滿眶，直說自己混蛋，對不起阿果，任由她一人去面對生死。

　　剛到家，夏覺仁的電話也追來了，是縣委機要室記錄後給木略送來的，地下工作者的用語，無頭無尾，讓給一週的時間調整。

　　木略不禁大罵夏覺仁剛清醒不到半秒鐘，沒去給他的死鬼老丈人、新叛分子送葬，又被阿果蒙住雙眼了。本來不是敢聲張的事，俞秀又在一旁求情，只能按下不表。

過四五天，木略半夜回來。俞秀嫌他連著幾夜不回家也不打聲招呼，不理他，他一掀被子：「快給捏捏腿揉揉腰，老子急三火四，草山林子裡不歇氣地跑，腿都跑細了。為啥跑，還不是為你的朋友阿果。比起上回，算聽話，回地區了。」

　　阿果當真跑回娘家待了一星期？木略沒好氣：「可不是，回來給她家爹送魂，幹迷信！真敢幹啊，完全是頂風作案。背後山上那個被管制的畢摩也是賊膽子大，說是曲尼拉博生前對自己有恩，死也要給他指路回祖靈地。」稍頓，略顯失落地說：

　　「你這個漢女人，哪裡曉得我們彝人死了靈魂要飄去三個地方啊，一份留在火葬地，一份存放在家裡，一份遠去我們的祖靈地，雲南昭通。」輕拍俞秀一掌，又說：

　　「哪天我悄悄找畢摩問問，像你這樣嫁給彝人的漢女人，死後魂歸哪裡呢，能不能按我們彝人的規矩，也分成三份，跟著我啊，要不，我太孤獨了吧。」

　　俞秀頭扭一邊說：「我可是要埋的。你呀，半個漢人，跟我還差不多。」

　　木略意猶未盡：「漢女人，你哪裡曉得我們彝人的心哦！你可別拿出去亂說，我聽著畢摩給阿果家爹唱指路經，眼淚都差點落下來。去了祖靈地的魂，留在陽間的親人多想念他啊，所以特別唱道：明日以後收禾打穀時，你變成一隻白雁來，你的子孫就能見到你的身影，不然聽聽你的聲音也是好的。」俞秀感興趣的卻是：

　　「送魂的事，你是咋曉得的？」木略的回答出乎她的想像：

　　「沙馬依葛那婆娘報的信。」

　　不覺「啊」了聲，木略反詰：「『啊』啥『啊』，你不會以為沙馬依葛是告密者吧？你要以為的話，警告你，趕緊嚼爛吞進肚子變成屎。這是立場問題，滑到阿果那邊問題就大了。」

　　「阿果是哪邊？」

　　「新叛分子的直系親屬。」

俞秀聽著刺耳，找不到話駁他，阿果，阿呷，她們的爹，包括新叛，是他們家的敏感話題，碰不得。轉而道：「我所以『啊』，是奇怪沙馬依葛從哪裡曉得阿果家的事的，難道當不成造反派，改行當探子了？」

木略哼哼一笑：「瘋婆娘，也算立了一功，說是在街邊聽山上下來賣柴的人閒扯的。你趕快下床打水讓我洗了臉腳好睡覺，懶婆娘，反正不打算給老子按摩了。」

俞秀急於知道曲尼阿果的情況，翻身下床，伺候男人洗臉洗腳，偏腿坐到床邊，遞給男人一杯蜂蜜水，問他：

「你見到阿果了？」

「豈止她，還有一個人，你要猜也猜得到。不是夏醫生，別想當然，也不十分奇怪，是阿果的表哥，古侯烏牛。他倒豁得出來，舅舅活著的時候氣舅舅，訂親的表妹都敢不要；舅舅死了，跑去披麻戴孝！唉，政治前途就此斷送囉！」一仰脖子，喝乾蜂蜜水，又說，「以前多穩重、多圓滑，九十度急拐彎，站到反動階級的立場上去了。」

俞秀也奇怪阿果這個表哥彼一時此一時的行為，更關心的是阿果。耳畔，木略絮叨：

「古侯烏牛為啥找奴隸娃子家的姑娘，還不是想借人家的奴隸出身給自己貼金描紅，以為能蒙蔽組織，撈個縣長當吧。哼，可能還想當專員呢！結果，只是公安局的局長。他對這樣的結果，不惱火嗎？一惱火，革命意志就不那麼堅定了，行動也就不聽從大腦的指揮了，要不咋會首尾不顧，跑去給舅舅送魂呢！」略頓，「還有一種可能，與阿果舊情復燃……」

俞秀呸他，罵他缺德：「烏牛、阿果哪裡來的舊情，都是大人張著嘴巴亂說亂整，最後搞得親戚都做不成了。何況都做了娃兒的爹和媽，皮糙背駝，即便有舊情也燃不起來了！」

「你那只是一般說法。烏牛不同，我發現他盯著阿果直發呆。

233

不怕你們是朋友，我都呆。阿果的臉蛋白月亮一樣，眼珠子清幽幽的。難怪夏軍醫到現在看阿果都像在仰望，看天似的。可阿果瞧都懶得瞧我們一眼，沙馬依葛找她說話吧……」

俞秀「咦」道：「沙馬依葛，她也跟著去了？告密的婆娘！」

「別亂說，沙馬依葛那不算告密！」

「就是告密，民改時還告過自家的爹，說她爹在菜園子挖坑埋槍。你不記得？」

木略哪會不記得，當時團文工隊據此編了一出啞劇。兩個演員，一個演爹，一個演女兒，在土臺子上跑來跑去，遮眼睛，捂腦袋，互絞雙手，呼天搶地。

木略強調不是「跟」，是結伴去的，正好沙馬依葛要去烏兒山宣傳計劃生育。誇沙馬依葛大方、伸縮自如，說自己不小心踩到泡起了乾皮的豬屎，炸開來，臭死人，還灌了一鞋子！沙馬依葛不嫌髒不怕臭，把鞋子提到水溝邊刷洗得乾乾淨淨。又摘了花草，裡裡外外擦了個遍。你拿來聞聞，左腳那只，就是有味道，也是花草香……」表情陶醉，俞秀抓起拖鞋朝他丟過去，他趕緊護住腦袋，罵老婆：

「一隻破鞋你亂丟啥嘛！」

那鞋當真破了，線暴開，裂著好寬的一條縫。

2. 再說到阿果，木略申斥：「天王老子，沒有一個是她怕的，竟然敢在風頭上給她的新叛爹送魂，還裹上她表哥！唉，夏醫生得去監牢送飯了。憨婆娘，你咋哭起來了？」

俞秀揪著木略的胳膊，揪得他痛叫，讓他去救阿果。木略改口：「阿果何至於進班房，頂多開她的鬥爭會。」他讓老婆放心，他會關照阿果，會和阿果的領導沙馬補和打招呼的。

不久，果然從地區傳來話：曲尼阿果從娘家回去後被扣在單位開她的鬥爭會，清理她給反動老子當孝子賢孫的壞思想。

她邊哭邊反駁批鬥她的人：「難道你們和孫悟空一樣是從石頭縫

裡蹦出來的，沒有爹沒有媽，不怕被閃電擊中雷劈死啊！」然後就是哭，還不吃不喝，鬧絕食。有天，趁看守她的人走神，竟然撕了件府綢襯衣再連成帶子把自己吊在窗框上，要死給鬥爭她的人看。

夏覺仁聽說後，哪裡肯，娃兒不管，手術不做，跑去守在批鬥老婆的現場、禁閉老婆的房門口，白天晚上，人勸也不走。初冬的天氣，海拔兩千多米的地方，冷得冰凌子白天都難化，就是不動彈。不斷地喊話，問老婆吃抄手不、吃湯圓不。不管吃不吃，冷了熱了，往來端送；糖餅乾蘋果，不停地往門裡塞，也塞給看守老婆的兩個女人。隨著，就有閒人來看熱鬧，連等著他做手術的病人也來了。

病人們關心的都是夏醫生什麼時候回去給自己做手術，他們中的好幾位來自旁邊醫療條件更好的西昌、攀枝花，甚至雲南紅河。

病號們還去央求沙馬補和書記，讓他放掉夏醫生的老婆，夏醫生好給他們做手術。在他們看來，夏醫生只要老婆不要娃兒，他的兩個娃兒，長得好乖，被醫院的人牽來抱來求他，他也不肯離開老婆稍遠。老婆不理他，眼梢挑起來，凶呢。罵夏醫生壞蛋一個，讓他滾，要和他離婚。罵得夏醫生眼淚水長淌，快下跪，自認大錯特錯，不可原諒。

他們病歪歪地堵在沙馬書記的辦公室門口、家門外，有的按著患處呻喚不止，有的乾脆坐躺在地上，腿前探，路都阻斷了。

沙馬書記的女兒愛衛生，每回讓她擠過挨過病人，多少細菌，哪受得了，哇地大吐特吐，膽水吐出來，綠綠的！

當媽的心疼女兒，警告夏覺仁，說他再賴在緊閉阿果的房門前，她就要叫公安抓曲尼阿果了。夏覺仁回答：「不如讓你男人放了她，我好帶她回家。」房子裡的曲尼阿果不幹，朗聲說：「要我跟你回去，除非我死。」夏覺仁接嘴：「那我跟你一起死。」

沙馬書記的老婆更加火冒，罵他們死不要臉，大庭廣眾下也敢打情罵俏。

連續這麼三五天嘰喳喧騰，就有點嫌疑，似在破壞難得的安定

團結的局面。

　　確實難得，起碼這個派別那個派別再沒有敢當街動武，哪怕罵仗的，都被勒令解散了，人員也被號召回各自的崗位上抓革命促生產了。有點眼色的還發現，省裡地區走資派的日子開始好過了，地區有兩個抓到監獄裡的走資派也放成都看病去了。

　　情況上報至支左辦，王副政委發話放曲尼阿果回家，讓她男人負起教育她的責任，轉業軍人，懂得政策。

　　消息傳到德玉縣，木略笑說：「還是人家兩口子厲害，自救成功。」

　　曲尼阿果的表哥留黨察看，撤職，下到團結區做公安員。

民族幹部2

1. 這一天俞秀在街上碰見沙馬依葛，兩個女人格外殷勤地捉手拍肩，親熱非常。說到沙馬依葛給木略擦洗豬屎的事，一個感謝一個別客氣，車轆轆話，嘴巴都麻了，還在翻檢。

俞秀齜出門牙一樂，又說：「我家木略誇你，說你走起路來風吹柳擺，長草矮樹都不能妨礙你。好寬的一條溝，他們男的都得旁人搭把手才敢跳，你呢，雙腿一蜷，嗖的就蹦了過去，小山羊似的⋯⋯」

「你家木略沒罵我瘋婆娘吧？」

「哪裡是罵嘛，明明愛都愛不過來！哎呀，別捶我，好疼！聽他那麼誇你，我臉青眼紅，嫉妒了。你兩個以前你掐我我掐你，互不相容，咋連愛稱都有了！阿唷，別再捶了，開玩笑！」

兩個女人在大街上打打鬧鬧，惹得往來的人，也閒，沒有一個不看她們的，轉眼間都在傳閒話：

「沙馬依葛和縣長的老婆像兩姊妹一樣發膩，那個冒充高幹女兒的假紅衛兵牽連不了她囉。」

「這女人啊，快翻身了，被結合進革命委員會的木略縣長會罩著她的！」

罩不罩，木略給醫院打了聲招呼，沙馬依葛就當上了政工科的

237

科長。

俞秀拈酸吃醋，大街上堵住沙馬依葛鬥法所說不謬，現在木略可賞識沙馬依葛了。也常罵沙馬依葛瘋婆娘，可聽的人，包括他自己，都感到這個稱呼失去了本來的意思，有點黏糊，非要木略縣長叫才親切。碰到大事小情，他會說：「沙馬依葛那個瘋婆娘最合適了。」或者他反問有疑議的人：「全縣婦女裡，像沙馬依葛那個瘋婆娘那麼活泛、膽子又大的，你給我再找出一個來，算你有本事！」沙馬依葛偶爾耍賴，就說：「你拿我這個瘋婆娘有啥子辦法嘛！」木略笑一笑，當真讓她得逞了。不是大事，想去地區開個會出個差，以縣機關的名義。理由現成，誰讓我們醫院輪不上這樣的美差呢！也不想一想，政府機關的差事和她一個護士，即便政工科的科長有何干係。

能成事。由她帶上去的材料，不管哪方面的，農業的教育的醫療的，都有體現，就寫在地區定期下發到各縣的簡報裡，有期竟連著登了三條，德玉縣和它的縣長木略因此風光了好幾回。其他縣的縣長就有人不高興了，不難，馬上打聽清楚原來木略那傢伙派了個女人在地區活動！他們中有瞧不上這種等而下之的做派的；有想效仿的，可就近還真沒有如沙馬依葛的人才，鬱悶啊！

最讓木略欣喜的是，沙馬依葛居然能把王副政委，新組建的革委會負責人之一，運動來德玉縣視察新叛後的第一個春播！

其實和她毫不相干，帶回來的一條消息而已。

沙馬依葛故意不糾正木略的想當然，聽他誇自己，扭捏呢，木略當作謙虛，更起勁：

「你這個瘋婆娘，都瘋到革委會的眼皮子底下了。」

沙馬依葛稍一呆，勉強說：「你不是就想借我的嘴巴表揚自己嗎？我甜言蜜語的，都給你招呼到了。有一點得透露給你，已經有流言傳到領導耳朵裡了，說你老婆，和新叛分子家的關係很不一般，轉移過新叛分子的家屬，兩次，一次找人送阿呷，一次親自送阿果！」

「哼，瘋婆娘，」木略語調輕佻，「流言，我看都是你在散播！哪天我要聽說是你嚼的舌頭，我告訴你，你上馬兒是我扶上去的，你下馬兒也得我來拽！」

沙馬依葛給他一拳，大方地說：「來拽吧，我身子沉得很，小心塌在你身上壓死你！」臉色一正，又說：

「木略縣長啊，以後你別瘋婆娘瘋婆娘地喊我了，我倒不怕人家跑到俞秀那裡閒磕牙，她曉得我兩個一是油一是水，混不到一起，但我有自尊，早就想抗議你這麼喊我了。」

木略「咦」聲，奇怪道：「我都這麼喊你半年了，你不抗議，突然間，抽筋了？」

「反正，你要注意口德，過兩天王副政委來了，可不許你在他面前亂喊我瘋婆娘。」

2. 王副政委就是那位在電話裡就如何處置新叛為木略指點過迷津的軍隊幹部。

奴隸主殺牛羊燒房子逃跑，開始木略認為僅是一般的突發事件，行文由他口授並由祕書擬定：

近來我縣烏爾寨、瓦洛寨、落克寨、足斯寨共計二十三戶黑彞奴隸主因受個別不良分子散布的黑彞男子將被抓捕的謠言所惑，竟舉家遷往高山地帶。為制止他們這種擾亂正常的社會秩序、破壞當前秋收生產的行為，我縣已組織相關人員，前去執行勸阻任務。

幸好報務員肚子痛，拉稀耽擱了幾分鐘，電報不及發出，新叛的說法傳來了。

其實，木略連「前去勸阻」都不想形諸文字。奴隸主多跑幾人幾家，給翻身奴隸多騰出些能耕種的土地、能牧放的牛羊，是件划算的事。最低限度，今冬明初，翻身得解放的奴隸娃子就能多吃幾口蕎麵粑粑羊肉坨坨，他這樣的基層幹部也能省點心省點事，用不著聽這個堡子那個寨子的男女老少喊餓了。

239

翻身得解放的奴隸娃子讓他頭疼的事不少，明明告訴他們既然做了國家的主人，就得有主人的樣兒，自己管自己，偏不聽，什麼都依賴人民政府，餓了冷了，都等著人民政府管他們。一位昔日的娃子翻過兩座山，蹚過三條河溝，走來縣裡找木略：「政府主子啊，我家女兒出嫁了，我背來一套新擀的披氈和三瓶子酒，給你放在哪裡啊？」再一位讓政府給他做主，說他養了一年的豬兒被「誰曉得哪個壞蛋偷掉了。政府主子呀，你派幾個公安人員，幫我把豬兒追回來嘛！偷豬兒的壞蛋抓住以後不要輕饒他，把他拉來遊街。」另一位把娃兒帶來，非要拜寄給木略當乾兒子，說以後娃兒長大了，當兵當幹部還不是乾爹木略你一句話。有位更乾脆：「縣長啊，你當主子當得好安逸哦，能讓我當幾天不？」……

　　當他們聽說要把逃到更高的山上去的奴隸主追回來時，嚷嚷：「木略縣長明明說了，滾下山的石頭就讓它滾嘛，它滾掉我們照樣吃喝睡覺耍，一點影響都沒有，還好上加好。」

　　沒有人追究死去的曲尼阿呷在這起事件裡的作用，還有她和木略兩口子的關聯。有一個，就是沙馬依葛。但木略相信她在自保，她的小辮子被自己攥在手心，緊了又緊。

　　木略起用她時，她牽扯在騙案裡還沒有脫身。吳升幫不了她，還是喝酒，醉膽子一大，就蹭來摟她，酒嗝臭死人，只能躲出家門。又一個被逼出來的夜裡，風吹樹葉子颯颯地響，她想，不是說擒賊先擒王嗎，還得厚起臉皮假裝什麼事也沒發生地去找，不是找，是投靠木略啊！

　　沙馬依葛說來匯報思想，木略聽著呵呵笑；鼻涕眼淚橫擦豎抹，木略就說：「當年我家女主子真哭啊，她的特權被剝奪，得自己上山砍柴下地幹活，尖尖的指甲留不住了，手上的老繭生出來針都扎不進去，每天翹根菸杆曬太陽罵娃子的好日子一去不復返了，以前的娃子不高興，不但可以吐她口水、罵她，還可以打她，你想一想她的心情如何，為此她還上吊過，被我家媽托住，沒死成。你給我哭，

240

未必哭得像她那樣死的心都有？你的心氣，還有狡猾，我都曉得。我早就說過，你要是男的，恐怕我們都找不著飯吃。你就不要假哭了，在我這兒不管用。在我這兒啥子管用呢，是你的心氣和狡猾，就像漢人說的，惺惺相惜吧，我也憐惜你有本事呢。」

鬼相信他會惺惺相惜，連著好幾天急得沙馬依葛在家裡轉圈圈，好幾次裝著不經意地出現在他必經的路口。風硬，吹得臉一陣疼一陣燙。木略左右總有人，簡直不看她，她不是好惹的，發聲喊。木略就地轉大圈，嘴巴啟合幅度大：「呀呀，哪個在喊我，原來是沙馬依葛啊！我說你不去造反有理，倒有這個閒工夫和我搭訕！」表演得天衣無縫，旁邊的人轟然而笑。沙馬依葛大聲道：「縣長啊，你不是說要起用我嗎？」木略漫不經心：

「那你得拿出真本事給我看！」

真本事？直接把曲尼阿果潛回家為她爹送魂的消息捅上去，參上本，作為該縣的領導，人家在那裡哭天搶地，為新叛首惡分子喊冤叫魂，你居然不曉得，還耽在太平盛世偷懶閒逛！不用添鹽加醋，再把你家老婆勾搭叛屬的事情一報告，看你木略還神氣！她當然不會做這種魚死網破的事，還是找木略，把手裡非此即彼的兩張牌攤給他看。木略著意看她一看，特意拍拍屁股，轉身就走，問她：

「一起去嗎？」

「哪裡？」

「曲尼阿果的娘家，起碼得監督一下阿果幹迷信吧！人家如果問起來，就說我兩個是在路上碰到的。」

這才有了豬屎灌鞋的事。

那以後挨了三四天，各方面風平浪靜，木略派的差事來了，讓她負責上下聯絡的工作。

王副政委要來縣裡視察，又是她的功勞，木略能不讓她參加接待嗎！可一個醫院的政工幹部，不好定位。考慮再三，讓她兼做隨隊醫生。說到醫生，先笑起來，奚落她連當護士都沒有資格，問她

241

有次打針，是不是把針頭留在人家屁股上了？

　　3. 王副政委與沙馬依葛和木略見面後滿心歡喜，「都是三五九團的老戰友嘛！」他說。隨同他來視察工作的七八位幹部，不是軍隊就是地方的。

　　當時他們，德玉縣的黨政領導，以錢書記和木略縣長為首的一干人，正陪著王副政委等走在鄉間的小道上。

　　沙馬依葛位在領導之前，有嚮導的意思。山路一邊是崖壁，一邊是斜坡，都是盛開的杜鵑花。她不斷掉頭或者聽領導說話，或者說話給領導聽。大太陽下，已然出汗，微微的，皮膚紅潤、光亮，眼神專注，語音軟和。她身後的領導，順序排下來，打頭的王副政委無疑，所以只是他們兩人在交流。她覺得王副政委很親切，因為前後戰友的關係，儘管您是首長。王副政委謙虛：「哪裡，沙馬依葛同志，你比我在三五九團的資格老，算我的前輩。」「咋敢當，」這一位更謙虛，「當您的戰士還差不多，省去姓，叫我依葛吧！」

　　王副政委有時聽沙馬依葛的話不甚清楚，會趨前半步，稍勾下頭。她呢，也會停下腳步——本來走得不急，半仰了臉應和領導。偶爾，在頭頂盤一圈的長辮子滑下來，彎在她的削肩上，她像不能忍受辮子的打擾，便舒展再彎曲手臂，重新把辮子盤起來。她堵在只有一人能通過的山路上，身體隨著手的動作左一下右一下，腰窩深深，生過娃兒的婦人的腰肢柔軟、彈性十足，連帶胯和臀都是。

　　木略跟在高大的王副政委身後，只能隔山聽景。還得突然止步等沙馬依葛和王副政委說完話再走開。後邊的人也難免受阻，十幾個人，在山路上一字線排開去，都得等著。

　　意外說話間發生，也是必然，沙馬依葛回頭的瞬間，腳下一滑，身體歪向外側的斜坡，栽倒了。王副政委驚呼下，反應快是快，卻連沙馬依葛在空中亂舞的手指頭都沒碰到，所謂說時遲那時快，平衡不再，也一頭栽了下去。木略倒是捉住了王副政委的衣擺，無奈

力氣不逮，反而被他帶來也摔下山坡。

幸好幸好，坡下盡是豔豔的正開花的杜鵑叢，沙馬依葛，女人，木略，個小身弱，都被花枝托住了，未傷毫髮。可憐王副政委身大體沉，壓趴杜鵑叢的同時，自己也趴下了。

被眾人七手八腳地拉起來，臉上身上滿是杜鵑花瓣、葉片，粉的紅的紫的黃的綠的，還有刮傷，額頭臉頰下巴，尤其下巴那一道，從左到右，竟有三四釐米，深倒未必，血不斷滲出來成了線。沙馬依葛懊惱得快哭，王副政委卻毫不介意，甩著兩手，玩笑說自己差點為救美人當了花下的鬼。

說得沙馬依葛在溫暖的春陽下向左向右，閃避自己的臉，像不諳世事的丫頭兒，看得木略直咋舌，心說裝吧，你就假裝吧。暗罵自己笨蛋一個，明明曉得沙馬依葛的手段，還是被她蒙蔽了。又或者她狐狸精得把自己媚惑住了？心跳臉紅，暗暗連呸兩口，自己頂天立地的一男兒，意志多堅定，咋可能！耳畔分明是沙馬依葛佻蕩的輕笑、音調長長的話聲。

晚飯後圍坐在房東家的鍋庄邊商量工作時，沙馬依葛裝得更有水平，還捎上木略：

「政委啊，」省了姓，省了「副」，「我要再不說，木略縣長就該搶話了。」說得木略一呆，搞不清楚她葫蘆裡賣的是哪味藥。

王副政委本來盯著的是沙馬依葛，聽罷此話，難得瞥眼木略，問搶什麼話？

「政委啊，明天我們要到的寨子是新叛頭號分子曲尼拉博的老巢。木略縣長我兩個想提前向組織坦白，曲尼拉博的女兒是我們的朋友。她的愛人也是。她愛人和我的一樣，漢人，我們認識的時候，正在民改，他們兩個是平叛的解放軍，還都是軍醫，也都是三五九團的。」

王副政委不理會所謂的坦白，而是驚歡：「難怪你的漢話這麼流暢、自如，人也熱情大方，原來是我們漢人的媳婦啊！來來，握握

243

手！」掉頭問木略：「這樣的少數民族婦女幹部咱們縣上有沒有培養計劃啊？」

木略趕緊應承：「安排沙馬依葛同志接待王副政委你們各位領導就是出於這方面的考慮。」

「好，好，」王副政委連聲道，聽來在肯定木略的做法，下一句好像又不是，「不要停留在考慮上，一定要落實。依葛同志窩在醫院太屈才，不如放手給她壓點擔子，做做拋頭露臉的工作，發揮的作用更大。對於那些封閉狹隘卻自得的少數民族婦女也是個鼓舞。對不對啊，木略縣長、錢書記？」

木略覷眼錢書記，後者也回覷他，兩人再同時覷王副政委，焦距未準，各各閃開，那位眼神專注，盯著的正是他們，只得點頭，錢書記更表態回去就辦。

王副政委並沒有忘記曲尼拉博：「你們和新叛分子曲尼拉博女兒的關係組織上都瞭解，你們的朋友，新叛分子的女兒還是我們的同志嘛，即便她參加了新叛，和你們也沒有關係！她的丈夫，夏醫生，我認識。這麼說來，你們年輕時就是朋友了，依葛同志？」

木略本來對王副政委要不自己說要不只聽沙馬依葛說很不滿，這時又聽王副政委把自己和沙馬依葛放到同等水平上溫言相哄，當即促聲：「想當年，沙馬依葛和曲尼家的女兒，曲尼阿果，為爭搶夏軍醫，哭也哭過笑也笑過。」

王副政委話音響亮：「依葛同志，漢族軍醫有那麼好嗎，你一個愛不成，又愛另一個。」稍頓，「開玩笑，不要在意哦，依葛同志！」

沙馬依葛踞坐在草墊上，兩條長腿不舒服地盤在身前，狠狠剜眼木略，轉而眉眼迷離，顧盼淺笑，應和：「王政委，我可不是小肚雞腸的人，處久了，你就曉得了！」

「曉得曉得，」王副政委學著沙馬依葛用四川話說，改為普通話，「你們這些四川女娃娃快嘴利舌，聲音又脆，好爽快！」

「政委啊，就你說好聽，你們北方人嫌我們說話像爆豆子，吵

死人！我算哪門子女娃娃啊，都三個娃娃的媽了。」

「三個娃娃的媽？」王副政委一拍大腿，放聲駁斥，「除非打死我，打死我也不相信！瞧你那腰肢，細溜溜的，今天在路上閃啊閃的，我都怕你閃斷囉！」

場面上頓時只剩他們兩位。木略坐不慣低低的墊子，尾巴骨疼得難耐，不方便動彈，簡直在打熬。

沙馬依葛機智，「哦喲」破局：「好久沒有人這樣誇我了，好高興！哼，」一偏臉：「木略啊，我們戰友一場，從來沒聽你誇過我好看，哪怕我姑娘家時。」輕易就把那個傻瓜男人喚醒了，他眨眨眼睛，毫無控制地咂巴著嘴，打起精神說：

「是嗎，木略縣長？」

「我在心頭誇呢，要露出點苗頭，我家老婆，那個黃臉婆還不把我生吞囉。」

「你可以背著老婆誇啊，像我。」王副政委也狡猾，大家一陣歡笑，氣氛輕鬆了，再與沙馬依葛兩相一望，心有靈犀似的。

說到正題，眾人都有些把持不住，哈欠出去，悠長，再擦眼淚揩清鼻涕，搞得總結當天行程的木略、布置來日工作的王副政委都說不下去了。也沒要緊的，各縣各區的參叛、自首、傷亡人員等相關數字已有統計，新叛對生產的破壞、對社會的危害，已上報給上級機關，連批示都回來了。

這次王副政委率隊下來，檢查的就是批示的落實情況。沿路他都在要求受到新叛影響的各縣各區各公社，當前要做的就是督促群眾把包穀、蕎麥種子撒到地裡去，開渠引水，儘量照顧那些掛在懸崖半月坡上的田地，讓乾渴一個冬天的土壤把水喝得飽飽的，到了秋天才有糧食吃啊！拐到地裡捏把泥巴放在手心，兩個手掌一對搓，再展開觀察，放點在舌尖兒上品味，下結論：「涼山的土質好啊，酸鹼適中，要不然飛機撒下來的種子能長成這滿山上的松樹林子。」但批評：「涼山上的土地沒有充分地用起來，彝族同胞的農業生產經

驗比不上山下的漢族農民，施肥不夠，薅草不力。」他想不明白彝族人為什麼不給土地施人糞，聽說一嫌臭，二覺得屁眼裡出來的怎麼能又塞到嘴巴裡呢？免不了笑，稱肚皮都笑痛，問：「你們在吃饅頭吃米飯時吃到了還是聞到了？」

「所以我說嘛，」王副政委自得溢於言表，「給莊稼施肥是提高生產力的第一要素。嫌人糞臭，可以用化肥啊！那可是新型肥料啊！」

到晚上，大家歇下來圍坐在某戶人家的鍋庄邊時，王副政委又說：「一定要把男人趕到地裡去。你們彝族男人啊，就喜歡舞槍弄棒，以前不說家家，百分之五六十的人家吧，都養奴隸娃子來給自己種地。奴隸解放了，要自己幹，都十二三個年頭了，還是不習慣。這一路下來，地裡山上幹農活、放養牛羊豬的，我看大都是婦女，還有男女小娃娃。」

聽到這裡，捏個小本子，就著房東家昏黃、忽閃的煤油燈光吃力地記錄著的木略，不免以筆將本子敲得乒乒響，感歎王副政委文武雙全，既懂農活，又瞭解彝區的民情社況，更兼土質的這樣那樣，請問王副政委：「酸的鹼的，是啥東西？」他只聽人家擺龍門陣說人肉是酸的，他吃過馬肉，也是酸的。

王副政委說，木略的酸鹼和他的完全兩個概念，以後有時間再慢慢給他解釋，心裡對天真如是的少數民族兄弟木略陡生了一份好感。

木略再仰臉看定王副政委由衷地感慨：「人可以這麼聰明嘛，啥子都曉得！」

圓圓臉的小參謀插嘴說，他們副政委來涼山前，派他找來一大堆有關涼山歷史、地理、政治的圖書研讀，還專門到西南民族學院請教研究彝族的專家學者。

眾人同聲附和，追捧王副政委謙虛好學，王副政委擺手：「應該表揚的是依葛同志，這幾天都是她在給我灌輸彝區的情況，如我說

的彝族不喜給土地施人糞、男人不愛幹農活等，那可不是書本和專家能代替的。像她這樣來自最基層的同志，是我們要讀的書和應該信奉的專家啊！這樣的同志放著不用等於極大的浪費！」特別強調：

「木略縣長，我的意思你懂吧！」

追逃3

1. 哪兒有不懂的，木略轉而和錢書記商量如何安排沙馬依葛。兩人對婦女幹部的去處想得到的除婦聯就是工會，向王副政委一匯報，挨批道：「不痛不癢，起碼得文教系統吧！」便說：那去文教局？王副政委讓他倆：「打開思路，拋棄歧視婦女的封建思想，公平、公正地替婦女幹部著想。」錢書記積極：「公安系統如何？沙馬依葛同志肯定能勝任，也給那些滿是男尊女卑思想的傢伙洗洗腦，見識見識不愛紅妝愛武裝的婦女在新社會是如何煥發朝氣、施展本領的。」擲地有聲，王副政委歡顏喜色，誇錢書記比他考慮得遠，有水平。

送走王副政委等一干人不到半月，沙馬依葛就被任命為縣公安局的副局長。

德玉縣上下人等莫不議論：「女的也可以當和尚的頭頭嗦！」女的比男的自豪，和男人吵嘴：「再敢欺負我，我就去找沙馬依葛局長，看她不派公安人員來收拾你！」好些隻擅打老婆的手舉到空中試了又試，沒敢落下來。

沙馬依葛真替挨打的婦女出氣，一舉把打老婆的人揪來遊街示眾。胸前掛上紙牌子，上書：「我是欺軟怕硬打老婆的人」。

這招對臉皮薄的管用，厚的仍然奈何不得他，耍嘴皮：「掛塊牌子遊街，剛夠吃撐肚皮消食。」到處和熟人打招呼，要菸抽，順手抓幾顆小販的炒瓜子煮板栗吃。畢竟家務事，老婆不經打，這位一拳過去，老婆的下巴頰立刻歪到一邊，牙齒也落了一顆；那位一腳上去，把老婆懷著的本應排行七的娃兒踢沒了！押的和被押的都是男人，他們就拿這些開玩笑，攀比。沙馬依葛聽說後氣得「肺都炸了」，下一次公捕公判大會時，便以壞分子的名義把那幾個打老婆屢教不改還拿來吹牛的人各送去勞教三個月。她身處高出群眾包括人犯好幾層的主席臺，青天麗日下，壯大異常，到底女人，聲音尖利，刀鋒一樣的劃過各人的耳膜，雞皮疙瘩驟起，由不得不怕！

再怎麼說，打老婆也算小事，大的沙馬依葛局長追到過逃匿十餘年的叛匪。

消息傳開，德玉縣的男人還有不服的少得有數。木略縣長向追凶建功的女局長鞠躬，開表彰大會，放鞭炮，請縣中學編排短劇《新花木蘭》在會上表演。

漸漸，便風傳公安局局長，南下幹部，有點不自在，說沙馬依葛副局長好像要替換他。

結果沒有，而是越過局長，升到地區。不再是公安系統，而是文教部門。她不幹，跑去找王副政委，沒想到讓她改行的正是王副政委，不免質問：

「不是你要打破傳統觀念，讓女人做男人的事，別把小手槍，細腰上紮根寬皮帶，英姿颯爽的嗎？」遺憾不能再穿公安制服，「老百姓的衣服一點型都沒有，好難看！」

他們兩位的談話在院壩裡的一棵紫藤樹下進行。紫藤花謝了，葉子也沒幾片，往來的人卻多。辦公室的窗戶也開著，就是沒開，透過窗玻璃，男女人等打望他們沒妨礙。

原來組織上在討論沙馬依葛在地區的任職時，考慮到她的安全，很慎重，畢竟她是母親，有三個娃娃！抓小偷，收拾幾個打老

婆的，都不算什麼，追捕漏網的叛匪險些丟掉性命就過界，危險了。也因為英勇，升遷至地區。

2. 當時沙馬依葛和一位年輕公安正在俄兒公社的約則大隊進行普法教育。和他們一樣兩人結隊的另外三個小組，一大早就分別去了相鄰的生產大隊。沙馬依葛是此次普法教育的領隊。

儘管公社化了，可涼山上哪有成片的土地來讓人排成長隊勞作！還不是坡上坡下，這裡那裡散著一個兩個最多七八個幹活的社員。放羊的，非得要天擦黑，跟著羊兒牛兒才能返回來。所以要把社員集中起來學習法律知識、時事政策頗傷腦筋。大家自掏糧票錢，在房東家頓頓喝上碗酸菜洋芋湯湯，啃上兩個揉得有小圓洋芋的苦蕎饃饃，就跑到地裡山上去找社員普及法律知識，一邊還要幫受教育的社員或者趕攏跑散的羊子，或者薅草、追肥、割蕎子。話題總離不開教育人家要知法守法，要曉得這個法和以前彝人社會裡流行的習慣法有相同的也有不相同的。同與不同，大家都認定的壞事絕對不能去做，比如偷啊搶的，還有強姦婦女，亂砍濫伐森林。萬一違法不能私了，不要說我們殺牛殺豬殺雞請某個畢摩或者長輩幫我們調解了，視程度大小賠雞賠羊賠豬賠牛賠錢了，更是絕對不允許的。公社化後，連你們個人都是生產隊的，豬啊羊的自然也是生產隊的公共財產，豈容你們當成自己的財產抵罪消錯！你們會說豬啊羊的是養在你們自家圈裡的，是你們省下嘴巴裡頭的糧食採了野菜來餵大的，當然由你們做主了。你們要曉得，你們種的地是國家的，從裡頭生長出來的糧食你們說是不是也是國家的呢？當然是囉。草山也是這個道理，屬國家，你們家放在上面的羊子吃的也是國家的草。

還有，如果出現找畢摩找長輩出面調解的事兒，連畢摩和長輩都要被抓到公社區縣去按擅自干預司法罪處置。

還有，某某犯了法，不要以為他是你家舅舅或者表哥或者叔叔，

251

你就幫他遮掩，那是要犯包庇罪的！

　　和之前的普法教育一樣，沙馬依葛他們這一次也準備了不少案例，新的舊的都有，針對性強，精彩，像聽故事，一眾社員聽得津津有味。沙馬依葛先講了個包庇犯的案例。

　　案子是當媽的包庇潛回家來的叛匪兒子，還幫著藏槍藏彈藥。那是個舊案子，一直在講。因為還有個別叛亂分子，不單新叛的，十四五年前反對民主改革的叛亂分子仍然逍遙法外。這麼多年，如果沒有腦殼糊塗的人包庇，給極個別逃跑的叛匪送吃送穿，他們怎麼混得下去，早就乖乖地舉手投降了！

　　這是在前一個寨子裡講的。

　　到了這個寨子，沙馬依葛講的是一個新近發生的案例。起因只關乎道德，涉及的又是一個尚未成年的孩子，將將十二歲，屬教育不力。可是呢，不但丟了一條性命，當事人還抓來判了刑，十年。丟了命的是十二歲的娃娃，叛了刑的，是他家爹。你們說慘痛不慘痛！案例如下：梭羅寨有一家人的兒子，就是那十二歲的娃娃，連著兩次偷鄰居家的雞來烤了吃，他家爹媽都不曉得。鄰居家第一次就找來過，但這一家的爹媽不肯相信，娃娃也堅決不承認。鄰居家第二次找來時，他們兩家當著一個畢摩的面詛咒發誓，假如偷了，這家人就得把兒子殺掉；假如沒有偷，那家人就得殺牛賠罪。詛咒得太大，事實確實存在，等第三次娃兒又去偷雞時被逮了個正著。這回他痛快了，一五一十都交代了。他家爹羞得來想上吊死掉算了。毒咒發過，沒有別的辦法，他就用家裡釀的桃兒酒把兒子灌醉後，一刀下去把兒子捅死了。

　　聽的人啊啵啵的連聲叫喚，可惜被殺死的娃兒，感歎殺死兒子的爹爹。沒有人認為更不用說譴責那爹爹膽大包天，亂殺人，都認為他不得已，兒子壞了嘛，讓當大人的沒有面子了嘛。何況詛咒發誓過，還有畢摩作證明。

　　「局長啊，」他們叫著沙馬依葛的官銜，不管正副：「你是彝人，

你該曉得我們彝人也有我們的規矩啊，對這種事大家心服口服，會引以為誡的。」

沙馬依葛砰砰地敲身旁的木柱子，震得頂上苫著麥草秸蕎麥秸的木棚子亂顫，眾人受此一驚，安靜下來。沙馬依葛罵他們：「笨豬啊，你們！不要以為娃兒是你生的，你就能隨意處置他，不能夠，他也屬國家，就像前面我說過的土地牛羊。再說他好比蝨子嗎，一摁，把他摁死就算了嗎？老天爺電閃雷鳴，想要打死誰也沒那麼容易！萬一你家的兒子犯了個小錯，你也想這樣整死他嗎？你也想以殺人罪被抓起來關進牢房關到死嗎？案子中的畢摩也被判了三年的徒刑，誰讓他是幫兇呢！他搞的詛咒發誓那一套，完全是封建迷信，早就取締了。你們好生聽著，哪個敢拿自己和法律鬥氣，看不把他抓起來！」眾人悄悄的，被嚇唬住了。以季度、半年統計的犯罪百分比回回都在下降，相同的案例一次比一次少，說明嚇唬是起作用的。

再一個作用是有人來報案。

稱自己要是報告有個叛匪藏在哪裡，公安不會追究她，把她當成窩藏犯拷起來吧。

3. 是位女人，三十上下，打著光腳板，裙擺被山路上的荊棘掛得稀爛，神色慌亂，話急促，叫几几嫫。

此前兩天，沙馬依葛率領的普法隊在她的寨子裡宣講過對包庇罪的處罰條例。她說，她聽沙馬依葛局長講包庇罪最嚴重的可能挨槍子後擔心、害怕得覺都睡不著，她有三個娃兒，她不想他們沒媽，就追著沙馬依葛局長報案來了。

她幫著掩藏的男人不值得她拿自己的命和娃兒的將來為他抵擋。那男人的脾氣本來就火炮一樣，隨著時間的推移、環境的擠迫，越來越大，動不動就打她罵她。前兩天一狠勁，差點把她掀下岩去，因為她沒有按他的要求送酒給他喝。酒從哪裡來嘛，得拿錢到供銷

253

社去買，在生產隊幹一年下來，口糧都不夠，還提啥子錢哦。有點買鹽買布的錢都是她採了山貨、燒了岡炭背到縣城裡賣了才到手的。如果是夏天秋天，她還可以釀點桃兒酒、包穀酒，躲著自家男人，找機會給他送去。眼下是春天，她家連自留地的種子都炒熟來哄娃兒的嘴巴了。那人沒耐心，罵她嘴巴裡放的全是圓根蘿蔔屁，想臭都臭不起來。又抖著身上爛得這兒掉一塊那兒裂一道的衣服、褲子和披風罵她：「窮婆娘，酒拿不來，新衣裳也不能給我做一套嗎？」那更得等水果、糧食上來換了錢才有辦法！「到羊兒身上剪點毛紡了織了，這也做不到嗎？」做不到，她再次頂嘴，羊兒都是生產隊的，不是我私人的！這可把男人惹火了，他雖然沒酒喝沒好衣裳穿，子彈還有幾發，箭也射得準，打隻黃羊射個斑鳩，肉有得吃，力氣好大，火氣好大，飛身過來，直把她逼到懸崖邊。不罷休，一把卡住她的喉嚨，鐵鉗子似的，眼珠子都快被擠出來，頭呢，要爆炸。男人的褲子真的稀巴爛，大半個屁股露在外邊，髒兮兮，乾巴巴，好不噁心，要不被卡著脖子，早就哇哇地吐了。掀她搯她，想整死她，這麼過後，男人竟然還要她的身子，把她撩翻在地，耍水般，一個猛子扎過來，她的肋巴骨、胸骨被擠壓得嘎巴直響，痛得她呼天搶地，不管，只顧自己快活！

沙馬依葛斷喝一聲，罵她：「住口，想要羞死誰啊！」看她眼神迷亂，臉龐潮紅四起，輕扯扯她的袖子，放低聲音：

「你說的男人，你掩藏的那個男人，他是哪一個嘛？」

女人吐氣悠悠：「馬布爾子！」

沙馬依葛一蹦而起，大受震動。

馬布爾子，好大的名頭，叛亂頭子，潛逃十五年了！涼山奴隸主大規模起來反抗人民政府的叛亂可不是這次的新叛能比的，那是真刀真槍地幹，正規軍都動用了！打了一年，再用一年來搜捕，馬布爾子可能是唯一漏網的叛亂頭子。

馬布爾子小時候由他的漢人乾爹送到南京上國民黨的軍官學

254

校，和他乾爹的兒子一起。他想家，死活要回來就回來了。乾爹的兒子加入國軍先當士官，以後不斷地升啊升，離開大陸跑去臺灣時，已經是師長了。來過一封信約馬布爾子，讓他跟上也跑。馬布爾子反手把信給了剛挺進涼山的解放軍。他參叛後，這個舉動正好表明他的狡詐。

4. 沙馬依葛當即決定去抓他，抓活的！

她帶著槍，跟著她的小李除了槍，腰間還掛著枚手榴彈，本來是用在水流翻滾的河溝裡炸魚吃的。應該通知其他前去別的寨子普法的隊員接應，可她身邊派不出人，當地寨子裡的又不敢用，怕走漏風聲，或者碰上通敵分子呢！眼前這個叫几几嫫的村婦最能說明問題，黑不溜秋，瘦小單薄，誰想得到她的心中身體裡蘊藏著火一般的激情，竟然以情人的身分包庇、掩護、養活馬布爾子長達十五年。時間也成問題。几几嫫說馬布爾子約她當天太陽落山後見面，要找人幫忙也來不及了。

馬布爾子老鬼一個，滑得像泥鰍。好幾次追兵聞訊趕過去時，還來得及在炭灰裡焙熟洋芋、包穀。有次甚至在縣城邊的林子裡打斑鳩充饑。他最狼狽的一次是丟了煮飯的鋼精鍋。追兵到時，鍋裡煮著幾截香腸，還有坨臘肉。為鋼精鍋和臘肉香腸，公安追查了半年。縣境內外，馬布爾子家八輩子以來的至親、五服以內的姻親都過濾了一遍，沒有查到。

風傳鋼精鍋臘肉香腸，還有穿的用的，都是馬布爾子四下裡偷的。更有人說趕場時見馬布爾子在用銀子買米花糖，還曾見他在山頂的一株紅杉樹下彈口弦，騎著馬兒在鵝公山上飛一樣的跑。

傳來傳去，把馬布爾子傳得刀槍不入、餐風飲露、遁跡無影，倒是公安人員，一個個灰頭土臉，疲於奔命。

沙馬依葛決定提前等在几几嫫說的桃樹林裡，馬布爾子一現身，瞄準他的腿肚子就開槍，先下手為強。

當下要把握住的是几几嫫。這女人傷心傷到極點，死心了，不然怎麼會將隱藏十五年的祕密抖落出來呢，但她居然不避諱與馬布爾子的祕事、髒事，說起來神采煥然，臉亮皮潤，萬一反悔，還不前功盡棄！

　　沙馬依葛假裝不經意地說，天下連貓狗都算上，最負心的是男人。她有這方面的經驗。此話既出，浮現在她眼前的竟然是夏覺仁，真讓她氣不打一處來。確實，當時表面上她沒事似的，嫁給了吳升，其實她是割破自己的手腕，被疼痛和慢慢滲出來的血嚇住才罷手的。她撩起袖子，露出挨過刀的左手腕，迎著陽光，讓几几嫫看割痕，淺而細。沒有人在現場，可她騙几几嫫：

　　「我喜歡的那個男人看著我流血流得來汪在地上，不是來救我，而是抄著手在一邊看，想等我死掉，好去找別的女人。我就罵自己，憑啥子死嘛，死了好讓他得逞啊。我撕了件衣裳，裹緊傷口活了下來。活下來好啊，我當了國家幹部，找了個好男人，生了三個好娃兒，不愁吃不愁穿。你看你，比我小不止四五歲，樣子反而比我大四五歲，皺紋長在臉蛋上，都抽巴了。哪一個害你老成這樣的嘛，還不是那個找你要穿要吃又折磨你的壞男人。那些神話他的事，啥子神靈附體刀槍不入，都是鬼話，全是你在供養他，讓他吃得喝得一肥二胖，正好有力氣來欺負你。你多大？二十七，那你十五六歲就跟他了？」那位點點頭，沙馬依葛真有點同情她，「太可憐，」她說，兩手撫住几几嫫乾瘦的肩，「等捉住馬布爾子，我會保舉你當國家幹部的，你也會變年輕、水靈的，我保證。」

　　几几嫫不笨，她說：「沙馬依葛局長，你說得口水沫子白白的，是不是害怕我見到馬布爾子變卦，給他通風報信啊？你放心，他天天纏我，夢裡頭都不放過我，要東要西，我恨不得他死掉！」

　　他們趕到約見的野桃樹林子時，馬布爾子趁夜黑先發話：

　　「几几嫫，誰和你在一起？」

　　三人猛地收住腳步，沙馬依葛腿軟心慌，只聽几几嫫平淡地

回應：

「兒子來認認你這個當爹的。」

「嘻，」馬布爾子笑道，「未必你借我的種子給我下了兩個崽兒啊？」他聽出是三個人。

砰的聲，就響在沙馬依葛的腳邊，還濺著閃耀的火花，小李驚叫：「我的槍走火了。」

話音未落，一團黑影飛撲過來，沙馬依葛在感到黑影帶來的風時，手裡的槍響了。響聲中，人被仰面撲倒在地，手一鬆，槍不知掉哪裡去了。

響的不止她的槍，馬布爾子也開了槍，彈頭留在小李的肩胛骨裡。沙馬依葛近距離擊中的是馬布爾子的肚子。

有那麼三兩分鐘，摔倒在地上的雙方沒有一個能動彈，態勢呢，馬布爾子在上、沙馬依葛三人在下。

兩個女人先有聲氣，嗯嗯，哼過後，身體開始蠕動，互相詢問你怎樣我如何，几几嫫抱怨說誰的大腿卡在她的脖子上，喘不上氣。沙馬依葛感到的是熱而黏的液體水樣的在臉上湧，嘴巴裡進來一股，腥而燙，人血呀！奮力扒拉開壓著她的沉重的身體，露出鼻子深吸氣，桃樹正當花開，清香陣陣，高喊：「小李，小李！」

男人的聲音一概沒有，聽見几几嫫在說：「噫，爾子一下就死掉了嗎，那麼經不起！」

「爛女人，看我把你的肚皮打破你經得起經不起？」開罵的是馬布爾子。他罵的是几几嫫，攮著的卻是沙馬依葛的手腕，一邊借力往起坐。星宿閃亮，看不清他的模樣，呼哧呼哧的喘氣聲粗而急促，倒不影響他說話：

「打中我的是你們哪一個？几几嫫，不會是你吧？你會打槍，可你哪來的槍呢？那就是你這個女人囉，」他抓著沙馬依葛的手腕狠勁地甩了甩，「你也是個彝婆娘，攀親戚，說不定我還是你家表哥呢，娶你當老婆都可能，你卻開槍打我！」

257

「誰和你開親，不可能，我兩個階級不同，你是黑彝奴隸主，我是百姓。」沙馬依葛說。

「這樣啊！」馬布爾子厭煩似的，丟開她的手，叫几几嫫說，「不幫我綁紮肚子嗎？肚皮爛了，腸子滑出來一大坨。」

几几嫫跳開一步：「哪個信你，把我騙來抓住還不要我的小命！」

「女人啊，」馬布爾子說，「明明是你在要我的命嘛！你這麼想我死的話，哼一聲，我馬上死給你，何必讓這兩個政府幹部來送死。幸好死掉的是個男的，如果是這個女的，我馬布爾子一世的英名就被你糟踐了。」哇哇，連連吐出幾大口血來。

沙馬依葛已試過小李的鼻息，微微的，胸口上肚皮上也摸了，沒有傷口，或者只是嚇暈過去了。放平小李，掉頭和馬布爾子過話：

「你說對了，我和還暈著的這個男的都是政府幹部，公安局的。告訴你，接應我們的人手就在後頭。」

「你這個婆娘，騙人不打草稿！」馬布爾子說，手揮起來，敲在沙馬依葛頭上的居然是手槍管，不疼，沒有氣力了吧，「你喊嘛，把你的援兵都喊出來殺了我吧！」險些又被血嗆住。

「再叫喚，」沙馬依葛說，「不止腸子，肝啊心的都會出溜掉，不如我幫你包紮吧。」

馬布爾子用不著她包扎了，喉嚨裡咕嚕嚕響過後，無力地蜷臥在地上，「痛死我了，」聲音低微：「眼睛好花哦，前面亮晶晶閃個不停的都是些啥子啊？」

几几嫫說，慢不悠悠：「你不是要死了吧？你看見的莫不是來接你的各位祖先？你家爹、你家爺爺在裡面嗎？你看得見他們嗎，是不是隨著粉紅色的桃花飄來的？」

「哎喲，哎喲……」馬布爾子已經不能回答她了。

几几嫫悄無聲息地移到他的身邊，先是袖手俯視，再蹲坐下去，「你好安逸哦，」她說，在馬布爾子的身上來回摩挲，再摟著他的頭輕晃，「正在和你家的祖先商量要去的桃花美境吧！你就去吧，那

裡不愁吃不愁穿，也不用老鼠兔子樣的東躲西逃，你還可以把你喜歡的紅毛馬兒騎起來，再穿上馬褲馬靴，風光、神氣去吧。你那樣打扮最好看，我最喜歡。哎，你天天躲在深山老林裡不曉得世道變得你已經認不得了，馬褲馬靴，連金銀玉翠都不時興了，你走就走吧……」

沙馬依葛脫下外衣，摸索著要為馬布爾子紮住洞穿的肚皮，沒待挨近，就被几几嬤一掌揉了開去，嚷道：

「幹啥啊，救爾子嗎？救不活了，也不用你來救。只可惜你的槍法不準，沒能一槍崩了他，他還在活受罪。」哄馬布爾子：

「吊口氣在喉嚨除了疼和丟你英雄的臉外，有啥意思！讓我來幫你，要不沙馬依葛局長又會來救你的。她救你不是出於真心，不是好意，是想把你救活了拉到縣城去遊街。她呢，等著人家給她叫好，戴大紅花，說她一個女人家，好凶哦，空手就把你這個潛逃十來年，連解放軍、民兵都奈何不得的叛匪抓來捆起囉。你已經答應死給我了，你就死吧！」

話音陡然拔高、尖利，槍聲響過。

5. 慶功時，沙馬依葛連這一槍也算在自己頭上。

村人罵聲四起，罵開槍的沙馬依葛，罵告密的几几嬤，說她倆是女鬼變的，專門抓人做鬼。啐上一口，咒她倆不得好死，早晚要被馬布爾子的魂勾走。

几几嬤與馬布爾子十五年的苟且關係更是把眾人的鼻子氣歪了。哼，要是舊社會，兩人的眼神都沒有可能碰上，要是碰上，還不把爛女娃子的眼珠子摳來餵狗。

紙哪裡包得住火，沒幾天，几几嬤開槍打死馬布爾子的事傳得天知地曉，村人言語洶洶：

「馬布爾子蚯蚓命啊，死了也只能鑽泥巴，和女人白睡囉！」

「不如哪天砸了她家的房子，把她家的豬啊羊的宰來吃掉，再

259

把她全家轟出我們的寨子去。」

他們說幹就幹，幾塊石頭上去，几几嫫家的木板房頂便多了幾個洞，掉下去的石頭，砸爛的是裝米的罈子、燒飯的鍋、盛湯的木盆。幸好沒傷到娃兒。几几嫫也幸好，只擦破腳後跟。她男人倒黴，左耳恰恰被一塊飛落的片石齊根削掉。

他跑出來，繞寨子嗷嗷地痛叫，被老婆等在某處探出一條腿，絆跌在地。老婆帶來他的左耳朵，就著嘴裡嚼爛的草藥，為他黏耳朵再包紮，保住了。

這以後，村人不再往外轟他們一家，也不挽留他們，但串門的多起來，為摔破皮肉的腦袋、膝蓋、臉龐，更有一截編竹簍時不小心切掉的指頭。寨子裡的赤腳醫生也上門討教，求偏方。

百般遮掩，只說偏方來自馬布爾子。村人再扯閒篇時便很體諒她：

「几几嫫重情重義，給馬布爾子留了條根兒在世上，老三，鷹鉤鼻子、寬肩長腿的那個！」

「要不是她勒緊褲腰帶供吃供穿，馬布爾子早就餓死凍死掉了！」

可竟然有消息說打死馬布爾子的最後一槍不是她放的。

几几嫫滿心憤懣，走了一天山路找到縣公安局，要沙馬依葛局長做證。沙馬依葛局長已經調任地區教育局副局長，接待她的同志說，之所以替她保密，是沙馬依葛局長好心，為保護她。几几嫫大為光火，叫喚著找木略縣長找錢書記，要求正名：「連獎勵的幾袋麵粉、大米都是夜裡偷偷摸摸送來的，原來是不承認我的英雄名分啊！」

問她想咋樣，說要政府公開承認她剿匪有功。承認又咋樣？「那樣的話，」她說，「和沙馬依葛局長不敢比，起碼寨子裡的婦女主任可以讓我幹吧。」

半年後，她當上了公社的婦聯主任，脫產，可以領工資。她本

就巧言利舌，再靠著治療跌打損傷的一技之長，人緣出奇得好。

來年，她被縣裡推舉為人民代表，參加地區人代會。一眼望見主席臺上就座的沙馬依葛，顛顛地跑上去熱烈地抓手話短長，淚眼花花，搞得會議開不了場。沙馬依葛把她引到話筒前介紹她是剿匪英雄，號召與會代表向她致敬，她才在眾代表雷鳴般的掌聲中回到自己的座位。

以後每年的人代會她都出席，還代表地區出席過省裡的。婦代會也來。剿匪女英雄的名聲大振。地區各中小學因此不斷地請她做報告，開始她只能說彝話，漸漸的，彝話漢話摻雜著說，最後完全是漢話了。

男人沾她的光，跟著農轉非到了公社，享受工人待遇。男人心眼好，想不喜歡馬布爾子的兒子都不行。和她商量不如把這個兒子的姓改作馬布，叫馬布子哈。還沒來得及改，可憐這個兒子便被水淹死了。這是後話。

闌尾手術

1. 跟著沙馬依葛調來地區的吳升名分上是外科醫生,但聲言完全沒有時間給病人做手術,時間都用在醫院的行政事務上了,再就是開會,院裡院外的,「焦頭爛額,還荒廢醫術啊!」到處訴苦,聽的人反而覺得他故做姿態,明明一副沾沾自喜的樣兒!暗罵他臉皮比城牆倒拐還厚,靠老婆到手的醫院院長有啥好炫耀的!更有人造謠他喝爛酒傷到神經,手抖得連手術刀都握不住,哪個敢讓他動手術!

好似為證實這事,沙馬依葛的闌尾手術就差點讓他搞砸。

只是一點輕微的炎症,吃點藥就可以了,沙馬依葛卻以率隊去重慶接知識青年為由,堅持要割掉闌尾。

沙馬依葛要去迎接的是第一批來涼山上山下鄉的知識青年。

當務之急,必須拿掉會影響她行程的發炎的闌尾,還必得吳升主刀。

那些譏諷吳升的話東一句西一句,她也聽見了。她多心強啊,見不得聽不得人家看不起自己的男人,尤其夏覺仁在場的情況下。

他們調來地區,吳升又被任命為夏覺仁的頂頭上司、五醫院的院長後,夏覺仁專門來家拜訪過,曲尼阿果沒來。夏覺仁主動告訴

263

回娘家了，說：「自她爹死後，阿果就有點恍惚，唯一的執著是回娘家，不管白天黑夜，有車坐車，沒車，徒步也走。怎麼敢讓她隨便走呢！趕不上班車時，比如哪個單位的領導或者家屬是我給做過手術的，我就厚著臉皮找上門，請他幫忙派輛車，有時真恨這樣的病人太少。最恍給阿果請假、續假，她的領導，沙馬補和書記，陰陽怪氣……」

沙馬依葛插話：「主要沒找你做過手術。」

夏覺仁玩笑說：「沙馬書記好福氣，手指頭都沒破過，他那三個兒子也沒哪個跌過摔過！」問沙馬依葛：

「不曉得你和他熟不熟？你們是家門。」

沙馬依葛說，有所防備：「熟還算熟，起碼我得喊他一聲哥哥吧。可沙馬書記正像你說的，陰陽怪氣，萬一不買我的賬，我初來乍到，外人聽說，面子都沒了！」

夏覺仁急道：「你們一個民政系統一個文教系統，都是領導，需要互相搭臺、互相幫襯，他絕對不會拒絕你！他那幾個娃兒通過你還可以隨便調換學校！」

沙馬依葛格外響亮地笑，一邊說：「夏醫生，你變世故了！我一個排名第五的副手，不管用！」

吳升附和：「想當初你老兄可是不食人間煙火的翩翩公子哦！」徵求老婆的意見，「你看夏醫生，除長了點肉，翩翩樣兒不改，更添了從容的風度。」

「老吳，別挖苦我！我啊，愁得，喏，」微勾腦袋，扒拉著頭頂的髮絲：「頭髮都白了。不瞞你們兩個老戰友，阿果不吃不喝不睡，瘦得脫形，關鍵是打不起精神，沒日沒夜地躺在床上，動也不動。我們的兒子小，以為他媽媽死掉了，老跑來醫院喊我。那麼鍾愛的兩個娃兒也不管了，兩個娃兒造孽啊，衣裳髒的爛的，蝨子蟣子爬一身，我要出診的話，熱飯冷飯一概吃不上，要不是鄰居幫忙，餓都餓死三四回了。沒辦法，我把兩個娃兒送去上海我大姐家了。這

264

都一年多了，還一次都沒去看過他們。走的時候，索瑪，我女兒，上三年級，現在五年級。我大姐怕我心煩不告訴我，可索瑪能寫信了，她悄悄地給我來信——真不曉得她怎麼寄出來的，哭訴班上的同學欺生，女生孤立她，男生居然有使絆子想讓她跌交的。她還要招架小表哥，那小子常欺負她弟弟。不能說了，揪心得很！女兒兒子走了三十來天，阿果才有反應，天上地下，好一通找，人又蔫了，還得回娘家。她回去長肉，回來消肉。」

又說：「林書記、楊醫生看著她的情況一天天變壞，都勸我把她送成都治病去。我給張隊長寫信，請他幫忙聯繫大夫。出發前我陪阿果去娘家告別。想不到離家越近，她的表情越生動，等把柴門掀開，她已經歡笑著喊阿媽了。」

「哦喲，」吳升叫道，「這麼多年了，老夏對阿果還是一往情深啊！」

「哪裡，」夏覺仁辯解，「阿果不是傷心傷得有疾病前兆嗎！」瞟眼沙馬依葛，心虛似的，目光和身體都有點回縮。

沙馬依葛迅速反應，抿鬢髮，理衣裳，暗自咬嘴唇。突然，臉輕紅，覷一覷夏覺仁，但見那位正含笑看著自己，算知趣，沒有和她的眼光糾纏，再敢，她想，就鼓起眼珠子嚇死你！又想，且歇你的苦經吧，偏不入你的套，幫你給阿果請假。轉而道：

「我聽你講起阿果家媽的事那麼熱鬧，好像你同阿果還有她家媽和解了嘛！我在想莫非那些閒人在編排你和阿果還有她家媽嗎？他們說，阿果爹死姐亡時，你躲瘟神似的躲人家，還把人家的一個關係，叫石哈的生產隊長告發了，把阿果惹火了，不理睬你，要和你離婚。她家媽本來就嫌你，這下簡直恨死你。」

夏覺仁聽著沙馬依葛這番說，弓腰塌肩，精神大失，再說話像蚊子嗡：

「並非編排，是真的，但我絕不離婚！老吳，還是你命好，聽說你的丈人丈母，把你當作菩薩，供著呢。你是怎麼迷惑他們的？」

「我嗎……」吳升打哈哈，「找了個好老婆！」

沙馬依葛駁道：「老婆好倒說不上，關鍵是階級不同，阿果家黑彝奴隸主，我家呢，白彝百姓。」

話到這分兒上，夏覺仁按說該抬屁股走人，還賴著，扯閒話，說木略帶著德玉縣的男女民兵，插了好些迎風招展的紅旗，在雞冠山上又炸又挖，開水渠，號稱要用方石砌得和紅旗渠一樣堅實一樣長，「涼山又不缺水，憑空搞一條懸河在人家的屋頂上，哪一天垮了塌了，淹死幾個人後悔都來不及！」

吳升聽他說得有趣，張圓嘴巴剛要笑，被沙馬依葛喝止道：「有點覺悟，不要對新生事物橫加指責！」

場面頓時安靜。後來他們就在進來出去的三個娃兒身上找話說，感歎韶光易逝，歲月無情。夏覺仁想起兜裡的糖果，掏出一把來哄三個娃兒。

吳升嘿嘿樂，沙馬依葛和夏覺仁都看他，沙馬依葛更問他笑啥？他說：「上海糖果威力無邊啊，從民改到現在，十幾年，暢行無阻！」沙馬依葛聞聲狠勁剜他一眼，一臉無辜，還是憨笑。夏覺仁坐不住，起身，尷尬得很，趕緊出了吳家的門。

這邊吳升勸沙馬依葛看在和夏覺仁和阿果的老關係上，還有阿果可憐的現狀上，完全可以幫阿果請回假嘛。摟過老婆，說要給她提個醒，如果想和自己離婚，先要考慮娃兒。

沙馬依葛告誡他，再喝爛酒，離婚早晚的事。

吳升的酒量驚人，稱遺傳自他父親，還必得強調他爹是拉黃包車的。到現在，他簡直就是酗酒，辦公桌的抽屜裡、文件櫃裡，甚至桌下都藏著酒瓶子，桌上的茶杯不是用來喝茶，是喝酒的，不知情的人以為這個吳院長才斯文，喝水都興嗯，殊不知臉膛一天到晚都紅彤彤的吳院長嗯在嘴裡的是燒酒！

吳升因此甚得岳父和大小舅子的歡心，那幾位也貪杯好酒，常笑說：「吳升啊，你未必是我們彝人轉世，把酒當水喝！」好酒的彝

266

人都喜歡和他往來，湊到一起，管酒是誰的，要杯子要碗，就是酒瓶子，也轉著圈，你一口我一口。都是輕舉在下唇抿，絕不貪多，抿完，以掌托擦一擦碗沿杯口瓶嘴，再遞給下一位。喝低喝高，黑臉膛慢慢紅起來，並不顯眼。基本不交流，悶頭悄悄喝自己的。喝醉了，找個僻靜處，披氈、披風一裹，睡上一覺而已。

吳升的話本來少，只喝酒不說話，太遂他的心意，到處宣稱自己是民族團結的模範！不單他自己，外頭的人也這樣認為，娶的是民族老婆，交往的是民族朋友，非但模範，模範中的模範。

只有沙馬依葛不認同，罵他酒囊飯袋，奇怪為何眾人，包括古代的，都把酒和女人連在一起說事，似乎愛酒的人也愛女人！開展批判宋江的投降主義時，她取來《水滸》，借助辭典奮力讀完，其中的好漢，除林沖外，她沒有發現第二個既好酒又愛女人的。和吳升討論吧，那位暈乎乎，晃著腦袋說：「夏覺仁算一例，愛女人，但喝酒是這個……」翹起小指頭加以鄙視。

吳升話裡話外，總拿夏覺仁敲打沙馬依葛。後來沙馬依葛用他的道還治他的身，比如某天吃糯米、五花肉摻雜豆沙蒸的甜燒白，沙馬依葛便說：「你們江南人好甜，夏覺仁也是。」又比如，去南京的婆家，再拐到上海耍，沙馬依葛動輒拿上海和南京比較，當然是上海洋氣南京土氣，儘管南京號稱六朝古都。在上海遊玩到某一個景點時，比如城隍廟，沙馬依葛會歪著腦袋在那裡想事，吳升自然要問她想啥，她會說，她在想夏覺仁以前告訴她城隍廟裡的啥子玩意兒最有趣，可以買一個來裝飾家裡呢。

這招管用，等他們生下老大，兩人像約定過，再不提夏覺仁。調來地區，沙馬依葛感覺吳升又有點不自在，話題常扯到夏覺仁身上，說夏覺仁很尊重自己，人前人後不是叫自己吳院長就是老吳；進門出門，只要夠得著，總是他給開門關門，然後等在一邊讓自己先走。不像某某某，仗著和他的老關係，攬腰拍肩，還叫他小吳，把院裡的年輕人都帶壞了。沙馬依葛最聽不得吳升讚不絕口，總誇

267

夏覺仁外科一把刀，不僅名冠全院、地區首府，還聲震涼山內外。說哪天又哪天，他去觀摩夏覺仁做手術，看手術刀銀光閃閃，起起落落，花了雙眼。還說夏覺仁給五醫院聚來的人氣像天上的雲，連漢區的病人也慕名而來。呱巴呱巴嘴，自愧不如！

沙馬依葛總給他打氣：「你忘了嗎，病人也老纏著你給做手術呢！」

「那是縣上，」吳升倒謙虛，「獨我一份，別無選擇！再說，病情稍重的病人，不是自投名醫，就是我開單轉送地區或者西昌甚至省裡去了。」

言談之間，很歡喜似的。

沙馬依葛不讓他歡喜，非要他給自己割闌尾。意思分明，就是要長男人的志氣，假如一定要滅的話，那就是夏覺仁的威風。吳升，推卻不做：「下不了刀，沙馬依葛你是我最親的人啊。」沙馬依葛和他正相反，非得自己最親的人碰自己裸露的肚皮才肯上手術臺。吳升又以暈血抵擋，沙馬依葛呸他一口：「騙哪個，殺雞殺兔子，血流成河，你暈過嗎！」他問老婆，小心翼翼：「為啥不讓夏醫生做呢，是不是還在計較他娶了阿果沒娶你？」

沙馬依葛直想一頭撞死在牆上，威脅：「你要不給我爭這口氣，我就給你的娃兒找後爹！」

結果剛下刀，危險就發生了。沙馬依葛雖然被上了麻藥，意識卻清楚，感覺手術刀在自己的右下腹輕拉，正發涼呢，一抖，刀身深入，卻猛地橫向朝肚臍眼切去。護士捂在口罩裡的聲音悶悶地傳出來，驚恐：「噴血了，」肚子上感到壓力，好幾個人的手同時上來堵血口，門被撞得山響，遠遠的聽得喊「夏醫生」「夏醫生」……

2. 半月後沙馬依葛仍虛弱得不能久站，臉色慘白，還是堅持去了重慶。接回來一百五十幾位知識青年，都安頓在低山平壩以漢族為主的公社。

剛睡三五天的安生覺，十幾個知青找來申訴，嫌漢區的農村太平淡，衣裳灰暗，人木訥，非要到彝區插隊不可。更有愣頭青嚷嚷：「哪怕被搶去做娃子也無所畏懼！」連續幾天，沒辦法調伏他們，只好同意。還是替他們著想，將他們安排在距離城最近，位置也最低，能種水稻的一個彝族寨子。

　　那裡有一條流來地區所在地的河，河高水冷，得名冷水河。知青不怕冷，抵達當天太陽都下山了，十月分的天氣，也敢下河耍水。其實是游泳，耍水是涼山人的說法。那都是娃兒們的喜好，再說高山頂上飄雪了，連最調皮搗蛋的娃兒都不會再下水。至於女孩兒，從小到大不會有人光胳膊露腿地泡到無遮無攔的河裡混耍。

　　知青游泳招來很多看客，嘖嘖連聲，很是驚歎，像他們那樣的鳧水法看客們從沒見過，不過是自由泳、蝶泳、仰泳三種。當地的娃娃只會狗刨式，所謂蛙泳。再就是看客們覺得知青速度快，還專往漩渦裡扎猛子，也不怕裡面藏著的石頭撞破他們的腦殼。還有水蛇呢，都成精了，惹嘛，小心雞巴沒了，還咋當爹哦！

　　第三天還是第四天，事故發生了，不是水蛇，是片石劃破了一位知青大腿上的動脈，河面一片血紅。寨子裡的赤腳醫生用半洋半土的手段暫時給他堵住傷口止住血，抬到五醫院縫了幾大針。

　　給他縫針的是院長吳升。差點搞砸他老婆的手術後，吳升一直在幹縫合傷口的活，和別的大夫合作，人家開刀、堵截流血的創口，反正讓他看不見血，或者很少的血，剩下的事他都能做。

　　當下，吳升陪沙馬依葛準備去夏覺仁家，以感謝夏覺仁把沙馬依葛從「死亡線」上拉回來。

　　向夏覺仁表示謝意，兩口子商量有一陣了，說這個星期天一準去。星期天到了，禮物拿在手上，正要出門，醫院的辦事員跑來通知衛生局召開緊急會議，院長、書記必須出席，還得帶上傳染科的。說東邊三個縣的交叉處，七八個寨子，突發急性肝炎，讓去商量對策。吳升吩咐沙馬依葛自己去，再拖不好意思，從重慶回來快一個

269

月。沙馬依葛也是這意思。兩人一起出門，到岔路口，一個去衛生局，一個去五醫院的宿舍區。

　　沙馬依葛第一次來夏覺仁家，就是五醫院的家屬區也是第一次。問了兩個人，說外邊園子裡菊花開得最繁盛的那一家。

　　夏覺仁開的門，前襟上頭髮上沾著麵粉，正做蕎麵餅。讓進門，坐在桌邊的曲尼阿果在捏一個餅子，看見沙馬依葛，笑笑，似乎剛見過，其實她倆最後一面是在三年前，不讓座不倒茶，都是夏覺仁在忙。

　　沙馬依葛嘴裡感謝的是夏覺仁，手裡拿的一塊在重慶買的灰色嗶嘰是送曲尼阿果的。

　　曲尼阿果更瘦，奇怪，更漂亮，眼窩深深，眸子鬱鬱，一副心不在焉又弱不禁風的樣兒。前天剛從娘家回來，單位捎口信喊回來的。曲尼阿果甜甜地道：

　　「我家表哥說，下次他會再來給我請假的，他要給我請半年的假，請到春天我養的蜂子釀蜜的時候。」掉頭衝夏覺仁微噘嘴，「你給我買的養蜂子用的面罩、帽子，還有手套在哪裡呢？我說過要兩套哦。」

　　「買了買了，」夏覺仁俯身道，「大姐姐來信說已經寄出來了，東西總比信晚兩天，最遲後天就能收到。呀，你好快，又捏了兩個餅子。你等著我做貼鍋餅子，保證烤層香鍋巴出來！」

　　曲尼阿果卻站起來，說她不想吃蕎麥餅子了，想睡一會兒，頭昏，順手抄起沙馬依葛送她的料子打量。沙馬依葛乘機說料子夠做一件上衣，樣式她也帶回來了，最近重慶、成都很時興。正說著，陡然見曲尼阿果的眼裡閃著淚花，輕踩跺腳，扭身進了裡屋。夏覺仁緊跟過去，被門碰在外邊，不離開，豎著耳朵，聆聽門裡的動靜。

　　回來坐下，衝沙馬依葛一咧嘴，算抱歉。沙馬依葛緊張地問，是不是自己的哪句話得罪阿果了。夏覺仁搖搖頭，悄聲說了個沙馬依葛從沒聽過的詞：「抑鬱」，看著她疑惑的眼神，夏覺仁指指腦袋，

原來曲尼阿果的腦袋出問題了,「阿果的心傷透了。」夏覺仁又說。

「是呀,」沙馬依葛附和,「轉眼間姐姐和爹爹都死了,能不傷心嗎!可都過了這麼久,快四年。」

「這種病搞不好得跟人一輩子!不止爹亡姐死,還有我的原因,背信棄義。」

大難臨頭各自飛嘛,連鳥兒都如此,何況人!夏覺仁在阿果家出事後的表現正好給那些反對彝漢聯姻的人一個攻擊的武器,沙馬依葛的姑姑就讓她小心點,別吳升把你賣了還在那裡幫他數錢。

沙馬依葛後仰身子,微微一笑:「你不是挺巴結的嗎……」

「膽子小,怕惹禍上身!」夏覺仁認輸道,慢慢鬆開攔在桌上緊攥著的拳頭。

「你戀上阿果的時候勇氣大如天啊,連木略都勸你別碰阿果,黑彝姑娘,銅豆子一顆,濺起來,搞不好,眼睛都能給你打瞎!」

夏覺仁帶點結巴:「木略是勸過我,說我非要找彝姑娘的話,不如找你!」話到後邊,聲音壓低,眼睛閃避。

此時彼時,並不久遠,卻意思、情調顛倒,心慌臉燙的不是說話的人,而是聽者。為掩飾,沙馬依葛端起水杯假意喝茶,沒料到咽得咕咚響,嚇一跳,杯子差點失手掉地上。

夏覺仁倒自在,嘴邊的還是曲尼阿果,像是他的心病。和她商量,怎麼讓阿果回到正常的生活軌道上來,最起碼上班拿工資,別老在娘家耗。可是:「沙馬依葛,你也看見了,她那個病歪歪的樣子沒法上班啊!」

「是呀,」沙馬依葛一改之前的不聞不問,「我看光是幾個事假起不了啥作用!沒想過請病假嗎?你不是說有心帶她去成都看病嗎,抑鬱症?」

「不完全是,準確地說是抑鬱症傾向。」

沙馬依葛探出手,以指尖與夏覺仁平攤在桌上的指尖相碰,她說,善解人意:「那不算嚴重嘛!聽阿果的意思,她家表哥也在幫她

271

請假。她和她表哥走動開了？」夏覺仁任由她的指尖一一挨過自己的，抬眼望來，閃閃的，竟是淚花。

屋外的鳥鳴雞叫人聲競相入耳，吃一驚，各各縮回手，斂聲靜氣，旁顧左右。夏覺仁上下搓臉龐，也為揩淚，抱歉：

「別往心裡去，第一次也是最後一次。」

「理解，但那是不可能的。」

夏覺仁反問什麼不可能，她居然回答：「阿果和她家表哥啊，他們絕不可能接續以前打的娃娃親！」夏覺仁猛吸口涼氣：

「誰在這麼嚼舌根呢？」

「那你幹嘛哭兮兮的，我一提她家表哥？」

夏覺仁搖頭輕笑：「真是女人家啊，就是聰明如你的！我所以失控，傷心呀，你聽見了看見了，我怎麼做都比不上她表哥給她請一次假！還有你，」又偏頭去看裡屋的門，「讓我也不好受。」

沙馬依葛突地心跳，嘴倒硬：「莫名其妙，和我啥相干！」放膽：「你該不是在可憐我吧，可憐我耍盡手段追求你，連你的頭髮絲絲都沒打動過。」

「可憐的是我，不值得你那樣做！」替她打算，「天晚了，不回家做飯嗎？」

不用，有她的外甥女在家幫忙，她大姐的大女兒。「我大姐，你見過，當年行軍在去德玉縣的路上。」

夏覺仁當然記得，潑辣，急切，好像他是她妹妹的囊中物，「你大姐嚇著我了，要不然，結果誰曉得呢！」

「你是在挑逗我嗎，一而再的，夏醫生？」

夏覺仁跳起身：「我倆外邊說去。」

兩人來到夏覺仁家的小花園邊，天光大亮，都有點不好意思看對方。各側過身子，馬上告別又捨不得。

花園這個季節正在怒放的是各色菊花，零散的還有幾朵大麗花、十三太保掛在枝葉上。

沙馬依葛表示自己最喜歡黃色的波斯菊，夏覺仁取來花鋤挖了三株，「沙馬依葛局長，」他說：「我這就種到你家的院子裡去。人家都說秋天移栽的花死路一條，你且看我的本領，不但死不了，花開還能維持到下雪呢。」

　　一路來到沙馬依葛家，種下花，沙馬依葛已經主動表示明天給阿果請假：「沙馬補和書記，喊他聲哥哥，他會高興得忘記自己姓啥的！」

　　第二天上午，沙馬依葛果然打來電話說阿果的假請下來了。她說沙馬補和還答應用單位的吉普送阿果回娘家，如果阿果回的話。

真假證明

　　送回去三個月，單位正要催回來上班，沙馬依葛的續假來了，然後是吳升，光他倆就給曲尼阿果請了一年的假，再加上夏覺仁輾轉請的，曲尼阿果快兩年又沒在地區露面了。

　　這期間，通過夏覺仁這個那個病人的嘴巴，總有曲尼阿果的消息傳到相關部門。由消息聽來，曲尼阿果瘋瘋癲癲，聽說在養蜂，穿著像防毒面具一樣的白衣裳，成天在寨子裡、山坡上晃悠，夜裡沒有月亮總有星星，忽然從眼前閃過，嚇得人屁滾尿流，以為碰見鬼了。

　　她餵蜂子的蜜，都說是夏覺仁捎去的。有從商店買的，也有病人送的野蜂蜜。說她把那些蜜像模像樣地儲藏在罈子裡，每次取用時都很捨不得，發出嘖嘖的憐惜聲。等到春天來了，滿山的杜鵑花核桃花刺梨花，還有櫻桃花桃花杏花李子花開放時，她完全可以把她養的蜂子放出去吧，不，還是把牠們關在後山的幾支木箱裡，折了各色的花枝葉鋪在箱子的頂上、附近的地上，供她的蜂子採蜜。她媽實在看不下去，不管蜂子蜇得又痛又癢，還腫，硬是打開箱門把蜂子放跑了。

　　曲尼阿果好似不認得夏覺仁，總和她表哥混淆。她表哥撤職後，

275

和舅娘表妹走動得更勤，某個月，監控材料就顯示他去過阿果家五次。布控的都是寨子裡的民兵。

這些消息傳來傳去，大家都對夏覺仁生發出些許同情。仁慈的女病人，即便看的不是外科的疾病，也會專門拐來送點自家釀的醪糟、做的豆腐乳給夏醫生。沙馬依葛更甚，家裡煮塊臘肉燉隻雞，總要派娃兒來喊夏覺仁。夏覺仁也不客氣，不但每喊必到，有時還主動上她家討口飯吃。如果從醫院來，就和吳升相跟上。

木略兩口子或者其中的一位來地區辦事、看病在沙馬依葛家吃飯，夏覺仁也會來陪吃。

看病的，是俞秀，她的風濕性關節炎近兩年據她抱怨疼得一夜一夜的睡不著。

又一次俞秀來，幾個人湊到沙馬依葛家吃晚飯，俞秀說曲尼阿果讓下鄉回來的木略帶給她兩罐蜂蜜。沙馬依葛立刻睃眼夏覺仁，意思還不是夏覺仁你給提供的。俞秀說阿果給的蜂蜜泡水喝、清口吃都很滑爽，各有股櫻桃花、刺梨花的香味。還說，阿果以後可以靠蜂蜜養家了。沙馬依葛打斷她，卻盯著夏覺仁笑道：

「俞秀，你回去竹籤子挑一挑，說不定能挑起櫻桃花、刺梨花的筋筋腦腦呢。」

俞秀問她啥意思，她再次睃眼夏覺仁：「你讓夏醫生給你說嘛。」

夏醫生夾一箸熗炒豌豆尖，填進嘴裡，再填兩片油亮、透明的臘肉，慢騰騰地嚼爛咽了，方理會：「那些筋筋腦腦都是揉碎的花瓣，阿果揉爛後摻進蜜裡的。」

「沒有啊，」俞秀說，「沖出來的蜂蜜水可清亮了。」

夏覺仁很正經：「阿果擠進去的可能是花汁兒！」

沙馬依葛拊掌樂，吳升沒有表示，夏覺仁難免多瞧他一眼，覺得他有點特別，盡一盅一盅地灌酒了。好酒的人不吃菜是常態，可他的酒沒往常喝得歡暢。

俞秀來回看他們三位：「啥意思啊，你們？咋可能摻花瓣花汁

嘛，我聽木略說，阿果專門在蜂箱口給我裝的蜜。還說，地上擺的，樹上掛的，加起來，總有十來個蜂箱。野蜂不少，黑黑的身背，飛起來旋風一般。」

夏覺仁轉移話題，問俞秀：「你來看病這麼一陣兒了，咋不見木略的影子？」

俞秀擺擺手：「動彈不得！自從林彪摔死在溫都爾罕，半年多來一直在開會、學習！還學林縣挖水渠，學大寨開荒造田。哪裡是荒山嘛，都是林子，非得要砍了讓種地。木略心裡不安逸，也不敢表示！」

「你們漢族連巴掌大點的地都拿來種菜吃，學大寨開山出地能種多少菜啊，你倒不滿意了！」沙馬依葛說。

「誰讓我嫁了個喜歡林子勝過田地的彝胞呢！」

「看你把那蠻子稀罕的！」沙馬依葛奚落她。

「未必你不是！好酒好肉，把漢胞吳升養得一肥二胖。」

沙馬依葛稍瞧瞧夏覺仁，感歎：「咱們這三對彝漢婚姻就夏醫生的差點火候，娃兒、老婆、男人，一家人分在三個地方！話到這兒，我倒要問夏醫生，阿果的假，她的單位還讓續嗎？又小半年過去了。」

「沒人提這事，都在忙批林批孔，從此把阿果忘記才稱心！」

沙馬依葛說，帶點憂慮：「別以為批林批孔和自己沒關係，稍一聯繫實際，就成典型了。你再說阿果精神有問題，抑鬱了，有醫院開的證明嗎？有病假條嗎？病退算了，不會是心痛那幾個工資吧？」

「也不是沒考慮過，但精神上的毛病鑑定起來太麻煩，得去成都，當然可以找張隊長……」

「慢著慢著，」吳升放下手裡的酒盅，「夏醫生，你該不是想找張隊長開後門吧，」臉醺紅，眼神迷茫，舌頭卻利索：「讓他幫你開假證明？」

夏覺仁生硬地問他為啥出此怪論，假證明？吳升撫著酒盅，漫不經心地說：

「夏醫生啊，我在旁邊聽你們議論阿果的蜂蜜到底摻的是花汁還是揉碎的花瓣，不由得把此事的前前後後理了一遍，我想，不如找張隊長幫忙開個證明，證明阿果有精神病就萬事大吉了。」

俞秀抗議：「那種證明咋能隨便開，精神病，不就是瘋子嗎！拿來罵人解氣還行，開證明，白紙黑字，害得不止阿果一人，以後誰敢和阿果的子孫輩開親啊！阿果的精神有毛病嗎，我咋不曉得？」

「要不然，我說開假證明呢！」

「假的真的，都不行！」俞秀態度堅決，「可以開胃病、心口痛呀！」

「胃病心口痛都不如精神上的病威力大，要不，夏醫生也不會這麼散布了？」

夏覺仁板著臉說：「散布？又不是謠言，阿果爹死姐亡，沒有徹底瘋掉，已經萬幸。你們都曉得阿果家搞迷信，給阿果叫魂吧！按彝族的說法，雖然是迷信，魂丟了，要叫回來；但按科學的說法，魂丟了，相當於失神，是精神上的問題。」

「所以得給她充裕的時間調養啊！」吳升說，「請假不夠，開證明最管用，假證明！」

「證明就是證明，老吳，你怎麼盡說假的呢？」夏覺仁聲音響亮。

「阿果啊，」吳升賣關子，「最多是心理障礙，就像電線短路，暫時的，而且從諸多跡象看來，早就暢通了。抑鬱症，全是夏醫生在散布！故意的，為讓阿果白拿工資不幹活！實話說，我懷疑夏醫生在阿果請假這事上耍心眼、設局讓我們當冤大頭不是一天兩天了。俞秀剛才那番話讓我更加認定我的懷疑是有道理的。」

「哪番話？」俞秀不明白。

「阿果養蜂那事兒！」吳升大大地灌口酒說，「俗話講，江山易改，本性難移，說的就是夏醫生。夏醫生不管是非曲直，一味將就、屈從阿果，甚至不惜欺騙組織、耍弄朋友，也要達到給阿果請假的

目的。就說巴結我吧。不是一般的端茶遞菸，剛瞄見我的影子，就已經在給我立正了，屁大點事也來找我匯報，給我養的花草澆水鬆土，幫我收拾打掃辦公室，進而給我倒痰盂，不嫌惡心。我一看見夏醫生畢恭畢敬的樣兒，渾身就起雞皮疙瘩。依葛，你沒有感覺嗎？」

沙馬依葛頭別到一邊，不吭聲，他歎口氣：「除了阿果，夏醫生向誰低過頭！我就想這傢伙未必有事相求？果然，變化手段，讓依葛和我幫他給阿果請假，一次又一次。到今天，快兩年了，我們哪個見過精神失常的阿果？沒有嘛，卻不停地聽說阿果發瘋的事，養蜂是其中最瘋的一件事。請注意，也只有夏醫生一個人在說，沒有說瘋，是抑鬱。几几嫫和我打賭，哪個敢說阿果瘋了，她就敢不當幹部……」

「為這事，你找過几几嫫？」沙馬依葛驚問。

吳升表情鬆弛：「不找她找誰，離阿果娘家最近的只有她。她派人，自己還專門去了趟，然後捎信給我說，阿果不瘋不傻，天天圍著她養的蜂子轉。春天到了，還會雇人雇馬北山南山地追著花期養她的蜂子。俞秀說得對，阿果的蜂蜜可以養家了。几几嫫就碰到好幾個漢區的人在那裡收購蜂蜜。几几嫫拿不準阿果是不是在搞投機倒把。你們認為呢？」

沒人回答他。俞秀責備夏覺仁：「為啥把自己的老婆說成瘋子？」

「為給阿果請假，好讓她從事養蜂事業！」吳升說，陰陽怪氣。

「老吳，」夏覺仁放緩語調，帶點討好，「你聽我解釋……」

「你那些解釋留給俞秀、依葛吧！」吳升難得嗓門大，立竿見影，夏覺仁即刻噤口，「她們女人家，心軟，聽不煩，我再聽你訴苦，會當場昏死過去的。夏醫生呀，你曉得是啥引起我的懷疑的？恰恰是你扯淡的花末花汁。哼，連蜂蜜都扯謊說是你提供的！」

「難道不是？」沙馬依葛底氣大失。

「依葛啊，所以我說你呢，不要當東郭先生，迂腐，東郭先生是被蛇耍了，你是被夏醫生當槍使了……」

叫魂

1. 曲尼阿果養的蜂子確實在產蜜，不同的花開時分，蜂蜜的味道各不相同，可要像俞秀說的拿來養家尚待時日，而且會被當作資本主義的尾巴割掉的。

養蜂並不是曲尼阿果的唯一本領，擺弄花草她也很在行，像長了雙仙手，壞了根的鳶尾花、被汽車從梢帶根都碾爛的芍藥也能救活。說到仙氣，夏覺仁覺得連蝴蝶、麻雀、山兔子都很喜歡他的阿果，不然，她怎麼會把蜜蜂養得那麼乖呢，想要櫻桃味、刺梨味的蜂蜜也要得到。看她帶著蜂箱在山野間自由自在地追逐花期，夏覺仁再心安不過。

外人不必曉得他的阿果擅長養蜂種花，那樣的話，他們會認為阿果沒有毛病，又會把她拘回來關在單位關在辦公室那樣的籠子裡。為迷惑他們，夏覺仁甚至把兩個娃兒都送到上海大姐家去了。原因簡單，娃兒的媽媽身不由己，管不了娃兒；他本人，醫務繁忙，非但管不了娃兒，也管不了神經出毛病的老婆，任由老婆不斷地跑回娘家。曲尼阿果的單位因此會派人去把阿果押回來，有次還動用了擔架。

曲尼阿果被單位押回來，抬回來，禁閉以後，就會哭，只有眼

281

淚沒有聲。女人，就地打滾，自撕頭髮、衣服，破口大罵，等有人來拉扯你，讓你住嘴時，就昏死過去嘛。曲尼阿果不來這一套，頭髮讓她抿得光光的，衣服褲子不時抻一抻，生怕人家笑話她蓬頭垢面、衣裳不整。沙馬補和書記有一次就發狠話：「看你不吃不喝，哪裡還來的眼淚流！」

流不出淚就流血，三滴兩滴，單位嚇壞了，趕緊讓夏覺仁把人領回去。但不許離開地區。

不讓回娘家，曲尼阿果的反應一樣，有淚流淚，沒有淚流血，還絕食，反正死路一條。

在單位打熬的那三四天已顆粒未進，夏覺仁接回來也不吃不喝。有天夜裡，夏覺仁硬是掰開她的嘴餵了她半碗雞蛋羹。第二天早上準備打水給她洗臉，發現臉盆裡都是她吐的蛋羹，紅紅的，還雜有血絲，完全是卡住脖子嘔出來的。夏覺仁腦門心一熱，衝到廚房抄把菜刀回來強塞到她的手裡，讓她砍死自己算了。

那刀自由落體，哐當一聲，掉在地上之前，擦過夏覺仁的右腳踝，嚇出他一身的冷汗。

他再出門上班或者買東西，就會特意把家裡的各種刀具藏起來，兩把菜刀、一把水果刀，外加一把起子。

他常請科裡的幾個護士輪流替他照顧，實際監視阿果。護士們個個回來都向他報告，阿果好虛弱哦，呼出來的氣多吸進去的少，蠶絲般，熱乎勁都沒有。她們說，我們哪一個不是連白帶黑一天守下來的，可別說屎，連尿都沒見她撒過。都主張給阿果輸液，鹽水，葡萄糖都來點。可等曲尼阿果長了點氣力，就會把針頭拔掉。再扎，根本扎不進她的血管，淋淋拉拉，都是血。夏覺仁又氣又痛，當著護士的面眼淚迸然而出，惹得那些護士直彈舌頭，煞是羨慕！

夏覺仁還給曲尼阿果留字條，告訴她不吃東西、不喝水對身體的危害，威脅她要是出了毛病，你家媽，還有年小的弟弟靠誰養活！他也寫自己的心情，兩個字，後悔。後悔沒去料理二姐的後事，沒

282

為爹爹奔喪，再就是告發石哈。說有一句漢話叫愛屋及烏，我愛阿果你愛到自以為能以命相許，卻不能包容你的父母，他們生死交關時還打自己的小算盤，槍斃三次有餘！

他每天放張字條在曲尼阿果的被子上，在她的下巴處，她呼出來的氣息吹得字條發出細碎的輕響，十分悅耳，總要叮囑：「記著看啊！」等他回來，那字條可能在床上，也可能飄到地上，只要他揀到，他就壓在曲尼阿果的枕頭下，把其中的內容講給她聽。他覺得講的效果比寫的強，起碼曲尼阿果在聽。

講到第五天，講不下去了，因為靜默的曲尼阿果突然哭將起來，聲音之尖利，像要劃破長空，引來一大堆好心的鄰居相看。

曲尼阿果哭得止不住，還亂扔東西砸他，都是手邊的，枕頭，手錶，鬧鐘，水杯，調羹，碗，收音機。他被水杯砸中過，左肩，輕疼了兩天。鬧鐘、收音機分別砸碎家裡的一個鏡框，兩個並排的熱水瓶。

發洩有好處，此後她開始正常飲食，雖然少。沒問兩個娃兒的去向。

某天夏覺仁下班回來，看她把園子裡的幾株芍藥挖出來，用泥巴糊根，再用舊報紙包裹。說要栽到娘家的院子裡。飯也不吃，馬上要走。夏覺仁攔她，假意擔心路上花費的時間太久，芍藥花嬌氣，等回到家早死掉了。她明朗地一笑說：「你忘了嗎，那時你揀回來的索瑪花根子都斷了，還不是我救活的。」

2. 她什麼時候養的蜜蜂，還興致盎然，卓有成效，夏覺仁並不知道，只知道她再鬧著回娘家時更惦記的是先兩箱後五箱現在已經十一箱的蜂子。養蜂讓她挺分心，好幾次，她明明在聽夏覺仁讀女兒從上海寫來的信，或者講女兒兒子在上海的情況，突然打斷他，絮叨自己的蜜蜂。她時而流露出的會心微笑，間或若有所思，並非因兒女而起，而是她的蜂子。

她不吃自己的蜂子採的蜜，開始也不讓別人吃，她媽媽嘗了口恰恰被她瞥見，當場把手裡的一支木瓢摔到地上，竟然裂成幾瓣。蜜蜂死了，或者被別的蜂群拐跑了，她總是哭得死去活來，她媽媽氣不過：「哪一天我死了，你哭得成這樣兒嗎？」她不讓吃的蜜全拿來餵蜂子，真的是在養蜂啊！

事情總在變化，曲尼阿果的媽終於接納夏覺仁了。早在阿果的爹去世前，碰上親戚鄰居，誰生了病，又非得要去縣裡地區診治時，她會建議人家上地區找夏醫生，特別囑咐：「不要說我讓你們找的！」哪有不說的道理，管用得很，夏醫生忙前忙後，殷情百倍。消息傳回來，她總笑笑：「又掙了個面子！」曲尼阿果的爹死後，夏覺仁的作為正好印證這椿彝漢婚姻的錯誤，夏覺仁在她眼裡，根本就是壞蛋一個！

可夏覺仁三番幾次送曲尼阿果回來，還和以前一樣遷就她，又給脫鞋又給擦臉洗手，連飯都恨不得親自餵，也觸動曲尼阿果的媽。

夏覺仁再送曲尼阿果離開時，岳母會一大早起來給他做碗荷包蛋，給他準備路上吃的蕎麵粑粑、煮洋芋，還會專門磨了燕麥做的炒麵讓他帶回去充饑。

總有所不甘，也是習慣使然，進來出去常吊臉子。夏覺仁知趣，盡量不和岳母照面。聽岳母要找祭司、巫師，就是彝話叫的畢摩、蘇尼來給阿果叫魂，不敢公開反對，迂迴說：「這可是迷信活動，萬一被發覺，幫忙的畢摩、蘇尼也脫不開爪爪。再說，哪來的畢摩、蘇尼，早就變成人民公社的社員了。」

阿果媽讓他別管，畢摩她來找，「山洞洞樹縫縫，不信找不出一個來！」還得找畢摩，畢摩有文化，有傳自歷輩祖宗、手寫在羊皮紙上的招魂經；蘇尼靠神靈附體，如果附體不成功，魂就白叫了。

民改以來，再到「文革」，和蘇尼一樣，畢摩一直在被管制，早就不能做法事了。長時間不操練，技藝生疏，飄在雲朵上下的神靈未必聽他們的召喚。最主要的是他們變膽小了，害怕法事期間衝來

284

幾個，哪怕一個基幹民兵，就夠收拾他們這些搞迷信活動的傢伙了。

　　這些事兒都不是夏覺仁能操心的，阿果的媽催他趕快回地區上自己的班去。夏覺仁嘴裡答應，內心卻在抗拒。第二天一早，吃完給他準備的早飯，懷揣上乾糧，假裝出門，在一個山包後躲到天擦黑，折回來。剛到院門口，聽見屋裡有男人的聲音，以為是畢摩，再一聽聲音很熟，扒著籬笆一看，影影綽綽，果真是阿果的表哥古侯烏牛，吃驚不小，「啊」的一聲，先自跌來摔響在柴扉上。

　　阿果的媽氣得直揉胸口，古侯烏牛不動聲色，讓他留下來，說不定派得上用場！

　　果然。

　　畢摩覺得眼前漢人夏醫生的氣場最強大，力邀他一起「幹迷信」——用漢語正面也帶點自嘲地表達做法事。

　　畢摩讓他揪住毛線的一頭，另一頭由阿果媽攥著。不是毛線，是畢摩念過經有了靈氣的魂線，長及兩尺。又讓他抓舉一隻綁著翅膀的白公雞。然後自持柏樹枝，越過魂線，舞了舞，示意他將白公雞舉過魂線晃一晃。再讓阿果媽和他同時扽線頭，扽緊魂線中間挽的活結，表示曲尼阿果的魂給拴住了。

　　畢摩叫阿蘇達爾，曲尼阿果小時候靈魂走失時也是他給叫回來的。前後叫過五次。其中一次，專門針對阿果迷失在漢區的魂。曲尼家只有阿果的魂在漢區走失過。阿果媽因此常抱怨阿蘇畢摩當年叫魂打瞌睡了，要不然，阿果何至於找漢人做丈夫！

　　此刻她抱怨的是阿蘇畢摩的膽子，「小得來還不如麻雀的」，先聲稱叫魂是迷信活動，幹不得。後來看在古侯烏牛、夏覺仁是國家幹部，後者又是漢人醫生的分上，勉強答應下來。但有條件，要夏醫生為他的孫女療傷。那姑娘放羊時劃破的腿肚子半年了還在化膿，他調的草藥糊糊不管用。

　　人如約來了，卻很恍惚，東張西望，支起耳朵聽外邊的動靜，生怕被民兵發現抓去游鬥。

押他游鬥的，不止民兵，還有紅衛兵。紅衛兵的花樣多，給戴紙糊帶尖兒的高帽子，還掛張牙舞爪、寫著「封建迷信分子」的牌子，連他做法事用的神笠、神扇、羊皮紙經文都胡亂掛到他的頸子上。與會的人都在聲討他「幹迷信」，破壞生產，耗費財物。具體來說，某家的爹生病了，阿蘇畢摩看蛋黃看羊脾，翻讀羊皮紙經文，然後讓那家的兒子殺雞殺羊，送鬼送魔，不管用，又讓殺牛，牛頭羊頭全歸他，結果，那家的爹還是害病死了，家產呢，蕩盡了，窮得來哭天喊地。類似的事情、人家何止一椿一戶。其中一人質問他吃過多少牛頭羊頭？他說忘記了。那人說，光他家上下兩代的牛頭阿蘇畢摩就吃過六個，羊頭十三個。有人便在現場統計，數字驚人，阿蘇畢摩居然吃過三四百個牛頭、上千個羊頭，雞啊豬的難以計數。眾人憤憤不平，繞著他轉圈，終於有了答案：「難怪阿蘇你的腦殼像牛像羊又像豬，原來那些畜牲的腦殼吃多了。」

　　還有人拽他一把，風言風語：「噫，畢摩，你不是會咒術嗎，你咒一個來讓我們瞧瞧，看能把我們哪一個咒死呢，還是咒得生病呢！」又抓著他的手擦燃火柴，讓他自己點燃掛在胸前的經文。那羊皮紙上寫就的經文世代傳下來，傳到他的手上，已然十三代，是阿蘇畢摩家的寶物啊！吱吱的燃燒聲，升騰起的皮脂的氣味，還有浸濡著他的歷代祖先身上手上的油汗味，把他的心都攪碎了。再請他作法，不膽小才怪。

　　他慌裡慌張，在背誦自家的譜系時，老打磕巴，人鬼都不吃他那一套，那些飄蕩在家宅內外、由死去的牛羊蟲雞變成的大鬼小鬼，齜著牙除嘲笑他外，等他念叫魂經時還會裝怪打擾他，要不騰起一股煙霧來讓他看不清經文；要不撓他的胳肢窩，讓他癢得坐立難安；要不讓他地叫魂聲收不回來發不出去，張著嘴巴乾著急，反正出他的洋相，讓他好看！弱畢摩被鬼欺就是這樣的。

　　阿蘇畢摩還把曲尼阿果的命向搞顛倒了，「魂啊，」他唱念，「你該回你的西北方啊！那裡花紅水綠，風輕輕的，多暖和，你的魂要

286

想壯大，只有西北方啊！」應該是西南方，這是曲尼阿果出生時就確定的命向！

阿蘇畢摩自覺法力大不如前，不斷地呼喚曲尼阿果的爹來幫忙：「曲尼拉博啊，你來幫幫你家女兒，讓她柔弱、輕巧的魂不要在離家天遠地遠的地方玩耍，快點回來吧！再不回來，她家媽的眼淚就要流乾了。她是多可憐的一個婦人啊，男人、二女兒挨著都死了，這個三女兒，魂要是叫不回來，一天一天，也要死的。她萬一死了，不會像你家二女兒那樣變成冤死鬼的，變鬼是肯定的，就是搗蛋鬼也是鬼啊！難道你光曉得在祖靈地的桃花林子裡享福，不關心不心痛嗎？英勇的曲尼拉博啊，讓你女兒的靈魂回來吧，回來挨著她家媽，互相有個依靠吧！」

這番痛說，阿果媽傷心都來不及，哪能顧及畢摩的又一次失誤：忘在門後插神枝了，魂路倒畫好了。

神枝是靈魂順著魂路回來寄身的處所，沒有它，靈魂還得繼續遊蕩啊！

鬥爭會

1. 叫過魂，起不起作用，得阿果媽判斷，她說起作用，因為阿果允許她吃蜜了，還裝在罐子裡送人。曲尼阿果自己還是不吃。她問夏覺仁和她是不是站在同一條戰線上的，這樣的詞她也會用，可見她並沒有完全脫離社會。夏覺仁自然是她這邊的，她偏頭，嬌嗔地說，那就不能吃她的蜂子採的蜜，惹得夏覺仁歡喜不已。

半路卻殺出個程咬金，吳升竟拿她養蜂的真假來生事，還陰暗到找一個叫几几嫫的女人去調查阿果的程度！

那天晚上離開吳升家送俞秀回病房，一路無語。分手時，俞秀難得握了下他的手：「看吳升那架勢，這輩子怕是饒你不過。我不信你和沙馬依葛還在膩歪，沒有吧？」

夏覺仁憋不住聲大：「從來就沒有過。」

第二天上班吳升來外科會診，看不出異樣，會診結束，立即走人。然後，連著三天不見人影。夏覺仁再三再四地在他的辦公室外轉悠也沒碰上，問林書記，吳院長是不是出差了，回答沒有。反問他找吳院長什麼事，不肯說。事情敏感，只有俞秀這樣的朋友可以商量，可俞秀到三十公里以外泡溫泉去了，那眼溫泉硫磺水質，對關節炎療效顯著。要商量的僅一件，哪怕下跪，也得求吳升掩飾阿

289

果養蜂的實情。

正打熬，吳升找來，叫夏覺仁去他家吃晚飯。

柳暗花明啊！

提前下班，回家好一陣翻騰，沒有拿得出手的。去吳升家吃飯，他從不空手，只是上海貨有限，他大姐的日子也不好過，來信說街道新來的主任不買所謂紅色資本家的賬，香港來的匯單都被他扣在手裡。

趕在食品公司關門前，忍痛花兩張糖票買了三塊碗狀紅糖。

每次看他帶東西來，沙馬依葛都要客氣兩句，這次聲都沒吭，臉板著。

他問，帶點開玩笑：「老吳欺負你了？」

居然：「你！」

裝著不明就裡，望向吳升，那位哈哈一笑，不置可否。只聽沙馬依葛又說，清朗得很：

「你和我們往來，是不是在利用我們哦？」

「此話從哪裡說起？」瞥眼吳升，小心翼翼。

「你是為給阿果續假，才委屈自己一天到黑吳院長老吳不歇嘴的吧，還鞍前馬後，撅著屁股伺候吳升！別熊樣兒，腰打直，胸挺起！」

夏覺仁微勾腦袋，低低地笑道：「我咋聽不懂呢？」

「你就假裝吧。」把他放在飯桌上的碗糖略一撥拉，「吃完飯拿走，難道戰友的情意就值這點東西？」揪了袖子的一角沾眼睛。有淚嗎？吳升開腔道，語氣沉緩：

「老夏啊，本來以為你在開玩笑，我們內部說一說就算，沒想到你是認真的，滿心盼望沙馬補和，他的老婆，還有他們的幾個娃兒摔破腦袋跌斷手腳，最起碼盲腸炎急性發作，你好給他們治療……」

不再往下說，等夏覺仁回話，後者只是看著他，神情瞬間變得

異常冷淡。

「往下說啊！」沙馬依葛催促。

吳升略避開夏覺仁的眼風：「還用說嗎，就是利用別人的痛苦來給自己的老婆行方便！」苦口婆心：「老夏啊，你愛老婆，愛到超過賈寶玉愛林妹妹，無可非議，咋能黑心爛肺，存禍害他人的想法呢！這是對沙馬局長，對我們，你的戰友，你欺騙我們利用我們，拿為沙馬依葛做的闌尾手術擺好論功！」怒火中燒般，音色粗糙：「你是不是看我們傻，好哄哦！」

「只一句，」沙馬依葛說，「夏醫生，你要我們咋相信你呢？」

「別相信！」夏覺仁說，「本來我打算哀求你們饒我饒阿果一命的，看來不可能。你兩口子話語滔滔，手勢表情，配合得天衣無縫，我都嫉妒了！唉，阿果和我如果多少有點默契，她就該聽我的，不去炫耀她的破蜂蜜。今天這頓飯沒法吃了，你們叫我來也不為這頓飯，走了。」

「拿上你的東西。」沙馬依葛及時地喊了一嗓子。

「留著吧，要不丟垃圾箱。」

2. 隔天上午，夏覺仁有臺手術，吳升過來換上行頭也進了手術室。大家以為他要為病人縫針，結果好似督戰。臨走通知在場的人晚上去飯堂開會，讓周知。

下午沒事，夏覺仁掐著上班的時間去見曲尼阿果的頂頭上司沙馬書記。

沙馬書記正剔牙，拿根火柴棍使勁捅。

他自顧自坐下，辦公室裡除書記的坐椅，另有一把。間或好心建議沙馬書記別和自己的牙齒過不去，抬起半個屁股探身打量沙馬書記齜了一半在唇外的牙：「哎喲，門牙縫卡得進一顆米，再大點，說話就該走風漏氣了。」

沙馬局長丟掉尖兒都糙了的火柴棍，白眼一翻：「可惜你不是牙

291

醫！」

「我不是，可以給你介紹！」

「你這種人，黃鼠狼一樣，能安啥好心！說吧，這次想給你老婆續多長時間的假？」

乾脆道：「長假，長得你再也不用勞神給她批假了，連基本工資也可以不給她發。」

沙馬書記端正腰身，兩手攢在一起擱在桌上，瞪大眼睛：「難道要辭職？」

「正是。」

「這可沒想到！」沙馬書記往椅背上一靠，「我不是聽說阿果活蹦亂跳的，在娘家大搞資本主義的副業，養蜂嗎！」

「所以毛主席教導說要調查研究呢。作為她的領導，你從來都沒主動問過她，從哪裡曉得她搞的是資本主義的副業！阿果的娘家離地區不遠，你又有車坐，你帶上自己的眼睛親自去看看嘛。信不過自己的眼睛，你還可以到她家附近的翻身奴隸家搞調查，調查完分析完，再下結論好不好？」

沙馬書記倒抽涼氣：「夏醫生，你吃了豹子膽還是老虎的心，變了一個人嘛！今天連菸都沒遞給我一顆。你是不是以為只要阿果辭了職，我就管不了她，你也就沒啥好求我的了？告訴你，痴心妄想，我管不了她，組織也管不了嗎！哼，奴隸主家的小姐，新叛分子的女兒，被民兵押著修水渠開大寨田啥滋味，想感受一下嗎？」

「她還是我的老婆啊，我可以讓她當家屬！」

「呸，做你的臭美夢吧！」沙馬書記氣極，跳將起來就往外轟夏覺仁，嚷嚷，「晚上見。」

不虛此言，晚上果然出現在五醫院批鬥夏覺仁的現場。不止他一人，還有他手下的革命群眾，加上醫務人員，百十來號，把五醫院的飯堂塞得滿當當的。

鬥爭夏覺仁的理由現成，欺騙組織，包庇新叛分子的女兒，圖

謀革命同志受傷。下午他自己又送上門去一條：逃避鬥爭，想給老婆辦辭職。

這種隨機召開的鬥爭會，比之四五年前已沒什麼火藥味，不過被鬥爭的對象必須垂手低頭立在眾人前面，聽這裡那裡站起一個人來對自己發通議論，一般說批評教育。批評教育的人未必理直氣壯，某天因為某段可能被視為汙點的履歷，或者某些某句針對人事的牢騷話，或者隨手在公家的菜地拔了棵蘿蔔薅了把韭菜，也會被鬥爭。夏醫生，每天抬頭不見低頭見，遷就老婆也不是一天兩天，說到底那是人家的家務事，如果不牽涉新叛，還不是飯後拿來嚼舌頭的花絮。所以，鬥爭會前半場連春風化雨都夠不上，啞場多次，搞得兩個主持人，吳院長和沙馬書記，面面相覷，吳院長不惜點名讓批評教育夏覺仁同志。

被他點名的說的都差不多，附和者大有人在，不外乎：「新社會婦女的地位提高了，但在夏醫生那裡也太高了，老婆當成菩薩供。」「女人，你越對她好，她就越傷你，夏醫生的景況就是這種老說法的真實寫照。」在座的女性，居然沒人出面駁斥這些歧視婦女的言論。夏醫生何以如此，他們說：「上海，十里洋場嘛，電影裡頭看見過吧，早在三十年前本該大門不出二門不邁時，上海的女人就出來工作、應酬，打扮得花枝招展，和男人坐酒館、咖啡館，叼根菸端個杯子吹牛打鬧，不分上下。」「男的地位還要低點，出門進門上車下車，都是男的給女的開門，還替女的拿大衣，走路也讓女的先走。」

亂紛紛，人前站著的夏覺仁捯了好幾回腳，嘴角溢出笑。

吳院長忍而不住，厲聲喝止這些不著邊際的言談：「在座的各位難道沒有是非觀嗎？」會場鴉雀無聲，只有他的聲音在迴盪：「夏醫生現在只是錯誤，再往下發展成罪行，你們在座的各位都該負責，因為你們沒有利用好批評教育他的機會。你們和毛主席指責的裹腳女人有啥區別，只曉得抖又臭又長的裹腳布，觸及不到當事人的靈魂，更不要說深處。夏醫生心裡肯定在蔑視、嘲笑你們這群傻瓜蛋，

我之前也被他當成傻瓜蛋蔑視過嘲笑過，包括我愛人，沙馬依葛副局長。他利用我們和他的老關係，還有人類普遍的同情心，一次一次地騙使我們為他老婆請假。說他老婆精神受刺激，『差不多瘋了』，還有一個詞是抑鬱症傾向。我們這些善良的人啊，不追究他的用詞，不論真假，又見他做出副照顧不了娃兒，把他們送到上海姐姐家的樣兒，更同情他，趕緊動員自己的一切關係、能耐，去幫他，不斷地為他老婆續假，續到今天，三年八個月。這麼長的時間裡，我們大家在幹啥呢，抓革命促生產，流血流汗，他老婆，曲尼阿果呢，在娘家享清福，工資一分不少……」

工資說威力巨大，公憤立起，一片喧嚷，夏覺仁請沙馬書記作證：並非一分不少，只有基本工資。

吳升煽動不改，不再提錢：

「同志們啊，三年八個月，我們偉大的社會主義祖國勝利完成了第四個五年計劃，衛星上天，原子彈成功爆炸……」旁邊有人提醒他，衛星和原子彈是十年前的事，笑聲四起。吳升兩條胳膊平抬再一按：「安靜，我那是在打比方！具體到我們地區我們五醫院、沙馬書記他們民政局，包括今天在場的各位，我們誰沒有三痛兩病，如果都拿來當藉口，你請假我也請假，那誰來為國家地區單位服務呢，更不要說為社會主義建設、共產主義早日實現做貢獻了！夏醫生的老婆，連最起碼的上下班都沒做到，只拿基本工資就有理了？聽說在大幹資本主義副業，養蜂子掙錢……」

夏覺仁打斷他：「那點蜜分給親戚朋友都不夠，掙哪門子的錢！你家不也收到過……」

「說明確實在產蜜！那你為啥撒謊是你買來騙阿果的呢？」

「要不怎麼會有你宣布的欺騙組織的錯誤呢！寨子裡沒有電，蒼蠅蚊子、蝨子跳蚤能把人搞瘋，成天煮洋芋烤洋芋，蕎麵饃饃裡也盡是洋芋，再圓根蘿蔔，把肚子裡的油都刮沒了，哪有福可享啊！得罪，吳院長，你繼續批評！」

吳升離開主持人的位置，繞著夏覺仁轉圈，咂巴嘴，頓足：「沙馬書記的話沒錯，你吃了豹子膽還是老虎的心，這麼囂張？你說辭職就能辭職嗎？不可能，除非開除，被組織！想為所欲為，告訴你，辦不到！」

「辦不到！」又響起一喊。夏覺仁舉目一看，沙馬書記的老婆隨著話音，旋風般掠過人陣已近到跟前，反應及時，側身躲過，吳升卻被女人的右肩頭一撞，原地打了個轉兒。

女人指定夏覺仁的鼻子屬聲道：

「壞良心的爛漢人！」

「烏芝嫫呀，」她男人、沙馬書記阻止道，「啥叫爛漢人，想給民族團結抹黑呀！」

烏芝嫫大眼一瞪：「抹黑，好大一頂帽子敢往我腦殼上扣，你怕是不想活囉！」哄笑，也有喊沙馬書記回家跪搓衣板的。烏芝嫫神定氣足，莊嚴自生，眾人給壓服得悄沒聲氣。等她再開口，群情一振，也發矇，她居然問夏覺仁：「你腦殼裡有妖怪嗎？」不會有答案，只能自己繼續發揮：「有，我看還不少！就是它們在指使你吧！聽說你一天到黑，盼星星盼月亮，盼著我家的人，他，」指自己的男人，手指倒向自己，「我，」胳膊伸長劃拉一圈，「還有我們的娃兒摔爛頭臉手腳好找你修補！然後，你借機為你老婆，那個好逸惡勞的奴隸主女兒請假。你怕是還巴望我肚子裡長包吧？」

她掉過來轉過去，不是面對夏覺仁，就是朝向革命群眾，言之鑿鑿，群聲呼應，都罵夏覺仁太毒寡，咒人不死！

烏芝嫫掉轉不止，頭昏腦熱，身體又壯大，右腳刺溜，左腿一軟，已跌落在地。人群的驚呼中，奮勇地往起站，未得逞，昏黃的燈光下赫然一堆，「哎喲」「哎喲」，大聲呼痛。

夏覺仁及時把住她的腿，放聲喊這個那個，取擔架準備手術室，告訴張皇的沙馬書記：「你老婆的左腳踝粉碎性骨折。」

沙馬書記兀自大叫：「真讓你說中了，我家的人摔斷了腿，還摔

得粉碎！」

3. 話雖如此，卻任由夏覺仁給他老婆治療。老婆心強，痛得昏死過去的兩個間隙都在抗拒，說寧可死寧可一輩子當跛子！沙馬書記罵她：「想死想當跛子門都沒有，我絕對不允許，夏醫生你也不允許吧？」

夏覺仁不置一詞，烏芝嫫在他左臉上留了四個爪印，長短深淺不一，血珠子乾凝。

沙馬書記倒替他想得開：「一報還一報。」

曲尼阿果續假還是辭職，暫時擱置不論。夏覺仁抽空去看過她兩次。每次都帶回幾罐蜂蜜，再不遮掩，隨意擺在辦公桌上，供大家享用。某天，烏芝嫫來複查，嚐了口，讚歎了聲，趕緊給她送去兩罐。

和吳升的關係怎麼都調整不好，迎頭碰上能把頭側開；去幫著料理花草吧，所有的花盆上都有毛筆草就的四個字：「他人勿動」。

夏覺仁又新添一愁，怕阿果被強送去勞教。幾天前公捕公判大會，當場抓判一個陳姓混混，以好逸惡勞論罪。曲尼阿果沒有惡勞，在養蜜蜂，但和社會主義的勞動要求不一致。

一邊為難著，一邊就像條件反射，抓罐蜂蜜，還有盆開得正繁的茉莉花去了沙馬書記的家，送醫上門。

烏芝嫫性格爽快，不再和夏覺仁計較。可她有原則，大喇喇地仰坐在椅子上說：「夏醫生，治腿，續假，各是各，不要妄想！」

夏覺仁笑笑，不應聲，捏把木錘輕敲她的踝骨膝蓋。「不要妄想」，幾乎是烏芝嫫每一次的開場白，夏覺仁離開時，她還會狡黠地眨眨眼睛，敲打著傷腿，歎息：「腿啊，你快好起來嘛，你好了，你看夏醫生還咋搞他的陰謀詭計！」

這一天也如此，沒說完，門響，沙馬書記下班回來，跟著他的竟然是沙馬依葛。

沒和她照面已兩月，她也一愣，轉瞬神態自若：「老戰友，咋好久不來我家吃飯了？我姐家昨天送的菌子新鮮得好，晚飯去吃嘛！」她是來看望烏芝嫫的。

沾她的光，得享一碗雞蛋糕米團醪糟。再和她前後腳，出了沙馬書記家的門。

沙馬依葛仍邀請他去家裡吃菌子。

眼前盡是她男人那張苦瓜臉，哪來的胃口，藉口醪糟雞蛋肚滿腹飽，不打算就此別過，專門繞路送她回家。

沙馬依葛抱歉對質那天態度粗率，還有吳升幹嘛非要開會鬥爭你嗎？

夏覺仁搶前幾步再掉頭審視她，不是裝的，目光平穩，臉相端正。

「看啥，」沙馬依葛叫道，「好看啊？」

「好看！以前很凶，眼神尤其，刀尖兒似的，能剜下人的一塊肉來。」

「剜下你的了？」

「何止一塊兒！」

「阿果也沒給你補上啊，這幾年更是連飯都不管你，瘦巴巴的，遭罪呢！阿果也乾柴棍一根。」

夏覺仁驚道：「你見過她？」

「一週前，到德玉縣出差，順便約俞秀一起去的。阿果男人不理，兒女不睬，想老死媽家啊！早和你講過，黑彝的女兒心腸比石頭硬，得罪不得。」

夏覺仁略一遲疑：「所以，我羨慕吳升。」

「夠鬼，難怪吳升說你不好對付！」避到路邊的柏樹幹旁，似要和他多聊幾句。他很識相，將半個身子掩在柏樹後。

兩人未免謹慎過頭，正是吃飯時間，就是有行人也腳步匆匆。不過沙馬依葛家近在眼前，萬一吳升等老婆回來吃飯不及，出門拐過一道幾乎逼彎道路的斜坡，不用費神，透過幾叢薔薇花的空隙就能發現他們。

情挑1

1. 她說：「吳升老嘰歪我對你心存妄想。」

眼瞧著夏覺仁張口結舌，無以應對。

「有負擔吧？大可不必。」語調輕佻，「吳升疑神疑鬼，倒刺激我，想和你試一試！」輕擺腰胯，只到夏覺仁的大腿，竟沒閃開，心咚咚，猛跳，臉緋紅，斜陽的橙黃都掩不住。

夏覺仁笑眼微瞇，氣息拂來，還有醪糟雞蛋味，漚過，輕臭著，深深地吸了一鼻管，感覺到夏覺仁的手，遲疑，卻有力、溫暖，指頭手掌圈住她的胳膊，壓疼襲來。夏覺仁說，不很正經：

「你這個女人，不要嚇唬我，也不要給我希望哦！」輕托托她的胳膊，放開，緩和地又說，「快回吧，家裡等你吃晚飯呢。」

兩句話，情調完全不搭，害得她夜裡躺在床上翻來翻去，不是腿就是胳膊撞上吳升，有次是他的肚皮，軟乎乎，虛乎乎，喉嚨一緊，像是卡了塊白水煮的肥豬肉。

穿上衣裳，推門出來透氣。

哪是透氣，透心冷。踩步緊走，再一甩腿，出了家屬院的大門。往右是去往五醫院家屬院的路。不停步，不受夜黑的妨礙，轉瞬即到。舉手敲門，眼風旁及兩邊的人家，關門閉戶，都在睡大覺。

房裡應答過後，燈光瀉出窗，亮堂了院子。趕緊貼住門，腳卻躲不過，門縫下滲出來的光照得腳指頭慘白，原來光腳跐拉著雙拖鞋。

裡面一拉門，順勢跌進去，跌靠在夏覺仁身上。夏覺仁攙住她，連連問怎麼了怎麼了，哪裡不舒服？「把燈關了再說。」算聽話，拉滅燈。

微光下，只見夏覺仁兩手前探，瞎子一樣的亂抓摸，不免伸手捉住她的胳膊，他壓低嗓門：「三更半夜，搞啥名堂？」

「搞這個……」她說，兩手把住夏覺仁的肩頭，往前一拉，溫熱，滑膩，混雜著碘酒、香菸、汗臭也沁香的氣味，撲面而來，腦袋暈乎，四肢酥麻，體軟身塌，牙齒嗑在男人的肩胛骨上，痛。男人更甚，噢地叫，兩條胳膊環圍住她的腰，抱起她來。哪裡有掙扎的力氣，也是陶醉，不及體會，再被男人沒心沒肺地帶點損，掉落在地上。

羞恥潮水般，滿滿地脹在腦裡心裡，變成淚水，滴答出來湧流出來，肩膀亂抖，不能自抑。

幾秒鐘，還是幾分鐘過後，夏覺仁俯下身摩挲她，先她的肩，再她的頭，然後她的臉龐，手指沾了她好多的淚水，歎息似的哄她不要哭不要哭。指尖前觸到夏覺仁的腳，光裸，滾燙，搶過去，一把將他的腿摟在懷裡。

略頓了頓，夏覺仁雙手插到她的腋下，掰扯開她緊摟住自己的胳膊，把她拽起來，再大力橫抱了，直抱到床上。

躺進去，夏覺仁睡過的被窩還暖和著，蜷縮身體，想要保持住。問她喝水嗎？蜂糖水？紅糖水？頭衝牆，左右搖擺。執著，又問她吃餅乾糖果嗎？還是搖頭。再無言語，連呼吸都靜止了似的。窗外秋蟲小獸的遊走，土牆的流沙，盡在耳邊。睡意襲來，漸次入夢。

忽聽得夏覺仁在喚她：「起身起身，快！對面老黃家的外婆已在做早飯。」從裡到外，冷風吹過一般，立刻透徹，撇腿，下床，開

門，徑直去了。

2. 熬到下午快下班，還是來了醫院，不去院長辦公室找自家男人，找夏醫生，請他幫自己挑麥粒腫，右眼，下眼皮，睫毛間，說：「早上照鏡子時發現白白的，化膿了吧？」

夏覺仁取來銀針，碘酒消毒，讓她坐在窗前，迎著夕陽為她挑。告訴她不是膿，是某種積液，乾硬。果然，挑出來捏在指頭間有點硌皮膚。

彈掉，拿起他辦公桌上的圓珠筆，就勢壓住他的手，筆尖輕劃過他的手背，問：「嚇著你了？」沒有回音，手欲縮不縮，躲她的眼神。「不會吃你。」嘻嘻樂：「想起一件事，十幾年前，也是太陽落山的時候……」賣關子，等夏覺仁看她：「你給阿果挑腳板上的刺，沒想到挑出一段姻緣來。」

夏覺仁立即反應：「哪裡一段，一輩子。」

「譖！」沙馬依葛狠聲，加力，夏覺仁的手背頓顯藍色點線，戳得深處，油皮翻破。「你幫我挑了眼上的疙瘩，咋報答你呢。好像不需要我們幫忙了，詛咒成功，烏芝嫫成了你的病人，沙馬書記再不會為難你了。」

「沒這麼順當，沙馬書記說，反擊右傾反案風正當時，學習和會議都多，阿果老缺席，太顯眼，已經有人在議論，傳他可能得了我的好處。」

「說重點。」

夏覺仁眼神閃避：「沙馬書記說，如果上邊誰能幫著說句話，他可以給阿果辦提前退休，不行的話，離職也可以。如果開除，我擔心阿果會變成社員。」

「社員咋了？勞動者，光榮得很！何況，阿果眼下和社員有啥區別，幹的就是體力活啊，滿山跑著養蜂子。」

「那是不一樣的，社員勞動單純為了肚皮，阿果……」

301

沙馬依葛接嘴：「阿果為了耍、解悶！真想不到你是這麼接受社會主義教育的。你呀，」切齒：「竟敢在我面前炫耀你和阿果的柔情蜜意，那麼廉價！」捏在指間的圓珠筆說時遲那時快，擲出去，當的碰響在門框。

夏覺仁把筆撿來遞到她的手上，「再扔，」微躬：「只要你能消氣！」

「算甜言蜜語嗎？」微微笑著，把支筆夾在兩根指頭間頭一下尾一下地旋轉著玩，夏覺仁略紅臉，反問：「什麼？」

「現在你裝了，昨天可是你先挑逗我的，說啥嚇唬、希望的，害得我……」聲顫眼熱，就像老天在指使，起身，舉步要走，眼花頭暈，纖纖的腰肢哪能撐住，扭一扭，嬌柔得很，手再朝額頭一搭，哭聲嚶嚶，就是沒有淚水，已足夠！

夏覺仁疾步過來，托住她的後腰。她真希望一頭跌在地上，哪怕後腦勺著地，開瓢，血流滿地，就此死去，不後悔。沒有這個可能，連跌入夏覺仁懷裡的可能也沒有，夏覺仁已在喊人幫忙了。

無計可施，只得閉目裝暈，任由夏覺仁和兩個吵吵嚷嚷的護士把自己抬到病床上，再被按人中、揉太陽穴。一位護士虧想得出來，四指併攏，使勁拍打她的臉，左邊右邊，生疼，忍不住哼出聲。她們，包括夏覺仁大大舒口氣，拍打她的護士還認出了她：

「咦，這不是吳院長的愛人、沙馬依葛局長嗎？」

就有好事者跑去叫吳升，轉眼顛顛地來了。一看無大礙，鬆弛緊張的神經、臉相，難得記性超群，說：「老夏，你給阿果挑腳板上的刺，挑得人家縫針；給沙馬依葛挑眼皮上的疙瘩，挑得人家昏過去，看來，醫術如你般高明的人也有失手的時候啊！」不罷休，問夏覺仁是不是心中有氣，故意把沙馬依葛搞昏的？

「這話咋講？」

吳升眼睛朝上一翻，笑答：「因為我們好久不請你吃飯了！」

紀念活動1

　　說到做到，兩口子當即請夏覺仁去家裡吃晚飯。

　　沒去成，來了位受傷的知青，還跟著幾位陪護。

　　其中一位夏覺仁給縫過傷口，跳水時肩頭被河裡的片石劃了道口子，姓廖。他和同伴抬來的這位卻是在勞動中受的傷，鋤頭沒有挖到地裡，挖到自己的腳背上。

　　沙馬依葛讓吳升先回家，自己呢，她說，兼著地區知青辦的副主任，雖然排名最末，但也有責任留下來看顧受傷的知青。

　　在夏覺仁處理傷口時，沙馬依葛領著小廖等幾個知青到國營食堂各吃了碗紅燒豬肉麵條。吃飯當中，說起游泳，小廖不思悔改，沙馬依葛大不以為然，特別提醒他別好了傷疤忘了痛！小廖等知青反駁，毛主席他老人家最喜歡游泳，年輕時在湘江游，老了在我國最長的大河長江游。問沙馬依葛：「你曉得武漢長江大橋吧？」當然，坐火車來回兩趟。「寬吧？」當然，這岸望不到那岸。「那你曉得毛主席他老人家在長江游過泳吧？」當然，有照片有新聞紀錄片。但你不曉得毛主席十年時間在長江游過多少次吧？被問著了，「十三次，平均一年一點三次。最後一次都七十三歲了，那是一九六六年七月十六日，無產階級文化大革命開始的那一年，特別有紀念意義。

303

以後每年的七月十六日，全國各地都會隆重舉行紀念毛主席暢游長江的活動。」

沙馬依葛點頭搖頭，無話可說，怪自己太無知，也慚愧。

吃完麵條，給夏覺仁和病號買了幾個饅頭，再二兩豬頭肉一把榨菜。

沙馬依葛急於和夏覺仁單處，小廖好不容易有與沙馬依葛主任相處的機會，亦步亦趨，哪肯稍離半步。這個晚上，小廖的目的達成，沙馬依葛准他脫產來教育局幫助工作。

不單小廖，用鋤頭傷了自己的知青也很滿意，他拿到夏覺仁給他開的病假條，一個半月，還能回重慶的父母家療養。夏覺仁告誡他，下回再挖，挖左腳，力氣同右腳，那樣，才能保持身體平衡，不致變瘸子。

沙馬依葛懷疑他自殘，夏覺仁支吾了事，看他和小廖的眼色，還交換，猜得八九不離十。她此刻的心性非比平常，未必想管本來就不屬她分內的閒事，眉頭皺一皺，痛楚襲來，確像夏覺仁形容的，那一鋤頭似也挖在自己的腳背上。

此後十幾天，沙馬依葛都忍著不見夏覺仁，一方面確實忙，還抽了兩天去越北縣，慰問教育系統在那裡蹲點的同志。

她帶著三個部下，照例是單位的吉普車，照例是領導出行的派頭，副座就座。

後座的知青小廖，從一出發就不停地讚歎涼山的山林景色，本地的兩位幹部反而羨慕他來自的成都壩子，天闊地廣，一望無際，讓人好不舒暢！涼山你看嘛，他們說，陡山亂石，頂著你的眼球就來了，不小心斜生橫長的樹枝椏眼膜都能給你戳破。轉個身吧，一腳踩空，直接就掉山崖下了。再說天空，這山那山的一拱圍，巴掌大。太陽呢，高高地升起來又高高地落下去，轉眼天便黑盡。

小廖說，天黑了好啊，星星鑽石一般，再深再密的林子也能照亮。再有月亮，灰亮的光一罩，連大山巨峰都能變柔軟，浩淼無邊，

304

海似的，不也一望無際嗎！

「知青娃兒硬是爛漫，作詩呢！難怪不怕石頭，不怕水冰冷，就敢在河裡撲騰。」

沙馬依葛想起知青中最愛耍水的一位叫華明光的，回頭問近況？小廖說，被體委抽來正備戰省游泳比賽。

沙馬依葛問在哪裡哪天比賽。

「內江，下月，七月十六號毛主席暢游長江那一天。」

「也在河裡游？」沙馬依葛好奇。

小廖輕笑笑：「除鐵人賽幾種特別的賽事，游泳比賽都在游泳館。」

沙馬依葛暫不作聲，身體隨著車的顛動晃來晃去，咔嚓，生出一計：

「不如我們也搞游泳比賽來紀念毛主席暢游長江十週年。六六年到現在，十年。時間來得及，還有一個月呢，群眾性的，規模越大影響越大。」

後座的三位同時往前一探，大出意外，都等著領導的下文。

等她鋪展開，好似謀劃已久。她說，紀念活動除對偉大領袖的熱愛外，還有至少三個方面的意義：一是向毛主席他老人家學習、致敬，響應他老人家鍛煉身體，保家衛國的號召；二是在涼山上為游泳事業的普及開個好頭；三是歡送游泳隊並祝他們取得優秀成績，也改變一下大家對知青的成見。很多人，包括幹部，都有知青無用的論調，認為這些來自城市的青年好吃懶做，偷奸耍滑，只曉得拉手風琴吹口琴，男男女女聚在一堆唱歌；要不然，捧個畫板追著放牛放羊的彝姑娘跑；花樣翻新，還耍水。這是他們的自由，可以不加理會，可年底得給他們分口糧，簡直是從農民的牙縫裡往外摳啊。他們倒捨得，作價賣了，只為換塊臘肉換隻雞。吃完，油嘴一抹，竟然好意思又找隊長要口糧。哪能得逞，就吆喝著去公社、縣委靜坐，聲言有人破壞知識青年上山下鄉的偉大運動。

沙馬依葛的主意小廖最先叫好，另外兩位也聲聲附和，只其中的王姓幹部有疑問：除非西昌地區的安寧河，河面寬，水深，山上的河流，包括我們跟前的冷水河，寬度有限，石頭多，河床陡，水流急，還來不及展開胳膊腿，就沖沒影了。

沙馬依葛徵求小廖的意見：「你有實戰經驗，說說，可行嗎？」

小廖圓滑，話分兩頭：「就是安寧河也不適宜做天然游泳場，但一直都有人在各條河裡游，並不是我們知青來了以後的事⋯⋯」

「也不斷有人淹死！」老王反對的調子更高。沙馬依葛不滿：

「我聽說有專人看管的游泳池還淹死人呢。要奮鬥豈能沒犧牲！」

小廖證實他的一個小學同學就是在少年宮的游泳池裡淹死的。奮力前探，熱情表態，願盡心盡力輔助沙馬依葛局長。聲稱老王的問題可以得到圓滿解決：劃定河道，清理石頭，拓寬河床。這方面他們已經很有經驗了。

接下來，加上司機，幾個人一路上都在熱烈討論紀念活動舉行的時間、人選、活動場所。返回地區，方案成型，題名：紀念偉大領袖毛主席暢游長江十週年暨歡送地區游泳運動員參加省游泳大賽。

2. 方案報到地區革委會的第二天，王副政委，地區革委會的臨時負責人，拿著簽批過的方案來沙馬依葛的辦公室，盛讚她出了個好題目。時間、地點、人數都沒有問題，唯一不滿的是紀念辦竟然有古侯烏牛，新叛分子曲尼拉博的外甥。

古侯烏牛是目前所知涼山游泳水平最高的彝族人。

沙馬依葛也剛知道。

車過越北縣團結區的地界不久，他們趕上一場游泳比賽，十幾個人，團結區的公安員古侯烏牛也在其中。

河水清澈，倒映著天藍雲白，斜坡高山的青翠樹木，黑白相間的羊子，頭髮辮得翹向天空的牧童。撲通幾響，水面的景象被打亂

了，競游者，一身耀目的黑皮，在攪和起的白色浪花裡翻轉。兩岸的人大聲為他們鼓勁：「加油」「加油」。

幾個回合過後，勝負自分，最先從水裡冒出頭來的，是古侯烏牛。那一位也看見了她，上岸後避到一塊岩石後。再出現時，衣服褲子，十分齊整，微笑著和她打招呼。

古侯烏牛稱自己小時候就會游泳：「要不知青誇我是童子功呢。」沙馬依葛問他願意參加紀念毛主席暢游長江的活動嗎？古侯烏牛覺得意義非凡，但不打算參加。

他越不願意，沙馬依葛就越積極，小廖，包括現場的知青也鼓噪不止。

又突生念想，設計了兩個配對的前景：一對是曲尼阿果和她表哥，一對當然就是她沙馬依葛和夏覺仁囉。她確實像吳升糾結的那樣，一直對夏覺仁懷揣迷夢嗎？眼神柔媚，臉頰酡暈，那幾人再來問詢她哪裡聽得見，遠而又遠，蜜蜂似的，嗡嗡著。

撲通水響，心神還在渙散中，古侯烏牛已經在放聲罵半山上的某個牧童了，原來那小傢伙拋下兩塊石頭。沙馬依葛趁亂調整好臉上的表情，端莊依舊。

憑著這副表情，不急不緩，向王副政委報告和古侯烏牛的邂逅，主要是邀請他參加紀念活動似能開啟民風、鼓舞士氣。

王副政委再說話時已很欣賞：「成熟了，依葛你！」

他們在一起時，越到後來，交流得越多的是工作。言談下來，兩下裡拉開丈寬，不帶絲毫苟且。她確信王副政委在培養自己，少數民族婦女幹部，不止她一個，還各有一位傈僳族和藏族，可稍加留意，眼神發直，閃避，臉通紅。再就是說話忘詞，張口結舌。有回剛沏的一杯茶翻撲在腿上都沒感覺。

某天，鬼使神差，沙馬依葛聲言：「人家都在傳你和我好上了。」

人家不是虛擬的，可以具體到木略等的頭上。木略更感慨女人長得漂亮膽子又大的話，機會比天上的星宿還多！

307

王副政委臉一沉：「哪裡都有嚼舌頭的！怎麼沒人理解我的苦心呢，我是為了把你樹立為少數民族婦女幹部的典範啊！難道你也不理解嗎？」話音裡似帶有創痛。

等見過王副政委的老婆，更長了份見識，天生的美人坯子，又溫婉，自愧不如。往來開，恰像自己的姐姐。互通有無，交換的無非成都、涼山的稀罕，涼山的是花椒、菌子、野豬兒、野雞，最野的一次是兩隻熊掌；成都的是衣服、鞋子，也幫忙購買、找裁縫，料子、做工都是成都城裡一等一的。

3. 這天，王副政委在她這裡呆的時間比之前的任何一次都長，半小時還沒動窩的跡象。

他們一直在籌劃紀念活動。王副政委給她提了很多建議，她的漢文水平有限，記錄得慢，好多字不會寫，王副政委專門捉了筆一一寫下來，一共寫了十六開的兩頁半紙。紀念活動的意義得到很大的充實，上升到「文化大革命」在涼山取得的成果之一種。還有實施的方案，宣傳文字，如何督促報社在活動前一個月，從現在開始就有所動作，先造勢，到時再登在省報，萬一中央級的哪家報紙轉載了，電臺播送了，那會是多麼大的政治影響啊！說不定會調到省裡去呢，問沙馬依葛，願意和我們作鄰居嗎？她笑成一朵花，連聲應承：「願意願意。」根本沒聽出王副政委的話中話，他要回省裡工作了。

王副政委提醒她：「組織者已經是你了，現場指揮千萬別爭。」她倒大方：「指揮自然由你來當囉。」

「再說一遍，指揮的事，一，你不能去爭；二，誰出任也不是你能指定的，不會是我……」

沙馬依葛還是著急：「你是負責文化體育衛生這一攤的領導，不是你是誰？」

「我要走了……」王副政委說，起身，沙馬依葛挨他批評兩句，

巴不得，順勢跟在他身後，不容他掉頭，一直送出門去。

王副政委剛離開，通知來了，讓相關負責人去地區小禮堂開碰頭會。會議一上來就宣布王副政委奉命調回省軍區，替換他在革委會臨時職務的負責人已到任。

沙馬依葛左右看看，發現大家都很鎮靜，還鼓掌，歡迎王副政委做離職講話。講些什麼完全沒聽見，聲音好遠。掌聲又起，隨著椅子劈哩啪啦一陣響後，大家起立向王副政委致意。沙馬依葛沒有，淚水滂沱而下，疊得方方正正的手帕揩也揩不淨。

然後是接任他的木略講話。

木略既出，沙馬依葛亂淌的眼淚被驚回眼眶，眼睛瞬間晶亮得孫悟空一個筋斗雲打出去十萬八千里那麼遠的地方都清清楚楚，何況近在咫尺的木略。還是副得勢不饒人的小人樣兒，眉梢嘴角，都是藏不住也不想藏的意氣洋洋。

居然連點風聲都沒聽說，木略的官又做到自己上頭去了，沙馬依葛想著，四處睃巡王副政委，怪他欺瞞自己，難道怕她和木略爭？哼，如果爭，還說不定鹿死誰手呢！

身邊人輕捅她，告訴在說你呢。支起耳朵一聽，木略果然在說由她倡議的紀念毛主席暢游長江的方案。提到她的名字時加重語氣，向王副政委保證，他交辦的任務一定會圓滿完成：「我嘛，本事沒有，服務意識很高，沙馬依葛局長，我們是老戰友，別客氣，有啥事只管吩咐，我照辦就是。」

散會後，沙馬依葛不和王副政委照面，反而跟著木略，去了他的新家。

套木略的話，想知道王副政委在他的升遷裡起了什麼作用。

木略說，蛛絲馬跡都沒有，調令就來了，還讓他立即來地區報到，搞得他暈乎乎的，以為在做夢。俞秀咋安排還不曉得，早一天晚一天，總要跟來。話題一轉，笑說：「你可千萬別拉扯我的升遷，是你在領導，主要是王副政委面前美言、保舉的。本來你最應該拉

兄弟我一把的，」用的是電影《南征北戰》國軍張軍長的一句臺詞，「但你呢，在我的推動下，順水順風，調來地區四五年了，毫不作為，把兄弟我，還有你的姐妹俞秀丟在下邊，大眼不看小眼不瞧，耳朵也關閉了……」

沙馬依葛叫屈：「就胡說吧，你來開會，俞秀來治病，你們兩口子在我家吃的飯、打擾的時光何止二三十次，門檻都快被你們踏平囉！」

「你家吳升那張臉拉下來快掉到胸脯，你以為我稀罕去你家啊！」

「又亂說！吳升哪一次不是小心伺候你的，臉笑成乾核桃，幾天都展不開。」

「那麼，是掉給夏醫生看的囉！」

沙馬依葛一直在幫他歸置行李，這時又在疊剛從手提袋裡掏出來的衣服褲子，裝沒聽見，怪怨俞秀這老婆當得不咋樣，衣服都成醃菜了。

木略不饒她：「老婆的樣兒各有不同，俞秀可是老哥我的心肝寶貝！男人的樣兒也各不相同，人家吳升對你掏心掏肺，可你顧及過人家的心情，哪怕一次？」

沙馬依葛真不高興了，把手裡的衣服往床上一摜，跳起身，煞白臉：「念你在我追求進步的路上拽過我兩把，凡事讓著你，了不得了，臭嘴巴直接噴糞！」

轉身要走，木略掰住她的肩，揮著手裡的幾頁紙，笑嘻嘻：「你這女人，未必是省油的燈，盡惹事，看把誰的名字寫這兒了！」手指點上去，又是古侯烏牛。

沙馬依葛一梗脖子：「他的泳技高啊，彝人裡頭一位，連知青都服氣。再說，就興你向毛主席他老人家表忠心，不興人家表啊！」

木略眼裡滿是狐疑：「你這個婆娘啊，肚子裡的花花腸子盤來繞去，又多又長，打的啥主意，老實告訴我，我可不像王副政委那麼

310

好糊弄，是經得起你的誘惑的。」

「關王副政委屁事，拿來鬼扯！」沙馬依葛一晃肩膀，甩開他越來越緊攀住自己的手，「你要看著扎眼睛，劃掉嘛，反正我是從工作出發的，王副政委也雙手贊成。」

「哼哼，我看古侯阿牛是幌子，你不是在打夏醫生和阿果的主意吧？你可不要腦殼發熱辦錯事，再去糾纏往事舊情會起麻煩的！」

自己的一點心思又快被木略老鬼看穿了！沙馬依葛嗷地一叫，惱羞成怒，抬腿走人。

情挑2

　　摔門出來，心情黯淡，想到以後要在木略的魔爪下活命，氣都喘不上來。又好像被誰出賣了，當然是王副政委，沒有好像，根本不打算才出狼窩又進虎穴，找他去。

　　當空的太陽下，只顧踏著自己的影子氣哼哼地往前走。發現不在去單位，也不在回家的路上，明明白白，已經近到夏覺仁的家。

　　夏覺仁拉著窗簾在睡午覺。

　　進得門，看他，濛濛的光線打在臉上，有點張皇。後踢，腳跟碰上門，靠住門板：「我也要睡！」料不到他說：

　　「要睡就來嘛，又不是沒睡過！」朝裡間而去。

　　趕上去，擠擠挨挨，腳下一踉蹌，就壓著他的背前撲到床上。他哼哼呀呀地低叫著，膝蓋碰在床框上疼啊，讓她慢點慢點，自己的動作倒快，手已經溫涼地摸到她的腰間、胸前，箍住了她。

　　完事，兩個人後背相對，睡著了。

　　聽到敲門喊門聲，同時爬坐起來，腦袋昏沉沉，不辨東南西北。窗外，太陽光打在西牆上，晃眼。

　　夏覺仁應聲，含糊，外面的人互相告慰：「太好了太好了，夏醫生沒出門！」發聲：「來傷員了，小崽兒，從山上滾下來，頭上身上

313

血糊糊的，不曉得傷到哪裡了，誰都不敢碰！」

夏覺仁哦啊嗯的，忙著套褲子，沙馬依葛把他拽來趺坐到床上，掰過身，啞聲問自己咋辦？讓她在這裡等，轉一圈馬上回來。

沒法子可想，嗵，往後就倒，外邊哪能聽見，聽見也未必知道屋裡另有隱情，夏覺仁做賊心虛，撲過來握她的嘴，一偏腦袋，躲開，迎著他的嘴狠狠親了口。夏覺仁悶聲哼哼，把住她的肩頭一揉，鷂子翻身，慌裡慌張地去了。

並不像他承諾的，馬上回來，當然，他可能比自己更著急！

正是下午放學的時間，一撥一撥的小學生中學生在窗外跑跳、喧嘩，有幾次皮球砸在牆上窗框上，震得土渣簌簌地往下掉。

沙馬依葛撩起窗簾的一角打探，認出其中的一個男孩是小兒子的同學，小學三年級，最喜歡和兒子在一起混耍。放眼再望，幸好兒子沒在場。

心安穩，肚子卻餓。一天下來，只是早飯就著泡菜、豆腐乳吃過一個饅頭，喝過一碗稀飯。拉開夏覺仁家的箱子櫃子，種類不少，地區食品加工廠用糖麵烘烤的雜糖，上海寄來的入口即化的蘇打餅乾、薩其瑪，還有一種她沒吃過的點心，更有股特別的油香。過後夏覺仁告訴她是起酥，用牛油揉的麵。因此拈酸吃醋地計較阿果吃的上海點心比自己多！夏覺仁覺得有趣，微笑著看她變幻的表情，將她散在臉側的一縷長髮纏在指頭上閒耍，感慨阿果從不曾因為吃的穿的和自己歪纏，其實是表揚她嗲得有理。偏不領情，鬧得兩人不歡而散。這是後話。

天半黑，瞅準院子裡各家正吃飯的當口，神不知鬼不覺人不察，溜出夏覺仁家。回到家，已過飯點。先喝兩碗稠米湯，再吃上塊泡蘿蔔，塞滿甜貨、膩歪歪的肚子方安生。

吳升抱怨她午飯晚飯都不回家吃的話，起碼應該給他的辦公室來個電話。問她，午飯在哪裡吃的？歡送王副政委嗎？一律唔唔過去。

第二天還是飯桌邊，午飯時分，問題來了，吳升訝異王副政委不聲不響，竟然打道回府了。她「啊呀」叫聲，一箸菜懸在空中，急問吳升從哪裡曉得的？吳升反問：「你沒聽說，又是歡送又是吃酒席的？」她不過腦子，張嘴就來：「誰說我歡送了？」吳升一敲碗沿：「你自己啊，昨天晚飯時，也在這兒！你該不會在騙我吧？」

　　她頭一揚，回瞪眼，把筷子拍在桌上，起身往外就走：「我問問咋回事去！」

　　問別人，嫌沒面子，因為人人都曉得王副政委和她的關係，還得找木略打聽。

　　木略也剛聽說。不過，他覺得王副政委不辭而別反而是件好事，免得哭哭啼啼，傷感！抽抽鼻子，要揩眼淚似的。沙馬依葛譏刺道：「假惺惺的，裝啥樣子，在我面前！」他笑道：「是啊，我倆，哪個跟哪個！你生王副政委的氣吧？是不是想質問他，為啥提拔木略而不是我？」

　　「只想請問你，為啥不長個兒呢，矮冬瓜！」

　　木略轟她回家睡午覺哪裡肯，非要和木略商量紀念活動的一應事情。間或思量晚上回家如何對付吳升，當然要繼續把謊撒圓囉。

　　先在木略這兒謊稱昨天她去冷水河邊探路，上下各兩三里，腿快斷。她覺得下邊的河段更適合游泳，建議木略：「現在就喊上小廖等幾個知青，再探探去。」

　　木略不願意，哈欠，眼淚，要午休。沙馬依葛讓他瞇半小時，問有沒有爛衣服，她可以趁等的時間給補了。木略只好抓把茶葉丟進嘴裡亂嚼，提神，跟在她後頭，再叫上小廖、小華兩位抽調來幫忙的知青去了河邊。

　　別說昨天，前天沙馬依葛也沒挨過冷水河的邊，但她對流經地區所在地的這條河有瞭解，下面的一段確如她所說，河岸河床都比上面的寬敞，河面也平靜。四人指指點點，很快就確定了主席臺的位置。至於用作主席臺後，場地裡快開花的蕎子如何處理，不是問

315

題，連根拔掉，一切服從大局。要拔掉的不止蕎子，正抽穗的水稻也得清乾淨。小廖發現汪著水的田裡插著農科所的牌子，原來這些水稻是做試驗用的。木略揪了把，大多數是癟的，手一張，揚撒了說：「試驗結束，充分說明在海拔高如冷水河邊這樣的山區栽種來自東北大平原的水稻是不切實際的妄想！」

說到泳道，據小廖目測，南北兩岸四十米不到，與五十米的短距離泳道有差距，將就。泳道的寬度卻不能將就，起碼得有四個身位，那樣，場面才熱鬧，紀念活動才隆重。河床也得清理，盡是尖石塊。

回到木略的辦公室，忙了一下午，方案擬就。第一第二項立刻就得落實，一是以組委會的名義，通知各縣各公社有游泳技能的知青參加紀念活動，本地的社員和工人、幹部也可以參加，只要會游泳；二是組織附近兩個公社的社員來加寬河道、清理河床。木略特別指示小廖負責第二項工作，讓他大膽幹，好生指導彝族社員。

「有個人比我更合適，」小廖說，「越北縣團結區的公安員古侯烏牛。」

紀念活動2

1. 半個月後，古侯烏牛就出現在了地區所在地的大街上。

他不會有感覺，長住此地，或者縣上公社往來公辦的人，已經感覺到兩條街道，尤其是兩旁的五六家食品店、百貨店，有點人挨人。賣雜拌糖果的女售貨員不止一次抱怨哪裡來的知青娃兒，都快把糖買光了，每年的人代會政協會期間也不至於啊！

知青很好識別，衣著打扮雖然也是男的中山裝女的翻領對襟衫，但與當地人大有區別。男知青不扣領扣，有的乾脆敞懷，露著海魂衫，戴頂軍帽，簷半歪，褲子肥而長，走路故意左右掃蕩，泥巴都能帶起來。女知青在衣褲的腰間、臀部做文章，各自招去半寸，腰身就細巧屁股就輕翹了。當地人喊愛打扮的女知青「超妹」，意思是超級臭美的丫頭！

知青的神情也與當地人不同，眼梢斜吊，嘴半撇，就是矮子也能擺出副低瞧人的架勢。中學畢業直接分來的比較單純，串聯過的紅衛兵，尤其男的，當知青的年頭又在三年以上的，最難纏，油嘴滑舌，白的能說成黑的。所以，只要看見臉皮起皺、鬍子拉碴的，躲開就是。

除了知青，就是郊區幾個生產隊的社員。

他們都是彝族，要不是解放後地區首府設在他們的地盤上，哪有多少集會遊行這樣的新鮮玩意兒熱鬧他們的眼睛啊。現在又是耍水。男女知青娃兒要出水平了，幹部們要給辦耍水大會，命令他們清理冷水河的河道，修築攔水堤，平整河邊的會場。

他們吃住都在河邊，收工後沒有地方去，只好來街上逛。都沒錢，走走停停地看街上的行人和汽車，要不擠進商店看玻璃櫃裡的糖果、油鹽、針線，還有掛在當空、靠在牆邊那一匹匹一卷卷的布匹。商店借助的是自然光，看不清，反被買糖買餅乾吃的知青踩脫鞋子，勾下腰去提後鞋幫吧，屁股又挨一撞，差點撲在地上，聽知青抄著軟綿綿的成都口音罵：好狗不擋路。

大街上，以往多空曠，連卡車都敢呼嘯而過，現在頭頭腦腦的吉普車也得停停等等。那一天沙馬依葛坐局裡的吉普車出去就被堵在當街。人欺車，當時便有幾個男知青靠著車頭沐浴著清亮的陽光彈菸灰，吹牛，說到高興處，穿海魂衫的某位還衝輪胎當當來兩腳。一個老人家，乾脆在車窗上敲他的菸鍋，抖菸鍋巴。沙馬依葛一拉窗玻璃，閃避不及，菸杆掉在地上，也不揀，抖嗦著黑而多皺的厚嘴皮叫道：「啊啵，嚇死我，你這個女人！」有人拽他，直把他拽進兩列歪歪扭扭，扛著鐵鍬、鋤頭的隊伍中。他也是抽來幹活的社員。

這次活動規模、人數的空前大，知青們豈有放過之理，會游不會游，泳技高低，一概不論，波浪般，舉著公社開具的一紙所謂游泳能手的證明，就把組委會的辦公室淹沒了。三天時間，報名者直逼四千，組委會的工作人員叫苦不迭，緊急向主任木略報告，擔心蜂擁而來的知青會把地區擠爆。這還是本地區的。有消息說，涼山上下、鄰近地區也有知青蠢動。再有那沒有怕性、喜歡滋事的老知青，真要折騰起來，那就不單是本地區不穩了，連帶周邊各地都要翻天。何況誰能證明他們都是游泳能手呢？公社的證明，哄鬼差不多！

亡羊補牢，組委會應對的辦法唯有：曉之以理動之以情，把仍

318

在來路上的知青堵回去。

談何容易！知青聲稱自己不是盲流，有公社開的證明。有的拽著勸返者，非要去路邊的溝裡河裡展示泳技。個別帶著老婆背著娃兒的惱道，火車汽車，還有山路，好容易快接近目的地了，讓回去，沒門！

「不回去，」木略出招，「老子就考你們，看你們到底幾斤幾兩，敢號稱游泳能手！」放言：刷下來的人膽敢賴在地區的話，基幹民兵伺候。

標準一條，所謂能手必須在三分鐘內游夠五十米。

濫竽充數者聽得要選拔，堅決不幹，幾個男知青更是張牙舞爪地衝過來，唾沫星子濺了沙馬依葛一臉。

沙馬依葛個頭不輸男子，反應敏捷，一掌出去正好卡住某位的細脖子，順勢一捏，咕嚕嚕，喉嚨亂響，臉憋得快噴血。被卡者心機暗藏，就勢栽倒在地，痙攣，翻騰，再一個鯉魚打挺，裝死。其他知青隨之起哄：「打死人了！」「打死人了！」

拉拽起來，聲稱脖子痛得不能自由轉動，支棱著腦袋，尾隨著一彪人馬，不肯稍離沙馬依葛半步。

沙馬依葛根本不加理會，東走西走，忙自己的，故意放大聲氣，有一句沒一句，知青聽到耳裡，也緊張。她說的都是招工招兵，還有推薦上大學的事，誰還敢相隨，越來人就越作鳥獸散。脖子不能稍動一動的知青回頭看去，除了自己的影子，就是幾個屁大的娃兒，腿哪能不軟，趁著來到大街上，人挨人，尋個遮掩，溜了。

身旁的人不及報告，沙馬依葛就說曉得，號稱自己眼觀六路。其實，她瞄見的是夏覺仁。那位側身站在街邊，滿眼都是她，手裡托個郵包。沙馬依葛走過他身旁，靠近，恰恰聽見他說，嘴巴翕動：「晚上來我家，等你。」

2. 晚上？怎麼也得吳升睡著，那到啥時光了，十點半以後，

難熬啊！不如去河壩上幫木略解決問題。

感覺小廖想勸止她，念頭全在晚上、全在夏覺仁身上，顧不得追究。

知識青年聰明剔透，早發現木略主任煩得她皺眉蹙鼻，躲為上。她呢，無知無覺，大無畏，什麼都要搶頭彩。

見她出現在河壩，木略反應激烈：「這裡可不需要你逞強！」已聽說她勇鬥知青的事兒了。

沙馬依葛咧咧嘴，不吭氣，蹲樹下躲太陽，完全在小廖對她的認知之外，不免眼呆，沙馬依葛卻在心裡可憐他青頭娃兒，不解風情，哪裡曉得沙馬依葛局長我夜裡要去會自己心愛的人，硬的軟的，不軟不硬的，一切都受得起。

木略也感到了她的變化，逆來順受，不正常啊！

河壩上的情況他已摸清，不是有人鬧事，是工程進展比預期慢，社員在磨洋工。他們不是故意的，就是幹活不著急，掄幾下鋤頭，鏟幾下泥巴石頭，就要去抽旱菸。不將就，非得找個陰涼地，幾人湊在一起，互不搭話，各抽各的，把旱菸帶出來的清口水用舌尖捲了，再射出去，最起碼半米，憋足勁，兩米都可能，反正不能啐在附近，那多髒啊。

喝開酒，無論如何再動彈不得。

一般是湊分子，再派年輕的跑腿，拿上幾隻空瓶子去食品公司灌本地用包穀生產的散酒，花不了多少錢，比自家釀的蕎麥酒有勁。不用杯子也不用碗，就著瓶嘴直接抿，一個圈子的人，依次輪轉，喝轉轉酒。酒多酒少，都是抿一口的斯文喝法。還是蹲在地上，冷與不冷，都喜歡把隨身帶的黑羊毛披風搭在肩上，由著它垂下來，把自己遮擋成錐形物體。慢悠悠地喝下來，等到眼睛有點惺忪，棕黑的額頭、臉頰滋潤，臉紅或不紅基本看不出來，大半天就過去了，還怎麼幹活！

說到底，還是不喜歡幹農活，也不擅長，喜歡的是舞刀弄槍。

如果讓他們參加打靶訓練，哪怕布置、清理打靶場，給參加打靶比賽的人端茶送水，最好是擦槍、整理子彈，都歡迎！現在倒好，放著待收割的蕎子不管，兩腳，包括小腿肚子泡在冰涼的河水裡，讓平整河床，把生長或散在那裡的石頭刨、揀出來，留下鬆軟的沙子，供知青娃兒耍水。世界上竟然有這種耍法，是他們想像不到的，也是他們大不以為然的。他們大聲歎氣、抱怨，說自己是翻身得解放的人，不是來伺候城裡頭閒慣了的知青娃兒的。這些娃兒名義上說是來接受我們的教育，其實是來搶我們的吃的，一撥，一撥，來了就不走，領導在講，到處刷的標語打的橫幅也寫著，要扎根涼山。好嚇人哦，要真扎下根來，不要說蕎麥粑粑，到時候我們恐怕只有喝風了。耍的花樣也多，連水也拿來耍。水是幹啥的，是拿來給人喝給馬兒羊兒喝，給土地喝的，他們卻拿來泡身子，汗泥巴、皮屑、傷疤痂痂都泡來掉進水裡了，我們，馬兒羊兒牛兒、土地喝起來不髒嗎？我剛吃的飯快吐呀，好噁心！作勢乾嘔幾聲，把旁邊直著腰杆嫌酸，杵著鋤頭、鐵鍬把歇著的人逗得傻笑不止。

　　現場指導主要是小華等幾位會游泳的知青，其中有在彝寨插隊的，那也聽不懂他們在用彝話談笑些什麼，反正指揮不動他們，急出一腦門子汗。開始還找領隊談，後來發現所謂的領隊兩位不過是生產隊的會計，另一位是赤腳醫生，根本不頂事。小華等義憤填膺，正要向組委會報告，木略主任親自來視察進度了。

　　讓人把三個領隊找來。三個領隊到底見過世面，知道木略是比他們隊長、公社書記、縣長都要大的官，兩手揪著衣襟，瘦骨頭肩膀高聳，踮著腳尖小跑過來，拘謹地站在他面前。木略劈頭問，曉得不曉得是在為誰幹活？他們朝小華等知青一努嘴巴：

　　「還不是他們啊！」

　　「錯，」木略斷然道，「你們是在為毛主席服務！」

　　三個老實人聽得眼睛發直，赤腳醫生怯生生地問：「毛主席他老人家要來嗎？」

木略神情格外嚴肅：「毛主席忙國家大事，哪裡來得了，可他老人家在北京城裡的天安門城樓上望著我們呢。」

此話不要說這些一輩子都沒有可能走出山地的鄉巴佬信，就是他有時候也信，尤其前幾年挨鬥無措時，稍一凝神，毛主席的面容就能飄浮在當空，慈祥，溫暖，主心骨顯然。口袋裡揣本《毛主席語錄》，唱「抬頭望見北斗星」，效果也不錯。

疑問仍在，這回是會計：「主任啊，你不會騙我們吧，難道毛主席也喜歡耍水？」

他們在用彝話交流，「耍水」不恭敬。彝話具體該用哪個詞，木略找不到合適的，只好借用漢話「游泳」。他說：「毛主席喜歡的不是耍水，是游泳」。他不斷地把「游泳」「游」這兩個漢語詞夾在彝話裡說，「毛主席他老人家未必稀罕我們眼前這條小河溝，他游泳的那條河好寬好深，看不到邊，竹竿子任你連上五根六根，也捅不到底。那條大河叫長江，可以行船，船有多大，把你們大隊四五千人裝在裡頭都放得下。毛主席他老人家年輕時就在裡頭游泳，還寫過一首詩。以後呢，他領導我們勞苦大眾幹革命，國民黨反動派霸占了那條大河，等到他帶領勞苦人民把國民黨反動派趕到臺灣，人民過上幸福生活後，他又可以放心地去那裡頭游泳了，六十多歲游，七十三歲還游。每游一次都會寫詩。年輕時的那首詩說的是搏擊激流，老了更有胸懷，在那麼一條一年到頭誰曉得要打翻多少船、淹死多少人的河裡游泳後，居然說好像在閒庭散步，走耍耍的意思。毛主席他老人家為啥喜歡游泳，還為游泳寫詩呢，就是在表達他不怕困難還勇於和困難做鬥爭的精神。他希望我們國家的年輕人都來游泳，鍛煉他們的革命意志，接好革命的班。現如今你們看到的只是知青在游泳，以後我們的娃兒子也要吆到河裡去游泳……」

赤腳醫生打斷說，不必講得太深：「哪個聽得懂詩嘛，還是漢族的！主任啊，你的意思我們清楚了，知青是在為毛主席游泳，」他用的也是漢話「游泳」一詞，「我們呢，表面是在為知青服務，其實

322

是在為毛主席服務。在你以前，還沒有哪個當官的給我們講到這一層，所以我們磨洋工呢。現在懂了，大家會好好幹的，保證在活動前完成任務！」

可木略要的是清理出來的河道明天就能使用，選拔真會游泳的知青。「那些懶東西，他們耍的鬼把戲未必老子不曉得啊，藉口紀念毛主席游長江逃避秋收逃避勞動。哼，老子讓他們得逞不了！」他發狠道。

三位領隊聽及此，會心一笑，深感木略主任在知青的問題上和他們是一個立場的。

要想在這一天剩下的時間裡，即使搭上夜間，完成河道的清理，除非增加人手。三位領隊自告奮勇地要回去叫人，赤腳醫生更保證，他的隊長會親自帶女社員來幫忙的，涼山上歷來女人比男人更擅長幹活。

木略讓小廖通知辦公室，組織機關幹部，只要男的，到河壩參加突擊勞動。和生產隊不一樣，機關裡男人比女人能幹體力活。

半小時過後，工地上已是人潮湧動、號子聲四起，加上杆杆紅旗、幅幅標語、連串的電燈，一派熱火朝天的景象。

大功告成，木略心歡氣暢，再四下裡一打望，都是忙乎的各色人等。這個那個，借著有限的燈光、朦朧的月光，專門來到他跟前，非要他看清楚自己也在現場，就是不見沙馬依葛。也怪，半下午來了默不作聲，這麼重要的現場又缺席?! 一頭想，明天俞秀帶著幾個娃兒，還有家具就要來了。

3. 三四千號人接到的通知是來河邊集中開預備會。一大早到了才知道要測試各人的游泳水平，達不到要求的，回去秋收，路費由組委會負責。

烏泱泱的人群即刻大亂，這個喊那個說，把河水聲都淹沒了。木略第一次使用手握擴音器，話筒不是偏到左邊就是右邊，要不上

下晃動，正好和嘴巴錯開。好在他的嗓門大，音尖。喊完話，他故意站到主席臺的沿上，沒有拿擴音器的手掬在耳廓，做傾聽狀。

還真被他聽見了，一個知青乾笑兩聲：「老子可不想得風濕，絕不下水！」木略刺激道：

「連水都不敢下，那你們幹啥來了？」

擴音器把他的聲音放大散向四方，知青亂糟糟地回應：

「耍來了！」

「看熱鬧來了！」

「會朋友來了！」

「好一群混世魔王！那你們向後轉，回家去吧。」伴隨著話筒哧啦啦的一大響，在場的人哇呀慘叫，掩耳不及。木略不道歉，調整話筒，哧啦啦，又是一陣大響後，還說他的：「地區大小有限，容納不下你們，也接待不起你們。我算了筆賬，這七八天，你們吃掉一個公社三個生產隊一個季度的口糧。毛主席說了，我們還是個窮國家，要節約鬧革命，在紀念他老人家暢游長江的日子裡，我們更不能違背他老人家的教導。知青同志們，你們說對不對？！」

反駁聲起。一位知青更是放大聲壓倒一切地指責他故意混淆概念，說自己，「包括其他有志氣的知青不是來混吃混喝混耍的，是懷著對偉大領袖的無比熱愛，響應號召，特意放下農業勞動，來盡自己的一份力量一份心意的。」又有知青讓木略拿出確切的數字證明他們到底吃掉多少口糧，他說，好意思提大米白麵，不是摻了包穀麵蕎麥粉，就是混合了洋芋南瓜，菜呢，基本上是乾辣椒炒蓮花白洋芋蘿蔔絲絲，油星星都見不到。「主任，你對毛主席他老人家的教導記得那麼深刻，還應該記得他老人家誇我們年輕人的語錄吧？」兩條胳膊一揮舞，指揮知青抑揚頓挫地齊聲念誦：

「世界是你們的，也是我們的，但是歸根結底是你們的。你們青年人朝氣蓬勃，正在興旺時期，好像早晨八九點鐘的太陽。希望是你們的。」

完畢，兩條手臂齊平往下一壓，全場回蕩的又只有他的聲音。他再請問木略：「作為黨在本地區的高級幹部之一，你是怎麼貫徹毛澤東思想的呢？明明曉得我們這些早上八九點鐘的太陽需要大量的來自糧食的優質能量放光散熱，為祖國為人民服務，你減扣口糧不說，還拿洋芋南瓜打發我們，讓我們本應該散發出的明亮、清澈的晨光，變成昏暗、疲軟的暮光！聽說木略主任是娃子出身，你摸著自己的良心回想一下，這幾天我們吃的東西和奴隸主丟給你吃的有啥差別！」

「差別，」木略終於等到他的機會，舉起擴音器，「天上地下啊！你們的憶苦飯，包穀麵攪上麩皮洋芋苦菊葛根熬的糊糊，我一口氣能乾三大碗。竟然敢叫憶苦飯，完全是思甜飯。我們奴隸娃子舊社會吃的那些東西，呸，豬狗不如啊。豬放在山上，有新鮮的草吃；狗有奴隸主剩下的骨頭啃。發餿長毛的爛洋芋爛蘿蔔、陳年的蕎麥麵，混在一起亂煮，就是我們奴隸娃子的飯食！稀湯還缺分量，剛夠吊著我們奴隸娃子一條不值錢的小命。」

現場在靜下來，他繼續：「你們比我有文化，又都是大城市來的，見的世面好寬廣哦，才將還高唱過毛主席他老人家的語錄歌，我就奇怪了，為啥你們中的一些人早上八九點鐘還在睡懶覺，那個鐘點應該像毛主席希望你們的像蓬勃的陽光奔忙在社會主義的農田上啊！你們大白天睡覺，晚上勁頭來了，跑出去偷雞摸狗，人家掛在灶臺上留作過年的幾塊幾根臘肉香腸，地裡還沒長熟的包穀南瓜，青杏嫩梨小蘋果，包括看家狗、雞鵝鴨，沒有放過的。咋忍心啊！尤其人家農民，一顆雞蛋都捨不得給娃兒吃，非要存到十顆八顆，還要趕場天，小心再小心地放進鋪了麩子的籃子、羊皮口袋裡，又小心再小心地帶到市場上賣錢看病、買鹽巴、換針線。來地區參加紀念毛主席他老人家暢游長江這麼有意義的活動也不醒悟，還是偷，人家月母子養來下奶的母雞也被你們吃掉了，連娃兒嘴裡的奶也惦記啊！」不給知青應對的時間，宣布：

「參加選拔的都去河邊。告訴你們，不是隨便在水裡撲騰幾下就能過關的，必須有速度，五十米保證在……哎，幾分鐘游完呢？五分鐘，還是六分鐘呢？你們到河邊問組委會的古侯烏牛、小華，他們曉得……」臺上臺下笑聲震天。

木略就在擴音器裡問：「把你們笑得前仰後合的，咋了？」

臺下都在笑話他：

「就地滾五十米也不用五六分鐘啊。」

「又不是烏龜爬、蝸牛走路！」

說笑間，會游泳的，還游得不錯的知青陸續向河邊而去。餘下的左顧右盼，等到身邊的人再走上幾位，耐不住，頓頓腳，也跟了過去，但只在一旁觀望，確屬旱鴨子。

旁觀的除知青外，各單位的工作人員也不在少數。

木略瞧著高興，只要碰上眼神，就半抬胳膊和這個那個招手。沙馬依葛卻橫闖而來，按住他手裡的喇叭說：「我不贊成機關的人都來湊熱鬧，後防空虛，到時哪個哪幾個壞分子鑽空子，搞破壞，誰負責！」

木略掃興道：「那就按你的意思，把他們趕回去吧！不如你趕，喏，那邊，都是你們的人。」

「我們的人沒問題，喊上一聲，乖乖的都得給我回去。你官大，別的單位還得你發號施令。再拿著你手頭的大喇叭上臺喊話去嘛。」

木略一咧嘴巴，似笑非笑：「我倒是想聽命於你哦，可是我的職責不允許。你呀，心頭的花招子，我的眼睛探照燈似的，看得清清楚楚，你妄想支開我，自己在這裡稱王稱霸！我們朋友歸朋友，希望你把我當領導尊重一回，幹好自己該幹的事，像昨天動員知青，像今天為知青叫早，都很到位嘛。這只是第一步，下一步更艱巨，清退他們中的混混，還不曉得會鬧出啥亂子來。千萬別以為大功告成、天下太平了，多如牛毛的事情等著你去處理呢。」

4. 他們吵嘴，河邊的男女知青也在吵嘴，為誰先游的事兒。

女的不是男的對手，接二連三敗下陣，憤憤然。過來三位女知青，其中的一位，腰粗肩寬，農業學大寨的標兵，鐵姑娘。木略記得鐵姑娘的名字，無限和藹地問她：

「秋華，不打算參加選拔了？」

鐵姑娘秋華大大歎口氣，說她和她的兩個同伴就是為這事兒告狀來了。她說男知青嚷嚷就罷了，組委會的同志也大加附和，把女知青的選拔排到晚上。理由堂而皇之：擔心當地傳統保守，女知青光胳膊露腿，引起不必要的混亂。這不是歧視不是封建是什麼！新社會都二十多年了，毛主席早就教導全國人民說，婦女能頂半邊天，專門為婦女寫過「不愛紅妝愛武裝」的詩，這是在和偉大領袖唱對臺戲！

木略和沙馬依葛一對視，再一揉她：「你們女同志好說話，我先觀察觀察。」話音未落，往人堆裡就鑽。

哪裡容他消失，秋華身子一旋，擋在他的前頭，鐵塔一般，另一位女知青，秀氣，伶俐，問他：「木略主任，你是不是也和那些人一樣，戴著封建主義的有色眼鏡在看我們，認為我們有傷風化？」

沙馬依葛問：「因為泳裝嗎，兩根細帶子掛在肩上、長只到大腿根的那種？」鐵姑娘說：

「那是資產階級的泳裝。」

「我們無產階級的呢？」沙馬依葛問，連木略都好奇了。

秀氣也伶俐的那位從斜挎的軍包裡掏出一件東西，一抖，連身衣服，袖子和褲腿各短半截，齊至胳膊肘和膝蓋。

秋華也從包裡掏出一件來，只不過那位的是細碎小花，粉紅絳紅，配以綠葉，鐵姑娘的花大色濃，紅黃二色，平常都是拿來做被面的。

木略徵求沙馬依葛的意見，被回敬：

「你不是說河壩上的人和事由你說了算嗎！我啊，堅信木略主

任你在婦女和男人平等的問題上是馬列主義者。」

木略讓幾個女人惹得心煩，聲調高昂，為脫身：「歧視婦女，也不看看啥時代！我去敲打他們，未必他們都長著顆封建主義的花崗岩腦殼，敲不爛啊！」

萬歲！三個姑娘歡呼起來，朝河邊疾奔。在她們的呼號下，轉眼跟來百十來位。

等她們都穿上自己命名的無產階級的泳裝後，陣勢一變，成了她們的天下。山風勁烈，飄忽起的短褲短衣，誇張了年輕姑娘身體的肥腴，肉蟲子一般。聽得信號槍響起，性急的，通，通，就往水裡跳。

一個來回游下來，一個挨一個地爬上岸，衣裳粘在身體上，凸的凹的盡顯。圍觀的，包括本地人，尤其彝族男女社員，興趣盎然。待細看，「啊」一聲，埋頭低腦。這是男社員。女社員「啊」過，還是看，互相交換眼色，撇嘴巴，都在議論女知青顯露無遺的屁股奶子這個的翹那個的扁，說扁的那幾位前邊後邊木板一樣，平展展的可以耕地。

女知青有會點彝話的，也有意會到的，當下變臉，甩胳膊踢腿，和女社員打口水仗：

「敢笑話我們，也脫了展示一下嘛！」

「都是生過娃兒的婆娘，和我們比，肚大腿粗，醜死！」

男知青笑嘻嘻的，也把她們當風景打望。一位女知青先醒悟，嗷地一叫，兩條胳膊捂在胸前，扭身躲到衣裳齊整的同性身後，效仿者紛起，沙馬依葛背後也躲來兩位。更有躲至拉扯開的紅旗和標語牌後的。

「傷腿的先抬走」，聲音響過，不用看，木略就知道夏覺仁來了。慢著，慢著，為啥他和沙馬依葛的對瞧別有含意呢，飄蕩出來，像蠶子吐的絲，纏了一道又一道，還拉扯，越緊。木略喊：「夏醫生」，那位抬眼看過來，慢半拍，發現是他，竟然移開視線去找沙馬依葛，

求助般。

兩人黏黏糊糊，發生事情了？肯定是饞，貪魚腥了。木略猜一定是沙馬依葛先饞的，她一直都貪著夏覺仁這一口，從十八九歲起。從來都輕看她的木略不禁慨歎一聲，長長的，響亮。難道蓋過河水的奔流聲了，一旁的小廖問：

「你說啥，主任？」

他沒有吭聲，小廖不再糾纏，報告：女知青退縮，不願意在白天游了。

「還是敵不過我們這些封建腦殼啊！」木略笑說。吩咐男知青的選拔抓緊，該著手趕沒本事還添亂的傢伙了。

嘴裡下命令，心裡惦記的是沙馬依葛和夏覺仁，手搭涼棚遮住陽光再找他們，都沒影了。未必不在，逆光看去，再有大山的影子，人頭幢幢，泛著光，哪裡看得清誰是誰！圍在水邊的人們，高的矮的，都在叫喊，漢話彝話夾雜其間，漢話在喊加油，也有加上某人名字的；彝話是讚歎，都是男社員：

「啊啵，魚兒一樣！」

「那一個咋不見了，剛還在撲騰，莫不是淹死掉了！」

「人家是在潛水，冒出來了，啊啵，超前好大一截哦！」

女社員掩身在石頭後或土坎下，男知青跳進水後她們才支起身子、翹起下巴頦看。

木略專門走過去，逗她們：「幹嘛不起哄，像對付女知青一樣，把他們也轟走啊！」

她們嘰嘰喳喳，意思都差不多：「咋好意思嘛，人家是男的。」

木略又逗：「過幾年，你們的女兒也耍水，我看你們笑話不笑話！」

「哦喲，你家有女兒吧，有的話，你先讓她耍水給我們看，我們的再耍不遲。」

木略興致高漲，還要和女社員鬥嘴，人家又都支起身子看河裡

奮勇爭先的知青，木略訕訕的，蹭到河邊。

這裡也不需要他，古侯烏牛，從省裡請來的兩位游泳教練，小華、小廖等幾位知青，工作運轉得天衣無縫，他就是一根針也插不進去、一滴水也滲不進去。四下一看，終於掃視到夏覺仁，正忙著治療一個誰知道哪兒破了的知青。剛要過去，小廖又出現了。看來他並不像自以為的那樣沒人理睬，只是沒有遇到問題。

小廖報告：泳道清理得太馬虎，石塊，尖利的還不少，連續六個知青不是劃破腿就是劃破胳膊，有一個最嚴重，當胸那道，尺長都不止。古侯烏牛和省裡的兩位教練建議暫停選拔，重新清理河道。

「取擴音器去，」他說，小廖滿臉困惑，兩手在他眼前一拍，「我好喊話，返工啊！」

小廖應聲是，轉身待跑，被沙馬依葛攔下了。她竟然指控泳道裡的石頭是有人搞破壞，故意放置的。木略問她證據，自稱看見不下兩個奴隸主三個奴隸主的子女也在現場，完全是階級報復，很有可能還是集體作案。

要在私底下，木略就要罵她瘋婆娘了，但小廖幾個年輕人驚愕之餘，由不得不信的表情油然臉上，木略只得問她有何打算。說把那幾個傢伙捆起來審問，不信他們不吐實話。小廖帶著幾個知青拔足就要去執行，沙馬依葛朝不同的方向指點，帶相貌特徵：「那個男的，鷹鉤鼻子，窄條子臉，黑蕎巴樣；他旁邊那個，女的，寬皮大臉，在拍打身上的泥巴；喏，還有那個，寬肩膀大腦殼的小夥子……」

木略打斷她，很策略：「何必興師動眾，我找他們領隊，先把他們趕回家嚴加看管，活動結束後再處理不遲。」瞪一眼沙馬依葛，狠狠的，這位唯恐事小：

「早點處理吧，萬一出了人命不好交代！」

「你還是去管夏醫生吧，看你們四目相對的樣兒，莫非有啥含義？」木略不勝其煩，話蹦出口自己先嚇一大跳。沙馬依葛聞聲臉緊，眼神發呆，未必有詐？他也一呆。沙馬依葛反應快：

「該提醒的我都提醒了，主意還得木略主任你來拿。夏醫生暫時顧他不上，我得先去幫俞秀，聽說她帶著幾個娃兒，押著拉家具的汽車到了。」

情挑3

1. 去到木略家，幫忙的人比她預想得多。

她哪裡是來幫忙的，操著雙手，東挪西移，給板凳桌子櫃子床、罈子水缸瓦罐騰地方，幾個娃兒穿梭著喊餓地叫渴的告狀的哭鬧的，一派混亂。難道木略看出點名堂，那雙賊眼？暗自打算，也好，不如就此離婚再結婚。

想得臉發燙，眼睛迷濛，猛地被俞秀的肘子撞了下，生疼，聽得叫她說：「河壩上來人找你呢！」看過去，花花的，不真切，聽聲音是秋華，說木略主任讓她去河壩吃晚飯，吃完，安排女知青繼續上午的選拔。

木略六歲的小兒子也要跟著去，說想爸爸，其實想飯吃。沙馬依葛樂得帶上他再見到木略時好敷衍，便牽著他的手，和俞秀打過招呼，與秋華一道向河壩而去。

迎面過來夏覺仁，背光，臉色暗黑，喊她：「沙馬依葛局長。」很正規。

「夏醫生啊！你咋回來了，傷員呢？」

夏覺仁愁眉苦臉地盯著她：「我找你好半天了，有話說。」沙馬依葛把木略娃兒的手遞給秋華，讓她先走一步。

333

夏覺仁要說的是：「木略曉得我倆的事兒了。」

「怎麼會？」

「他說他看出來了。」

「你就承認了？」

夏覺仁一委頓，矮了截。沙馬依葛輕舒氣，問他：

「你既然承認了，下一步有啥想法？」

不吱聲。

路邊說不成話，只有換地方。不用多想，這個地方還是夏覺仁的家。

別上門，取幾塊點心，悄聲讓夏覺仁給自己倒杯水，「我還沒吃晚飯呢。」她說。問夏覺仁吃過嗎？回應：「哪有心情？」似在責備她沒心肝，這種時候還吃得下東西。回身取來一樣東西，說是送她的絲巾，上海的姐姐寄來的。

無話，只聽著她喀嚓喀嚓的咀嚼聲咽水聲，夏覺仁不時發出輕微的噓聲，嫌響。後來幾口，她將餅乾填進嘴裡，灌水，泡軟，舌頭攪和，咽。

絲巾清涼，展開圍在脖子上，解下來，一頭繫個疙瘩，握住另一頭，甩出去擊打夏覺仁：「疼嗎疼嗎？」引他說話，沒有奏效，自己說：

「你讓木略曉得我們的事，又是男人，你說咋辦？」心裡期盼夏覺仁拿出離婚結婚的勇氣，哪怕逞強。夏覺仁卻說：

「阿果怎麼辦？吳升怎麼辦？還有我們各自的兒女？」

話到最後都哽咽了。

沙馬依葛也是悲從中來，與夏覺仁兩手相握，再在他的牽引下，被拉坐到他的大腿上，像順便，兩人親嘴，鼻涕眼淚，互相沾了不少。就這樣黏著彼此的嘴巴、摩擦著鼻子，爬上床。

豁出去，潑出命，折騰，翻覆，床吱嘎叫，此前他們是多麼小心翼翼啊，特別是夏覺仁。

同時聽見外面有孩子在喊：「媽媽，媽媽，」嫩聲嫩氣，兩人停止動作，虛飄暈乎，聲音由遠及近，是她的小兒子強強，此刻他喊的是：「強兒的媽媽，強兒想你了，你在哪裡嘛？」

沙馬依葛支起身子，像兔子松鼠麻雀，機敏得不但耳朵，連眼睛都豎起來，不是在聽，而是在判斷為什麼她的小兒子會在外邊喊她？跳下床，急速地揀散亂在地上的衣服褲子再往身上套，一隻鞋子東摸西摸，就是找不到。汗悶在額頭、脖頸，涼涼的。停頓片刻，強兒又媽媽、媽媽地叫。鞋子終於被她摸在手裡，在牆角。夏覺仁也在往起爬，被她按住，湊到他耳邊，讓他只消穿上睡衣褲，等她一走就去開門，裝出意外，但親熱的樣兒，還要假裝一開始沒看到肯定跟在後邊的吳升……

轉身要走，被夏覺仁拽住，問她幹啥去？眼巴巴的。摔開夏覺仁的手，指指後窗，夏覺仁不用裝，驚訝得嘴巴張好大，忍不住想笑，一邊推開後窗，並不高，一撩腿，大半個身子旋出去，再一努，已經到了院牆根。夏覺仁上身撲出窗外，看她如何把腰貓得比窗臺還低，在那兩尺寬的窄道上捯著兩腿迅跑。

窗後背陰的這條窄道是她被關在夏覺仁家那一次注意到的，當時就留了個心眼。

2. 轉眼間，人已經出現在河壩上。不專門和誰打照面，山裡的天光，太陽下山基本就黑了，見面也看不清鼻子眼睛，故意敞開喉嚨，喊這個叫那個，除寒暖，問饑飽。搶過古侯烏牛手裡的擴音器，衝著水裡撲騰的女知青喊話，讓注意安全，小心河裡的石頭，男知青劃破腿劃破胳膊的好幾個。有人在旁邊提醒她，那是下午的事，河床經過清理，幾乎都是軟沙子了。「那也不行，沙子多軟，腳陷進去還咋游！」聽得兩旁的人都笑。

木略奪過話筒遞給古侯烏牛，把沙馬依葛拽到人圈外，讓她「不必鼓一聲鑼一響，安靜下來吧，今天你們一家夠鬧騰的，先是你男

人拿著喇叭滿河壩喊你，現在又換你拿著喇叭滿河壩證明自己在這兒。秋華告訴你男人，也用喇叭，等於告訴滿河壩的人，說你和夏醫生在一起。你臉上此刻啥表情我看不見，也懶得猜！」跨前一步，放低聲音，「吳升找著你們了？夏醫生呢？」她嘴硬：

「有本事你問他們兩個去嘛！」

還要歪纏，那邊「木略主任」「沙馬依葛局長」，喊成一片。

古侯烏牛建議收工，水太冷，女知青體力不支，抽筋的太多，電燈泡亮得有限，再被風一吹，光都是亂的，哪裡清楚河裡的狀態，搭救不及，死人都可能。

一聲令下，各回各處。

組委會的人不能散，都跟著木略回到紀念辦，其實是他的辦公室。一天下來，游泳的人次需要統計，經驗需要總結。女知青老實，一聽說要擅長游泳的，自動就走了三百來個，剩下的就是全留下也只三百來號。男知青近三千，自稱游泳高手，一個都不肯走。一天下來才刷掉二百四十個。「太少，太少，」木略連連說，「按計劃五百個裡留一百個，五比一，最後留下五六百個，今天沒完成這個比例，不是給明後兩天出難題嗎？」

小廖出主意：「明天我們可以提速！」

「不行，」古侯烏牛說，「那樣的話，還沒參加選拔的知青該叫喚了……」

「叫喚就叫喚，還怕他們不成！」木略大聲道。

古侯烏牛不作反應，繼續：「今天參加選拔的知青水平都不錯，明天上午還有一些，下午再後天，濫竽充數的傢伙會自動告退的。」

正說著，一個女孩在門口探了探腦袋，木略眼尖，喊道：「珍珍，進來，找你媽媽嗎？」沙馬依葛起身，把羞答答已經邁進門的珍珍領到外面。

吳升指使來的，家裡有事，喊媽媽回去嗎？珍珍搖搖頭，窗口瀉出來的黃黃的燈光橫投了一指寬的兩道在她臉上，天真，無助，

惹人憐愛，沙馬依葛禁不住彎下身在她的嫩臉蛋上親了口，即刻，兩條綿綿的小胳膊摟住她的脖子：「爸爸沒讓我喊你回去，只是讓我來看看你在不在這兒。」

「那我在這兒嗎？」嘴巴貼住女兒的小耳朵，啞聲問。

女兒被癢癢得直躲，咯咯地笑，喘聲說：「在這兒，在這兒！」

「你就這樣告訴爸爸去吧！」輕輕在女兒的背上一推，喊道，「注意看路哦，別跌跟斗！」

一衝動，不是返回木略的辦公室，而是跑去夏覺仁的家。

這可把夏覺仁驚著了，捏在指頭間的半截菸用力戳進菸灰缸，刺啦一聲，菸灰缸直接劃過三分之一的桌面，摔響在地。

「我來，是想打聽吳升怎麼騷擾你的。他瘋掉了，剛還派女兒來打探我的行蹤！」

夏覺仁彎腰揀菸灰缸，還有散落在地的幾個菸頭，其中兩個，高舉給沙馬依葛看：「吳升抽剩的。」直起腰又說：

「吳升在這兒抽了兩支菸走的，沒說話，我也沒問他為啥讓兒子在我家門口喊你喊個不停。」

「關燈。」

夏覺仁動也不動：「你不該再來，又不是練膽子。」

「你怕了？」

「外頭的人早就看見你了，走吧。」

反而跨前一步，來到燈光下，向著窗子，舒展腰肢，大聲說：「夏醫生，你真是神醫啊，讓你一捏巴，我的肩馬上不疼了。」

躲雨

沙馬依葛再次出現時，木略專門問她，別有用心，把珍珍送回家了？不回答，眼風掠過木略，嘴角挑著，似在微笑。

她離開不過半小時，他們已經討論到遣返淘汰下來的知青了。兩個方案，一是選拔結束後一起遣返，一是淘汰一批遣返一批。木略贊成第二種方案，要求明天一大早就遣返，卡車送。

和擔心的一樣，第二天，除十來個膽小的女知青，落選的知青沒有一個肯離開，就是承諾他們免費坐車也不幹。他們承認自己落選，但仍有權利參加紀念毛主席暢游長江的活動，比如唱歌跳舞，朗誦毛主席的詩詞，講毛主席青年時代的故事，哪怕參加集會，高喊毛主席萬歲，也堅決不離開。毛主席不專屬那些游泳過關的人，是我們大家的偉大領袖。

幾個自作聰明的傢伙，聲稱自己還沒有參加選拔。小廖等幾個組委會的知青剛要加以揭露，沙馬依葛攔阻道：「由他們表演吧。」她站在食堂門口，放大聲讓他們吃得飽飽的，做好準備，參加今天的選拔。

幾個傢伙歡歡喜喜地正要離開，別的知青鬧將起來，直指他們欺騙組織。兩下裡吵得不可開交，手腳並用。掩藏在食堂附近的男

女民兵聽得響動，各各跑來十幾位，不廢話，只出力氣，不消片刻，便將對陣的雙方拉扯開了。不等他們有所反應，拖拽著，直接送上專為他們準備的卡車。雖然嘴仗不斷，自報家門卻不含糊。剛意識到上當，喊起來，車已然啟動、加速，跳是不敢往下跳了。

第一天效果最明顯，車子一走，地區的大街小巷清淨不少，第二天下午問題出來了，送走的知青，又有捲土潛回的。他們像泥鰍似的，混在知青堆裡不好捉拿。木略說話算話，河壩之外一概不插手，全由沙馬依葛做主。

沙馬依葛先派民兵堵在路口，大路小路，連夜裡都有人站崗，起恐嚇作用，精力放在林子邊那些看似無路但到處是路的地方。

那些藏在林子裡伺機返回的知青因此受到相當程度的阻擋，不要說全身而出，才冒出頭頂，就得縮回去。相隔十米二十米把守的民兵動都懶得動，衝著樹林子一站一叉腰再一瞪眼足夠。他們炫耀說：

「老子們兇猛的目光把龜兒子幾個嚇得屁滾尿流。」

民兵不是鐵打的，也要吃飯睡覺、拉屎撒尿，人數又有限，三下兩下，窘態畢現。比如，飯菜剛刨幾口在嘴裡，身邊忽然刮起股風，一個人掠了過去，出手抓吧，捨不得手裡的飯菜；起步追吧，挎在肩上的槍帶滑下來卡在肘彎，槍托懸在空中，敲打大腿，再碰著膝蓋，酸痛得步子都邁不動，哪能追上那躥得比兔子還快的傢伙。

這是因為吃飯耽擱的，還有避到草叢土坎下拉屎誤事的。

當然，被抓住的是多數。槍桿子又不是擺設，惹急了，衝天上放幾槍，咣、咣響，膽子都能給他嚇破。抓住再用卡車往回送，再潛回來，又被抓住。如此往復兩三次，彼此都有點不耐煩，抓也好放也好，都等著活動開始、結束。

哪裡想得到天公不作美，氣象臺吃乾飯的，預告失靈，活動的前一天下起雨來，淅淅瀝瀝，線一樣，沒有斷的意思。便去氣象臺討說法。氣象臺看天象算數據，幾個回合過去，讓順延一天，信誓

旦旦，後天開始，連續半個月都是大晴天，曬蕎麥曬包穀隨便。木略沒好氣：「只需要一個大晴天。」臺長表示：「那就更沒得問題囉。」在占了半面牆的雨勢圖上比畫：「東邊有雲，西邊無雲，到時還會颳風，雲想生成都不可能，又怎麼變成雨呢！」西邊正好是當頭這片天空。

他的觀測已經失敗過一次，讓知青妄想不斷，遣返潛回的不論，沒來得及遣返的請求組委會給他們一個練習的機會，希望在活動那一天向敬愛的毛主席致敬。他們三五成群地賴在河裡，怎麼叫怎麼哄都不上岸。高山上的河水本來就冷，加上下雨，氣溫下降，好些知青都凍感冒了，急性肺炎就有十幾位。組委會只盼雨停，活動圓滿，大家回散。

知青還算小事，關鍵活動邀請來的貴賓陸續到齊，省裡的鄰近地區的，王副政委也來了，還是省裡派來的代表團的副團長之一。加上本地受邀而來的幹部，總數百號不止。一天半天，已經很耽誤人家的光陰了，有多少抓革命促生產的工作等著啊！木略、沙馬依葛一次次地去道歉，一次次地跑去氣象臺探聽天氣的好壞，急得肝火熾盛，嘴角打出燎泡。結果一天再一天，還是下雨，臺長也納悶，但堅持：「我們頭頂不該有雨啊？」有雨的他認為是東邊的雲河市，因為雲都聚積在那邊的天空上。

雲河市受邀參加活動的革委會副主任打電話問，回覆：萬里無雲，天氣晴好。便和木略商量，不如由他把省裡的領導請到雲河休息一下，那裡的山水名勝值得一遊。木略只得同意，要不怎麼辦！兩人商定，這邊一放晴，那邊躲雨的人就回來，百十公里，快！副主任又一個「不如」，「不如你把紀念活動移到我們那裡的湖河去舉辦吧，隨便哪一處，水波不興，細沙鋪底，還寬闊。」

話畢，那邊的副主任自覺有地區優勢論的嫌疑，擔心戳痛民族地區民族幹部的心，轉而盛讚木略腦袋靈光，連省裡都驚動了，一下來了四五位捧場的領導，還帶著文工隊員，好大的面子！

木略苦笑：「別得好賣乖，警告你，在領導面前別光自我表揚，把我們也捎上，多吹捧我們幾句對你們沒有妨礙，我們是少數民族地區、窮地區、邊遠地區，吹捧我們只能顯示你們風格高！何況你們沾我們的光，把領導劫走了。」

那位笑道：「沾的哪裡是你們的光，明明是老天爺的嘛！再說，誰在陪他們，不是我，也不是我的人，是你的人，老弟！一般人就罷了，偏偏沙馬依葛局長，文武雙全，哪樣輸人後！倒是求你給沙馬依葛局長打個招呼，讓她好歹也美言我們幾句！」

「哪裡哪裡，」木略嘴上謙虛，心裡卻佩服自己棋高一著！從王副政委方面來說，當然由沙馬依葛陪最合適。兩人真是喜相逢啊，也膩歪，尤其沙馬依葛，搶上前捧住王副政委的手，淚花閃閃，腰肢飄搖，埋怨王副政委招呼都不打就回省上了，「未必我犯錯讓你討厭了？」

「怕的是你的眼淚啊！」王副政委哈哈一笑，「看看，淚下來了吧。見面都成淚人，分別還不淚流成河！」環顧周圍的各方人等：「少數民族姑娘熱情奔放，說哭就哭，說笑就笑，看沙馬依葛局長，嘴角眼梢挑起來，憋不住囉！」

事端

1. 前去躲雨的各方人等，包括陪同人員，分別登上兩部大轎子車，準備出發。

送行隊伍裡突然岔進七八位婦女，面目張揚、激憤，揮舞著黃油布傘，左一下右一下，別開幹部的傘，再擠開他們，近到沙馬依葛就座的大轎車一側，跳腳舞手，高喊她下車，有事情要說清楚。

女人的嗓音尖利、高而亮，雨聲、風聲、送別聲，都掩蓋不住。沙馬依葛拉開車窗，問她們都是誰？婦女們七嘴八舌，自稱曲尼阿果的娘家人，來替阿果撐腰的。指責她，為啥要搶阿果的男人？不要以為阿果的兄弟小，爹死了，家庭成分不好，舅舅家的人不敢出頭，就欺負她，和她的男人鬼混，親嘴摟抱，脫光了睡覺，不要臉。話到難聽處，呸呸，連啐唾沫，怕髒自己的嘴似的。說的都是彝話。

越聽，沙馬依葛的臉越緊繃，語氣強硬而不容置疑，喊司機：「開車！」

車一轟響，馬上閃出兩個女子，張開雙臂，攔在車前。坐在前面的王副政委回頭問她：

「依葛同志，啥情況？」

沙馬依葛起身向車門而去：「我也正納悶呢，等我瞭解後向你報

343

告。」

下得車，被木略一把拽到車後，狠聲：「涼山人民的臉都被你丟光了！」

沙馬依葛揉著被他拽疼的胳膊，抽著鼻子：「你沒有聞到階級鬥爭的新動向嗎？」

木略求她別搗亂，趕緊說話，領導們都等著呢！

「奴隸主開始新一輪的反撲了。」

木略臉憋得通紅，聲大：「哎呀，一派胡言！」

「明明嘛，看不出來啊，你！」沙馬依葛朝跟著他們來到車尾又圍了一圈的婦女，努嘴巴，「這些女人不是奴隸主家媽就是奴隸主的婆娘，肯定是阿果家媽，那個老奴隸主婆指使的……」

木略出聲笑：「沙馬依葛啊沙馬依葛，阿慶嫂的沉著、機智、膽量，你都有，她沒有的，你也有，臉皮都厚過城牆倒拐了！你咋好意思拿階級鬥爭打幌子？都不用別人，我就可以回答你。你的問題和階級鬥爭沒關係，是作風問題、男女關係問題！來找你算帳的這些婦女，」以指頭挨個兒點著，「她們的成分比你的都低，和我一般，全是家養的奴隸娃子，涼山上最苦大仇深的就是她們了。」湊近又說：「看見沒有，鵝蛋臉圓眼睛，好秀氣的那一個，就她穿著雨靴，那是古侯烏牛的老婆、阿果的表嫂，這些女人都是她邀約來的，是她的親戚。」

「哎，哎，」婦女中的一位，嘴巴麻利，「你兩個安生點，別扯了階級鬥爭扯成分，說當前吧。當前我們這些有家有室的婦女，最想阻止沙馬依葛你去破壞人家的美滿家庭。」

「你是哪個，幹啥的？」沙馬依葛仍然嘴硬。

「革命群眾。」那位乾脆，回的是漢話。

她的漢話引來嘩的一笑，原來是雲河市的副主任，來到他們跟前問道：「彝話裡沒有革命群眾這個詞嗎，非得用漢話表達？」

木略支應：「不要說革命群眾，就是造反派這樣的詞彝話也有對

344

應的，只是說起來不如漢話有威力！」

副主任不是來和他討論彝話漢話的，奉王副政委的令而來，要求天黑前趕到雲河，都三點了，下雨天又不敢開快車。

沙馬依葛拔足要走，哪能夠，婦女們或揪或拽，像藤子對付樹幹。揪扯下，胸口肚子鼓的凸的，再扣子崩開兩枚，露出暄白的一截肚腰，又引來女人們的唾沫和譏刺：

「騷嘛騷嘛，就這點本錢也敢！」

「不曉得撒泡尿照照啊，就在那裡勾引人家的男人！」

「那個男人也瞎眼哦，放著天仙樣的老婆跟你耍！」

「未必稀罕你是女人當官！」

木略聽不下去，厲聲吼她們，完全不起作用。全涼山人的臉皮哦，硬是被她們丟光了。幸好這位副主任不懂彝話，木略建議他陪王副政委等領導先出發，等沙馬依葛局長把這邊的事情處理好後再趕過去。回頭問沙馬依葛，要去和王副政委打招呼嗎？

沙馬依葛擺擺手，神情篤定，說：完事，趕到雲河後，她自會向王副政委解釋。

2. 她得先向組織解釋。

已是當天傍晚。雨還在下，天要下空似的。半下午，婦聯辦包括主任在內的三個女幹部，一直在請她澄清問題，其實就是她犯下的男女關係錯誤。這個錯誤，不但影響到她個人，最主要的是帶來的社會影響很壞，大庭廣眾之下婦女們圍著她亂戰就是明證。

她讓她們別在她身上浪費時間，男女問題，即便真的，損失的是個人；紀念活動如果出差錯，損失的是組織。她再次呼籲木略主任放她去雲河陪王副政委等省領導，她個人的問題等紀念活動結束後再調查、處理不遲，如果真有問題。

婦聯主任覺得她的呼籲很有道理，便去和領導商量。不到三分鐘，回來說領導不同意。沙馬依葛問：「領導在哪裡答覆你的？」婦

聯主任一歪腦袋：「門外邊。」

沙馬依葛便抬起身，直喊木略，讓他有話進來直接說！

木略把門拉開一條縫，露隻眼：「我還是回避吧，這種事情⋯⋯」

沙馬依葛反問：「哪種事情？」

木略說：「都啥時候了，何必硬撐！難道要我去把那些在大街上批評教育你的階級姐妹請來和你對質？」沙馬依葛頓時頹然。「心虛了吧！」木略不饒她，「所以啊，把自己的事情向你們的娘家人，婦聯，說清楚。說清楚了，才能輕裝上陣，把紀念活動進行到底！」

關門，往牆上貼。辦公室的屋簷太窄，風夾著斜雨，不斷打在身上。天慢慢在黑，雨越來越冷，拐進另一間辦公室和在座的幾個人抽菸喝茶。

菸抽得嘴巴發苦，菸子熏得房間裡的人眼睛難睜，茶淡了，也餓了。

沙馬依葛死活還是一句話：「你們要我承認啥嘛？」再後來，乾脆閉緊嘴，不吭聲。

婦聯主任又一次溜過來向木略討主意，大大的眼珠子盯著他，表示自己無論如何都不敢向沙馬依葛點明她犯了男女關係方面的錯誤，而且影響到了安定團結的社會局面。她說：「就是有那回事，我相信沙馬依葛局長也能把它擺平，你想要她因此退出歷史舞臺是在做白日夢！」

木略被她說得笑起來：「不曉得的，還以為你是寫大批判文章的高手呢，其實你，大字識得了一籮筐不？」

婦聯主任頗自得：「一籮筐還是半籮筐，你別管。雖然你可以命令我，但我不會讓你把我當槍使。」木略把菸頭丟地上，一腳上去，狠狠地一碾：

「你一趟一趟，來回跑得也辛苦，又不想被我當槍使，好嘛，你請回吧！」

婦聯主任不以為意，端起他的茶杯喝了一大口，待喝第二口，

嫌茶味寡淡，放下說：「正好，我回家吃熱飯喝熱湯去囉！但我可以給你推薦一個人，几几嫫。」

說話間，几几嫫就到了。

她是來領那些被刷下來的男女知青的，自己倒把兒子帶來了。向木略報喜：兩個兒子「聰明得很，都學會浮水了，紀念活動那天，木略主任，你要讓他們頭撥下水哦。」

她的做派和婦聯主任完全相反，陪著沙馬依葛靜坐，菩薩一樣，任時間飛逝。木略派去打探的人來回報告的都是這樣的景象。

正說著，進來兩個河壩上的人，不脫雨衣，任雨水淋淋拉拉地滴落在地上，瞬間就汪住了。他們請木略發話讓熬兩大鍋薑湯來喝，河壩上的人冷得噴嚏鼻涕的，快感冒了。

木略詫異：「黑成鍋底了，還有人在河壩上晃？」

那兩人：「豈止河壩上，河裡頭也有的是，喊不上來，非要過關不可！」

木略心頭火起，放大聲：「泡在水裡幹啥子，想淹死一個來擺起嗦！」下令他們回去清場，一邊聽得隔壁有歌聲傳來，支起耳朵一聽，几几嫫在唱，竟然是《么表妹》，說：「几几嫫這個婆娘搞啥子鬼名堂啊，唱起歌來了？你們哪個去給我問一問，她啥意思啊？」

兩個打探的傢伙，故意在窗前門縫探頭探腦，放聲議論：

「几几嫫，你就亂唱嘛，表妹表哥，你想我念，袖子褲管合在一起穿，心放在一個胸腔裡跳動，好肉麻，都是封建社會奴隸社會的糟粕，被街上逛的知青聽見，跑來開你的批判會，你哭爹喊媽都來不及。」

「你不要唱了嘛，怪難聽，烏鴉叫貓頭鷹哭啊！你們這些女人，害人哦，木略主任不讓我們喝酒，說要保持清醒的頭腦，隨時應對你們這些婆娘鬧事，唉！」

几几嫫不肯稍停歌唱，嚷一聲：「么表妹哪裡是黃歌，明明是苦歌嘛！唱的是好可憐的一個女兒家，被父母兄弟賣給瘌子當老婆換

錢花，不得見自己心愛的人！」接著唱么表妹的美麗，說她站在山巔光彩亮山腳、站在草壩光彩亮林海，曉得愛懂得情，說親的不勝數，誘奔的有九家。

沙馬依葛終於輕啟金口：「誘奔？爛女人，這也值得炫耀嗎，就是黃歌！」

几几嬤唱得口乾舌燥，本意為勾引沙馬依葛開腔，趕緊請教她：「要不我們唱《媽媽的女兒》，要不唱死也不做漢官的小老婆，勇敢的甘嬤阿牛吧。」摸出口弦，請沙馬依葛唱，她彈口弦，炫耀她五個指頭都夠得上撥弄口弦，一般人兩根指頭就費勁。

沙馬依葛不肯唱，讓她也別再唱，完全是白費心，因為自己就沒有問題要說清楚、要交代的。

不愧是几几嬤，敢說話：「那些找你鬧事的姐妹們還等著你給她們下保證呢，不再勾引曲尼阿果的男人夏醫生！」

木略的人聽及此，趕緊回去報告，在場諸位各各對視，覺得事情即將見分曉，都鬆了口氣。

清場的回來了，自稱最後一撥。抱怨：一天下來，河壩上的人喝掉五十來斤散酒。不單組委會的人在喝，知青、社員也在喝，尤其知青，「每一個下水前，藉口水冷，都要大大地灌幾口，爬上岸，還來討酒喝，又沒得酒量，醉來舌頭打摶，眼睛發矇，都癱在地上了。」

木略不禁問：「這麼冷的下雨天，你們就把醉人丟在河邊不管？」

「咋可能，」他們說，「都讓他們的同伴背的背、扶的扶，領走了。」

更有一位聲稱，有個知青還是他給扛回去的，輕得很，一百斤不到，甩在肩上一溜小跑丟床上了。

「你們幾個，」木略還是不放心，敲打說，「都醉醺醺的，敢不敢保證，已經把河壩上的人員清理乾淨了？知青的命可比你我的貴重，萬一有個閃失，判你個破壞知識青年上山下鄉的罪，罰你吃十

348

年八年的牢飯算輕的！」

那幾位前後亂晃，醉得不堪，嘴巴卻利索：「敢保證，敢保證，連賴在河裡頭死活不上來的傢伙都被我們清乾淨了。」

還要往下說，夏覺仁推門而入……

4. 夏覺仁剛離開，沙馬依葛就進來了，几几嫫跟在後邊，很挫敗，看來白指望她白歡喜了。不過已不需要，夏覺仁出面擔當，木略認為效果更好，最起碼保護了夏覺仁的婚姻，雖然讓沙馬依葛逃掉了，木略心有所不甘。

木略問沙馬依葛：「曉得夏醫生來過？」

並不曉得。

「那就告訴你，夏醫生把事情都攬在自己身上了，說自己鬼迷心竅，為給老婆請假續假，利用了你，阿果家的親戚呢，因此誤會了你，說你們之間並沒有發生男女間的爛事！」看她緊咬下嘴唇一言不發，又說，「你不會還想求啥名分吧？」也可憐她：「你就當夏醫生愛護你，不想耽擱你的政治前途，收下他的好意吧！」

沙馬依葛真是堅強，眼風帶點下瞟：「女人偷人、男人搞姘頭這麼讓你興奮啊？」

「膽子沒有你大，敢去實踐，當然只能聽來樂一樂囉。」木略嘿然笑道，撓一撓頭皮，顯出天真來，又說，「未必你不是啊，每回說起你們單位的破鞋汪翠翠，像打了雞血，連人家穿的紅褲衩也拿來亂說！」

沙馬依葛哼一聲：「我要是你，會先親自帶人去河壩上，打上手電筒，哪怕像地道戰裡鬼子說的挖地三尺呢，哪怕拿梳子篦呢，也要清場再清場。如果萬一，出條人命受個傷，我看你這個組委會的主任吃不了兜著走！」發狠頓足而去。

走出來，要去的仍是夏覺仁的家。

拍門，可能太輕，沒有回應，加重，還是沒動靜。倚在門板上

349

覺得累，咬咬嘴唇，疼痛襲來，心想，可能在值班。

醫院除幾盞路燈，哪裡都黑黑的，值班室也是。轉了兩圈，不敢敲門，如果不是夏覺仁呢？她這樣想，輕輕笑，笑自己，今天下來事情太多，憨了吧？不是夏覺仁又如何，只說自己肚子痛，闌尾炎，來看病的。鬼哦，哪裡來的炎症，闌尾早拿掉了。

敲開門，萬幸，是夏覺仁。嚇了跳，卻敏捷，一把將她擄進去，氣急敗壞：「三番五次，想幹啥？」

不應聲，嘴巴湊上去堵他的。

剛挨著，清涼，被揉到一邊，「正經點。」

「好的，」沙馬依葛說，「你後邊的窗簾咋沒拉起呢？」趁夏覺仁回頭，撲上去，攔腰摟緊他，臉貼住他的肩窩。容不得喘口氣，又被揉開，朝後踉蹌三四步，耳聽得催她：

「趕緊走了吧趕緊走了吧！」

連著被揉還沒回過神，再被這話一激，她氣得渾身發抖：「慫包，害怕人家來捉姦啊！」越往後，聲音越往上挑。

壓著她的音梢的是搪瓷杯砸在牆上、跌落到地上和杯蓋滾動的連串脆響。杯子是夏覺仁扔的，泡的茶水，潑灑在白色的牆上，淋漓的水跡上掛著的茶葉，橫生斜逸，也有點點往下掉落的。

敲門聲起，不等響應，已然開了，值夜班的一個女護士，揉著眼睛，懵懵懂懂，沒看見牆上地上的景象。夏覺仁說，抱歉：

「吵醒你了？杯子不小心掉地上了。」

「故意摔的，還怕吵醒人家嗎！」沙馬依葛狠聲說，沒料到夏覺仁會扔杯子。

小護士這才注意到牆上地上的不同，哦了聲，眼神迷茫地掠過他們，蹲揀杯子蓋子。

夏覺仁發聲琅琅：「沙馬依葛局長，我送你吧。」

「好啊！」沙馬依葛也應道，感覺護士在瞟自己，雖然手不閑腳不停：杯子放在桌上，取了掃帚將地上的茶葉歸攏到一塊兒。

兩人前後腳出門，沙馬依葛避到一邊，夏覺仁緩和地說：「慢點走，捏亮電筒。」看她並不動彈，又說：「別往心裡去，是我混帳。」

　　「哪裡，怪只怪我不要臉！」出手就推，夏覺仁身子一偏，摔倒在他親手植下的杜鵑花樹牆上，再陷進去，剛好夠沙馬依葛抬腿踢他，還偽君子、壞蛋的亂罵，斥責自己：「腦殼壞了、眼睛瞎了，臉不要，家不要，哈巴狗不如，比不上乞丐，圍著你這個沒有恩義的壞蛋轉。你呢，完全在騙我，騙著給你那個供在雲朵上的老婆搖尾巴示好哦！」

　　這後一句不經意的話擊中的是自己，氣力盡散，摔跌在地，不知道疼。

烈士陵園或黑老林

1. 几几媄什麼時候來的不知道，任由她挽著攙著，聽她說：「依葛局長，你先回家換身乾衣裳吧，免得感冒發燒耽誤正事，紀念活動光木略主任一人做主也不行吧！」

沙馬依葛換了身乾衣裳，沒有回家，去她的辦公室換的，文件櫃裡塞著好幾身衣裳呢。

隨著換乾衣裳，喝熱開水，頭沒那麼暈了，眼神又變得活泛了，額頭、臉頰也有了光暈，表示得去河壩上看看，說昨晚以來一直在擔心雨水帶來的洪水會沖毀好不容易辟成的游泳場。

天麻麻亮，雨漸漸在小，讓她們，尤其沙馬依葛喜出望外，連著下了三天三夜啊！等她們來到河壩上，雨完全停了。

朝前兩步，河水漫過腳背，趕緊回跳，几几媄驚道：「漲水了！」

「沒有發泥石流已經謝天謝地了。」沙馬依葛說。舉目望去，感謝老天爺，灰亮的晨光裡，主席臺下專門挖的游泳池距離漫過來的水線還有兩三尺，根本不影響活動當日小學生在其中撲騰翻覆，製造氣氛，熱鬧會場。臺上的橫板豎木也沒有一根脫落的，桌子椅子各在其所，懸掛的國旗、團旗和裝點的五彩三角旗被清風吹乾，飄揚開了。那截清理出來、游泳健兒將在其中施展身手的河道，閃

353

著圈圈點點的光亮，波瀾不驚。

几几嬤擔心雨水過後，河深水急：「要是死上一個兩個，給紀念活動抹黑啊！」

「你擔心的事情絕對不會發生！」沙馬依葛鏗鏘道，「你曉得古侯烏牛吧，他好會耍水哦，魚兒一般，我們彝人裡的頭一位。如果發生你說的那種情況，不等嗆上口水，就被他揪著頭髮扯上岸了。」

「那我也不準我的兩個乖兒子到大河裡耍水，只許在水池子裡頭耍。我那兩個乖兒子啊，特別是小的那個，剛學了沒兩天，水耍得那叫歡勢啊，古侯烏牛就誇他天生是游泳的料！」見沙馬依葛眼神縹緲，根本沒聽她說話，不免生氣，大膽地又說，「那個古侯烏牛，該不是和曲尼阿果打過娃娃親的表哥吧？」

沙馬依葛的反應來了，白多黑少，好刺人的眼神，嘴也不饒她：「我兩個旗鼓相當，肚子裡頭有幾根蛔蟲彼此都曉得，你何必拿曲尼阿果的表哥來影射曲尼阿果和我、我和她男人的關係呢！我那點爛事你都看了一天一夜的熱鬧了，還嫌不夠啊！」

「啊唷，還不是因為你不聽我誇兒子，我心裡不安逸嘛！」几几嬤倒爽快。

「那你老實告訴我，兩個兒子裡，哪一個是馬布爾子的種？」

「你這個婆娘呀，我算輸給你了……」還要再說，沙馬依葛噓聲響起，打斷她說：

「快看，那棵樹的枝杈間好像卡著一個人啊？」

2. 那是棵野桃樹，葉子稀疏，按季節還該有幾枚豔黃的果實掛在上邊，但曠大的河壩上，山風河風勁吹，早刮沒了。說不上哪一根是主幹，就是一撮種子長出來的一叢桃樹，枝椏細的粗的，糾纏著攔住了那個可能被高漲的河水沖走的人。

沙馬依葛和几几嬤發現時，那人已經是具屍體了。

几几嬤卻不肯相信，因為那是她的小兒子。

3. 要讓她相信兒子死了，被水淹死了，簡直不可能。看人家取來擔架，把那孩子往擔架上放，要抬走，她就撲上去不讓他們動彈，說怕他們把孩子的夢驚了。「他睡得好甜哦，兩個嘴角翹起，在笑呢。但臉咋這麼刷白，冷的嗎？」脫下外衣，卡其布做的，還讓大兒子把自己的卡其布上衣也脫給她，好蓋在小兒子的身上。那死去的孩子穿的也是卡其布衣裳，是母子三人為這次活動專門縫製的。

她守在擔架邊，太陽升得老高，天氣轉熱，蒼蠅嗡啊嗡的飛來好多，不是一般的小黑蒼蠅，是綠頭紅翅膀的大蒼蠅，不叮她，不叮別人，專叮她的小兒子。她兩手齊上，扇啊扇的，都扇它們不走，只得掏出手帕蓋在兒子的臉上。那些蒼蠅還是叮，叮那孩子裸露的腳、手、脖頸。那還怎麼睡覺嘛，她搖一搖孩子，喊他，讓他回招待所睡。哪裡搖得醒喊得醒，連孩子的肩都抓不住，好硬，好冷。她哭起來，心裡明白她的娃兒死掉了，越哭越凶，哭到昏厥。

醒過來，人家告訴她，已經是第二天的上午，問她吃飯嗎喝水嗎，都不要，還是哭，眼淚一滴半滴；咿咿呀呀，聲啞氣弱，捶一捶胸口，疼痛，這都顯示她活著，而她的小兒子卻死掉了。死前沒有徵兆，死後沒有托夢給她。這個兒子的爹馬布爾子多英武的一個男人，留下這麼一根獨苗苗咋會從此就沒了呢？

環顧左右，招待所的三人間裡，她的小兒子曾經睡過的床空著，她大兒子的床沿上擠坐著三個人，包括大兒子。他們是在嫌棄她那變成死鬼的小兒子啊，連他睡過的床都不肯挨一挨。看她醒過來，三人轉轉眼珠子，出去一個，跟進來幾個，有她認識的、眼熟的，也有沒見過的，都立在她的床邊安慰她，讓她想開點，不想開點怎麼辦，兒子已經走了呀！

木略和沙馬依葛也來了，木略看上去心神不定，捎來王副政委的慰問。死人後王副政委從躲雨處趕了回來，其他來參加活動的各方人員就地星散。木略稱開會在即，先走，留下來的是沙馬依葛。

几几嫫雖然傷心欲絕，還是感到木略和沙馬依葛的位置有點倒

過來，昨天木略主動，今天沙馬依葛主動。沙馬依葛和她的關係也如此。沙馬依葛說：「昨天你陪我唱歌，今天我陪你流淚。」幫腔聲起：「姊妹家就是這樣你幫我我幫你啊！」

沙馬依葛和幫腔的幾位女人開始議論她兒子的死因，好狠心，竟說：她的小兒子是先喝醉，喪失意識，再被水淹死的。至少有十個人在組委會做了筆錄，當然不是他們讓那少年喝的，那點酒他們都不夠，怎麼捨得！他們所謂的「那點酒」，指的是組委會配發的，一天他們一人能喝到三兩，再多，組委會就不允許了，可他們的酒量都很驚人，一旦把肚子裡的酒蟲子勾來蠢蠢欲動了，想要它再蟄伏，根本不可能。他們就自己湊錢，派人去買。組委會的領導未必不知情，睜隻眼閉隻眼，木略主任時不時還會蹭過來抿上一口兩口。連他都掏過酒錢，說是感謝他們工作努力。

几几嬤的小兒子就常被他們指使去買酒，雖然他們曉得他偷酒喝，但諒他不敢多喝。哪裡想得到，他的酒量那麼不堪，有人看見他在買酒回來的路上打偏偏，就那樣，還仰脖子灌。這都是事後想起來的，於事無補。

他們推測說，當他們夜裡十一二點鐘離開時，那少年可能就在他們附近，一定醉倒在地上了，不然的話，他們不會看不見他。後半夜他還在那裡昏睡，水漲上來，輕緩的，湧流的，不絕地漫上來，淹沒了他，又讓他漂浮起來，他反而在黑甜夢裡陷得更深，直至死了過去。要不是那叢野桃樹，他可能就被河水帶走了，帶到下游的某個地方，等發現時，已經被河裡的石頭撞得青傷累累，再被魚兒啄上幾嘴，面目全非，就像古侯烏牛和一個叫葉童的知青，古侯烏牛還是游泳高手，彝人中想找第二個都難！

几几嬤聽明白了，原來她們不是狠心，是在轉著彎子安慰她，但聽起來不入耳，好像她家小兒子死得值似的，連游泳高手古侯烏牛都死了，還有一個知青叫葉童的也死了，她家小兒子那麼一個蚊子、螞蟻一樣的小人物死了又算啥！几几嬤氣絕，不在神情上露出

來，也真想打聽：

「真的嗎，除了我的小兒子還死了兩個人？」

沙馬依葛等幾個女人忙不迭地應聲：「是呀，是呀！」

几几嫫又問：「他們也喝酒了？」

沙馬依葛等幾個女人眼神相碰，嗖的一下，都來看她，五味雜陳，沙馬依葛做主回答：「烏牛肚子瘦得貼在後背上，恐怕米飯都沒幾顆，哪裡會有酒呢！那個知青倒是肚大如鼓，筋筋腦腦，蚯蚓樣的爬滿了肚皮，不曉得灌了多少水在肚子裡，嚇死人！」

另一個接嘴：「就怪他肚子裡的水拽著他，死沉死沉，不但讓他丟了小命，連搭救他的古侯烏牛也給拽下去淹死掉了。」

「可不是嗎，」再一個女人插話，「聽說把他們撈起來時，知青的兩隻手還死勾著古侯烏牛的脖子呢，完全是索命鬼！」

「別扯封建迷信，啥子鬼啊還索命的！」沙馬依葛批評道，柔軟眼風，專注几几嫫，「古侯烏牛同志是為救毛主席派來我們彝家的知識青年，獻出自己的寶貴生命的，已經定為烈士，要埋在烈士陵園。」

「啊唷，」几几嫫叫道，哪裡痛似的，「他的老婆娃兒可憐了，有娃兒老婆吧？」

又是插話的：「咋沒有，三個娃兒！老婆前天還帶著一幫子人來鬧過……」也「啊唷」一聲，不是「受痛」，後悔不及，和哪個鬧？還不是和眼前的局長大人沙馬依葛鬧啊！

眾人都瞄一瞄沙馬依葛，見她臉色眼色淡定，身體紋絲不動，一時無話。冷眼旁觀的几几嫫繼續提問：

「那麼，死去的知青你們準備把他埋在哪裡呢？」

「他不是烈士，進公墓。」沙馬依葛回答她。

「那麼，我的小兒子呢？」

沙馬依葛順嘴：「上黑老林！」

黑老林，說的是黑老林裡的燒葬場，附近講究的人家都去那裡

砍油脂豐富的柏樹松樹，再砍耐燒的青岡，層層架高，如今還有汽油煤油澆，最後把屍體放在上面燒。燒得幾塊骨頭，小輩的隨便；長輩的收起來，先放在家裡某處裂開的牆縫裡，等著畢摩念完超度經，選好日子再送到某座風光綺麗的山上安放。

几几嫫反問沙馬依葛憑啥？她說她的小兒子燒可以燒，但骨頭得埋進烈士陵園吧！逢年過節，尤其清明節，也享受一下紅衛兵紅小兵的敬禮默哀。

在場的男女人等都是彝族，以為自己聽岔了，不及和她講道理，又聽她說：「曉得你們要說送黑老林是我們的規矩，但那是老規矩，早就不作數了。我來問你，沙馬依葛局長，未必你死了也按老規矩燒掉、骨頭放山上了事？鬼才相信！你進不了烈士陵園，也得進公墓吧！」邊往起站邊說要去找領導申訴，還沒站穩當，身虛腿軟，眼前一黑，跌坐在床上，氣急交加，連聲叫大兒子來扶自己。

沙馬依葛搶上來，抓住她的胳膊晃，說：「姐姐你啊，你就放心吧，我會做主讓你的願望實現的，不就是進公墓的事兒嗎！姐姐和我，不分裡外，你的兒子也就是我的，咱們彝家，姐妹算至親。」

几几嫫說，很有策略：「不是我兩個的問題，是跟著你的這幫女人太瞧我不起！我來問你，」矛頭還是直指沙馬依葛：「我家小兒子他是為啥子死掉的，和古侯烏牛，和那個知青一樣，都是因為響應各位領導的號召，參加游泳活動死掉的。你們呢，偏要說他是喝酒醉死的。你們又咋曉得古侯烏牛和那個知青沒有喝酒呢？不是領導給買的酒嗎，讓大家暖和身體，好和冷雨鬥好和大風鬥。我的兒子喝了，難道錯了嗎！可憐他，嫩娃兒，喝不了酒！那些在場的各位，沾親帶故的有多少，都沒人伸手拉過他一把，張嘴喊過他一聲，硬是由著他醉死掉。前因後果，我都不追究了，只是想給我那苦命的兒子求一個死後的名分，你們都不幹，還說風涼話，不就是在於他和他家媽我一樣，洋芋屎蕎子屎都沒有拉乾淨，無名小兵一個嗎！」

她這通飆把自己累得直喘氣，也因為傷心和餓，又強調：

「沙馬依葛局長答應的事，讓我兒子進烈士陵園的事不要忘了哦。」

曲尼阿果

1. 按下葫蘆浮起瓢。知青葉童的父母和古侯烏牛的老婆伍呷嫫聽說一個初中生也能進烈士陵園，都有意見，葉童因公去世，現在要求改烈士；古侯烏牛的烈士自然就得升級，叫一個別的名頭。人家說再沒比這個更高的名頭了，伍呷嫫不幹：「反正你們漢族的詞多，想一個嘛！」再解釋，她嫌人家的說話聲像機關槍，連聲道：「我要昏過去了我要昏過去了。」當真仰面一倒，昏死在地。

一個小祕書見狀，出主意說：在烈士前加形容詞，比如優秀或者特級。被訓斥道：自古以來就沒這種怪用法！

女人對付女人，還得沙馬依葛出馬。來到伍呷嫫的房間，卻發現場面並不像報信的人形容得那麼糟糕，相當安靜：伍呷嫫昏睡在床上，她的哥哥，親的堂的表的都算上，八九個大男人或蹲或站，圍著當中一位端坐在獨凳上的女人輕言細語。

那女人居然是曲尼阿果。一襲傳統服裝，荷葉帽，百褶裙，斜襟大擺衣裳，儼然禮服。

伍呷嫫的哥哥們不和沙馬依葛談，嫌她官小，讓她找個說話作數……話沒說完，曲尼阿果接嘴，區別於哥哥們，用漢話：

「能夠一錘定音的人！」

沙馬依葛難免一驚，舉目看去，她也正看著自己，眸子清亮、專一，又聽她平和發聲，仍舊漢話：「我說的不對嗎？」避開她的眼鋒，下意識地呢喃：「哪有不對的！」心怯意亂，忘了指使手下，一溜小跑，請來王副政委。跟著的是木略。

　　離開的工夫，哥哥們說辭已變：既然烏牛的表妹自然也是我們的表妹阿果都說烈士上頭再沒別的說法，我們就不堅持了，烏牛還是當他的烈士吧。知青呢，阿果表妹說，人家年紀輕輕，來到我們涼山上女人的氣氛都沒來得及聞一聞，就淹死在我們的河裡頭了，好造孽哦！他家爸爸媽媽更造孽，多標緻的一個兒子化入空氣影影都不見了，他們想要兒子是烈士就由著他們吧，要不然傳出去，人家覺得我們彝人好計較好心毒哦！反正，我們一切都聽阿果表妹的，她見的事情多，講道理，有分寸。

　　話音猶未了，王副政委也誇曲尼阿果：「這個大姐識大體、有水平。」由她那身裝束，猜她起碼是哪個公社的婦女主任吧？木略趕緊介紹是五醫院夏醫生的愛人。王副政委「哦」一聲，閃電般瞄了眼沙馬依葛，格外鄭重地傾身問曲尼阿果，關於她表哥還有什麼要求？

　　「我家表哥不進烈士陵園，骨灰按我們的習慣撒在他喜歡的螺髻山頂。」她用漢話回答，轉而翻成彝語給哥哥們聽，包括王副政委的話。

　　王副政委表揚彝人的習慣優秀，屍體架柴燒掉，不像漢人土葬占耕地。但他主張烏牛同志的骨灰安葬在烈士陵園，供革命同志，尤其是二代三代及至無數代憑弔、懷念，繼承烈士的奮鬥精神，感念幸福生活來之不易，激發建設社會主義共產主義社會的信心。

　　曲尼阿果表示，可以用她表哥那隻傳自他爺爺的鷹爪漆酒杯來代替骨灰。舉例說，平叛時犧牲的解放軍有幾位連一塊皮肉一節骨頭都沒有找到，就是用他們戴過的軍帽喝過的茶缸穿過的膠鞋代替的。有一位她親眼所見，從戰友那裡翻出張兩人的合影，喀嚓剪下

他那半埋進了墳裡。

她說漢話說彝話，一屋子的人隨著自己能聽懂的語言點頭、附和。沙馬依葛與木略對了下眼神，這是兩人鬧翻後的頭一次，還心有靈犀：眼前伸縮自如、口齒伶俐的阿果簡直和他們認識的不是一個人。難道阿果的抑鬱症好得這麼徹底？要不然她一直在裝瘋賣傻，夏醫生也被她騙了？再不然真像吳升調查的夏醫生和阿果兩口子一直在唱雙簧，互相配合，欺騙組織，更可氣的是，拿朋友當猴耍，尤其夏覺仁那個壞東西玩弄我的感情我的身體？沙馬依葛瞬間氣昏了頭，眼睛熱辣辣的盡是虹彩。

王副政委和藹地問曲尼阿果知道「衣冠塚」這個漢語詞嗎？

茫然搖頭。「也許，」遲疑道，「就是我說的用酒杯茶缸鞋子頂替屍體要不骨灰的意思吧。」

王副政委正待發揮，呆一呆，自嘲地一擺手，掉頭只徵求木略的意見，其實是他的決定，烈士陵園保留古侯阿牛的衣冠塚，其他的都按彝人的風俗辦。他說，不必拘泥形式，起到作用就行。

2. 曲尼阿果身輕體健、神清氣爽，連感冒都少有。消息傳自俞秀。曲尼阿果回地區後一直住在她家。夜裡睡上一覺，白天東跑西顛，為她表哥善後。

俞秀的消息還包括：曲尼阿果聲稱，如果她真的瘋了，最不高興的一是沙馬依葛一是夏醫生，因為法律不允許瘋子離婚。她沒有瘋，只要她和夏醫生離婚，沙馬依葛和吳升再一離，那兩人就名正言順了，免得被抓住，當成野男女、通姦犯。

曲尼阿果的言談和以前相比，確實犀利，但要說這些話出自她的嘴，沙馬依葛打死不信。五六年的時間，眾人只聽夏覺仁一面之詞，以為曲尼阿果因家破人亡只有一條發瘋的路好走，卻沒有料到她還可能變得有擔待，臉相、眼色因此深不可測，事情也做得滴水不漏。

沙馬依葛還是找到一線縫隙，為此，她不怕去找木略說這可能是取消或者減輕他處分的一個機會。紀念活動出事後，木略被降級處理；沙馬依葛僥倖躲過，沒有證據顯示她因男女關係有瀆職的嫌疑，風評卻已在民間。

　　見她找來，還是這麼一個說法，不曉得她又要耍什麼花招，不免問：「王副政委不計較你了？」她嗯唧聲，順水推舟：

　　「你摸著良心想一想，你對得起我嗎，抓我當典型，找人審我！現在呢，我可能幫你拿掉處分，胸懷多寬闊啊！」

　　「處分拿不拿吧，三條人命呢，沒把我抓來關上幾年已經謝天謝地。你實在想展示自己寬闊的胸懷的話，就告訴我吧，從王副政委那裡帶來啥新精神？」

　　「暫時沒有，但只要我們堅持上報阿果在夏覺仁欺騙組織、謀取工資的問題中也有份，新精神就會長腿一步跨過來。」沙馬依葛保證。

　　「我真是瘋了，竟然想從你這兒分點陽光，起碼別把我趕到區上去吧，結果你瘋得比我還厲害！你呀，雖然沒挨處分，官位也到頭了，保持心情愉快吧！」

　　「我能愉快得起來嗎？」沙馬依葛捏緊拳頭，當胸用力一壓，「被阿果被她男人害得成笑話了。」

　　木略啞然笑道：「最後再問你一次，夏醫生和你有一腿吧？」

　　「呸！」沙馬依葛的臉通紅。木略緩和地說：

　　「你信不信不要緊，但我為奉命審你那事估計會後悔到死的，男人的臉面都丟光光了，我才是笑話！也對你不起！所以呀，你歇歇心，纏不上夏醫生也別給人家的家庭添事，免得以後後悔！再有，那些你說的人民的血汗錢，阿果一分沒花，一千多，都還給單位了。還遞了辭職報告，俞秀和我咋勸都勸不住。」

　　「夏覺仁那個壞蛋沒有辭職的覺悟嗎？和他老婆一起當農民不好嗎？這更不能讓他得逞，最好讓他老婆把他趕出家門、趕出涼

山！」

　「嘎嘣嘎嘣的，小心把牙齒咬碎啊！軟話你不聽，硬話要說的話，還是你自己沒本事，床都跟人家上了，從小到大到老，都沒抓住人家的心！」

群蜂飛舞

1. 曲尼阿果的辭職報告在木略和沙馬依葛的交談時已被沙馬書記撕碎丟垃圾筐了，考慮得很周全，讓曲尼阿果在距離她娘家最近的烏爾區當民政員，「那樣的話，阿果還可以養她的蜂子，」他說，「我們也就有蜂蜜喝了。最主要的是烏爾公社的社員可以跟阿果學養蜂釀蜜，掙點小錢，到年底別成群結隊地追著我要救濟糧救濟款！」

夏覺仁的辭職報告沒受理，根本不予承認，直接就把他開除了，要不是退回了那一千來元工資，法辦都可能。

第二天一大早，夏覺仁就在陽光亮堂的院子裡擺了滿地的家什。半上午引來不少鄰居男女圍觀，有感興趣某樣某幾樣的，抹不開面子，來去往復，搓手頓足，稍以時間，蹲下站起，手碰指摸，端詳細究，嘖嘖於上海貨的品質、外觀，兩隻不銹鋼鍋，幾隻描著金魚水草、透亮的玻璃杯最搶眼。讚歎夏醫生稱錢，一般的棉絮被褥、鍋碗瓢盆比之眾人家的優良、耐用。有人嫌貴惜賤，夏覺仁聽見後上下調整，這又不符合另外幾人的心理價位。終於有一家的婆婆忍而不住，率先出手，抄起一隻不銹鋼鍋。這就開啟了哄搶，在場的不少醫務人員，斯文掃地，左右手齊上陣，腳探出去夠，不小

心絆倒被絆，大呼小叫，喧騰不已。

打岔的卻來了，是這家的女主人曲尼阿果。

似乎她並沒有隨運送古侯烏牛的車回去，或者又轉回來了。一聲斷喝穩定住場面後，緩和口氣，話語低低，但不容置疑，東西不賣了，得過日子，寄養在上海親戚家多年的兒女也要回來了。

她這幾句話倒像在通告夏覺仁，卻不看他一眼，請這個那個相熟的鄰居就手把各樣家什送回被夏覺仁搬空的家去，好像他們本來就在幫她家的忙。

其中有知曉她情況的，咦咦幾聲，很是驚訝，三兩年不打照面，看她標緻依舊、著裝得體，最主要是神情篤定，冷峭得還是老樣子，連夏醫生都愛搭不理的。神經這樣的病哪能用來寒暄，也不能打聽夏醫生作風問題對他們婚姻的影響，多嚴重的緋聞啊，把紀念偉大領袖暢游長江的活動都搞砸了，還死了人，也是夏醫生被開除的原因之一，他的姘頭反而沒事好古怪。

好奇心氾濫，嘴巴直發癢。就外圍突破，稱道她的蜂蜜，說夏醫生給各科室送過。不接話荏，隨她一起來的俞秀笑道：「想吃的話我家還有幾瓶。」

又拎出話頭，問她女兒兒子各多大了，在上海可呆了不止五六年。答話的是夏醫生，三言兩語也不多說。

那四五個男女，東西搬完也不走，假意歸置物件，抹桌子掃地，操心房子的面積怎麼容納長大的女兒兒子？拍額頭拍巴掌，剛想起似的，先告得罪，然後求證：「夏醫生，處理你的通告我們都看到了，你不能住這兒了吧？」加碼：「婦科的李護士剛生了對雙胞胎，聽說挺惦記這三間房子的。」俞秀恨道：「太著急了吧！」幾個閒男女齊聲說：「別怪李護士，我們也以為夏醫生要回上海，所以賣家什呢！阿果你捨不得夏醫生來攔他的吧？」

曲尼阿果卻輕巧地說：「俞秀啊，你猜對了，是在湊路費呢！」

從開始就在她身邊轉悠的夏覺仁囁嚅道：「根本就沒想回去，俞

368

秀啊，你可別跟著亂猜瞎扯。」略停頓：「家裡的這些東西我嫌它們舊了，怕，」略頓：「怕阿果不再喜歡，所以想賣掉換新的。」

對不銹鋼鍋愛不釋手的婆婆也在現場，立即掏出一元錢來拍在桌上，讓買新的時當補貼用，一邊招呼幾個閒男女回家做午飯。俞秀趁機轟他們，曲尼阿果在一旁連聲向他們致謝，不離開也難，哪裡甘心，當中的圓胖婦人攀住門框，奮力回頭還打聽：

「阿果，你回來是要和夏醫生離婚嗎？」

俞秀扮個鬼臉：「結婚證都沒有，離屁的婚！木略說我們一直在非法同居，你們也是。」

「組織上批准的，敢說非法，堂堂正正。」夏覺仁脖子一梗。

曲尼阿果說：「俞秀啊，我們的這種彝漢婚姻自己做主就可以讓它作廢。當時組織上的代表，那位短髮雜亂的女人就沒給我們開證明，還說結婚你們自己看著辦，萬一離婚你們也自己看著辦，我們不反對不支持也不知情。」

「俞秀啊，」夏覺仁說，「你應該曉得，組織上其實是贊成彝漢通婚的，只是鬥爭複雜，不能公開表態，你說的那位女同志就吃了我送她的喜糖。要不然部隊也不會那麼大張旗鼓地給木略和你、吳升和沙……」張嘴結舌，滿眼惶急。

俞秀緊忙幫腔：「你夫妻倆聊也好吵也好，看著對方啊，把我夾在中間，喊著我的名姓，話卻不是說給我聽的。就像彝人臭講究多，公公和兒媳不方便直接對話，沒有傳遞的人，就喊板凳鍋庄羊兒狗，反正是眼前的東西，假裝是說給它們聽的。被我說中了吧，看你倆羞答答的樣兒！」

俞秀好似啟發了他們，尤其阿果，再有話說，眼睛直視虛空，張嘴就來。

兩天後她一進門就說，不點名不道姓：「我啊，今天和俞秀在東街的尾巴上相中了兩間房子，樓上樓下各一間，和主人家隔著門廳，互不干擾。樓後是個園子，有櫻桃樹、梨樹，還種著小蔥、薄荷和

369

香菜,茅廁也在那裡。租金談妥了,明天就可以搬過去。」

2. 曲尼阿果處理她不喜歡的東西不是賣,是丟。床單被子褥子枕套,但凡和床沾邊的都趁天黑人靜丟垃圾坑了,杯子盤子碗筷勺,包括那幾隻金魚水草的玻璃杯也丟了。

俞秀可惜沒來得及,說哪如由她藏起來用呢,反正阿果眼不見心不煩就行。私下裡給夏覺仁鼓勁,說阿果嫌棄沙馬依葛最可能碰過的床上用品和杯盤正顯示她對你還沒有死心,你不是也曉得她會厭恨那些東西,才要賣掉它們的嗎!你兩位互相憐惜,緣分難斷呢!馬上呸一聲,罵夏覺仁糟踐自己,讓阿果蒙羞,居然和沙馬依葛做出那樣的醜事來。

也稀奇,問夏覺仁:「真的是因為給阿果請假續假才和沙馬依葛那樣的嗎?」說不出口哪樣,兩根食指互相碰。

更稀奇的是曲尼阿果連在她面前都隻字不提夏覺仁和沙馬依葛的事。她偶爾提及吧,曲尼阿果就說別的,或者乾脆沒聽見。她本來惜言如金,又因為夏覺仁說的啥抑鬱症,五六年裡和大家離多聚少,按夏覺仁說的沒有瘋掉已屬萬幸,俞秀也怕自己亂說話刺激她,再犯病。她現在的狀態,俞秀覺得比她得病以前通情達理,像是突然長大,懂事了。

她還是他們四個人裡最忙碌的,不是忙家務,是工作,成天到周邊的公社指導社員養蜂釀蜜。俞秀自打結婚後和家庭婦女差不多,工作基本應付。木略呢,自稱參加革命以來第一次這麼閒,窩在家裡老琢磨,是不是上級把他遺忘了,要不然為啥還不安排他的工作呢?他以前工作過的農牧系統聽說還空著一個副處的位置呢!好在他還有書面檢查拿來混時間。被開除的夏醫生手再癢,也沒有手術找他做,臉皮倒厚,每天逛完東街逛西街,拎手裡的幾樣蔬菜都蔫了,不想回家,冷冷清清,經常就他一人。

來找過木略,這位聽見喊聲,三步並作一步衝進裡屋,撲通倒

床上鼾聲大作。

木略可以在沙馬依葛面前極力維護夏覺仁，但內心波瀾起伏，是他不能控制的。他覺得夏覺仁不止於小鬼小妖，不然的話，從新叛開始，一路到紀念活動的夭折，都有他的身影，包括曲尼阿果的穿插其中，就是淹死的人裡竟然也有他們家的一位。而死人的結果直接斷送了他的政治前途。順序追想下來，由不得他不膽寒，連天接地的魂氣肯定遭到了削弱，趕緊連翻三隻箱子翻出那頂曾經戴著和周總理朱總司令合影、支著尺高天菩薩的青布纏頭，專門掛在毛主席像下，心裡嘴裡連呼三遍毛主席萬歲，求保佑！他決定和他們斷交，哪怕短時間，有事也儘量不去東街，還告誡俞秀少和他們來往，免得晦氣。

俞秀和他的看法卻大有出入，認定他是貪最終也沒嘗到的沙馬依葛那口腥才背時的。奚落他非但沒把親手扶上馬的沙馬依葛拽下來，倒被人家踢了一腳，連摔兩個跟斗，從副地級掉到副處級。反而和曲尼阿果、夏覺仁走動得越勤，主要是和後者。

有天去，夏覺仁居然也不在；隔天再去，還是不在。等在街上碰見他，十天以後，臉、手黑黑的，爆著點點的白皮，精神倒飽滿。他詭祕地一笑，告訴她，自己跟蹤阿果，看她工作，也散心去了。讓她千萬保密，尤其不能告訴阿果。

他說，自己一般掩身在林子裡、莊稼地裡打望阿果，也陪她走一程。阿果帶著十幾個社員，趕著馱著蜂箱的馬兒，七八匹，連天追逐著這種花那種花到處放蜂子，遇到哪裡的花盛就多待兩天。秋天，花開一片的只有秋蕎麥，阿果他們就歇在山頭上等蜂子採花蜜，已經一個星期了。

問他怎麼糊口的，睡覺呢？

他說，帶著藥箱，一路行醫換肚飽。藥錢都是他墊的，只求病人給他幾個蕎饃饃煮土豆，雞蛋更好。覺嗎，裹著羊毛披風隨便哪裡都敢躺。笑一笑，也服輸，說，起秋露了，關節痛。真有人認得

他，給切除過半個胃的生產隊長、割過脖子上肉贅的老婆婆。這更增加了沿途老鄉對他的信任。

好幾回他都覺得阿果發現了他，他摳蜂蜜吃那次他幫著搬運蜂箱那次他摘了束紫紅色的蕎麥花偷放在她背包旁那次……阿果陡然掉轉頭，掃視著他所在的方向，朝他藏身的杉樹後輕挪，漸次逼近，單薄的襯衫下圓柔的肩頭、胸部，還有俏腰肢，汗津津的臉綢緞般的閃耀，輕撩一撩遮擋眼睛的髮絲，纖纖五指，指尖依然粉嫩透明，繚繞過來的氣味啊，溫熱，跳蕩，花的草的蜜糖般的，山的水的麝香般的，從來都沒變過的阿果的香氣阻斷又暢通還急迫了他的呼吸，他以為自己的腳邁出去了胳膊也張開了，他的小香香阿果轉眼就會栽倒在他懷裡。其實，他身體發抖喉嚨發緊臉發燒，卻動彈不得。

這都是夏覺仁脖子以下的話，俞秀聽不到。她聽到的基本上是夏覺仁對工作中的曲尼阿果的讚美：首先，養蜂天才，她經手的三隻箱子每天收的蜂蜜最豐，瀝瀝拉拉流滿一塑料壺，是別人的兩倍以上。必定要不斷地補充，你記得吧，阿果栽草弄花也很在行。其次，世上最負責任最好心的老師，手把手地指導學習養蜂技術的社員，分吃自己帶的乾糧，親自為他們戴面套、手套——連野蜂都養乖了，只有她一人沒有任何防護的東西。再其次，舉手投足都十分輕盈、有致。當她俯視蜂蜜滴落、仰望放飛的蜜蜂時，沉靜、專注，滿足的笑意微微浮現在眼梢嘴角，實在美不勝收。

俞秀雖然心寬，耳朵裡灌的都是和自己不相干的讚美，也嫌煩：「這些讓人起雞皮疙瘩的話你就不能當面和阿果表達嗎！」

夏覺仁叫屈：「明明你就曉得，如今的我哪裡有和阿果直接對話的資格嘛！」

「那麼我問你，憋好久，再不吐出來該餿了，你動搖過吧？」

夏覺仁反問：「動搖啥？」

「沙馬依葛黏你一黏十幾年，難道你就從沒動過心，也不可憐

372

她嗎？」

夏覺仁臉色一沉，即刻堆出笑來，俞秀假裝打個寒噤：「演川戲變臉啊！」

夏覺仁給她道歉：「你是阿果最好的朋友，隨便說啥都沒關係，我咋能和你犯渾呢！」

但他始終沒回答俞秀的問題，俞秀也再沒問過。

3. 又是七八天過後，俞秀正準備午休，二兒子木勇回來說，剛在照相館碰見夏叔叔，請媽媽你下午抽空去他家一趟，有東西給你看。轉而嫌他爹勢利，夏叔叔被開除了，就不把人家當朋友了，還瞧不起人家住在居民的房子裡。他開玩笑說：「夏叔叔你可別得罪啊，他家女兒可和我打過娃娃親，是我的小新娘。」

木略氣哼哼，罵夏覺仁啥都敢和娃兒講，故意丟他的面子！俞秀午覺也不睡了，說等她這就去敲打夏覺仁，趁機出了家門。

夏覺仁要給她看的是相片，才沖洗出來，都是曲尼阿果，或者以曲尼阿果為中心的。

這回跟蹤曲尼阿果，他帶上了相機。

他手邊的這部相機以前也多拍過俞秀，那還是他和曲尼阿果結婚後第一次回上海時買的，稀罕得很，買回來，半個城的人都來欣賞過。「文革」開始，到現在，差不多十年，再沒用過。

三兩句誇完相機，誇曲尼阿果，有他這次偷拍的相片為據。都排好順序了，一列六七張，共五列。嫌木頭房子又在一樓光線暗，建議上二樓。

二樓靠著南北牆各放著一張單人床，問夏覺仁：「和阿果各睡各的？」不承認，說是給女兒兒子準備的，先暫時用著。

把照片鋪排在窗前的書桌上，招呼俞秀快看，一邊解說：「我說過吧，就阿果一人沒戴防護用具，蜜蜂圍著她嗡嗡地飛，嗯，你說，蜜蜂是不是也當她是花兒在採蜜哦；這是阿果在趕馬兒，看她掄馬

鞭的樣兒，胳膊伸展、腰身挺拔，漂亮吧；阿果在吃三七的葉尖尖，旁邊的人澀的苦的都吐了，只有她在吃，眉毛鼻子皺一起，好笑吧；喏，阿果在揀蘑菇，已經不是長蘑菇的季節了，但是阿果還能揀到，看都起堆了；這張我離她最近，焦距調得也准，瞧阿果的桑葉眼，一點都沒耷拉，俞秀你耷拉了嗎？再瞧阿果的眼窩，暈染過似的，襯得眼多朦朧……」

再喊俞秀，沒感覺人家隱隱的已經生氣了，還是滿口阿果。

也虧他有心，邀俞秀到有櫻桃樹梨樹的後園子拍幾張相片。但俞秀的小心眼上來了，說：「眼睛耷拉，不如不拍。」賭氣再不理夏覺仁，連曲尼阿果中間回來也沒見。

有關夏覺仁的消息卻不斷傳來。都在說地區五醫院被開除的夏醫生經常在公社衛生醫院看病救人。不是他非要行醫，是各衛生院鐵心拽他。幾個公社的書記在電話裡碰了碰頭，打聽到夏醫生是因為老婆的事被開除的，不關乎政治也不關乎醫術，而且醫術超強，涼山號稱外科一把刀，就睜隻眼閉隻眼，由著他做編外醫生了。很短的時間裡，他確實救了幾個危重病號。有位產婦就是因為他，才保全下自己和孩子的命。

源泉公社的書記愛醫心切，膽也大，建議夏覺仁留在他們公社衛生院，他給開勞務費，算工資，從公社組織的在外修路架橋的專業隊上交的利潤裡出，還會找機會懇請上級解除對他的處罰。

夏覺仁不幹，他是曲尼阿果在哪裡他就在哪裡。

某次，曲尼阿果連著三天在一個公社教授養蜂技術，夏覺仁也在那裡的公社衛生院待了三天。

衛生院的男女醫士都知曉他的心思，也知道他這種時候最好說話，瞧病開藥打針吊鹽水葡萄糖清洗傷口包紮，一併請他代勞，管自曬著秋天的太陽喝茶。故意拿與曲尼阿果的交情說話，結果嘴多誤事，洩露了她的行蹤：已經出發去旁邊的公社了。後悔來不及，夏醫生拔腿就一溜煙。

趕過去，突聽得公社的大喇叭在放哀樂，毛主席去世了。曲尼阿果停下手裡的工作，就地參加追悼活動。這個時候，她肯定也知道了夏覺仁對自己的尾隨。

　　夏覺仁坐鎮在該公社的衛生院，在毛主席追悼會舉行之前，割了一個扁桃腺一個闌尾，闌尾那位差點穿孔，他的爹爹正巧是這個公社的主任，就決定給夏覺仁一個權力，讓他列席毛主席的追悼會。

　　該公社三十七個寨子能出動的男女人等，四五千，黑壓壓，鋪滿在一條河溝左岸的漫坡上。天青日朗，時間長，站得哭得反正傷心得暈過去不少人，害得列席人員如夏覺仁者不能安生地給老人家默哀、聽悼詞，到處搶救昏倒的群眾。有些人也是執著，一而再再而三地醒過來又昏過去。眼暈頭昏摔蹭在礫石、荊棘上，擦破臉磕爛額頭的也大有人在。這又得包紮，起碼得塗紅藥水紫藥水，忙得各位醫務人員不可開交。

　　曲尼阿果也是昏過去的一位，看見的人都說，夏醫生好過分，把正在救護的傷員朝旁人身上一推，也不管人家接住沒接住，跌破頭又如何，飛奔過去，托住老婆的腦袋，再奮力挪到腿上，痴看。有人遞來用南瓜葉子兜著的清水，含上口，欲噴不噴，任由老婆在自己腿上昏下去。

　　……

　　這種事一傳十十傳百，傳回地區，味道便有點深長，往輕說不嚴肅，往重說不檢點，雖然是夫妻，卻涉嫌在公共場合「表演」，有點男女私情外露，傷風化了。

　　越後來，眾人議論的女角不再是夏醫生的老婆，直接變成了他的相好，而他之所以被開除是犯了男女關係方面的錯誤。

　　坐實的女人是沙馬依葛，風頭正盛的一位女幹部，沒感覺嗎，蔫巴巴的有一段時間了，連降職檢查的木略都出現在毛主席追悼會的主席臺上，沒有她。

不甘心

1. 小老百姓哪裡知道，女幹部沙馬依葛請假到省裡看病去了。在成都參加完毛主席的追悼會，才回來。

沒幾天，「四人幫」被抓，舉國另一番氣象，歡騰不已。沙馬依葛頻頻出現在遊行的隊伍裡，振臂喊口號，高聲談笑。竟會扭秧歌，腰間繫條紅綢帶，領著一干男女，把道路占得水泄不通。又主張將《繡金匾》翻譯成彝語推廣，痛惜音樂史詩《東方紅》裡一曲紅軍過涼山時與彝族人民關係的《情深意長》，因為「四人幫」的倒行逆施，儘管譯成了彝語，但沒能唱響在涼山的山水之間。

她一貫用力過度，這回搶的是文化局、歌舞團等宣傳口的風頭，哪能由她，剛在文化系統謀得安排的木略找她談話，讓她守本分，別以為紀念活動沒挨處分就沒問題，成都一趟，王副政委沒給你新精神吧，聽說躲你不及呢。還有，阿果回來在民政系統上班了，夏醫生他倆現在租住在東街的民房裡。想不到吧，眼睛裡容不得一點點沙子、脾氣天大的阿果竟沒和夏醫生離婚，阿果不會不知道夏醫生和你睡覺的事吧。

沙馬依葛氣得大叫，讓木略嘴上留德。木略嘀咕：

「不是睡覺是啥子，婚外情，夠不上。」

377

木略不提倒罷，一提，沙馬依葛不斷地在不同時間不同地點遇見曲尼阿果，商店、大街、郵局、醫院、會場。

偶爾，夏覺仁也在場，比如粉碎「四人幫」的慶祝大會。按他的身分，沒有公職的社會閒散人員，慶祝大會根本沒他的份兒，卻出現在居民的行列裡，散會後又和曲尼阿果並排走在一塊兒。後來聽說因為他在鄉下義務行醫有功，特別網開一面。

奇怪，即便下鄉的途中，沙馬依葛也能和曲尼阿果打照面。當時，曲尼阿果和幾個社員在回遷蜂箱，準備過冬。

就是山野那次，她也下意識地抻衣拖褲再掃視鞋面，似在和曲尼阿果比高低。有啥心虛的，曲尼阿果臉黑皮糙，衣服褲子皺在身上，露著的小腿肚子都是黃泥巴，更別提膠鞋了。先在心裡嘲笑曲尼阿果，傲兮兮的有屁用，男人都管不了，和別的女人就在你的床上打滾叫喚，好不舒暢！

瞅一眼曲尼阿果，無論如何舒暢不起來，分秒之間都在睨視自己，漫不經心，明明她倆一樣高，或者她還高點。也和她說話，不過總讓她彆扭，好像中間隔著一個人，曲尼阿果在和那人交流，意思倒要她來領會。

問曲尼阿果，她媽媽的身體是否康健，掉頭喊一聲沙噶——配合她工作的年輕人，說：「我家媽還記得你上回去看她呢。吃了夏醫生捎回去的降壓藥，頭暈得沒那麼厲害，能夠上後山摟點松毛回家引火了。」問她蜂蜜今年收成如何，沙馬書記以蜂養人的願望能達成多少？又喊沙噶，這回是因為關係數字沙噶說得更清楚。還讓沙噶送瓶蜂蜜給沙馬依葛局長，加一句：「沒啥稀罕的，夏醫生早送遍了。」

又是夏覺仁。感覺有啥深意吧，揚眉看去，她正回盯著自己，一無遮攔，顯得自己心中有鬼似的。

不是顯得，就是有鬼，成形已然、飄蕩在體外的鬼——風流鬼。處理古侯烏牛的後事時，她就大大地緊張了一回，生怕曲尼阿果甩

378

她幾耳光，只能乾挨著。但別說那一次，以後也沒有。

沙馬依葛本來怕吃曲尼阿果的耳光，光想一想，耳朵就嗡臉蛋就熱辣辣的疼，而且大庭廣眾下多麼的屈辱，但沒吃上又有所期待，曲尼阿果若無其事的表情也讓她氣悶，難道賞和自家男人睡覺的壞女人耳光不是自古以來一個正常老婆該幹的事？總感覺只有疼痛和羞辱才能證明她和夏覺仁睡覺的事實，不然的話，她自己都起疑心：睡過嗎？

2. 假裝路過，在曲尼阿果租住的房前來回好幾趟。

沒碰上那兩位，夏覺仁肯定在家，來找他的人三三兩兩，看來都是病人和家屬，沒有斷過。問大門邊擺著簸箕賣麥芽糖的房東婆婆，果然。再問夏醫生的老婆呢，答稱：「剛還在這裡呢。」趕緊溜了。

厚著臉皮去找俞秀，問她阿果是不是神經得腦子發生了逆轉，像男人作風問題這種事都能放過，面子，特別是黑彝家的面子一點都不要了嗎？

知道俞秀會刺激她：當然是因為夏醫生感動了阿果囉！白沫子翻飛，給她渲染了半天夏覺仁怎麼尾隨養蜂的阿果行醫掙飯吃又偷拍阿果的故事，還說自己因為嫉妒，最近都沒見那兩位。

沙馬依葛說：「這有啥稀罕，夏醫生早年間不是當娃子給阿果家放過羊兒嗎？」

「那是阿果年輕貌美的時候。」看眼沙馬依葛，「阿果至現在也比你漂亮，她那對眼睛不要說夏醫生欣賞，我也是，還那麼亮，桑樹葉一樣，也沒舀拉。」

沙馬依葛哧地笑：「你也是毛病啊，越被打擊越堅強，你嫉妒得都厭煩見他們了，還在用夏醫生的話誇阿果！」

「你呢，還不是惦記著人家夏醫生。他咋對待你的，我可聽說了，死活不承認和你睡過覺，還把你搡在杜鵑花叢裡，額頭上這疤

就是那時候留下的吧。」

「隨便你亂說。」沙馬依葛用肩碰碰她，「其實你也好奇呢，阿果咋會對男人出軌的事沒反應，對不對？至少咱倆這一輩子得同氣一回吧，要不緣分也太差了。」

俞秀把住她的肩，把她掰來朝向自己：「和你同氣，除非想死！我家木略挨著你一點邊就連降兩級，敢和你共呼吸的話，鬼都變三次了。你不會又在耍啥鬼花樣吧？你操阿果的心幹嘛？反正又得不到夏醫生。你不做官了，哪裡來的這些閒心！」

「夏醫生和做官，兩件事都到頭了，你再傻也看得出來吧。沒底的話，問你家木略去。」

「聽說你的靠山沒搭理你，你去成都。」

「咋搭理嘛，垮了。可能和執行極左路線有關。」

「你官不是到頭了，是做不成了。你可是王副政委培養的少數民族幹部啊！」

「操心你家木略吧，他也算一個。哎呀，俞秀，你再這樣，我自己行動了。」

「瞧你用的詞，打仗嗎。你要咋行動？」

沙馬依葛說：「阿果娘家不會不管夏醫生的事的。她弟弟阿可不小了吧，該給姐姐撐腰了。還有她舅舅家的那些兒子呢，也都不好惹吧。最近沒感到嗎，舊規矩在回潮，黑彝白彝說法又多起來了。這種傷面子的事傷的又不是阿果一人，是她家，還有她所屬的家支。」

俞秀跳起身，警告沙馬依葛敢挑動事端，或者夏醫生哪裡受傷的話，她都會舉報的，告她破壞民族婚姻，也就是破壞民族團結的大好形勢。

沙馬依葛讓她別給自己扣大帽子，不時興了。她保證不會過激：「我就是彝族，未必不比你清楚我們的習慣啊，會有分寸的。我們這樣做的目的啊，」親熱地一攬俞秀的脖子，「是為了逼出阿果的真實感受，不然，她真會憋出病的，這回就不是啥抑鬱症了。」

愛情6

1. 彝年和春節相隔兩三個月，這段時間裡，夏覺仁的病人，彝人漢人都算上，這家一坨那家幾根，送來不少代替醫療費也感謝他的臘肉、香腸。曲尼阿果專挑臀肉寄給上海的姐姐，香腸那邊嫌花椒麻留下自用。夏覺仁這才曉得其實阿果每年都在寄，包括松茸、山木耳、天麻等。

這一年秋天開學，女兒兒子終於回到涼山上高中上初中。某一天女兒說媽媽去上海看過他們兩回，更讓夏覺仁吃驚，說烏牛表舅陪著去的。「為啥不告訴爸爸？」「烏牛表舅說怕爸爸嫉妒，因為媽媽和烏牛表舅小時候打過娃娃親。」

質問阿果，輕描淡寫：「烏牛表哥那是在開玩笑。」

夏覺仁跑到郵局給姐姐掛長途，那邊回答：「你要曉得了，阿果還能來嗎？」讓他慶幸吧，如果不是阿果來過兩次，你家兒子早跟著弄堂裡的幾個小赤佬跑去抗美援越了，還不到九歲呢。又說：「阿果第一次去時，病快快的，路都走不了，就曉得摟著孩子哭抱著孩子親，都是烏牛表哥在和孩子們周旋，逗他們開心，帶他們逛動物園公園看電影，連紅房子那麼貴的西餐也捨得買給他們吃。對我們也是百般討好，生怕我們虧待你的兩個小鬼。」唏噓不止，「可憐啊，

381

好人命短！」

再看兩個娃娃，絲毫沒有曾經寄人籬下的作態，爽朗，大方，和他們也不生分，尤其和阿果親，女兒和母親依偎在一起聊半天不嫌多。去看望外婆，先來個大擁抱，把從來就受害羞教育的外婆羞得臉通紅。

索瑪插班到地區一中高一三班，和木勇同班。一開始木勇還以保護人自居，頤指氣使，後來發現吹牛的本錢不如索瑪，嘴巴也沒有她利索，功課更不是她的對手，大感無趣，宣布父母做主的娃娃親無效，冬季應徵去南海艦隊當了水兵。索瑪也在那年年底，以在校生的身分參加「文革」後的第一次高考，考上她心儀的建築專業，回到上海。

臨走的前一天，木略和俞秀來送她，木略誇她是雞窩窩飛出的金鳳凰。俞秀不贊同，說明明人家多數時間是在上海那個金窩窩成長的。

木略便問夏覺仁：「也打算回那個金窩窩嗎？不然，為啥只有我在這裡皇帝不急太監急？」

他指的是夏覺仁復職的事。之前那份請求復職的報告被駁回來了，認定夏覺仁的問題言之鑿鑿，欺騙組織，謀取公款，沒有平反、復職的可能。

情況最近發生了變化，新叛經過調研、甄別，被證明是子虛烏有的事，牽涉其中的人員平反昭雪在即。阿果和夏覺仁算得上是新叛這個覆巢下的兩枚破了皮的蛋，恢復兩人的名譽，取消對夏覺仁的錯誤處理理所當然。但夏覺仁得重新組織材料，再上報復職請求。

木略埋怨夏覺仁當時為啥不帶曲尼阿果上醫院留份病歷，現在口說無憑，正好被吳升用作殺手鐧。

那兩口子也是狗屎運旺，沙馬依葛止步不前，吳升卻突飛猛進，以知識分子的代表榮任科技委主任，為地區甄別平反委員會握有投票權的當然委員。木略以自己的老資格，兼任委員會的副主任。

夏覺仁表示自己正在抓緊準備材料，但最近病人比較多。木略對他的說辭一律斥為藉口，指他忙著處理病人送的臘肉香腸還差不多！問他怎麼和房東婆婆分利潤？聽說都是通過房東婆婆的手在往外倒香腸臘肉，及至蕎麵、洋芋和三七、黨參等草藥。

　　做聲不得，阿果卻把手舉在空中輕晃，夏覺仁不明就裡，和木略、俞秀都把視線投向她，只聽她說：「往外倒的手不是房東婆婆的，是這雙手。」

　　一直在樓上和姐姐玩耍的小海不知什麼時候下來的，這時把胳膊一伸，攥著拳頭，「還有這雙手，」那少年說，「我是媽媽的運貨員。」

　　俞秀嘴快，笑道：「那你長的是資本主義的小尾巴！要不要讓你爸爸拿他的手術刀給你切掉啊！」

　　同時被曲尼阿果和夏覺仁瞪了一眼，曲尼阿果拍拍兒子的腦袋，讓他找姐姐去。木略拊掌為他老婆助興：

　　「夏醫生，你可得把刀子磨快點，還有阿果那條大尾巴呢！」

　　曲尼阿果拍拍桌子，木略的笑聲戛然而止，問：「做啥？」

　　「你是夏醫生的老子嗎？如果是，這兒子也長大了，有家要負擔，有兒女要養活。你站著說話不腰疼，因為有國家給你的活命錢，夏醫生不靠自己，不憑自己的真本事吃飯，我們一家子喝西北風，等死啊！」

　　「夏醫生、夏醫生，」木略連連喊道，「你是在笑嗎，嘴巴咧著，欣賞你老婆是吧？」

　　「並沒有，」夏覺仁辯解，抿緊嘴巴，瞟眼阿果，心裡身體裡似蕩過一股真氣，坐在凳子上，居然腰腿都是硬朗的。木略聒噪不止：

　　「你老婆出口傷人的毛病沒改，又長了不少本事啊！說你兩口子聯手欺騙組織我還是不信，但說阿果你買賣蜂蜜今天我信了。俞秀，這位最擔待你的好朋友，奇怪你一貫要面子，卻為何不和夏醫

生離婚，現在有答案了，原來你是貪求他的真本事啊！夏醫生、夏醫生，你好自為之，別累死沒人可憐你！」意猶未盡：

「唉，可憐的另有其人啊，沙馬依葛真是白白和你睡了。」

2. 夏覺仁聽此，撲過去自己也不曉得是要堵木略的嘴，還是要捶他，都沒來得及實施，便被曲尼阿果絆了一腳，摔磕在桌子板凳和人腿之間，著力不大，就是鼻子嬌氣，鮮血噴湧而出，房東一家人都驚動了。

第二天起大早，聽索瑪的安排，吃過早飯，和準備上學的小海在家門口請房東幫著拍了張全家福，提前將行李拎到汽車站存上，一家三口便爬到了車站的後山上。

索瑪小兒女心態，臨行前非要看看和她的名字在在相關的開滿索瑪花的地方。

儘管花開時節不到，畢竟春風往來，也非乾枝硬條，向陽又背風處居然柔嫩地輕搖著頂著花蕾的枝丫了。

索瑪自己或摟著曲尼阿果這樣拍那樣照，把「攝影師」夏覺仁支得團團轉，再掐幾個花苞折幾截嫩芽夾在書裡，一邊問爹媽自己出生時朵朵花兒盛開的景象，她的爹爹又是如何採了一大抱去獻給初為人母的她的媽媽的。

「你都背熟了，還問啥嗎？」曲尼阿果說，「不就是紅的粉的紫的，難得還有黃的，讓綠葉一襯，豔得晃眼睛，床頭、窗臺、書桌、衣櫃，連灶臺上都放著，所以呀，不叫你索瑪還真不成。」說完就笑，夏覺仁也跟著笑。

問索瑪：「你媽媽都給你講了多少你小時候的故事啊？」

「多了，不雅的如摳腳丫巴，危險的如藏貓貓藏進家裡新買的箱子裡差點憋死，還有你打我居然說打是愛罵是疼，所以我奇怪地問媽媽，她是不是不愛我不疼我啊，因為她從來沒動過我一根小指頭，小海那麼淘氣也沒拍過哪怕一巴掌。」

「我那是嚇唬你們。」

「什麼呀，我們家的情況是媽媽慣我們，你慣媽媽，對吧，媽媽？」

曲尼阿果沒搭腔，微微地臉紅，神態扭捏，煞是動人。

女兒換了話題，在吩咐夏覺仁以後多加注意，房間暗門檻高，別再摔倒了，假如旁邊沒人呢。昨天那場戲除了在場的四個大人，她和她弟弟並不知情，沒聽見木略最後那句話真讓夏覺仁感到萬幸。他支應著女兒，眼睛盯的是她媽媽。

如果不是這兩個重新出現在他們面前的孩子，他都忘了自己的父親身分和曲尼阿果是媽媽的事實。阿果說得不對，他並沒有負擔這個家，他只是自以為在擔負家庭的責任，做丈夫做父親，做得焦頭爛額，帶著越來越強烈的厭煩，也自傲：如果不是他，這個家早就星散了。他的犧牲很大，包括和沙馬依葛的苟且，完全不是為了享樂。這是根生在他心底的想法，雖然愧疚，無以面對阿果。而阿果，一直是他照護下的二十年前那個任性、嬌憨的女孩。但阿果在他的視野之外成長了，保有了他們的家庭，甚至從經濟上，維繫著包括他的親人在內的人際關係，最主要的是兩個孩子值得依賴的母親。這一年多以來，連他也不自禁地在依賴阿果。他想阿果可以不原諒他，但別不搭理他，也讓他加入到家人親熱的互動中。他有點後悔為啥沒早把女兒兒子接回來呢，他們是阿果和他關係的潤滑劑啊！好在小海剛上初二，離家尚有時日。

此刻，他很想告訴曲尼阿果，要是她願意，她還可以絆他、揍他，不但讓他鼻子出血，腦袋瓜也摔破，只要能發洩，不管是憤怒還是屈辱。她能這樣做，表明她能夠、願意面對他，不再無動於衷了。在他同理。昨天曲尼阿果那一絆給他帶來的鼻血湧流，好像流掉的不是血，是積鬱、塊壘，讓他得到極大的釋放。血還是流得太少，頭昏眼暈得還是不夠，那種感覺閉目回想，再來一次就悠蕩、欲仙了。

索瑪搖晃著他的胳膊叫他，睜眼，陽光白亮，花花的一片，問他怎麼了？曲尼阿果替他回答：

「你爸爸捨不得你，在忍淚吧？也可能被自己感動了，你的名字不就來自於他採的索瑪花嗎？哎，別自作多情，我給索瑪講她名字的來歷，是想讓她記得自己的彝根根。我們下去吧，快到發車時間了。」

還沒進車站的大門，索瑪的舅舅阿可就歡呼著迎上來了。他說自己連滾帶爬地趕過來，要是沒送上新一代的大學生索瑪，還有送女兒上大學的三姐，就太虧了。

3. 送走外甥女和姐姐，和夏覺仁說好晚飯回家吃，也在家裡住，結果沒來，第二天第三天也不見影子，不免著急，電話打到阿可所在的德玉縣農業局，說已經回去了。這是前所未有過的事，夏覺仁不在意都不行，問他為啥不打招呼就走了，居然回答：「問你自己。」把電話掛了。

問自己也不難，夏覺仁猜他那天在地區一定聽到了某些讓他難堪、丟面子的事情，其實只一件，他姐夫我和別的女人私通的事。夏覺仁的心因此懸在半天上，才和曲尼阿果有所冰釋的關係莫非又要板結？

他都沒考慮周全就決定去趟德玉縣，帶著小海，以緩和與小舅子之間的緊張氣氛。

小海所起的作用僅僅是從舅舅那裡拿到三元錢的見面禮。

阿可的新婚妻子抹不開面子，究竟他們新房裡三分之二的家具都是姐姐姐夫給裝備的，阿可的工作也得自於姐夫的幫助，想去館子裡端兩個菜，請姐夫外甥吃頓飯。

阿可嫌她囉嗦，稱自己公事在身，沒時間和他們父子倆吃飯，也根本不想吃。

夏覺仁要解釋，別過頭不聽，說娃兒在跟前，別讓他說難聽的。

386

夏覺仁就請他妻子把小海帶一邊去，他又說：

「你年紀比我大，難聽的話我也不好意思說。自己做的事自己清楚，滿世界的唾沫星子不怕啊！」

完全以「你」相稱了，從來喊他三姐夫，問他：「唾沫星子是誰在唾？」

「你的三朋四友啊，要不，我會相信！」

「有不得已的情況……」

阿可大睜眼，呀呀叫道：「你認帳了吧！我三姐當年找你這個漢人就瞎了眼，現在又被你丟一坨臭狗屎來沾在身上，硬是腳背上爬小鬼了，不找畢摩，也得找蘇尼幹個迷信，捉鬼！」

夏覺仁輕拖他的袖管，低聲下氣：「認帳也認錯，要殺要剮都由你，只是阿可啊，你現在是曲尼家的當家人，求你別逼你姐姐和我離婚……」

阿可一把撩開他：「你才別纏著我三姐不鬆手，賴皮賴臉，也得有度吧。別逼我三姐？就是我不逼她，我家媽、家支也會逼她，臉皮有層數的話，我家的，整個曲尼家，黑彝家的，一層一層都給臊沒了！也不曉得你給她灌的啥迷魂湯，竟然不和你了斷。你不鬆手我就讓我三姐鬆。唉，這種事做弟弟的咋好管姐姐哦，說出來，姐姐不羞死，弟弟也要羞死！」

管自說完，拽上老婆正要走，又轉回來貼近夏覺仁的耳朵，悄聲道：「念你是我五六歲起就喊的一個姐夫，要不真是捶扁你都不解氣。按我們彝人的規矩，像你這種亂搞的人，還得給我們賠錢，一大筆，賠得你哭爹喊娘都來不及。算了，不要你的，反正你一個漢人，也不稀罕你在我們的規矩裡。趕快滾吧，滾出九十九座山去，滾出九十九條河去，滾得再也見不到你！」

回到地區，繼續閉門，不接診，給阿果寫信，寫那天自己在車站後山上的感受。寫畢，左讀右讀，怎麼也放不過那段和沙馬依葛有關的文字，沙馬依葛那四個字就在狠扎他的眼睛，麥芒根根，酸

痛襲來，淚流滿面，嗚嗚出聲，感覺自己確實無恥，竟然自我刷白、去汙，便在旁邊批上「無恥小人、死有餘辜」八個字，然後連三頁信紙一道撕了，再燒成灰燼。

信是寫不成了，寫好寄去，曲尼阿果也未必能收到，加上路途，她只有十五天的假期。

期間，木略的么兒子木山奉父命來傳話：「我爸爸讓你把材料遞上去。」

還是家長的派頭，夏覺仁不覺切齒，材料就在手邊，突然不打算遞交了，準備小海和他的晚飯時，腦袋裡盤旋的是：不如扔灶膛。

轉天，曲尼阿果從上海回來。說給她聽，不動聲色，上班時專門捎到組織部，平反甄別小組在那裡有間辦公室，附在後邊的是曲尼阿果自己的一份陳述書，經索瑪潤色。

曲尼阿果還是不和他搭腔，更不主動和他說話，總要借小海的名頭，小海這樣，小海那樣，小海在他們家出現的音頻率最高：普通如「小海，今天我們吃啥子？」「小海啊，明天記著買米買麵哦。」特殊如「小海啊，媽媽單位的王孃孃今天要來找你爸爸看病，可能是腱鞘囊腫，想處理掉。」「小海，你家外婆吃的降壓藥要不要換一種啊，阿可舅舅捎話來說咋不管用呢！」

再喊小海，被夏覺仁截斷，讓她改成板凳，舉舉聽診器，「這個也可以，小海經常不在家，板凳和聽診器只要我在的地方，它們都在。」

看來德玉縣那趟管用，起碼，阿可保持住了沉默。

過了兩天，阿可又捎話來，說要把媽媽接到縣醫院做全面檢查。

夏覺仁立即表態：「板凳啊，明天我去德玉縣陪媽媽體檢吧。」不過癮，又叫道：

「板凳啊，下午我上醫院買給家裡帶的藥，吃的用的也得準備吧，晚上吃啥子我就不操心囉！板凳啊……」

曲尼阿果就快展顏了，卻已抽身而去。

晚飯時，同一個曲尼阿果，臉再變回去，無動於衷，眼神帶點凌厲，喊著小海說：「外婆身體不好，媽媽明天回去帶外婆檢查，你和爸爸好好待在家。」

　　夏覺仁也喊著小海說：「還是你和媽媽在家吧，爸爸去用處多點。」

　　「小海啊，」曲尼阿果又說，「你舅舅找我有話說。」

　　小海這邊那邊轉著腦袋聽他們和自己說話，犯暈，不耐煩地說：「你倆都去吧，別管我，我到木山家住，他媽媽做的菜好吃。」

朋友間的毒

1. 小海並沒有如願住到木山家，最後，還是媽媽去看外婆，他和爸爸留在家裡。

他覺得他的爸媽對他雖然寬鬆，但不會寬到他可以隨便在外留宿，即便是他們的朋友木略叔叔家，卻比較鼓勵他在木略叔叔家吃午飯，因為媽媽經常下鄉，爸爸的病人從早到晚不斷，顧不上他。

晚飯他必須回家吃，飯後，爸爸要檢查他的作業，如果他有問題的話，還會為他做講解。木山有時也會來找他爸爸解題，順便在他家吃飯。

俞秀很滿意兩家間的這種平衡，通過兩個娃娃還可以打聽夏覺仁和曲尼阿果的近況，而不必和那兩位照面。比如，她就問小海：「你媽媽帶外婆檢查身體那次，你舅舅和她說啥了？」小海乾脆地回答她：「不曉得。」但小海會傳遞一條她也很感興趣的消息給她：

「我媽現在不叫我的名字就和我爸說話了。」

俞秀再問他，「你媽說話時笑嗎？」小海一偏腦袋說：

「不笑，我爸笑，有時還會叫著聽診器啊，找我媽媽說笑。」

又問：「誰在你家樓上睡？」

「我爸和我。」

幾個回合後，小海會煩，木山也嫌他媽媽打擾他們，竟宣布：

「再問，小海說他就不來我們家吃飯了。」

東邊不亮西邊亮，木略也是她的消息源。這天，木略問她，最近沒和阿果走動嗎？她添油加醋地說：

「你對他們那麼遷就，敢罵你爹啊老子的，夏醫生渾球，那一天還想打你吧！這樣沒得良心的人，不想和他們走動。」

木略不置可否，說：「阿果今天來我辦公室找我，談夏覺仁復職的事。口口聲聲叫我木略主任，一二三的在那裡例舉夏醫生受新叛之害應該平反、復職如何的，我轉著腦袋這樣看她那樣瞧她，根本不呼應我。」輕咳聲，冷淡地又說：

「復職，以為是啥天經地義的事嗎，攔路虎多得很，別以為就吳升一個。人家的理由無法反駁啊，新叛受害的人多了，可誰也沒有像夏醫生似的詆騙組織、妄取公款啊……」

「不是已經退款了嗎？」

「敢不退，那就得判他刑了，哪是開除這麼簡單的！證人幾幾媒，那個和沙馬依葛聯手幹掉馬布爾子的女人，為此還跑來說阿果買賣蜂蜜，是她親眼所見，連交易的漢人她都認得，最近在西昌城開了家百貨店。風氣變了啊，允許私人經商，不是啥資本主義尾巴了。嗯，東街上開了家飯館你曉得吧，說是一開張就把國營食堂比下去了……」

「感歎這些做啥！」俞秀說，「夏醫生復職的事到底有沒有可能嘛？」

「難哦，又多了條理由，說夏醫生利用醫學知識欺騙組織。說得也是，夏醫生那傢伙不就是拿誰都搞不懂的抑鬱症打的幌子嗎！」

木略的意思她聽出來了，不大想管夏醫生的事，因為曲尼阿果自以為是和公事公辦。

再提起曲尼阿果，木略更加不滿：「她以為各位領導的辦公室是自己家嗎，大搖大擺，進出自如。」漫空質問：「難道找我還不夠解

決她的問題嗎？簡直目無尊長，根本不把領導放在眼裡，深受『文革』毒害啊！」

隔天又說曲尼阿果，口氣緩和許多，覺得曲尼阿果公事公辦的姿勢拿捏得恰到好處，儘管夏醫生復職的事未必辦得下來。因為人人都曉得他們和我的關係，她避著我，好說話。

俞秀問：「她也找吳升嗎？」

木略「咦」道：「就是吳升一手遮天，能決定夏醫生復職的事，阿果也不會找他！你是阿果的好朋友嗎，說這種瘋話！不會是犯你們女人家更年期瘋瘋癲癲的毛病吧，也早了點吧？對了，那天我可看見你和沙馬依葛在牆角交頭接耳呢！再咋想都可疑，你因為啥要和她攪在一起呢？還有你最近都沒去聽夏醫生兩口子的故事吧？前段時間你跑得多歡啊，飯都不做！」「啊啊」叫兩聲，警告她離沙馬依葛遠點，「就是當著你的面，能讓天上掉幾坨銀子下來，也離她遠點。」

俞秀遮掩說：「哪裡不見夏醫生了，早上還在菜市場見了一面呢。」她說，夏醫生告訴她，診所恐怕開不下去了，衛生局早前三番五次地刁難他，上週乾脆帶著公安人員來把他的診室封掉了。還說他偷稅漏稅，要查他。

夏覺仁給她歎苦經，說自己半個月沒接診了。也怪那年他跟在阿果的屁股後頭招搖，半山、高山的彝族病人都成他的基本群眾了，不拿現錢就能看病，可能也是他們蜂擁而來的一個原因。冬天到了，閒在家裡，身體上的不舒服大爆發，都找上門來了。

他說俞秀：「你要不信，跟我去看，人可多了，大門口開始，能排出半里地，抱著雞的，拿著天麻的，挎著雞蛋籃子的，背著洋芋、蕎麵、乾酸菜的，還有牽羊兒的，啥都有，不曉得的，還以為趕場呢！需求這麼大，既不給我復職，又不讓開門診，哪裡符合黨的十一屆三中全會實事求是解放思想的精神？」

轉而喜滋滋的，又誇他的阿果，把眼前的窘境盡丟爪哇國：「幸

393

好阿果冬天也不忙，我看病時能幫我維持秩序，看不成時能說服他們去各家醫院就診。還能幫我配藥呢，到時再能幫著打針吊鹽水，就可以當我的護士了。」

讓俞秀去看看阿果，說自己感覺她們有一段時間沒見了，和他也是。問俞秀：「你不是故意在躲我們吧。」聲稱他們和木略之間有點互相得罪，但無傷大局，和她可是親如姊妹啊！

俞秀兜頭潑他一盆涼水：「阿可沒找你們麻煩嗎？」

夏覺仁臉如冰霜，警惕地看著她：「你不會也在背後煽陰風點鬼火吧？你可是我們的朋友啊！」

俞秀想起夏覺仁的樣子，不覺皺了皺眉頭。「煽陰風點鬼火」，居然亂用到她頭上！心虛地又想，難道夏覺仁看出來了？一邊後悔她在前、沙馬依葛在後，攪合一氣，煽動阿可！

和阿可和沙馬依葛相關的話哪敢讓木略知道，耳聽得他在旁邊說：

「夏醫生、阿果兩口子雖然不近人情，我們擔待他們也快半輩子了，就擔待著吧，能搭把手的地方還是要搭的。」

三五天過後，木略午飯時在飯桌邊長吐了口氣道：「我啊，真的趕上夏醫生的家長了，對他那裡才搭了一把手，兩把三把都不止，你過兩天去看熱鬧吧，索瑪診所就要開業了。」

2. 拍板敲定此事的雖然是前來指導工作的副省長，但木略豈止搭手，完全是鼎力出戰，居功甚大。

副省長在聽過各種匯報後，稱自己眼前一亮，沒想到偏遠的涼山上改革的新風先行吹起來了。他所說的新風裡，就有夏覺仁申請開私人診所這一股。夏覺仁申請開診所的事本來是反著給他的材料，哪成想被他掰正，樹為典型。

在座的吳升等人陳詞濫調，仍然拿夏覺仁的被開除說事。木略舉手要求發言，其實是拉了一篇夏覺仁的傳出來。說他具備三愛，

一愛黨，所以入伍當軍醫；二愛涼山，所以留下搞建設；三愛老婆，所以犯了錯誤。只有吳升強調錯誤為欺騙組織，除此而外，均無異議。

副省長就說他個人認為：此人確為「新叛」的間接受害者，政治上沒問題，醫術業界公認一流，在醫療水平仍然落後的涼山實屬難得的人才，應該大膽使用，但因牽涉經濟問題，平反、復職應嚴格按原則處置。

到底，副省長也沒去夏覺仁的索瑪診所，而是帶著一干領導到同時開張的知青鐘錶修理店表示祝賀。

不少本打算跟去索瑪診所的閒人，腳後跟一旋，直奔鐘錶修理店而去。只俞秀一人遠遠地望著索瑪診所，感覺病人寥落，都不夠平常的數。

天低雲厚，粉粒般的雪飄灑而來，瓦片木板房，過往的汽車、馬拉車，裹著黑色披氈披風的彝人，剪影般，輪廓卻灰濛濛的。

遠遠過來的一溜數位踅進索瑪診所的彝人，俞秀可知道他們的來歷和目的。他們是曲尼家的長輩，由阿可領著，來找夏覺仁理論的。索瑪診所開張這個日子不是他們故意挑的，而是山南山北，湊各人的時間趕巧了。

「阿果願意離婚了？」前一天沙馬依葛告訴她時，她問道。

「可能吧。」沙馬依葛含糊道。她的信息員，何止，更是她親自指揮、翻弄是非的几几嬤，沒有給她準確的說法。「阿果不願意沒關係，曲尼家的長輩會迫著夏覺仁離的，加上賠償金，兩件事合在一起辦，更利索！」她說。

「那不公平，夏醫生沒有長輩給他做主，也應該有他的代言人。」

「可以讓你家木略來做這個代言人啊！從民改那會兒起，他不就一直在替夏覺仁幫腔嗎。幫得好啊，夏覺仁的診所開業了，還是地區樹的改革開放的排頭兵！呸，賣老鼠藥還差不多！」

莫名其妙地和沙馬依葛攪在一塊兒，本來就讓俞秀心神不寧，

馬上表態，讓她以後別再找自己看阿果的笑話了。她說：「我是想看笑話，你可不是，你是恨阿果和夏醫生不死吧！」

沙馬依葛恨聲道：「只恨夏覺仁一人不死！滾出涼山也可以接受！」拍她的肩，親熱地說：「我可不會放你走，想要夏醫生家的熱鬧有趣味，得和你這樣一個知根知底的夥伴分享啊！」

此刻，俞秀再度表示，沙馬依葛自己享受那所謂的趣味去吧，站在街頭偷窺阿果家也好，躲在街心公園策動阿果離婚也好，自己絕不再幹。今天是最後一次。

沙馬依葛取下頭上裹著的方巾，抖抖，再撣撣俞秀頭上的落雪，緊盯她的眼睛說：「清醒得比我預想得快，不嫉妒阿果了。就是好朋友，她有你沒有，也是毒啊！」

俞秀扒拉開她，舒口氣說：「管好你自己吧，你才是大毒藥！」

一抬頭，曲尼阿果的房東婆婆捏著錢已經到了她們跟前，問：「哪個叫俞秀？」聽見是她，遞過錢來說：「曲尼阿果讓你幫她買五瓶瀘州老窖，家裡來老輩子了。」

老輩子

　　診所果然和診室不同，索瑪診所租用了房東家的門廳，方正，面積近三十平米，四面刷白，房梁高懸，屋頂換上兩組亮瓦，前後有窗，高敞、明亮。

　　誰想得到，不過兩年，涼山西昌合併，索瑪診所也隨著搬到西昌，巧的是租的也是東街的民房，不過是西昌的東街。這是後話。

　　診所裡來蘇水味混雜著更強烈的旱菸和飯菜味，當中的一盆岡炭火正旺。為了曲尼家的這些不速之客，索瑪診所初張之日的午後，病人被悉數請走，小海也被打發去了俞秀家。

　　曲尼家的老輩子們吧嗒著旱菸嘴，拿起這個藥盒那個藥瓶搖一搖或者擰開蓋子聞一聞，再有拉開消毒櫃張望的，甚或摸摸手術刀、鑷子的，一派天真，其實是不在乎。他們也不會在乎夏醫生，只會倚老賣老，舌頭像安了彈簧似的，把自己完全傾向於阿可的仲裁者角色扮演好。俞秀不覺同情起夏覺仁來。

　　曲尼阿果打發她買酒，自己卻不在家。當然，她何必旁聽老輩子們可能對夏覺仁的滔滔聲討，那不是打自己的臉嗎！俞秀替她想到，也為自己竟然和沙馬依葛結成狼狽一族，羞愧不已。

　　很快，她發現自己還成了須臾不能離開的添酒的女人。

夏醫生坐在診所角落的矮凳上，平視前方，兩手擱在大腿上，規矩得很，瞄見她拎著「瀘州老窖」進來也只欠了欠屁股，阿可示意她取只搪瓷碗倒酒給老輩子喝。

曲尼家的五位老輩子，加上阿可，六位，圍坐在炭火邊，自成一圈，喝轉轉酒，主要是長輩們在喝，阿可傳酒。

兩三輪過去，其中的一位老輩子發話了，他讓阿可把火鉗遞給他，他夾塊燃炭點旱菸。伴隨著火鉗在鐵火盆上的磕碰、木炭的爆響，他說，緩聲慢氣：「夏醫生啊……」他所在的圓圈在他和夏覺仁之間自然裂開一個空隙，讓他能直接面對夏覺仁，輪到另一個人時也如此，所以，夏覺仁得轉著身子聆聽來自不同方向的老輩子說話。

他表達的是夏醫生是一位值得他們尊敬的人，「作為醫生，救活了好多人，跌破腦殼、摔斷腿胳膊的都不算啥，肚子胸口裡頭哪裡爛了，也能幫著取出來丟掉。我們山上畢摩家的女兒就是肚子裡頭長了個壞東西，吃不得喝不得，畢摩自己給她熬草藥喝，打牛殺羊送鬼，都不管用，覺得都沒希望了，聽說你拿把剛才我在那邊櫃子裡看見的小刀刀一下就把她肚子裡的壞東西剜掉，她又活了過來。真是神醫一個。」其他人安靜地抿口傳到自己跟前的酒，再遞給下一位，至多點點腦袋，不插話。「但是呢，」話鋒一轉，「作為一個當家男人你卻不值得我們尊敬，」夏覺仁凹胸、低頭，「你做的事情啊，太醜，我當長輩的害羞，說不出來，說出來也怕髒了自己的嘴。你是漢人，我們彝人的規矩你可能不懂，我們是一個人幹的醜事，丟的是大家的臉，所以呢，你別怪我們來打攪你難為你哦！再有一點呢，我聽說你家也是漢人裡的硬骨頭，有錢有勢，我們有句老話說，老虎的祖先漂亮，它的孫孫也漂亮；烏鴉的祖先漆黑，它的孫孫也漆黑。我這個老黑彝的話，你該聽得懂吧！」

夏覺仁抬頭點頭又低頭。

「那麼我就來問你，你一個月收入多少呢？現在公家也不給你發工資了，估計你也沒得多少錢吧？」

夏覺仁報了個數字，他們朝前一湊，聚攏在火盆邊，不怕熱，竊竊私語。然後，由另一位通報他們討論的內容。他們替夏覺仁算了筆賬：有兩個娃兒要養活，學費生活費，開銷不小，在上海讀書的女兒大學二年級，有盼頭了。哦，過兩年還得準備嫁妝。「夏醫生你還是不寬裕啊！不過呢，你要想明白，老樹伐倒小樹叢叢生，娃娃們自有他們的福氣，你要操心的呢，是給阿果娘家的賠償金如果少了，人家會笑話曲尼家的老輩子面子和螞蟻蚊子的一樣大，不值錢，你說以後我們出外玩耍、喝酒咋好意思和人家說笑嘛！再一點也要給你說清楚，賠償金拿到手後由阿可幫著保管，當然，常有娘家爹爹兄弟花光賠償金的事，花一點是允許的，畢竟娘家爹爹兄弟操了心費了力，連我們這些老輩子也跟著忙呢。這不，放下家裡的活路跑到這兒來費口舌，惱火哦！」

　　好一陣停頓，阿可趕緊招呼俞秀續酒、續酒。

　　靜默地又喝了兩巡，負責通報的老輩子可能忘了之前講到哪裡了，上來就報數字，賠償金，占夏覺仁總收入的一半，以十年計算。這讓他有點赧然，扭捏道：這是我們合計的。拿指頭亂點一通，「如果多了呢，夏醫生你可以反對，我們再商量。」

　　夏覺仁照單全收，只是付款的時間請他們允許他分兩年付清。

　　他們互相看看，沒有不同的意見，點頭，一致同意。有一位用彝話嘀咕了幾句，負責通報的這位老輩子趕緊道：

　　「哎呀，賠償金的話剛才沒說完。娘家爹爹兄弟，包括我們這些老輩子用是可以用一點，但多數存起來，等離婚的女兒再嫁時做嫁妝。夏醫生，你別覺得可惜，這些錢阿果再嫁人的話都是她的，本來你也對不起她嘛。」

　　夏覺仁大夢方醒，原來賠償金的前提是讓他和曲尼阿果離婚。

　　他先叫阿可，沒回應，再喊俞秀，昂首又是兩聲阿果、阿果，人已然蹦起來，「不是這樣的規矩，」他嚷道：「我打聽到的是，只要付了賠償金，是可以不離婚的。到死那一刻，阿果都是我老婆，

你們要把她嫁給誰？她都沒和我離婚，怎麼嫁？違反婚姻法，以為國家不制裁你們嗎？」

難怪他胸有成竹的樣兒，原來提前做了功課！俞秀想，一邊把他拽來重新坐下，一位老輩子黧黑的臉衝著他開說：「你既提到婚姻法，那上面難道允許你亂搞嗎？婚姻法要制裁的是你不是我們！」

夏覺仁撐起身，決然道：「要打要殺憑你們，要我離婚，不如我死給你們！」用的全是涼山女人被逼無奈的話語，也確實敢說敢做！

舊事牽扯

1. 雙扇大門哐當一響，曲尼阿果出現在門口，滿是雪花，瞥眼阿可說：

「長大了哦，開始主持曲尼家內外的各種事情了，索瑪、小海以後有靠了。」

不等阿可反應，又說：「你把老輩子們哄來圍著人家夏醫生孤單單的一個人耍嘴皮子，欺負老實人，不怕傳出去讓人笑掉大牙啊！」

「樹活皮人活臉，三姐，我快被你氣死。難怪俞秀姐躲你呢，朋友都不想和你做了。」求助地看俞秀看老輩子們。

短暫的尷尬過後，老輩子們比俞秀還淡定，如常的喝酒姿態：酒碗輕放輕取，抿一口，以指揩去碗邊自己可能留下的唇跡，再往下傳，不交流，不對眼神，不再對夏覺仁和曲尼阿果的糾葛發聲。

阿可策劃的「既成事實」破產後，又打著母親的旗號，甚至把少有走動的大姐也發動起來，勸三姐離婚，都不奏效。索瑪每個假期回來，都拿這事找舅舅說理，斥他不是封建腦袋，是奴隸制腦袋，也讓他招架不住。

兩年後，西昌成了涼山的首府，索瑪診所遷來該地後，一個小時的車程，又有火車連接，正好方便阿可的朋友打著他的旗號找他

401

姐夫看病。回頭告訴阿可，你家姐夫好客氣，聽我說是你的朋友，給正在看的帶著跟班、領導模樣的病人道個歉，先來安頓我們，我家爹的手術也是他親手做的，我們來去他都起立相迎相送，搞得我們太不好意思了。小舅子你的面子比天大啊。阿可嘴上虛應著，心裡實罵夏覺仁狡猾，大概就是這樣給他三姐灌的迷魂湯。

真該找蘇尼做個迷信，把可能附在三姐身上的迷魂鬼捉掉！

也就想一想而已。他們見面的次數，一年最多兩次，一次過彝年，一次過火把節，夏覺仁還都在場。夏覺仁在不在場並不重要，主要是阿可連話都找不到機會和他三姐說。他三姐有意也確實沒工夫搭理他，在烏爾山的家裡，和夏覺仁一起，盡忙著照顧飽受心臟病折磨的媽媽了。

他也不理睬俞秀，不在於俞秀不再幫他的忙，而是他發現「俞秀姐姐，你居然和我三姐的敵人沙馬依葛暗地搞陰謀」，女人何以如此，包括他三姐的堅決不離婚，不是他想得明白的，他也不打算費那個神了。

俞秀卻不放過他，碰巧在西昌名氣最盛的米粉店遇上他，把他拉一邊告訴他：「你家三姐不離婚是因為不想讓我們稱心。」

「俞秀姐姐，這都是四五年前的爛芝麻了，你覺得還有意思嗎？」

「我不是自打你招來那幫老輩子鬧騰以後再沒見過你嗎？都那麼長時間了呀！」

可不是嗎，木勇當兵回來在公安系統上班都兩年了，木山和小海大學二年級。還是人家索瑪有出息，大學還沒畢業就拿到美國啥大學的獎金，已經在那裡讀了三年的研究生。和曲尼阿果開玩笑，「萬一找個黃頭髮綠眼睛的老外回來咋辦啊！」忘乎所以：

「那就不是你家我家這樣的雜交品種可比的了。」

氣得曲尼阿果又想和她斷交。趕緊討饒，讓原諒她這個退休人員。

她就著參加工作三十年可以提前退休的政策，拿了三千元的安家費，是他們中第一個退休的。

　　她沾沾自喜地說，即便當過地級幹部的老婆，雖是副的，那也算享受過榮華富貴，但無論如何也改變不了她的農民本性。一拿到退休安置費，再湊上幾個錢，就在當年她和木略、沙馬依葛和吳升舉行過集體婚禮的小李村買了一個農家小院，知道宅基地買賣不合法也不忧。買下來，前邊後邊使勁蠶食，不是拿來養鴨子餵雞，就是拿來種果蔬，小李村四圍的邛海有的是滋養活物的水。經她的手，稀罕的如百香果、無花果這樣的熱帶水果都能豐收。異想天開，還引進過不知道哪裡傳來的據說營養新概念的肉蛆。那些東西肉滾滾的，樓上樓下還園子裡，到處蠕動，噁心得驚嚇得朋友們有段時間都不願意進她家的門了。

　　夏覺仁兩口子是她的常客，尤其曲尼阿果，她在一個農村服務協會工作，卻很少去半山或高山上為農民服務，不是因為年紀大，跑不動，而是年輕一代的男子少有在家務農的。留在家裡的老人婦孺，地裡的農活都忙不過來，哪有時間和體力抬運蜂箱。

　　她還在養蜂，俞秀的園子裡也放著三箱子，安寧河壩子的暖和氣候讓小李村一年四季都有花開。在娘家的烏爾山上也散著幾隻蜂箱，她回去看顧母親時都會去甩回幾罐蜂蜜來。

　　烏爾山上的年輕人也沒有跟她學養蜂的，「靠嗡嗡的蜜蜂兒掙錢，啊啵，人都等老了，也掙不來，喝酒都不夠。」他們說。

　　一覺醒來，再沒人喊這些昔日的社員出工收工，拿工分當錢當糧食來束縛他們，還有開會學習這個精神那個政策，又專門組織他們農閒時排演文藝節目、開展體育活動，發杆部隊淘汰的步槍，都不填子彈，訓練他們喊口令拼刺刀……開始還不適應，老圍著隊部轉圈圈，後來發現生產隊長都帶頭跑城裡找活幹去了，三三兩兩的也出了門。外頭沒人干涉他們，空氣甜香得吞一口下去，肚子就飽了。山下漢人的飯菜已很講究，再遠點的樂山、成都吃得才細緻，

鴨舌頭鵝腸子也收拾出來吃，作料無非辣椒花椒，撒上撮糖，澆兩勺熟油，並不特別，但香得舌頭都在跳舞。地又平展又寬大，哪像我們的地盤出門就見山。熱怕啥嘛，蹭在火車站候車室睡覺先有風扇後來有些地方還安了空調，比我們這山上還涼快點。

每次回家，曲尼阿果都要帶回一些烏爾山的消息來，年輕人一撥一撥流失得最多，連小學剛畢業的也跟上跑了。這不是烏爾山的孤例，整個涼山的情況都如此。

讓他們讀書考學，他們中有喊曲尼阿果姑姑的有喊奶奶的，就說，好難的事，彝話變漢話再變成漢文，跟著老師學，不如天南地北地跑著跑著，漢文不敢說，漢話自然就會了，四川話算啥，普通話都說得來，廣東話福建話也能冒幾句給你聽。又說，外頭好吃好耍，沒得錢用，鑽進螞蟻子一樣多的人裡，摸包包，被發現當小偷打，沒相干的人也來打，下手再狠，又打不死；要不拿根竹竿竿把人家晾在帶護欄陽臺裡的衣服挑出來賣；扒火車來錢最多，守在坡道邊，火車突突爬得費力慢下來時，跳上去掀東西，掀著啥算啥，雲南的菸酒來錢最快，電器沒用，目標大，不好出手，放在山上的家裡，沒電的地方多，只能用來裝包穀洋芋。扒火車風險大，警察越來越凶，掌握的情況多了嘛，抓住的風險大，慢慢的，也不敢扒了，火車頭換機器了，是不是坡道都跑得飛快，這個那個摔死掉的消息時有傳來。

他們說，火車扒不成，可以幹別的事，外邊世界大，又不認得自己，就是幹了越軌的事也不擔心丟人。

「人家認不得你，你也認不得人家啊！只能在城市的邊邊角角偷雞摸狗，揀垃圾，混天度日，養一身的懶毛病、二流子習氣。」木略每每聽說，都要破口大罵，聽眾多是他老婆或者曲尼阿果、夏覺仁。

退居二線後，他說的話再切中要害再精彩，單位的人都覺得他在發牢騷。比如他擼袖子露胳膊捏拳頭，說要去遠到樂山、成都、

重慶，甚至東北、廣州把敗壞彝人名聲的娃娃抓回來示眾，單位的年輕人客氣地讓他不如先去西昌街頭抓幾個來給他們看。這種時候，木略就無比地懷念集體化時代，組織說話哪個敢不聽，現在組織隱身還是怎麼了，不見派人來管這些傻娃兒。

無能為力之下，他會咕嚕幾句他的老主子、吉黑哈則家爹的好話，說他轄制下的百姓、娃子都被他調理得服服貼帖的。時不時地夢見老主子小主子，又哭又笑，驚醒或者被俞秀搖醒，只記得主子們模糊的臉面。每當彼時，少不了要輛車，或者木勇有閒開車，送他回老家去轉一圈。

在他的老家，他自己的親戚一個沒剩，認得的只是前主子的孫子一家。他給他們捎東帶西，見吉黑哈則的孫子走村串戶賣百貨，還湊錢幫他買了輛手扶拖拉機。不過在木勇看來，他們未必領他爹的情，還當你是娃子進貢呢，他笑話自己的爹說。

這個本來在勤勞致富的孫子後來怎麼會吸食進而注射海洛因，一般說吃毒，木略百思不得其解。

木勇在新成立的緝毒組工作，給他的理由是無知，不知道海洛因的凶險，還當是舊社會的鴉片呢！老話不是說，鴉片是黑彝和土司的糖嗎！黑彝、土司霸道時他們嘗不到，解放、民改後鴉片長啥模樣木勇說自己都不曉得，電影裡看來的也都是漢族惡霸地主資本家和妓女、國民黨的兵在吸，拿杆大菸槍，有氣無力地靠在菸榻上，哪曉得涼山上有人一直當經濟作物在自己的紅壤土地上種到解放，拿來換槍換子彈換吃喝，兵強力壯，鋒芒所向，不僅自己的族人，同處一地的漢人，周邊各族，連省府都深為忌憚。

同在一旁接受緝毒組員普及毒品知識的夏覺仁不免輕戳木略的腰窩，「這就是鴉片經濟啊，你不懂吧！」悄聲：「民改前你也是當糖在吃吧，和今天那些無知的年輕人一樣。」

木略駁道，他吃過的和菸葉子差不多，現在的你沒看見嗎，白粉粉。稱自己對鴉片葉子之所以產生了短暫的小癮頭，在於奴隸的

405

命運悲苦。夏覺仁說：

「那些生活在城市邊緣的年輕人，他們的命運又好到哪裡去了，語言不通，沒有技術，從小洋芋蕎麵粑粑，體力有限，交際只能找自己人耍，不苦嗎！」

夏覺仁的話引來木勇的批評，指他父親，關係到自己都是藉口，對別人就是不講方式方法的管和抓，既然那麼想管，就應該管到底，要窮一起窮，要富一起富，幹嘛把連商品意識都沒有又毫無積累的人，憑空扔到市場經濟裡去不管不顧啊！

木略指責木勇觀點偏頗，卻也自豪，經常說：「我家木勇啊，要是受過大學教育的話，都可以當理論家了。」

2. 這一天曲尼阿果給俞秀電話，討幾個新鮮的鴨蛋吃。特別問木略在下邊嗎？上邊是他們在城裡的家，木略因為還在上班，一般都住上邊。正好在。曲尼阿果就說，夏覺仁和她一起來。

木略建議打幾圈麻將。

他們都沒打麻將的癮，曲尼阿果才學會，常常不是少牌就是多牌，反正奔著荒牌而去，主要還是為了聊天無避諱。

三言兩句，木略又開始誇他的木勇具備理論家的潛質。

曲尼阿果也跟著誇木勇還具備領導才能和做人的良心，因為他說不該放棄那些流落在城市邊緣的年輕人，應該負責任地把他們管起來。

由此，她想到了「新叛」時曾幫助過她家的石哈。

石哈的名字，時隔十數年，仍能調動夏覺仁和木略的各路神經，兩人急速地對了下眼神，木略老練，復歸平靜，夏覺仁卻坐立不安，不時小心地覷曲尼阿果。

曲尼阿果要說的是，石哈多造孽啊，他兒子因為扒火車偷物資被判了三年刑，老婆年前為夠長到小河裡的一個南瓜掉水裡淹死了，他比我只大兩歲，老病得牙都掉光了，生活苦得很。下面才是

她的正題，她說：

「石哈也是『新叛』的間接受害者，比夏醫生直接，能不能管管他，找有關部門給他點補償啊，哪怕分月給幾個錢呢，起碼讓他看病不愁吧。」

木略說：「難怪，你不操心夏醫生復職的事了！」

「夏醫生現在和復職有啥區別，按時在五醫院上下班，工資由五醫院開，他的索瑪診所成了五醫院的街頭醫療服務站，財務也早就交給五醫院了。」

「那不是你想要夏醫生復職計劃內的事嗎！當時我堅決反對夏醫生回五醫院坐診，我說夏醫生是地區樹立的改革開放排頭兵的一員，診所遷來西昌後發展的勢頭多猛啊，夏醫生香港的兩個哥哥支持的力度多大啊，培訓醫生、贈送藥品器械，再搞兩年都可以改醫院了。你咋回答我的，勢利得很，居然說：排頭兵管啥用，應景的還差不多。後來我感覺你的做法很像是下棋時丟車保帥那一招，還和俞秀誇你確實變聰明了，用診所來換夏醫生的復職和名譽。事情好不容易做到這分兒上，五醫院的院長前兩天找我商量說，不如先讓夏醫生復職，然後再談恢復名譽的事，我當場就拒絕了，說名譽恢復在前復職可以在後。你現在又是演的哪一齣戲，真是變化無常！」

「此一時彼一時嘛，」夏覺仁接嘴說：「當年那個和我一批當典型的鐘錶修理店的知青，後來看書和掛曆賣錢，改當書商了；又看藥品比書更賺錢，已經開兩家藥店了，常來糾纏我買這個那個新藥，最近又不知和香港還是廣州的投資商勾兌，要找政府協調開發小水電站。」

「瞎扯啥，都搭不上，」木略拿起一塊麻將牌敲敲桌面，不滿地說。轉而道：

「夏醫生，你是不是認為我退居二線，被淘汰了，就不值得尊敬囉！」

「都不曉得多尊敬了你幾年，木略主任，要按你的真實年齡，你五六年前就該被淘汰了。」

「頂撞我家木略你倒機靈，一次不落！」俞秀干涉說：「對我對別人也一樣，只要和阿果有關，你就是這個態度。老實告訴你，因為你，我差點和阿果做不成朋友了。那年，你偷拍阿果回來，多大的恩惠似的，給我也拍了兩張，一邊誇她貶我，也不想想，阿果正眼都不瞧你時誰在安慰你，當你的垃圾桶，聽你那些說給阿果的肉麻話，還給你送吃的喝的。所以，我才會被沙馬依葛利用，挑動阿可讓你們離婚！哦，我提到沙馬依葛了，犯忌嗎？」俞秀挑釁道，這邊那邊地瞅曲尼阿果和夏覺仁。

一陣靜默，曲尼阿果說：「看來聽來你們都曉得石哈這個人，也曉得夏醫生向當時的木略縣長告密那件事，要不幹嘛這個打岔那個扯閒篇，硬是不讓我說石哈的事。」

木略撚著手裡的麻將牌：「你今天不是來要鴨蛋，是專門為石哈的事來的吧！」

「鴨蛋也想要，」曲尼阿果說，「可沒想到石哈的事讓你們這麼反感，我都沒提，也不打算為他平反的事奔波，只想和你們商量怎麼才能夠幫到他。」

「你說的補償金不平反不恢復名譽哪能到手啊？」木略為難道。

曲尼阿果：「那就幫他恢復名譽啊，當時他是烏爾生產隊的隊長，說起來，他老婆是生產隊的婦聯主任，因為幫助我家，喪失了階級立場，和石哈的隊長職務一塊兒被撤了，她是不是也有平反、補償的可能啊？」

「你還是要鬧著為他，還有他老婆喊冤啊！」木略歎口氣。

「我家爸爸，新叛的首惡分子，多大的冤都伸了，石哈這事當時肯定不小心給漏掉了，現在彌補不是也來得及嗎？夏醫生恢復名譽、復職的事七八年了，不是還在進行中嗎？」曲尼阿果理直氣壯。

「我曉得你善良，想要改變石哈的窮困生活，但像你說的，既

然已經漏掉了，就別去揭蓋子，我們來想想咋給石哈申請點錢吧。五保戶，不行，兒子又沒死，在監獄，不止這一個吧，還有女兒吧？」曲尼阿果點頭再點頭，木略又說：「貧困救濟款呢？你去民政上瞭解一下到底有哪些救濟款是我們可以操作的？」

「石哈是乞丐嗎，你要這麼汙辱他！要不就是我是個笨蛋，你可以這麼糊弄我！」曲尼阿果嚷起來，「夏醫生做了啥好事，還要為他恢復名譽……不是他造謠說石哈喪失階級立場，幫助新叛的黑彝奴隸主，石哈不會落得這個下場！」

「阿果啊，」木略說，「你要說那是謠言的話，也是我造的，不關夏醫生的事。」

俞秀插話：「夏醫生，看你緊張得臉發白，一腦門子的汗，快喘不上來氣了吧，你乾脆去邛海邊走幾步，呼吸點新鮮空氣再回來！」

「就曉得你們只同情夏醫生一人！夏醫生，你敢走一步試試！」

夏覺仁本沒打算離開，反而起身立在曲尼阿果一側說：「阿果，我不復職了，就當是石哈的事對我的懲罰吧。」

「光是這麼一個懲罰哪裡夠，還有沙馬依葛的事呢！俞秀，你竟然胡說夏醫生和沙馬依葛至多算擦槍走火！」

話到後邊，哭聲已起。

烏爾山上

1. 曲尼阿果和夏覺仁相跟著離開一會兒後，夏覺仁居然又出現在門口，屋外明亮的天空襯得他模糊如影子一般，他雙手貼著大腿兩側，恭恭敬敬地給木略和俞秀鞠了一躬，請他們繼續擔待阿果和他，「大人大量」，這才離去。

一個月以後，聽說曲尼阿果也辦了提前退休的手續，回烏爾山照顧母親去了。木略就指使俞秀去找夏覺仁來他們在小李村的家耍，沒找到人，聽說參加巡迴醫療隊走十來天了。

木略其實是想問夏覺仁為啥要給他鞠躬，就像和死人告別。俞秀說，和死人告別是三鞠躬。木略說，一鞠躬那就是在和活人告別。

巡迴醫療隊回來了，夏覺仁卻沒回來，雖然不在編制內，是被開除的人，但他在五醫院的作用暫時無可替代，等著他來手術的病人已排到十一位。院長找領隊問情況，領隊想一想，覺得夏醫生是有所蓄謀的，因為他帶的行李不像是為巡迴醫療準備的，兩個皮箱子，有一個高過了我的腰，領隊說，他是位一米八的大漢。大箱小箱，大家以為夏醫生順路孝敬老婆娘家吧，年輕人還積極地幫他搬上抬下。果然，連人帶行李，留在了烏爾山。那裡正是他老婆的娘家。醫療隊按計劃，還有兩個鄉需要巡迴。

411

他們說這話時，夏覺仁在一個叫安特烏布的護林員的幫助下，在阿果娘家的後山上搭了間木棚子。

安特烏布認識他，「因為你給我家老二做過手術，他三歲那年，就在縣醫院，那次來了好幾個大醫生，還有省裡的。」夏覺仁記不得，他就在襠部比劃了一下，「就是這裡嘛，我家老二，他雀雀上的蛋少了一個，你給他找出來了。」夏覺仁笑問，那孩子咋樣了？「都生了兩個小崽兒了，」他說，「當時還擔心長大後生不出娃兒呢！」

安特烏布更知道他是曲尼家的三女婿，「但你為啥不住在他家呢？」

「沒得面子，女婿住丈人家。」

安特烏布自告奮勇，要幫他在阿果娘家邊上找房子。他說，烏爾山的住家退耕還林後響應政府號召，拿上補償金、安家費，便宜賣了房子，往下搬了不少，縣城，甚至西昌都有搬去的。但更高山上的人也在往下遷，加之水電站移民，烏爾山搬來不少人家。「比起他們的山，烏爾山就是這個。」安特烏布翹了下無名指。

夏覺仁謝謝他為自己找房子的好意，稱住在丈人的後山上能隨時打望他老婆。他讓安特烏布如果碰見在山上放蜂的曲尼阿果，暫時替他保密。

安特烏布聽他一會兒彝話一會兒漢話，親近感倍增，就問他為啥呢？只好回答得罪老婆了。

又問：「不會是有女人吧？」

「沒有，這麼大年紀了。」

安特烏布自以為聰明地衝他擠擠眼：「夏醫生你可沒那麼老，再說你們漢男人顯年輕，看你臉皮薄薄的，還白淨。你呀，一定是有女人了，來求饒的吧？哎喲，你們漢男人說給女人下跪就下跪，羞死人！」

夏覺仁由他隨意想像，只但願他別馬上向曲尼阿果透露他在這兒安營紮寨。

412

在春天剩下的時間裡，他和安特烏布還來得及辟出一塊兒地來種草藥，直接移栽天麻、三七、黨參，也間種洋芋、小白菜和蔥蒜薑。

稍有時間，夏覺仁便爬在山沿俯瞰曲尼阿果的娘家。看得見的是鋪著木板壓著石頭的房頂，紅土夯的牆，堆著柴火，還各有一棵核桃樹和花紅樹的院子。所有的景物都像在井底，漂浮、柔弱，連枝葉伸張、遮蔽了半個院子的核桃樹都似能手握，更別提穿行的人，螞蟻一般。多數時間只有一位，曲尼阿果而已。

根本不用擔心曲尼阿果發現他，從她所在的院子望得見的只有山尖的幾朵白雲。沒有雲時，就是青天和閃亮的星宿。

2. 他約定的鄉衛生所的阿依大夫已經來給岳母做過三次檢查了，半個月一次，兼配送藥物。阿依大夫曾在五醫院跟他實習過，比較熟。頭一回來阿果娘家，還辛苦地爬到他的窩棚喝了杯茶，詫異杯子的精緻，青綠，油潤，恰好手握。夏覺仁告訴是阿果喜愛的東西，合適時會給她送下去的。

每一回的檢查結果他都看，再調整病人的用藥，和阿依大夫約在石哈家旁邊的野杏樹林外。這是阿依大夫給石哈做完檢查後的必經之路。

阿依大夫不是白幹，他們採取的是換工制，每週一天他去鄉衛生所給病人看病；碰上棘手的、又不能移動的病人時，他得聽衛生所的召喚，第一時間趕過去；他還會跟著衛生所的大夫出診。這都是事前商量好的。

有時，他會帶上衛生所的病案去縣醫院找內科大夫諮詢。反過來，縣醫院也會麻煩他為病人做手術，偶爾，五醫院也會來人請他去參加會診。所以，他在烏爾山上的時間並不多。

其中一次，他帶去一份吸毒者的血樣。這位叫拉合的吸毒者胳膊、腳肚子上密密麻麻的都是針眼，而且高燒不退，神智也模糊了。

夏覺仁懷疑他體內暗藏的愛滋病病毒爆發了。此前，另一個縣已有愛滋病病毒攜帶者死亡的消息傳來。

送拉合來衛生所的是他所屬家支的幾位長輩，他的父母親反而成了陪襯。他們都是一副聽天由命的表情，訴說拉合連著昏過去了好幾回，他們都以為他已經死了，可他喉嚨裡咕嚕嚕響，又活轉來了。有一次，他還吐，竟然有力氣把肚子裡的渣渣腦腦噴到天花板，他們想也許還有救，眼跟前不就有一位大醫生嗎？

問他們：「拉合是不是用頭撞牆了，還是你們不小心打他的腦殼了？」

這些民間人士最近在家支範圍內發起了強制戒毒活動，動手捶幾下那些不服管教的戒毒者是常有的事。「不下狠手不行啊，」其中一位說，「要不然，家支這一代的年輕男人就要死光光了。」

他們請夏醫生下回有話直接說，別客氣地繞彎子，「不小心」的話再別掛在嘴上，既然是我們彝家的女婿，又是我們難得一見的大醫生，我們不怕羞。

「沒有人打拉合的腦殼，」那位說，「拉合他兄弟和舅子幾個五天前把他從成都抬回來時他就是蔫的，好不容易下肚的嫩包穀糊糊、連渣豆漿，還是我們撬開牙齒灌的，後來只能抿點他家媽媽抹在他嘴巴上的蜂糖水。造孽哦！小時候是我們寨子裡最能打架的一個，吃毒後就只有人家打他、搶他的東西了！」

問他：「夏醫生，你要救不活他，最低限度能給他打個睡覺的針不，你看他，眼睛半睜半閉，回來這五天就沒睡著過。」

衛生所的一位大夫搶話：「還用得著啥安眠針哦，看不出來他在捯氣，往死路上走著嗎？已經沒有睡不著覺的痛苦了，疼也沒感覺。」

一位長輩當即駁斥那位大夫：「他的身體沒感覺了，他的魂有感覺啊！總有一天你會感覺到這個滋味的。」

拉合的媽媽以手當扇，不停地在兒子臉上扇著，趕蒼蠅趕蚊子，低低地和兒子說著話，歡迎他回家，要死也寧肯他死在家門口，再

別亂跑了。說他十七歲初中畢業跑到現在二十五歲了，中間就回來娶了個老婆，生了個娃兒，算起來在家的時間不到一年，「媽媽把你想得來不敢看年年開的索瑪花了。索瑪花都曉得一年開過來年再開，你一年一年的不回家來，媽媽快忘記你的長相了！」又讓他老婆把三歲的女兒抱來給他看，捏著那小娃娃的手，摸一摸爸爸的臉。說他連個兒子都沒留下，斷了根根啊！

儘管認定拉合已經在死路上走著了，家支的長輩們仍決定請畢摩給拉合「幹個迷信」，趕走拉合身體裡騙他纏他吃毒的鬼，讓他死也死得舒服點，「看他嘛，在掙命呢！」他們說。

他們的另一個用意是訓誡家支裡的其他年輕人，指點著告訴夏覺仁：「那個黑皮皮繃在凹著兩個坑的臉上，腿、胳膊柴棍子一樣的娃兒，敢說沒吃毒！」

那一天，先在衛生所的院子裡擺上一圈藍花瓷碗，在太陽出山的清涼裡劃破幾隻雞的脖子，再把血滴答在盛滿白酒的碗裡，看著那點點的紅絲絲縷縷地散開去，聽著畢摩的念經聲，更多的是勸導、嚇唬，然後讓端起酒來，一起詛咒發誓，如果吃毒，如果吃毒不戒，人死，留下的魂，火葬地不留，家回不成，桃花豔豔的祖靈地去不了！就是死也不安生，像拉合，吊著口氣在喉嚨裡，苦苦煎熬。

阿依大夫和安特烏布分別向夏覺仁報告，阿果百分之百曉得你躲在我們身後，指使我們了。曲尼阿果當然要問阿依大夫為啥來給她家媽，包括給石哈看病，還那麼勤，得到的回答是夏醫生拜託的。

阿依大夫已經夠奇怪的，安特烏布還常來她家送吃喝，日常的米麵蔬菜，特殊的保健品、營養品，有時候是衣服，也有石哈的一份，還有索瑪從美國寄來的治療心臟病的藥，給曲尼阿果的葡萄籽膠囊、魚油。再一次，竟然是曲尼阿果喜歡的兩隻瓷杯。

更奇怪的是，有病人上門來找夏醫生看病，告訴他們夏醫生在西昌，不相信，讓她何必隱瞞，大家都曉得的事。為此，烏爾山熱鬧了不少。

阿依和安特烏布的判斷是，阿果故意不拆穿你，想你給她家媽還有烏爾山上的其他人看病。安特烏布更說，連他都捨不得夏醫生你走了。

曲尼阿果的想法不用去猜，只要能看到她，夏覺仁的心就是安寧的。他也沒打算把自己隱藏起來，他只是想不受阿果可能的干擾，先把自己安頓下來，在烏爾山上，然後等候阿果。

他擔心的干擾是曲尼阿果會派一個或幾個親戚，比如可怕的老輩子，來趕他離開烏爾山。她臨走給他留了一頁紙，像最後通牒，其中有句話就是：「別來找我」。她宣布和他斷絕夫妻關係，因為沒有結婚證，所以不用找組織或者法院辦離婚，自己分開就行了。還說，她寫過字的這頁紙算是他們的離婚憑據。

這是頁十六開的信箋紙，起首是夏醫生，落款是曲尼阿果，中間四行不到，歪歪扭扭，分手的理由寫的是「討厭你了」，真讓他不想笑都難，一邊隨手在諧音漢字曲尼阿果前，標注上他唯一會的彝文字：「曲尼阿果」。

隨著時間的推移，他開始巴望曲尼阿果已經在他出門時光顧過他的木棚了。每次歸途上他都想在木棚裡堵住曲尼阿果——正好在給她做飯，像田螺姑娘，然後把她的殼藏起來，她就只得留下來陪他過日子了。回到木棚，先打量可能的變化，比如他離開時故意放錯位置的碗筷、書、兩隻等著曲尼阿果來喝龍井的茶杯，沒有疊的被子，可惜可供設計的東西太少。結果，即便有變化也都出自安特烏布之手，不免氣惱！

安特烏布這個護林員，從家裡捎點蕎麥麵來，就認為可以和他共享一切了，大張旗鼓地調奶粉喝、翻點心糖果吃，倒頭還在他的鋪上睡大覺。可讓他去阿果娘家辦點事吧，不斷推脫，稱自己忙得很，竟說：「夏醫生，你已經暴露了，自己去嘛，我猜你兩個早都碰過頭，睡都睡過了吧！」

他確實抽不出空來，在夏覺仁的指導下，晾曬各種採來挖來，

包括夏覺仁種的三七、黨參等草藥，再分好等級背到山下去賣給藥材公司，也賣給外地來的商人，能掙不少錢。手氣不錯，松茸、雞樅想撿多少有多少，獵物打得也很順手，但除了野兔、雉雞、斑鳩，香獐子不敢打了不說，夏醫生告誡野豬也不能打，被保護起來了。

自己去就自己去，有阿依大夫做內應，趁著曲尼阿果上縣城採購，夏覺仁前去給岳母量血壓聽心音何止三兩次。

也碰到過曲尼阿果，一拐彎，那些土牆房子到處都是牆角，阿果過來了，趕緊縮回來。又一回竟然緊貼著牆，讓阿果和她同行的石哈先過去，巷道窄嘛。石哈招呼他，乾脆沒應聲。

山坡上那次，專門堵上曲尼阿果，卻說不出話來。曲尼阿果又甩得了幾罐蜂蜜，裝籃子裡挎在胳膊上，籃底卡在腰間借力，頭頸端正，面貌從容，快從他身邊過去了，趕緊說：「復職批下來了……」

曲尼阿果不吱聲，來打聽夏醫生什麼時候回地區的卻絡繹不絕，連木略的代表木勇都隨著在省裡工作的小海來了，個個聲言，好事傳千里嘛，要求殺豬宰羊擺酒他們也要湊分子。

沒有宴席，夏醫生也沒有離開烏爾山，還是老樣兒，也挖也種草藥，也給人看病，縣醫院，連地區五醫院，一年不曉得要往返多少回。都不多待，三天兩天，由接他去的小汽車再送回來，只能送到烏爾山下，自己爬上來，中途要經過曲尼阿果的娘家，還是繞道。

眾人議論，他兩位肯定再而三地撞上過，巴掌大的地方，抬頭不見低頭見。但誰也沒有證據，閒嚼舌頭而已。撞上又如何，一個碗裡吃飯、一張床上睡覺也不奇怪，人家本來就是夫妻嘛，只不過因為害羞，不好意思弄風播雨，四下張揚！暗地裡投桃報李，也在你來我去，比如說，夏醫生木棚子下邊那棵青岡樹，曲尼阿果有上好的蜂蜜就會掛一陶罐在枝杈上。風吹著，當當當，敲著樹幹響呢。等到聽不見響聲，你們再去看，陶罐換成布袋，裡面裝的不是夏醫生新採的松茸、雞樅，便是曬乾的當歸、天麻，還常掛隻山雞、野兔，再不然，半爿野羊子。

昌明文叢 A9900005

西南邊

作　　者	馮　良
責任編輯	楊家瑜

發 行 人	林慶彰
總 經 理	梁錦興
總 編 輯	張晏瑞
編 輯 所	萬卷樓圖書(股)公司
排　　版	林曉敏
封面設計	海龍視覺
印　　刷	博創印藝文化公司

出　　版　昌明文化有限公司
桃園市龜山區中原街 32 號
電話 (02)23216565
發　　行　萬卷樓圖書(股)公司
臺北市羅斯福路二段 41 號 6 樓之 3
電話 (02)23216565
傳真 (02)23218698
電郵 SERVICE@WANJUAN.COM.TW
大陸經銷
廈門外圖臺灣書店有限公司
電郵 JKB188@188.COM

ISBN 978-986-496-576-2

2020 年 07 月初版一刷
定價：新臺幣 600 元

如何購買本書：
1. 劃撥購書，請透過以下帳號
　 帳號：15624015
　 戶名：萬卷樓圖書股份有限公司
2. 轉帳購書，請透過以下帳戶
　 合作金庫銀行 古亭分行
　 戶名：萬卷樓圖書股份有限公司
　 帳號：0877717092596
3. 網路購書，請透過萬卷樓網站
　 網址 WWW.WANJUAN.COM.TW
大量購書，請直接聯繫，將有專人
為您服務。(02)23216565 分機 610

如有缺頁、破損或裝訂錯誤，請
寄回更換

國家圖書館出版品預行編目資料

西南邊 / 馮良著. -- 初版. -- 桃園市：昌明
文化出版 ; 臺北市：萬卷樓發行, 2020.07
　 面 ;　 公分. -- (昌明文叢 ; A9900005)
ISBN 978-986-496-576-2(平裝)

　 857.7　　　　　　　　　109008946